Maximilian Lorenz

Frostbeben

AF239042

© Schillo Verlag, München 2024
Umschlaggestaltung und Satz: Sophie Schillo
Bildnachweis: ikuday – stock.adobe.com
Lektorat: Johanna Wagner
Korrektorat: Reinhard Ammer

Druck & Bindung: RUDOLPH DRUCK GmbH & Co. KG
Londonstraße 14b, 97424 Schweinfurt

ISBN 978-3-944716-22-0
Printed in Germany

Schillo Verlag · Orleansstraße 43, 81667 München
www.schillo-verlag.de

Maximilian Lorenz

Frostbeben

Roman

Schillo Verlag

Für Doro
Für meine Eltern

Kapitel I

Trotz Zweifel an der Präzision meiner Uhr kenne ich Datum und Zeit der Erschütterung genau. Ein Jahr, zwei Monate, fünf Tage, zehn Stunden und dreiundzwanzig Minuten sind vergangen, seit Anna mich sitzengelassen und mein gesamtes Selbstwertgefühl, inklusive bisherigen Lebensinhalt, in ihren lächerlich kleinen Fjällräven-Rucksack gepackt und mitgenommen hat. Ein sonniger Tag im März. Ein Tag so kitschig wie ein Home-Sweet-Home Wandtattoo von Butlers. Kein Tag, um eine Beziehung zu beenden.

Anna hatte das nichts ausgemacht. ›Quod erat demonstrandum‹ würde mein missmutiger Mathelehrer aus Gymnasialzeiten sagen. Anna hatte die Gleichung ohne jegliche Beweisführung eindrucksvoll aufgelöst, ohne Skrupel jeden gemeinsamen Nenner durch null geteilt, aus dem Nichts das Gegenteil aller bisherigen Annahmen belegt. Eine Division, die ich nicht für möglich gehalten habe und doch entgegen jeder Regel ein Ergebnis bringt. Für sie schien es genau der richtige Tag zu sein, um diesen, in ihren Augen überfälligen Schritt zu gehen, ein neues Leben zu beginnen.

Das Frühstück als wichtigste Mahlzeit des Tages: ›Morgens wie ein Kaiser, mittags wie ein König, abends wie ein Bettler.‹ Wahrscheinlich hatte Anna noch nie von dieser Redewendung gehört. Es war neun Uhr siebenundvierzig, als sie Himbeerkonfitüre auf dem Toastbrot verteilend unsere Beziehung beendete, ich ihr nicht in die Augen sehen konnte, vielmehr meinen Blick starr auf den Retro-Digitalwecker hinter ihrer linken Schulter fokussierte. Neun Uhr achtundvierzig. Betreten beobachtete ich die Veränderung auf der digitalen Anzeige. Im Gegensatz zu analogen Uhren, die die Zeit langsam versickern, die Uhrzeiten ineinander verschmelzen lassen, haben digitale Uhren eine beeindruckende Schlagartigkeit. Die Zeiten gehen nicht ineinander über, verstreichen nicht als schwerfälliger Prozess, ersetzen sich stattdessen ohne jede Vorwarnung. Überraschend und abrupt wie Annas Worte. Zack. Neun Uhr neunundvierzig. Was gewesen ist, ist gewesen, ist vorbei und kommt nicht mehr zurück.

»Sieh mir doch wenigstens in die Augen! Ein einziges Mal. Tim?«

»Augen? Was ist mit deinen Augen?«, wollte ich wissen.

»Ich kann nicht mehr. Ich kann einfach nicht mehr!«, sagte sie, während sie es nicht für nötig empfand, ihre Nahrungsaufnahme zu unterbrechen, um mein Herz fein säuberlich in unzählige mikroskopisch kleine Einzelteile zu zerlegen.

Vielleicht hatte sie doch von der Redewendung gehört, war sich der Bedeutsamkeit des Frühstücks bewusst gewesen, wollte die Kaiserhaftigkeit ihres Morgens nicht riskieren. Ich wurde trotz des süßen Alnatura Brotaufstrichs aus kontrolliert biologischem Anbau morgens um neun Uhr neunundvierzig zum Bettler. Um Luft flehend. Um Argumente kämpfend. Um Fassung ringend. Neun Uhr neunundvierzig. Wie ein Brandzeichen in meinem Gedächtnis.

Es ist acht Uhr zehn. Eigentlich sollte ich nicht mehr allein sein. Vincenzo und ich waren bereits vor vierzig Minuten miteinander verabredet.

»Tranquillo! Das ist ein Vorschlag, maximal ein Richtwert. Wenn ich bei meiner Mutter zum Essen eingeladen bin und auf die Minute pünktlich erscheine, dann war die noch nicht mal einkaufen, geschweige denn gibt es irgendwas zu essen«, behauptet Vincenzo jedes Mal, wenn ich ihn auf seine Verspätungen anspreche.

»Ich bin aber nicht deine Mutter.«

»Bei uns Südländern ist das eben so. Solltest dich langsam dran gewöhnt haben.«

»Südländer? Du bist in München geboren und aufgewachsen.«

»Ja, im Hasenbergl. Nicht wie der feine Herr im schicken Schwabing.«

»Last time I checked: trotzdem in Deutschland. Ich war wahrscheinlich häufiger in Italien als du.«

»Ey! Ci fai o ci sei? Ich habe mehr Italien im kleinen Finger als du in deinem ganzen lauchhaften Almankörper!«

Diese Nonsense-Diskussion will ich mir heute gerne ersparen. Ich befürchte nämlich, infolgedessen den gesamten Abend in meiner knapp vierzig Quadratmeter großen dunklen Einzimmerwohnung damit zu verbringen, einen hitzigen Halbitaliener zu beschwichtigen, weit weg von der Möglichkeit, auf einer Party den Gedanken an Anna zumindest für wenige Stunden zu entkommen.

Die zufällige Wiedergabe meiner Spotify Playlist spielt Hard Sun von Eddie Vedder.

›When I walk beside her I am the better man

When I look to leave her
I always stagger back again‹

›Ausgerechnet‹, denke ich. Ausgerechnet ein Lieblingslied von Anna. Wobei der Ausdruck ›ausgerechnet‹ beim Hören der Playlist ›Annas Top Songs 2021‹ vergleichsweise treffend ist, wie die Verwendung des Wortes durch Fußballkommentatoren, wenn ›ausgerechnet‹ der Spieler den Treffer erzielt, der zuvor noch für den gegnerischen Verein aktiv war – in einer Fußballwelt, in der Spieler öfter Vereine wechseln, als Laubbäume ihre Blätter abwerfen.

Wie es ihr wohl geht? Also Anna. Ich weiß, dass sie einen neuen Typen hat, den Ballast des Singlelebens abgeworfen hat, wie zuvor mich. Vincenzo, vielleicht auch Medina hat mir davon erzählt, ganz beiläufig. So beiläufig wie Freunde eben erzählen, dass die Ex-Freundin mit einem Typen Hand in Hand durch die Stadt spazierend gesehen wurde.

›Schon gehört?‹
›Weißt du *es* schon?‹
›Hat's dir schon jemand gesteckt?‹

Als sei die neue Beziehung irgendeiner attraktiven Investmentbankerin aus München von nationalem Interesse. Natürlich weiß ich *es* schon. Hat sie doch ihre neue Liebe öffentlichkeitswirksam in den sozialen Netzwerken ausgebreitet wie den roten Teppich einer Abendveranstaltung. Stolz auf ihr neuestes Projekt posiert sie im Blitzlichtgewitter.

#newlove #foreverandever #onlyyou #amore

Nur einer kann mich davon abhalten, auch heute Abend wieder durch ihr Instagram-Profil zu scrollen. Wo zum Teufel bleibt Vincenzo?

Weiterhin kein Lebenszeichen von ihm. Da kann man doch wohl mal eben Bescheid geben, wenn man mich schon für die Dauer einer ganzen Stranger-Things-Folge als einsamen Statisten auf den roten Teppich starren lässt, im Schatten von Annas Lichtspiel.

Alle frisch Getrennten treten in einem unausgesprochenen Wettbewerb gegeneinander an. Inoffiziell, doch unmissverständlich. Ein Wettbewerb um die erhabenere Verarbeitung des Beziehungsendes und vor allem die schnellere Rückkehr zu einem erfüllenden Sexleben, vielleicht sogar einer funktionierenden Beziehung. Das mag toxisch klingen und ist sicherlich einer der Gründe für meine bedauerliche Verfassung, doch ist jegliche positive Äußerung betreffs einer neuen Beziehung der ehemaligen Partnerin nichts als Heuchelei, das Vortäuschen falscher Tatsachen, eine verlogene Maskerade, leicht als solche zu durchschauen, nicht wasserfest und unbeständig gegen die eigenen Tränen der Täuschung.

›Freu' mich total für die beiden.‹
›Hoffe wirklich, sie werden glücklich!‹
›Das hat sie verdient.‹

Kotz. Würg. Cringe! Verschont mich! Ich halte es für heilsamer, mich nicht selbst zu belügen, stattdessen den Tatsachen zu stellen. Ich habe keinen Sex. Eine funktionierende Beziehung ist außer Reichweite, wie Oreo Kekse auf dem SMEG Kühlschrank für kleine klebrige Kinderhände.

Inzwischen bin ich selbst einer nicht funktionierenden, toxischen Beziehung gegenüber nicht abgeneigt. Nein, mittlerweile bevorzuge ich sogar eine nicht funktionierende Beziehung. Lautes hysterisches Geschrei, fliegende Motel a Miio Keramikteller, das Hämmern des Besenstiels der Nachbarn an die Wohnungsdecke, schmerzverzerrte wütende Gesichter, der sich in einer Ecke verkriechende Dobermann, und das absolute Highlight eines jeden Streits: die unangenehme Stille, das ohrenbetäubende Schweigen, das infantile Ignorieren nach der kriegsähnlichen, aberwitzigen Auseinandersetzung, das ›Kannst du hören, wie ich dich anschweige‹, bis eine der beiden Parteien die unsinnige Ursache des Streits bereits vergessen hat. Vermutlich waren Essensreste im Abfluss. Oder das Fenster war, trotz wiederholt angesprochener energetischer Nachteile, zum Lüften gekippt statt vollständig geöffnet. Nach drei Jahren Beziehung Grund genug, einander ins Gesicht zu springen und der Partnerin alles erdenklich Schlechte dieser Welt zu wünschen. All das ist unbestritten besser als dieses sich selbst bemitleidende Häufchen Elend auf meinem Bett. Mühsam richte ich mich auf, wandere in der Wohnung umher wie eine vom Tiger King eingesperrte Wildkatze. Acht Uhr zwanzig. Wie das Beweismittel für Vincenzos Verspätung strahlt der Digitalwecker neben dem Bett die Uhrzeit in meine von der Sonne kaum beleuchtete Wohnung. In der Hoffnung auf Tageslicht und frische Luft öffne ich die Tür und trete auf meinen winzigen Balkon, der mit einem Oettinger Bierkasten und Tärnö, dem IKEA Klappstuhl, schon an die Grenzen seiner Kapazitäten gelangt.

Anna verfolgt mich. Wenn auch nicht leibhaftig, sehe

ich sie als einprägsame Illusion. Nicht ihre Silhouette, wie Untote in Krimis, lediglich ihr Gesicht, ähnlich einem schwebenden Kopf, einer optischen Täuschung, einem billigen Zaubertrick auf dem Oktoberfest. Ich blicke in die meterhohen bräunlichen Baumkronen im Hinterhof und sehe Anna. Ich starre auf die mit floralen Mustern behangene Wäscheleine der rüstigen Rentnerin gegenüber und sehe Anna. Ich richte meinen Blick bewusst ins Nichts und sehe irgendwo in der unscharfen Ferne Anna, meine persönliche Fata Morgana. Dabei fühle ich keine Liebe, kein Leiden, keine Sehnsucht, nur eine undefinierbare innere Leere. Ein Vakuum im zuvor gefüllten Raum. Sinnlos, schwachsinnig, schlicht unmöglich, die ursprüngliche Füllung der augenblicklichen Leere aufzusuchen. Ohne Drang, ohne Verlangen verharre ich tatenlos, wie die Wurzeln der Bäume unter mir. Kälte gesellt sich zu diesem inneren Ödland, als ich barfuß auf meinem Balkon aus nacktem Beton stehe. Während ich zwischen Tärnö und Oettinger über meine verlorene Liebe sinniere, mit leerem Blick in die Dunkelheit starre, klopft es an der Tür.

»Was geht, Bro? Sorry für die Verspätung. Im Office war's wild. Thomas meinte dann noch irgendwas in Richtung Allnighter, aber ich konnte mich rausreden. Wie geht's dir? Alles gut?«, fragt Vincenzo, rumpelt in meine Wohnung, schmeißt seine Stone-Island-Sweatjacke auf mein frisch bezogenes Bett und seinen athletischen Körper hinterher.

»Ist die Klingel kaputt?«, frage ich provokant.

»Was für 'ne Klingel?«

»Meine Klingel.«

»Seh' ich aus wie dein Hausmeister?«

»Dann würdest wenigstens mal was Sinnvolles machen!«

»Im Gegensatz zu dir kann ich Lampen aufhängen«, sagt Vincenzo und deutet auf die einsam von der Decke baumelnde Glühbirne.

»Du klopfst. Jedes Mal.«

»What? Ist doch wayne. Die Tür stand offen. Deine Klingel ist außerdem krass laut. Das ganze Haus steht senkrecht, wenn ich draufdrücke. Was bist du wieder so verspannt? Noch nicht in Partystimmung?«, fragt er, während er auf meinem Bett liegend undefinierbare, schlangenähnliche Tanzbewegungen mit seinen Armen vollführt, sich anzüglich auf die Unterlippe beißt und mir herausfordernd in die Augen sieht.

In solchen Situationen stellt sich mir unweigerlich die Frage nach der Basis unserer Freundschaft. Insbesondere Vincenzos Beweggründe erscheinen milchglasähnlich-undurchsichtig. Vermutlich ist das Fundament der Verbundenheit unsere gemeinsame Historie, schließlich war ich ja nicht immer so missgelaunt, zynisch und anti-social wie heute. Seit der Trennung von Anna ähnelt jedes Treffen mit mir dem stetigen Ausmisten eines Kuhstalls. Regelmäßig schaufelt sich Vincenzo mit Mistgabel, Schubkarre und Gummistiefeln zu mir durch, nur um mich am nächsten Tag wieder knietief in der Scheiße stehen zu sehen. Der innere Drang, mir eine zu knallen, mich anzuschreien, zu schütteln und aus meinem Albtraum aufzuwecken, muss immens sein. Vielleicht ist Vincenzo aber auch gerade deshalb weiterhin mit mir befreundet, schleppt mich auf jede Party in der Hoffnung, mich auf andere Gedanken zu bringen. Vincenzo ist auf der Suche nach Herausforderungen, wie ein Lawinensuchhund nach Verschütteten. Er selbst nennt diese Herausforderungen ›Challenges‹. Er meint, das Überkommen von Herausforderungen liege ihm im Blut. Zuerst gegen jede Norm und Erwartung aus dem berühmtesten Münchner Glasscherbenviertel zum Abitur. Dann dank Stipendium an die Elite-Universität in der Schweiz. Dort lernten wir uns kennen, wurden Freunde. Der große Unterschied: Ich war dort die Norm. Die Erwartung an mich, den privilegierten Jungen aus München-Schwabing, war es, genau in einer solchen Institution meinen Platz zu finden. Norm und Abweichung fanden schnell zusammen.

»Du willst *so* raus?«, fragt Vincenzo, während er mich von oben bis unten mit kritischen Blicken mustert. »Wenn du unbedingt wieder allein nach Hause gehen willst, dann go for it.«

»Wieso nicht? Ein Hoodie? Die ganze Woche laufe ich in Hemd und Anzug rum. Wenn du mich schon auf die Party mitschleppst, lass mich doch wenigstens anziehen, worauf ich Bock habe«, antworte ich im Bewusstsein, dass ich nicht ohne weitere Diskussion das Haus verlassen würde.

»Junge, dein Ernst? Wie lange möchtest du noch zwischen deiner winzigen Bude und unserem Büro hin- und herpendeln, dich selbst bemitleiden und keiner Neuen mal eine Chance geben? Da draußen warten das Leben und vor allem die Girls auf dich und du sitzt hier und schiebst wieder eine Stimmung, als wäre der Flat White in der Maxvorstadt ausverkauft.«

»Ich trinke meinen Kaffee eh lieber schwarz.«

»Tu mir einen Gefallen und reiß dich zusammen. Setz vielleicht einfach mal ein Lächeln auf, wenn wir uns sehen.«

»So?«, grinse ich ihn an.

»Besser! Und zieh dir was an, womit ich mich mit dir auch auf die Straße trauen kann.«

»Oh, Gianni Versace, oder was?«

»Armani würde mir für den Anfang schon reichen. Einfach, als wärst du vielleicht nicht direkt aus dem Bett gefallen. Geht das? Bekommst du das hin?«, beendet Vincenzo seine modischen Anforderungen, steht auf, betritt den Balkon und greift in den Kasten nach einem Bier.

»Schlafe selten im Hoodie. Wenn das ein Pep Talk gewesen sein soll, dann war's kein guter. Aber dann zieh' ich mir halt schnell ein Hemd an. Zufrieden?«

Begleitet vom zischenden Geräusch des Kronkorkens eines gerade geöffneten Oettingers und einem abfälligen Blick von Vincenzo greife ich nach einem hellblauen H&M Baumwollhemd und verschwinde schnellen Schrittes ins Badezimmer.

»Grazie Dio. Vielleicht kommt er doch noch zur Vernunft«, höre ich Vincenzo aufatmen, bevor er einen großen Schluck aus der Bierflasche in seiner Hand nimmt. »Bah, bodenlos! Das ist ja pisswarm.«

Ich knipse das Licht im Badezimmer an. Im unsachgemäß befestigten Spiegel sehe ich mir direkt in die Augen. Ein Wunder, dass dieser schiefe, wackelige Kasten in all den Jahren noch nicht krachend auf den Boden gefallen und in tausend winzige Einzelteile zerschellt ist. In kleine Splitter, die noch Jahre später in den hintersten Ecken des Badezimmers liegen und beim Einsaugen knisternde Geräusche erzeugen. Selbst mein Mobiliar zeigt mehr Durchhaltevermögen als ich. Mein Blick wirkt dramatisch. Die Szenerie eines Hollywoodfilms. Beide Hände des Protagonisten fest an die Seiten des Waschbeckens packend. Ein zähneknirschender, kiefermahlender, apathischer Blick auf die reflektierende Glasfläche, als wäre dort nicht das eigene Spiegelbild, sondern endlose Weite zu sehen. Die innere Aufregung lässt mein Herz rasen. Trotz komplett ruhiger Haltung fällt die Atmung schwer. Tiefes Einatmen. Langes Ausatmen. Die Beine zittern. Ich warte vergeblich darauf, vom Regisseur erlöst zu werden, doch bin mit meinen Gefühlen und Gedanken allein.

»Lebst du noch? Beeil dich jetzt endlich!«, schreit Vincenzo durch die Tür und übernimmt die Funktion des fehlenden Regiekommandos.

Ich werfe meinen Hoodie in die Ecke, streife das Hemd über mein weißes T-Shirt und schließe die Knopfreihe. Einen Faden Zahnseide ziehe ich durch meine hinteren Backenzähne, spüle mit Listerine Menthol meinen Mund und öffne mit geröteten Augen die Tür des Badezimmers, hinter der Vincenzo bereits unruhig auf mich wartet. Die Bezeichnung ›mild‹ auf der Verpackung ist eine dreiste Lüge.

»Vincenzo?«

»Tim?«

»Kommt eigentlich die Cute? Die Blonde. Du weißt schon, die von letztem Wochenende.«

Ohne in Vincenzos Gesicht sehen zu müssen, spüre ich, wie seine Stimmung schlagartig besser wird, sein grimmiger Blick einem Lächeln weicht.

»SIU! Die richtigen Fragen für heute Abend. Aber hast du paar mehr Infos? Welche ›cute Blonde‹? Meinst du die mit den zwei Ohren? Fuck, warte! Die mit der Nase im Gesicht und dem Mund direkt darunter? Kein Peil, wen du meinst, Bro. Und wann soll die wo gewesen sein?«

Mehr als Vincenzos spöttische Art stört mich, ständig ›Bro‹ genannt zu werden, wie der Quarterback eines zweitklassigen Highschool Films.

»Okay, ich versuch's für dich ein bisschen genauer, *Bro*. Letzten Freitag, als du mich mal wieder auf die Party von irgendeinem Dude geschleppt hast ...«

»Vitus«, unterbricht mich Vincenzo. »Der Dude hieß Vitus.«

»Na klar, wie sonst! Also, als du mich zu diesem Vitus-Dude geschleppt hast«, beginne ich meine Beschreibung der Unbekannten erneut, »da habe ich mich kurz mit einer unterhalten. Sie studiert, glaube ich, irgendwas mit Architektur an der TUM. Ist erst vor kurzem nach München gezogen. Aus Darmstadt oder so einem anderen Unort. Die war wirklich süß. Irgendwie hatte ich das Gefühl, ach keine Ahnung, irgendwie hat es direkt zwischen uns gevibed.«

»Oha! Gevibed!«, grinst Vincenzo.

»Ja schon, irgendwie. Kann das nicht erklären.«

»Du, ich erklär' dir das gern, kein Ding ...«

»Dich hat sie übrigens auch kurz kennengelernt. Sie meinte, du bist super arrogant«, sage ich, bevor Vincenzo mich wieder unterbricht.

»Ganz ehrlich: Keine Ahnung, von wem du sprichst.«

»Sind zu viele da draußen mit der Meinung, oder?«, lache ich.

»Möglich! Ist aber auch scheißegal, denn Madame ist nicht nur eine von vielen, die mich arrogant findet, sondern auch nur eine von vielen Hotties in München.«

»Aber wenn sie wieder da ist, muss ich zumindest keine

fremden ›Hotties‹ ansprechen.«

»Du gehst auch jeder Challenge aus dem Weg.«

»Auf die Party gehen ist für mich Herausforderung genug. Da bin ich froh, wenn mich mal eine anspricht.«

»Weil du endlich mal mehr mit einer Frau gesprochen hast als ›Darf ich mal durch‹, ›Da musst du mich verwechseln!‹ und ›Sorry, so war das nicht gemeint!‹? Sollen wir unsere gesamte Freizeitgestaltung danach ausrichten?«

Mein Handy vibriert. Ich greife in meine Hosentasche und schaue auf den erhellten Bildschirm. Für einen Moment bleibt mein Blick auf dem unscharfen Foto meiner Einschulung hängen, um kurz darauf die vier Großbuchstaben darüber von links nach rechts und wieder von rechts nach links zurückzuspringen: MAMA. AMAM. Mit zwei Klicks versende ich eine der vorgeschlagenen Nachrichten: ›Ich kann gerade nicht sprechen.‹

»Na ja, egal, auf geht's. Wir wollen doch Medina nicht warten lassen, und erst recht nicht die ›Challenges‹«, sage ich.

Vincenzo hält bereits die Türklinke in der Hand. Erfreut betrachtet er mich, wie ein stolzer Vater seinen Sohn.

»Nice, dass du zur Vernunft kommst. Vielleicht wird das noch was mit dir.«

Entschlossenen Schrittes verlassen wir das Wohnhaus. Trotz fortschreitender Abendstunde ist die Sonne noch nicht untergegangen. Doch schrittweise weicht die Freude über das Ende des Winters und die länger hellen Tage einem seltsamen Empfinden. Mal wieder befinden wir uns bei Tageslicht auf dem Weg zu einer Party. Ich fühle mich alt. Zumindest in diesen Momenten. Vincenzos ernster Blick lässt mich glauben, er könne Gedanken lesen.

»Ersparst du mir heute ausnahmsweise von der letzten U-Bahn zu faseln? Dann bist du morgen eben mal müde, Opa!«

»Schon wieder diese Diskussion!«

»Ja, schon wieder diese Diskussion! Du schaltest doch auch den Tatort nicht aus, bevor der Mörder gefunden wurde.«

»Den Münsteraner schalte ich erst gar nicht ein.«

»Das ist wie Songs beim Refrain leiser drehen oder noch vor dem Orgasmus aufhören!«

»Das kennen deine Girls.«

»Hast du 'ne Ahnung ... Merk' dir eins: Wer vor zwei Uhr von der Party abhaut, verpasst das Beste.«

»Und verhindert das Schlimmste«, entgegne ich. »Wir sind keine achtzehn. Ich habe wirklich keine Energie mehr.«

»Energie für was?«

»Fremden Menschen auf Hauspartys vorzugaukeln, ich würde mich für ihren Bullshitjob als Product Manager oder Head of fucking-belanglos begeistern.«

»Weil du so ein faszinierender Draufgänger bist?«

»Eben nicht. Ich versuch' es aber wenigstens nicht allen vorzugaukeln, wie diese Anwaltstöchter, Slack-Spackos und Magnesiumbeutelbesitzer.«

»Magnesiumbeutel?«

»Ja, diese Dinger, die Boulder-Bros am Gürtel hängen haben.«

»Boah, ich hasse Bouldern. Dem nächsten, den ich sehe, ziehe ich seine Matte unter dem Arsch weg«, sind wir uns einig. »Aber was ist denn die Alternative? Daheimbleiben?«

»Klingt traumhaft!«

»Und dann? Allein sterben?«

»Ich hab' doch dich!«, sage ich und deute ironisch einen Schlag in Vincenzos Magengegend an. »Ich bin ja am Start! Wollte nur vorab checken, wann die letzte U-Bahn nach Hause geht. Rein theoretisch!«

»Jaja, nur theoretisch. Nimm dir ein Beispiel an mir. Ich nehme immer die erste U-Bahn am Morgen.«

»Und ärgerst dich komplett verkatert am nächsten Tag, dass du nicht früher nach Hause bist.«

»Null! Außerdem, darum geht's nicht, Tim. Ich verspreche dir: Sollte der Tag kommen, an dem ich bereits auf dem Weg zur Party Google Maps nach der idealen Buslinie zurück nach Hause checke, bitte ich umgehend um meine Einäscherung und die Planung der anschließenden Trauerfeier.«

»Bisschen drastisch, oder?«

»Na gut. Dann hau mir zumindest eine rein, Tim.«

»Abgemacht.«

Zwischen Häuserschluchten bahnen sich die letzten Sonnenstrahlen des Tages ihren Weg auf den noch warmen Asphalt der Straße.

»Die Tage werden endlich wieder länger«, sage ich zu Vincenzo, während er zum dritten Mal versucht, sich am Zigarettenautomaten mit seiner Kreditkarte als volljährig auszuweisen.

»Fuck! Der Scheiß funktioniert einfach nie! Hast du deinen Perso? Vielleicht klappt das«, sagt Vincenzo. Ohne das Abwarten meiner Antwort greift er nach meinem Geldbeutel.

»Im durchsichtigen Fach. Hinter der EC-Karte«, antworte ich ihm, unbeeindruckt von der widerrechtlichen

Inbesitznahme meines Portemonnaies. Er zieht den Personalausweis zur Alterserkennung durch die Vorrichtung am Automaten. Ein Lämpchen blinkt zunächst schnell in roter Farbe. Dann gibt grünes Licht den ersehnten Weg zum Tabak frei. Vincenzo ist Nichtraucher, trägt dennoch am Wochenende stets Zigaretten bei sich. Nur für den Fall, eine attraktive Frau will eine Zigarette schnorren, ihm damit die Kontaktaufnahme erleichtern. Ich halte das für absurd, lächerlich, dumm. Hauptsächlich, weil es immer funktioniert.

»Just in case«, meint Vincenzo augenzwinkernd. Ohne lange zu überlegen, wählt er eine Zigarettenmarke aus. Marlboro Silver Blue. Ein dumpfer Klang ertönt, als die Zigarettenschachtel in das Ausgabefach des Automaten fällt.

»Die Tage werden übrigens nicht länger.«

»Bitte was?«, will ich wissen.

»Tage sind immer gleich lang, völlig egal, wie lange die Sonne scheint. Jeder Tag hat vierundzwanzig Stunden. Vierundzwanzig Stunden Opportunities. Das ist dein Problem«, sagt Vincenzo, als ich nicht mehr damit rechne, dass er meinen beiläufigen Kommentar überhaupt gehört hat.

»Was ist mein Problem?«, frage ich, ohne die Antwort hören zu wollen.

»Mindset. Dein Mindset, Tim. Mir ist es völlig egal, ob es Winter oder Sommer ist, ob die Sonne zwölf oder zwei Stunden scheint. Jeder Tag hat die Chance, der beste deines Lebens zu werden.«

Kopfschüttelnd sehe ich ihn an. »Du merkst das schon noch selbst, oder?«

»Was merk' ich selbst?«, fragt Vincenzo grinsend.

»Den Bullshit, den du verzapfst! Gib mir lieber 'ne Zigarette. Ohne ist dein Repertoire an Kalendersprüchen kaum auszuhalten.«

Vincenzo entfernt die Folie der Verpackung, öffnet den Deckel und klopft behutsam eine Zigarette heraus.

»Aha, geht's schon los. Von wegen, du rauchst nur, wenn du trinkst.«

Ich lasse mir von Vincenzo ein Feuerzeug reichen und stecke die Zigarette zwischen meine Lippen, um sie noch in Bewegung zu entflammen. Eine ungewohnte Lässigkeit durchströmt meinen Körper. Mit kurzer Drehung meines Oberkörpers gebe ich ihm das Feuerzeug zurück in seine noch immer ausgestreckte Hand.

»Keine Sorge. Ich trinke heute auch.«

Wir biegen um die Ecke. Auf der viel befahrenen Implerstraße tummeln sich die Lastwagen der nahe gelegenen Großmarkthalle auf ihrem Weg in den Feierabend.

»Perfektes Timing«, sagt Vincenzo, als der Bus der Linie 132 gleichzeitig mit uns die Haltestelle erreicht. Die Türen öffnen sich. Zielstrebig setzen wir uns in die hinterste Sitzreihe.

»Egal wie alt, die Coolen sitzen hinten im Bus«, sagt Vincenzo. Er breitet sich auf zwei Sitzplätzen aus, ein Bein im rechten Winkel aufgestellt, sein Rücken ans Fenster gelehnt.

»Auch mit 30 noch?«, frage ich ihn.

»Gerade mit 30, Tim. Gerade mit 30!«

»Wenn du meinst.«

Neidisch blicke ich auf seine kindliche Energie, seine Ignoranz gegenüber der unbedeutenden Meinung Fremder, seine der Gravitation des Lebens trotzenden Schwerelosigkeit. Nachdenklich sehe ich aus dem Fenster und da sehe ich sie wieder, ihren schwebenden Kopf zwischen verschwimmenden Häuserzeilen. Dann schrecke ich überrascht nach oben. Vincenzo lehnt mit seinem Oberkörper auf mir, stößt mit seinem Ellenbogen nachdrücklich zwischen meine Rippen.

»Tim! Was träumst du schon wieder vor dich hin?«

»Nichts. Denke nach. Unwichtig.«

»Na ja, mal zu den wichtigen Themen.« Mit einem verschmitzten Lächeln sieht er mich nickend an. »Medina ist wieder Single, oder?«

»Ja, schon. Wieso fragst du?«, will ich wissen. Skepsis macht sich in mir breit, legt sich auf meine Mimik.

»Du siehst das vielleicht nicht mehr, bist blind dafür, wenn du tagein, tagaus nur von Anna sprichst, aber Medina ist eine absolute Maschine! Zehn von zehn. Cute af.«

Sein breites Grinsen ähnelt dem eines Kleinkinds, das gerade freudig erfährt, nach dem Essen noch ein Überraschungsei naschen zu dürfen.

»Das hat nichts mit Anna zu tun. Medina und ich kennen uns seit wir *so* klein sind«, deute ich mit ausgestreckter Hand rechts neben mich. »Sie ist wie eine Schwester für mich.«

»Dann solltest du meinem geübten Auge und meiner fachmännischen Meinung vertrauen.«

»Fachmännische Meinung«, wiederhole ich augenrollend.

Eine Affäre zwischen meinen besten Freunden würde meiner Gefühlsachterbahn einen weiteren Looping hinzufügen. Insbesondere, weil Vincenzo nur ungern ein Fahrgeschäft zweimal fährt. Mit ernstem Blick sehe ich ihn an.

»Tu mir einen Gefallen, Vincenzo. Nur einen! Zieh bei

Medina nicht deine typische Show ab. Lass sie in Ruhe. Such' dir irgendeine andere auf der Party. Ist dir doch sowieso egal, wen du mit nach Hause nimmst.«

»Was für Show? Was laberst du?«

»Ja, dein Fuckboy-Gehabe.«

»Fuckboy? Sie ist doch eine erwachsene Frau, oder? Ich bin mir sicher, sie kann gut auf sich selbst aufpassen. Dafür braucht sie nicht dich. Außerdem hat sie vielleicht Bock auf ein Trostpflaster, so kurz nach der Trennung. Du weißt: ›The best way to get over someone, is to get under someone else.‹«

Ich atme tief ein und seufzend wieder aus. Vincenzo scheint nur mit mir zu spielen. Trotzdem nervt mich diese Diskussion, bevor sie überhaupt richtig losgeht.

»Natürlich kann sie auf sich selbst aufpassen. Ich hab' nur keinen Bock auf Drama.«

»Lieber Drama als gar kein Sex!«

»Bei Medina gibt es für dich weder Drama noch Sex.«

»Chill. Alles nur ein Joke.«

Erschöpft lehne ich mich zurück. Im Bus ertönt eine Durchsage: »Nächster Halt: Fraunhoferstraße. Next Stop: Fraunhoferstraße«.

Vincenzo deutet auf die Anzeige über unseren Köpfen. »Jo, da müssen wir raus.«

Hastig verlassen wir den Bus. Aufmerksam sehen wir uns zuerst rechts, dann links an der Haltestelle um. Als wären wir ihre verspätete Lieferando-Bestellung, wartet Medina unruhig auf der gegenüberliegenden Straßenseite. Es liegt wohl an Vincenzos Äußerungen im Bus: Zum ersten Mal seit langer Zeit bemerke ich ihre unaufgeregte und doch umwerfende Schönheit. Die sich in der Isar spiegelnde rötliche Abendsonne lässt ihr lockiges, dunkles Haar glänzen. Trotz ihres eleganten Sommerkleids wirkt sie lässig und abgeklärt. Ihr Blick wandert unaufhaltsam die Brücke auf und ab, bis sie Vincenzo und mich auf der anderen Straßenseite entdeckt. Der Straßenverkehrsordnung entsprechend warten wir an der Fußgängerkreuzung auf grünes Licht der noch rot aufleuchtenden Ampel. Vincenzo steht neben mir. Nach hektischen Blicken die Straße hinunter schreit er laut »Ist frei!« und sprintet plötzlich los. Mein Bein zuckt nach vorne, will einen Schritt auf die Straße machen, doch ich schrecke zurück, widerstehe dem anfänglichen Muskelimpuls, entscheide mich stehenzubleiben. Aus der Entfernung beobachte ich die herzliche Begrüßung der beiden. Laut lachend deuten sie auf mich. Doch ich halte weiterhin Ausschau nach positiven Signalen, warte auf ein Versprechen von Sicherheit, will erst losgehen, den ersten Schritt auf die andere Seite wagen, wenn alle Risiken abgewogen, alle Unsicherheiten beseitigt wurden. Viel zu spät bemerke ich, dass mir längst grünes Licht entgegenstrahlt, bin damit beschäftigt nachzudenken, wann aus Wagnis Gewissheit wird.

»Hey! Tim! Auf was wartest du? Grüner wird's nicht!«, höre ich Vincenzo mir entgegenrufen. Neben ihm die kopfschüttelnd lachende Medina.

Regungslos, in Gedanken versunken, stehe ich unter der grün aufleuchtenden Fußgängerampel einer Schar an Fahrrädern und Fußgängern im Weg, die sich, an diesem belebten Freitagabend im Münchner Glockenbachviertel, schimpfend an mir vorbeidrücken.

»Ey! Du Blinder! Super Platz zum Rumstehen ausgesucht!«, schallt es mir von hinten ins Ohr.

Ich blicke auf, gehe langsam los, entschuldige mich leise: »Sorry«

»Bebeğim! Wo bist du denn mit deinem Kopf? Na ja, ich hab' so eine Ahnung«, sagt Medina, drückt mich fest an sich und gibt mir links und rechts einen Kuss auf die Wange. Auf sie wirkte mein Verhalten an der Ampel wohl niedlich, denn nur dann werde ich mit türkischen Kosenamen begrüßt. Ich selbst empfinde es kaum als niedlich, wenig goldig, überhaupt nicht knuffig, wie ich verloren auf der anderen Straßenseite in den Boden blickte, ohne zu bemerken, dass die Ampel bereits auf Grün geschaltet hat.

»Was meint ihr?«, sieht sie uns euphorisch an. »Ich bin ready! Richtig Bock zu dancen. Und Durst hab' ich auch schon!«, sagt Medina und legt zwischen Vincenzo und mir die Arme um unsere Hüften. Eng umschlungen schlendern wir auf dem engen Bürgersteig die Reichenbachbrücke entlang, wollen auf die andere Seite der Isar. Empfand ich es vor wenigen Minuten noch als unangenehm, meinen Mitmenschen im Weg zu stehen, kann ich mir nun nichts Schöneres vorstellen.

Vincenzo senkt seinen Blick. »Nice! Wenigstens eine!«, sagt er freudig grinsend. »Du kannst dir nicht vorstellen, was der schon wieder für 'ne Fresse gezogen hat, als ich ihn abgeholt habe!«

»Haha, sogar sehr gut! Sehe ihn quasi vor mir«, entgegnet Medina und sieht zu mir hinüber.

»Du redest doch auch andauernd von Luca«, sage ich zu ihr, wobei ich schon beim Aussprechen ein schlechtes Gewissen bekomme.

»Komplett was anderes. Vor allem nicht schon über ein Jahr her. Können wir heute bitte nicht über unsere Exfreunde und Exfreundinnen sprechen?«

Ein Vorschlag, den ich nur gutheißen kann. Raus aus meinem Kopf mit Anna. Endlich auf andere Gedanken kommen. Zumindest für einen Abend.

Kapitel 2

»Pack' die daneben!«, rufe ich Vincenzo zu, als er gerade dabei ist, das Augustiner in seiner Hand in den Mülleimer zu werfen.

»Why, Bro?«, sieht er mich fragend an.

»Da ist Pfand drauf!«

»So what? Seh' ich arm aus?«

»Nicht jeder Münchner ist Consultant.«

»Freitags im Tambosi oder Schumann's wirkt's schon so.«

»Da würde ich nicht für viel Geld rein.«

»Große Worte! Das sah letztes Jahr noch ganz anders aus«, erwidert Vincenzo, zieht sein iPhone aus der Tasche und sucht eilig Beweisfotos, die mich enthusiastisch in besagten Locations entlarven sollen.

»Uh, da bin ich gespannt!«, sagt Medina mit freudig erhöhter Stimme.

»Wenn es um peinliche Bilder geht, verlierst du«, erinnere ich Vincenzo an Dokumente frivoler Eskapaden auf meinem Handy.

»Nur, dass mir das egal ist. Ist der Ruf mal ruiniert …«

»Ist es trotzdem cringe, oberkörperfrei, mit zerrissenem Shirt aus dem Heart geschmissen zu werden«, ergänze ich seinen Satz, unsicher, ob der Rausschmiss tatsächlich peinlicher als die reine Anwesenheit im mittlerweile geschlossenen Schickeria-Club ist.

»Haha, dir vielleicht. Also, wohin mit dem Ding?«

»Einfach daneben stellen. Für Pfandsammler.«

»Alright! Jeden Tag eine gute Tat.« Vincenzo stellt die braune Bierflasche sorgsam neben den Mülleimer. »Trinkt endlich euer Zeug aus. Ich dachte, wir wollen los«, sagt er und deutet eindrücklich auf das Zifferblatt seiner Rolex Daytona am Handgelenk. Eine Bewegung, die er sichtlich genießt, hatte er doch auf der Warteliste des Juweliers Wempe über zwei Jahre geduldig auf die Münchner Grundausstattung gewartet.

Mit einem kräftigen Schluck leere ich meine Flasche. Auch Medina trinkt den letzten Rest ihres Hellen. Mit dem Handrücken wischt sie Biertropfen von ihrem Mund. Der aufgetragene Lippenstift ist wasserfest.

»Na dann yallah, ihr zwei Poser. Auf zur U-Bahn«, sagt sie.

Ich ahne, was nun folgt, kenne die immer gleiche Debatte, die jede Fahrt mit den öffentlichen Verkehrsmitteln initiiert. Eine dezidierte Ausarbeitung des schnellsten, effizientesten, zeitgleich praktikabelsten Wegs zum ausgewählten Ziel. Die eigene Geburt und das Aufwachsen innerhalb der Stadtgrenzen müssen immer wieder aufs Neue durch detaillierte Kenntnis der geographischen und insbesondere verkehrstechnischen Gegebenheiten der Stadt belegt werden. Eine Beweisführung, bei der die Nutzung digitaler Hilfsmittel nicht nur verpönt ist, sondern die eigene Unkenntnis bezüglich der Kartografie der Heimatstadt bereits veranschaulicht. Schon mit Medinas Wahl des ersten Verkehrsmittels zeigt Vincenzo sich unzufrieden. Fragend sieht er sie an.

»U-Bahn?«

»Kennst du? Das sind Züge unter der Erde!«

»Schon mal gehört, ja. Aber wohl erst am Sendlinger Tor!«

»Wieso denn Sendlinger Tor? Wir steigen hier in die U2 und fahren durch bis zum Scheidplatz. Von dort sind's nur noch paar Stationen mit dem Bus«, entgegnet Medina.

»Mit dem Bus? In Schwabing? Um die Zeit? Sag mal, bist du vor zwei Wochen erst nach München gezogen?«

»Wie würdest du denn fahren, Vincenzo? Ich wusste gar nicht, dass du Unternehmensberater *und* Schaffner bist.«

»Safe! Wir fahren mit der 38er-Tram bis zum Sendlinger Tor, dort in die U6 bis zur Dietlindenstraße.«

»Und dann?«

»Wie und dann? Dann gehen wir noch ein paar Meter zu Fuß. Schadet dir nicht.«

»Spinnst du? Was heißt hier, das schadet mir nicht?«

»Schadet es unserer Prinzessin etwa, wenn sie paar Meter zu Fuß gehen muss?«

Wie unbeteiligte Passanten einer Schlägerei vermeide ich, Teil dieser Auseinandersetzung zu werden. Meine Gedanken kreisen um die in Frühlingsgrün getauchte Isarpromenade, die auch dieses Jahr schlagartig statt in winterlichem Grau in saftigem Grün erstrahlt, als hätte, in der Finsternis einer Nacht, heimlich eine Horde Maler Bäume und Blätter gepinselt. Erst beim Wort ›Prinzessin‹ horche ich auf, warte erschrocken auf Medinas Reaktion, die diese provokante Wahl des Kosenamens aber bewusst ignoriert, stattdessen energisch mit der Diskussion fortfährt. Von beiden unbemerkt suche ich währenddessen selbst bei Maps den schnellsten Weg zur Party.

»Paar Meter? Zu Fuß sind wir locker nochmal fünfzehn Minuten unterwegs!«

Ich schreite ein, will die nahende Eskalation verhindern. Nicht ohne Bedauern, immerhin sind diese hitzigen und doch unbedeutenden Diskussionen der beiden mitunter sehr unterhaltsam.

»Chillt mal! Das ist doch scheißegal! Wisst ihr, worüber ihr gerade diskutiert? Laut Google ist der Zeitunterschied eurer Vorschläge exakt eine Minute. Eine Minute, Leute!«

Als ich davon ausgehe, mit meiner messerscharfen Analyse die Diskussion beendet zu haben, schallt es mir gleichzeitig aus zwei Richtungen entgegen: »Google hat keinen Plan!«

»Wie wäre es mit folgendem Kompromiss«, schlägt Vincenzo plötzlich versöhnliche Töne an.

»Ich höre«, sagt Medina, mit einem Blick, als würde ihr der Pate, seine graue Katze streichelnd, ein Angebot unterbreiten, das sie nicht ablehnen kann.

»Wir nehmen die U2 zum Sendlinger Tor, steigen dort in die U6, fahren bis zur Münchner Freiheit.«

»Münchner Freiheit? Interessant. Ich bin gespannt, Vincenzo.«

Ungläubig staunend, wie das Kind eines diskutierenden Ehepaares, stehe ich neben den beiden. Auch meine Eltern zanken sich ständig um die trivialsten Entscheidungen. Nie sind es die komplizierten, emotionalen, fundamentalen Gesprächsthemen, die zur Eskalation führen, denn diese werden tief im Inneren begraben, mit sich selbst ausgemacht und erst auf dem Höhepunkt des Streits als Vorwurf formuliert dem Gegenüber an den Kopf geworfen. Das Irrelevante hingegen wird mit überzeugter Dynamik statt angemessener Gleichgültigkeit stundenlang diskutiert. Mir selbst bleibt nur die Rolle des Zuschauers.

»An der Münchner Freiheit steigen wir in den 23er-Bus Richtung Schwabing Nord und nach drei kurzen Haltestellen am Schwabinger Tor wieder aus. Von dort dürften es keine zweihundert Meter bis zur Wohnung sein. Punto e basta!«

»Klingt gut. Bin am Start. Passt das für dich, Tim?«, fragt Medina. Sie scheint zu glauben, für ihren Plan noch mein Einverständnis einholen zu müssen.

»Hört mir hier mal irgendjemand zu? Ich hab' vor gefühlten drei Stunden schon gesagt, dass mir das völlig egal ist.«

»Völlig egal? Manchmal glaube ich, du kennst dich in deiner eigenen Stadt nicht aus, Tim.« Vincenzos Blick ist vorwurfsvoll.

»Mir hört wirklich niemand zu!«, lache ich.

Medina boxt mir versöhnlich in die Seite. Mit ausgestrecktem Arm deutet sie in Richtung der U-Bahn-Haltestelle, hakt sich bei mir unter und wir laufen los.

Es war wohl doch keine schlechte Idee, mein Perpetuum Mobile der Traurigkeit zu verlassen, das angetrieben wird von noch immer mit Anna geteilten iPhone-Fotoalben, der Spotifyliste ›breakup songs to scream in the car‹ und sauren Glühwürmchen von Trolli, die statt mein Leiden zu lindern nur Sodbrennen verursachen. Vincenzos und Medinas energische Diskussionen wie diese sind die Angel für meine Rettung aus dem Sumpf der Trübsal.

Dabei war eine Zusammenkunft der beiden ohne unangenehme Zwischenfälle anfangs undenkbar. Gegenseitige Abneigung prägte ihr Kennenlernen. Insbesondere Medina konnte meine Freundschaft zu Vincenzo nur schwer nachvollziehen. Während meines Studiums in Zürich besuchte sie mich regelmäßig. Die Reste der mitgebrachten Baklava verklebten noch Wochen später meinen Küchentisch.

»Mit dem bist du befreundet? Mit so einem Selbstdarsteller? Hängen an deiner Uni nur arrogante BWL-Fuzzis ab? Der glaubt doch, er kann jede haben!«, waren Medinas Worte, als wir beide nach ihrem ersten Kennenlernen wieder allein waren.

»So ist er normalerweise nicht! Gib ihm 'ne Chance. Der ist echt okay! Ist halt so seine Art«, versuchte ich sie zu beschwichtigen.

»Was denn nun? Ist er normalerweise nicht so oder ist das eben so seine Art? Du musst dich schon entscheiden, Tim! Ganz ehrlich, null Verständnis, wieso du mit so einem abhängst.«

Eine überzeugende Erklärung zu finden, fiel mir schwer.

»Keine Ahnung, ich komme gut mit ihm aus. Außerdem hatte er keine leichte Zeit. Er hat krass gebuckelt für Schule und Studium. Im Gegensatz zu mir musste er sich anstrengen, um hier an der Schnösel-Uni zu landen.«

»Und das rechtfertigt seine unverschämt ekelhafte Art? Seine Jugend kann doch nicht das ganze Leben lang eine Entschuldigung sein!«

»Das ist keine Entschuldigung. Nur meine Erklärung. Was macht er denn *so* Schlimmes?«

»Bist du blind? Wenn du das selbst nicht mehr siehst, habe ich keine Lust zu diskutieren. Ist der jetzt immer hier, wenn ich dich besuche?«

»Keine Ahnung, denke schon. Wohin soll er denn gehen?«, antwortete ich sarkastisch.

»Dann komme ich nicht mehr!«

Sie kam mich weiterhin besuchen. Regelmäßig. Trotz Vincenzos ständiger Anwesenheit.

»Shit, das ist unsere!«, ruft Vincenzo, als die U-Bahn in den Bahnhof einfährt und wir noch auf der Rolltreppe stehen. Neben uns, in kurzen Abständen auf Augenhöhe angebracht, Plakate mit Penissen, die zur Nutzung von Kondomen animieren sollen. Sollte die Virenlast während meines letzten Besuchs im Sendlinger Südbad nicht gefährlich hoch gewesen sein, haben auf der Liste meiner akuten Probleme Geschlechtskrankheiten keinen hohen Stellenwert.

Vincenzo rennt los. »Kommt! Beeilt euch! Ich blockiere die Türen!«, schreit er uns über seine Schulter hinweg zu.

In Erwartung des folgenden Sprints und bei Kenntnis meines bescheidenen Fitnesszustandes trifft mein verzweifelter Blick auf Medinas erwartungsvolle Augen. Wir nicken uns zu. Dann laufen wir ihm hinterher.

Es fällt uns schwer, mit Vincenzo Schritt zu halten. Völlig außer Atem rufe ich Medina laut mein Unverständnis zu: »Wieso muss es unbedingt die sein? Die nächste kommt in drei Minuten!«

Vincenzo erreicht die hinterste Tür der U-Bahn, stellt einen Fuß in die Lichtschranke, will das Schließen verhindern, uns dreien die Mitfahrt ermöglichen. Nur dieser für ihn kleine Schritt genügt, ein bekanntes Gefühl in mir freizusetzen, mich zurück in meine Jugend zu schießen. Grimmige Blicke der im Zug sitzenden Rentner sind starr auf Vincenzos strahlend weiße Nike Air Force 1 gerichtet, als könnte passive Aggressivität das Bein aus dem kritischen gelb markierten Bereich schieben.

»Das war knapp! Eine U-Bahn später und unser gesamter Plan ist am Arsch!«, sagt Vincenzo sichtlich stolz.

Unbeeindruckt sehe ich ihn an. »Das wäre natürlich krass gewesen. Keine Ahnung, wie wir dann jemals angekommen wären.«

»Ohne uns würdest du immer noch hilflos an der grünen Ampel stehen, keinen Plan, wo du bist oder wie du dort wieder wegkommst«, sagt Medina und erntet damit ein Lachen von Vincenzo.

»Seit wann habt ihr euch eigentlich gegen mich verbündet?«

Krachend schallt es aus den Lautsprechern im Zug. »Nächster Halt: Sendlinger Tor. Bitte rechts aussteigen. Next Stop: Sendlinger Tor. Please exit the train on the right.«

Der Umbau einiger Münchner Bahnhöfe und die endlos anmutende Dauer der Projekte lassen mich immer wieder erstaunt zurück. In den meisten Fällen wird bereits die Fertigstellung feierlich inszeniert, trotz teils immer noch kahler Wände und offener Stromleitungen. Wie die Gratulation zum bestandenen Abitur, schon während des Absetzens des zittrigen Schülerkörpers auf dem zugewiesenen Platz kurz vor Beginn der Matheprüfung. ›Wir verschönern diese Haltestelle für Sie‹ steht in großen Buchstaben neben den Informationen zu Abfahrtszeiten und Haltestellen. Es liegt mehr denn je im Auge des Betrachters, ob es sich bei der Verschalung der Wände mit neongelbem Plastik um eine Verschönerung handelt oder um einen bahnhofgewordenen Albtraum im Warnwestenlook.

Unser präzise, differenziert ausgearbeiteter Plan sieht den ersten Umstieg vor. Angestrengt drängen wir uns durch die Menschenmasse. Überall der gleiche, eindringliche Gesichtsausdruck. Menschen sehen freudig lächelnd dem bevorstehenden Wochenende entgegen, doch spiegelt sich in den Augen der Fremden die Sinnlosigkeit des eigenen kapitalistischen Schaffens, die Anstrengung der zurückliegenden Arbeitswoche und das Bewusstsein, alles in nur zwei Tagen erneut über sich ergehen lassen zu müssen.

Noch vor Eintreffen der U6 erreichen wir das Gleis. Vincenzos breitbeiniger Auftritt in der Lichtschranke der Tür, um den Zug an der Abfahrt zu hindern, ist an dieser Haltestelle nicht nötig. Ohne gesellschaftlichen Ungehorsam richten sich die vorwurfsvollen Blicke der Rentner im Zugabteil auf Medinas olivfarbene Haut und Vincenzos pechschwarz glänzende Haare.

Ich sehe mich erfolglos nach freien Sitzplätzen um. »Alles voll.«

»Ich sitz' den ganzen Tag auf meinem Arsch, da brauch' ich mich nicht jetzt auch noch hinsetzen«, meint Vincenzo.

Noch bevor er seine Lobeshymnen auf das Stehen, nach sitzenden Martyrien am Arbeitsplatz, fortführen kann, wird er laut und mit erkennbar bayerischem Dialekt von einer grantigen und doch freundlichen Männerstimme unterbrochen: »Nächsta Hoit: Odeonsplatz. Umstieg zur U4 und U5. Steigens bitte in Fahrtrichtung rechts aus. Rechts is' da, wo da Daumen links is'.«

Die Geschwindigkeit des Zuges verlangsamt sich wie ein fließender Fluss bei erhöhtem Strömungswiderstand. Planmäßig kommen wir zum Stehen. Die Türen sind noch geschlossen, als ich aus dem Fenster nach draußen auf den Bahnsteig sehe. Alte, an den Decken des Gewölbes angebrachte Neonröhren erzeugen ein flackerndes Lichtspiel, passend zur Unruhe, die die unzähligen Menschen am Gleis ohnehin ausstrahlen. Eine Taube scheint sich im unterirdischen Bahnhof verirrt zu haben. Auf der Suche nach einer Möglichkeit, über den Köpfen der Fahrgäste zu landen, fliegt sie von Säule zu Säule. Während sich Medina und Vincenzo neben mir angeregt unterhalten, richte ich, als würde eine unsichtbare Kraft mich dazu drängen, meinen Blick weiterhin starr nach draußen. Aus unscharfen Umrissen der Menschen vor den Fenstern werden scharfe Konturen, die zaghaft freie Sicht in die Gesichter erlauben. Aus Unsichtbaren werden Unbekannte, wenn sich Blicke für wenige Sekunden treffen, bevor wir uns in der Schar an Fahrgästen verlieren. Ein schrilles Pfeifen, ein unangenehmes Quietschen, wie Kreide auf einer Tafel, begleitet den Halt der U-Bahn. Plötzlich, impulsiv, ohne Vorwarnung ziehen sich meine Muskeln zusammen. Mein Herz schlägt schneller, rast förmlich. Die Atmung fällt mir schwer. Medina unterbricht ihr Gespräch mit Vincenzo, dreht sich zu mir, als würde sie spüren, dass etwas nicht in Ordnung ist. Die Muskeln meiner rechten Hand ziehen sich krampfartig zusammen. Die Innenflächen sind nass vom sich plötzlich bildenden Schweiß. Hilflos will ich die verlorengegangene Kontrolle über meine Atmung zurückgewinnen. Aus dem Tiefsten meines Herzens spreche ich leise, kaum hörbar für die umstehenden Personen, zu mir selbst.

»Fuck!«

Medina sieht mich besorgt an. »Was los, Tim?«

Dann werden die Türen mit einem zischenden Ton zur Öffnung freigegeben. Medina dreht ihren Kopf, blickt in Richtung des sich öffnenden Zugabteils.

»Fuck!«, sagt sie leise.

»Was ist los bei euch? Könnt ihr mich bitte einweihen …?«

Vincenzo hat seinen Satz noch nicht beendet, als er sich selbst unterbricht: »Fuck!«

Es ist neun Uhr neunundvierzig. Die Türen öffnen sich wie die Schleusen eines Kraftwerks. Es ist, als würden tausende Liter Wasser auf mich zuströmen und meinen hilflosen Körper gegen die Fenster der U-Bahn pressen. Anna betritt den Zug. Gerade als ich dachte, damit begonnen zu haben, sie wie eine Bleistiftzeichnung aus meinem Kopf zu radieren, entpuppt sie sich als hartnäckige Edding-Kritzelei. Sie ist nicht allein. An ihrer Hand schleppt sie einen blonden Riesen hinter sich her. Sein Gang wirkt wie einstudiert, auffällig aufrecht, als hätte ihm Jürgen Höller persönlich das Gehen beigebracht. Sein auf Anna gerichteter Blick liegt irgendwo zwischen verliebt und unterwürfig. Hellseherische Fähigkeiten sind nicht nötig, um zu erkennen, wen Anna hier im Schlepptau hat. Während ich noch versuche, meine Fluchtmöglichkeiten in absteigender Reihenfolge nach Wahrscheinlichkeit des Überlebens zu sortieren, kommt sie bereits entschlossenen Schrittes auf mich zu. Widerstand scheint zwecklos. Eine Flucht unmöglich, ohne das eigene oder das Leben anderer zu gefährden. Unschlüssig, ob Körperverletzung in dieser Situation als Notwehr gilt, entschließe ich mich zur einzigen Handlung, zu der ich noch imstande bin: keine Handlung. Ich bleibe, wo ich bin, wie angewurzelt stehen.

»Oh, hi Tim.«

Ich spüre, wie sehr sie sich auf diesen Moment gefreut hat, wie oft sie diese Situation schon im Kopf wieder und wieder durchgegangen ist, wie sehr sie sich danach gesehnt hat, mich mit ihrem neuen Freund zufällig zu treffen, mir ihr neues Glück ins Gesicht zu schmieren, wie damals die Himbeerkonfitüre auf das Toastbrot, als sie beiläufig unsere Beziehung beendete, als wäre diese das Test-Abonnement des Münchner Merkurs. Ihre gute Laune kann sie kaum verbergen, strahlt bald über beide Backen, wie der Joker gegenüber seinem ewigen Widersacher Batman. Das erste Mal seit langer Zeit freut sich eine Frau so sehr, mich zu sehen.

Alles verzögert sich. Ein Moment in Zeitlupe. Wie unter einem Mikroskop werden kleinste Details meiner Umgebung klar und deutlich sichtbar. Die Küsse von zwei sich streichelnden Teenagern im Sitzabteil neben uns und die Hände des verliebten Jungen, die dabei am nackten Bein des Mädchens nach oben wandern. Direkt daneben, auf der braunen Baskenmütze eines zeitunglesenden Mannes, eine Fliege, die ihren Flug fortsetzt, um auf dem Rand des Zeitungspapiers zu landen, bevor sie vom Handrücken des Mannes aus dem Sportteil verjagt wird.

›Geheim! So viel verdienen unsere Nationalspieler!‹ prangt in überdimensionalen Lettern auf der Titelseite, als würde die Redaktion durch die Größe der Schlagzeile über die Bedeutungslosigkeit ihrer Recherche hinwegtäuschen wollen.

Die Tippgeräusche auf dem iPhone der jungen Frau neben mir klackern mechanisch. Nachrichten, wie mit einer Schreibmaschine verfasst. Tack, Tack, Tack. Tick, Tack, Tick, Tack. Medina und Vincenzo werden zu Komparsen degradiert, warten in Schockstarre neben mir darauf, dass ich irgendetwas sage, irgendetwas tue, zumindest reagiere, ein Lebenszeichen zeige, doch ich verpasse meinen Einsatz, vergesse meinen Text, während die Hauptdarstellerin zu glänzen vermag.

»Freut mich, dich zu sehen. Wirklich!«, sagt Anna ehrlicher als je zuvor.

»Hi«, höre ich mich sagen, als würde ich mich, gefangen am höchsten Punkt im Riesenrad von Willenborg, selbst beobachten. Mein Körper als Volksfest, mit meinem Verstand im Looping und meinem Herzen gruselnd in der Geisterbahn. Medina als abgerichteter Zerberus in Lauerstellung, jede Sekunde bereit zuzubeißen, wenn es die Situation erfordert oder ich ihr ein Kommando zum Angriff erteile.

»Hey Anna. Was geht?«, versucht Vincenzo mehr die unangenehme Stille zu überbrücken, als ernsthaft etwas über das Befinden meiner Ex-Freundin zu erfahren.

»Wie unhöflich von mir. Das ist Daniel. Mein Freund«, sagt Anna und deutet auf den blassen Schrank neben ihr.

Ohne bewusst zuzuhören, meldet sich mein Verstand aus der Achterbahn, vervollständigt Annas Aussagen eigenständig in meinen Gedanken, als würde das Drehbuch direkt vor mir liegen: ›Das ist Daniel, mein Freund. Für ihn ist unsere Beziehung etwas Besonderes, keine beiläufig gekaufte Pflanze, die nach anfänglicher Begeisterung ohne Wasser und Fürsorge auf dem Balkon verwelkt. Er kann sich sogar meinen Geburtstag merken, lädt mich nicht erst einen Tag später in ein drittklassiges Restaurant ein, weil innerhalb von vierundzwanzig Stunden höchstens ein ranziger Imbiss in Neuperlach noch Reservierungen annimmt. Außerdem hat er eine Gabe, ein seltenes Talent, eine außergewöhnliche Fähigkeit: Er kann zuhören. Er hört tatsächlich zu, Tim. Er merkt sich sogar Dinge, die ich ihm erzähle. Ach ja, und er fickt mich viel besser, als du es jemals getan hast.‹

Mir kommt unser erster gemeinsamer Urlaub in den Sinn, an der kroatischen Küste nahe Split. Vor der Abreise redet Anna mir wochenlang ein, zum Schutz vor scharfkantigen Felsen und giftigen Seeigeln, unbedingt Badeschuhe kaufen zu müssen. Später, als ich die Schuhe aus meinem Herschel-Rucksack nehme und über meine käsigen Füße zu streifen versuche, lacht sie mich am Strand lauthals aus. Diese schuhgewordenen Verhütungsmittel aus Kunststoff verhindern nicht nur Schnittverletzungen an meinen Sohlen, sondern für den restlichen Urlaub auch jegliche sexuelle Handlung zwischen uns. Als würde sich ihr Uterus, beim Anblick meiner von wasserabweisendem Plastik umhüllten Füße, die vom Sonnenbrand rot gefärbt sind und durch die Kreuzmusterung der Schuhe einer Salami im Netz ähneln, vor Schreck in sich zusammenziehen wie die Tentakel eines flüchtigen Oktopus.

Noch nicht gänzlich in die Realität zurückgekehrt, sehe ich eine ausgestreckte Hand direkt vor meiner Brust. Mein Blick wandert nach oben. Es ist Daniels Hand, die er mir wie ein wohlerzogener Schulbube, zur Begrüßung entgegenstreckt. Er scheint bereit, hier und jetzt seinen Poweranker zu setzen, wie er es wohl auf einem ausverkauften Motivationsseminar in der Münchner Olympiahalle gelernt hat. Ich weiß nicht, wie lange er bereits in dieser Haltung ausharrt und auf meine Reaktion wartet. Vincenzos peinlich berührtem, eindringlichem Blick nach zu urteilen, schon länger als üblich. Um weitere unangenehme Zwischenfälle zu vermeiden, möchte ich seine Hand schütteln, die höfliche Geste erwidern, doch mein gesamter Körper wehrt sich gegen jeden Millimeter Bewegung. Versteinert stehe ich vor Daniel, die Kontrolle über meine rechte Hand komplett verloren. Kurz bevor er seine Hand wieder zurückziehen will, schnellt mein Arm unkontrolliert nach vorne. Kräftig packe ich zu.

»Tim. Tim. Ich heiße Tim«, stammle ich, selbst überrascht ob der schlagartig zurückerhaltenen Kontrolle über meine Extremitäten.

»Ich bin Daniel. Freut mich«, sagt er bestimmt, in dialektfreiem Hochdeutsch. Ähnlich einer Auszeit beim Sport, die das abgemühte Team vor weiteren gegnerischen Punkten bewahren soll, unterbricht die Durchsage des Zugführers unsere unangenehme Vorstellungsrunde.

»Da müssen wir raus!«, ruft Vincenzo.

»Müssen wir nicht noch ein paar Stationen fahren …?«, will ich gerade seine geistesgegenwärtige Aussage zunichtemachen, als er mich unterbricht.

»Nein. Wir müssen hier raus. Du hast wirklich keine Ahnung, Tim! Gut, dass ich am Start bin«, sagt Vincenzo eindringlich. »Also, raus mit uns. Hat uns gefreut, Anna. Schön, dich kennengelernt zu haben, David!«

»Daniel.«

»Entschuldige, Damian.«

»Daniel! Ich heiße Daniel.«

»Sorry! Krass laut hier. Nichtsdestotrotz, euch beiden noch einen schönen Abend. Ciao!«

An meinem Oberarm schleift Vincenzo mich aus der U-Bahn. Medina folgt dicht hinter uns.

»Per amor del cielo! Was war das denn? ›Tim, Tim, Tim, ich heiße Tim.‹ Was war denn los mit dir?«, fragt mich Vincenzo ungläubig, wie ein Boxtrainer seinen Schützling, der gerade in der ersten Runde des Kampfs K.o. geschlagen wurde.

Ich bin selbst noch nicht in der Lage, die letzten Minuten zu rekapitulieren, geschweige denn zu erklären. »Keine Ahnung. Ich hab' die beiden gesehen und hatte einen Blackout.« Medina schließt mich in ihre Arme, wie eine Löwenmutter ihren Nachwuchs. »Ach komm. Ist doch egal! Alles nicht so schlimm. Nichts, was ein Munich Mule und gute Freunde nicht reparieren können. Lass in die nächste U-Bahn steigen.«

Nach dem Zusammentreffen des Grauens sprechen wir auf der verbleibenden Fahrt kaum. Noch eine Weile sind wir mit der U-Bahn unterwegs, bevor wir in den Bus umsteigen und nach drei Haltestellen an unserem Ziel ankommen. Jetzt sind es nur noch wenige Minuten zu Fuß. Vincenzo versucht, mich aufzubauen. Wohl auch aus Angst vor meiner schlechten Laune am restlichen Abend.

»Richtiger Lauch! Ohne Scheiß, Tim. Anna hat sich wirklich verschlechtert. Keine Ahnung, was die mit dem will!«

»Danke. Das ist lieb von dir«, versuche ich seine Aufmunterungsversuche anzunehmen. »Aber ich hätte ihr gern so vieles an den Kopf geschmissen. Ihr gesagt, wie scheiße die Trennung für mich war, wie wertlos ich mich gefühlt habe, wie schlecht es mir heute noch geht.«

»Sicher eine nice Idee, in der vollen U-Bahn heulend deine Ex-Freundin und ihren neuen Typen anzuschreien. Virales TikTok incoming. Zum Glück warst du ruhig und besonnen.«

Medina pflichtet ihm bei. »Vincenzo hat recht. Dieser Pseudo-Alpha und Anna sind es nicht wert, dass du auch nur einen Gedanken an sie verschwendest und wir uns den Freitagabend versauen lassen.«

»Ach, keine Ahnung. Weiß es doch auch nicht. Fühlt sich trotzdem scheiße an.«

»Weißt du, was viel schlimmer ist?«, will Medina wissen.

»Puh, gerade fällt's mir schwer, an etwas zu denken, das beschissener ist, als was gerade passiert ist.«

»Wegen den beiden hab' ich mein BeReal verpasst.«

»Du Arme!«, zeige ich wenig Mitleid.

»Jetzt muss ich ein Late posten!«

»Wieso hast du keins gemacht? Das wäre mal wirklich ›real‹ gewesen«, lacht Vincenzo.

»Kommt mal her, hier vor dem Schaufenster geht sich ein nices Spiegel-Pic«, sagt Medina und winkt mich zu ihr. Dann schießt sie zunächst ein Foto von uns dreien im Spiegel, bevor die Kameraperspektive ruckartig verändert wird, um auch den klaren Himmel zu zeigen.

Ich lächle gequält. »Können wir jetzt endlich weiter?«

Nach wenigen Minuten zu Fuß erreichen wir die Wohnung. Im obersten Stockwerk strahlt helles Licht aus den Fenstern, wie von Scheinwerfern auf die Straße geworfen. Laute Musik dringt durch Lautsprecher bis zur Eingangstür. Wie eine Vorwarnung wummern die Beats an mein Trommelfell. Nur elektronische Musik vermag meine Stimmung jetzt noch zu verschlechtern. Zur Wohnung gehört auch eine Dachterrasse, an deren beleuchtetem Geländer junge Menschen blauen Zigarettenrauch in den Münchner Abendhimmel blasen. Die offene Tür erspart Vincenzo auch hier das Klingeln. Der Geräuschpegel im Hausflur erinnert an eine Großraumdiskothek. Mit jeder Stufe nehme ich das Vibrieren der Treppen deutlicher wahr. Spätestens zu Mitternacht ist mit einem Polizeieinsatz wegen Ruhestörung zu rechnen. Vincenzo klopft an die Eingangstür der Wohnung, die – einen Spalt offenstehend – bereits durch die leichten Stöße seiner Fingerknöchel Zutritt gewährt. Direkt am Eingang spielen vier Männer in Ralph-Lauren-Polohemden Beerpong. Der Tisch scheint, den Markierungen auf der Oberfläche nach zu urteilen, eigens für das amerikanische Trinkspiel angefertigt worden zu sein. Leidenschaft für den Sport kennt viele Gesichter.

»Hey, Vincenzo! Lasst bitte die Schuhe an, die Putzfrau kommt eh morgen!«, ruft ein junger Mann, tritt hinter der marmorierten Kochinsel hervor und schreitet auf uns zu.

Weil ich fremden, erwachsenen Menschen nur ungern in Socken gegenübertrete, bin ich froh über seine Anweisung. Schnell schlüpfe ich zurück in meine Schuhe. Vincenzo und der mir unbekannte Mann begrüßen sich mit einem dynamischen Handschlag. Ein Klatschen erfüllt den Raum. Kraftvoll ziehen sie sich gegenseitig an ihre jeweilige Brust heran.

»Patrick! Fettes Merci für die Einladung, Bro! Das sind Medina und Tim. Gute Freunde von mir. Ich hatte ja gesagt, ich komme nicht allein.« Vincenzo dreht sich zu mir und Medina um.

Patrick, scheinbar der Gastgeber der Hausparty, schenkt mir ein kommentarloses Nicken seines überproportional großen Kopfes, bevor er Medina ausgiebig mit Wangenküssen begrüßt.

»Vincenzo, du hättest mir doch sagen müssen, dass du so eine schöne Frau mitbringst!«

»Und dann? Was wäre dann?«, fragt Medina, angewidert von der plumpen Anmache.

»Hätt' ich natürlich meinen besten Champagner rausgeholt. Nicht diesen billigen Veuve Cliquot«, versucht Patrick auf Medinas Frage zu reagieren.

»Wieso? Ist der noch bei deinem Papi im Keller?«

»Schlagfertig ist sie auch noch. Pass auf, sonst verliebe ich mich direkt in dich! Fühlt euch wie zu Hause! Für Cocktails gibt's 'nen Barkeeper. Bier könnt ihr euch selbst auf der Dachterrasse zapfen. Bitte nur dort rauchen! Den Gestank bekomme ich sonst nie wieder aus der Chaiselongue. Wegen des Champagners seh' ich mal, was ich tun kann«, sagt Patrick augenzwinkernd und dreht sich mit einer theatralischen Geste von uns weg, um neue Gäste zu begrüßen.

Medina sieht Vincenzo und mich vorwurfsvoll an. »Was ist denn das schon wieder für ein schmieriger Kerl, Vincenzo? Kennt ihr beiden noch normale Leute?«

Mein Versuch, mich aus der Verantwortung zu ziehen, scheitert kläglich: »Wieso ›ihr beiden‹? Ich kenn' den Kerl überhaupt nicht.«

»Seit eurem Beraterjob schleppt ihr mich nur noch auf Partys von solchen Typen. Habt ihr gesehen, wie der mich ausgecheckt hat? Ekelhaft.«

»Willst du dich beschweren, dass du heute Abend umsonst saufen darfst?«

»Und dafür muss ich mir so einen sexistischen Scheiß geben?«

»Got it. Der Kerl ist eklig. Ich halte ihn dir vom Leib«, sagt Vincenzo und sieht sich um.

»Da brauche ich dich nicht für«, erwidert Medina.

»Bin ich mir sicher. Lass auf die Dachterrasse hoch! Hier unten ist das 'ne reine Pimmelparty.« Mit hektischem Blick sucht er den Weg nach oben.

Die Dachterrasse ist über eine Wendeltreppe an der Außenseite des Hauses zu erreichen. Die kalte Ausstrahlung des Mobiliars lässt auf den teuren Einkaufspreis schließen. Design und Behaglichkeit schließen sich offensichtlich aus. Der Einrichtungsstil der mindestens 200 Quadratmeter großen Wohnung erinnert mich an etwas.

»Wie heißt nochmal der Film mit dem irren Investmentbanker, der seine Affären und Arbeitskollegen killt?«, rufe ich Vincenzo hinterher.

»American Psycho«, antwortet Medina und wirkt beleidigt, dass ich die Frage nicht ihr gestellt habe.

»Patrick Bateman heißt der Kerl. Die Szene mit der Visitenkarte ist so stark!«, schwärmt Vincenzo.

Auch der Vorname der Wohnungseigentümer stimmt überein. Männern mit überproportional großen Köpfen und markanten Gesichtszügen ist nicht zu trauen. Allein deshalb, weil sie – im Gegensatz zu mir – überdurchschnittlich gut bei attraktiven Frauen ankommen.

»Allora, hier oben sieht das doch schon besser aus«, sind die letzten Worte Vincenzos, bevor er zielstrebig in Richtung einer Gruppe junger Studentinnen entschwindet.

Der Abendhimmel zeigt sich in tiefem Blau. Nur wenige Wolken umgeben schleierhaft den fast zur vollen Größe herangewachsenen Mond. Ich bemerke ein Tippen auf meiner rechten Schulter. Weil ich mit einem Scherz rechne, drehe ich mich zuerst auf meine linke Seite, doch bemerke dann, dass tatsächlich jemand rechts hinter mir steht.

»Von einer Rechts-Links-Schwäche hast du beim letzten Mal gar nichts erzählt«, höre ich eine Frauenstimme sagen. Sofort erkenne ich sie.

»Sorry für das Anschleichen von hinten. Sollte nicht so cringe werden, wie es sich jetzt anfühlt. Hoffe, du kennst mich noch«, sagt sie und deutet mit ihrem Zeigefinger auf sich. »Julia. Wir haben uns letztes Wochenende unterhalten«, blickt sie mich fragend an. »Architektur, Darmstadt, klingelt da was?«

»Hi! Klar erinnere ich mich«, sage ich leicht nervös und positiv überrascht. »Habe dich nicht vergessen.«

Medina steht noch immer neben mir. Sie mustert Julia kurz, versteht die Situation schnell und nickt mir zu. »Ich geh' mal rüber zu Vincenzo. Wollte mir sowieso noch ein Bier holen. Wir sehen uns später!«

Julia drückt mir ein volles Glas in die Hand. »Gut, dass ich schon zwei Bier gezapft habe. Wollen wir uns rüber auf die Sonnenliegen setzen?«

»Klar, gute Idee. Danke fürs Bier! Das nächste geht auf mich«, scherze ich, wohl wissend, dass auch Julia auf Kosten des riesigen Quadratschädels trinkt. Mein komödiantisches Talent reicht immerhin für angehobene Mundwinkel. Unser Gespräch knüpft nahtlos am letzten Wochenende an.

Die Atmosphäre zwischen uns ist locker. Die Tonalität mehr Dur als Moll, ungezwungen und leicht. Worte und Sätze verlassen unsere Lippen automatisiert, wie eine algorithmisch gesteuerte Handlung unserer Körper. Die Stille zwischen dem Gesagten ist nicht unangenehm, wirkt stattdessen als bewusst gesetzte Pause am Ende eines Akkordes. Wir diskutieren über die Bitterkeit von Bio-Kaffeebohnen, interpretieren das neue Album von Kendrick Lamar, sprechen über die Höhen und Tiefen unserer Leben in München. Ein Gesprächsthema, das immer mit Klagen über horrende Mietpreise endet. Alles unerheblich, bedeutungslos, belanglos und doch würde ich in diesem Moment niemandem lieber zuhören als Julia. Stunden fühlen sich wie Minuten an. Ohne es zu bemerken, fliegt die Zeit an uns vorbei. Die Sonne ist mittlerweile lange untergegangen. Die sternenklare Nacht hängt über uns wie ein Zeltdach über den Köpfen der Zirkusdompteure.

»Was hältst du davon, wenn wir uns vielleicht noch eine zweite Location ansehen? Wollen wir bei dir oder bei mir weiter quatschen?« Nun wirkt Julia leicht nervös, sieht mich nicht direkt an, senkt ihren Kopf nach unten.

Ich verstehe sie nicht sofort, rede ohne zu überlegen. »Wieso zweite Location? Hier ist's doch nice.«

Unmittelbar nach dem Aussprechen bemerke ich meine Ignoranz. Die Dummheit der menschlichen Rasse gipfelt in meiner fehlenden Sensibilität. Wie ein Schäfer seine entlaufene Herde, versuche ich meine Worte wieder einzufangen, doch sie sind längst fort, für mich unerreichbar bei ihr angekommen.

»Du machst das nicht oft, oder?«, fragt Julia. Meine idiotische Nachfrage hat mich wohl verraten.

»Flirten? Nein, leider nicht.«

»Leider? Würdest du gern öfter von fast unbekannten Frauen nach Hause eingeladen werden?«

»Ich sage lieber gar nichts mehr und mache von meinem Zeugnisverweigerungsrecht Gebrauch.« Peinlich berührt hoffe ich, dass sich der Boden unter meinen Füßen öffnet, mich aufnimmt und nie wieder ausspuckt.

»Relax, war nur ein Witz«, sagt Julia und sorgt für kurze Entspannung meiner überforderten Hirnregionen. »Also, wenn du Lust hast, können wir noch zu mir. Ich wohne nicht weit von hier. Habe dort sicher noch ein Glas Chardonnay übrig.«

Konzentriert setze ich die Worte vor dem Sprechen in meinen Gedanken zu einem vollständigen Satz zusammen. »Ein Glas Chardonnay bei dir klingt gut. Sehr gern komme ich mit.« Ich bin erleichtert. Julia scheint diese Antwort zu gefallen.

»Cool! Hole nur noch schnell meine Jacke. Dann können wir los. Machen wir 'nen Polnischen, oder?«, fragt Julia und deutet mit ihrem Kopf Richtung Treppe.

Kaum gesagt, ist sie schon weg. Einsam stehe ich auf der Terrasse, nervöser als vor meiner Einschulung. Auf dem Schulhof zurückgelassen, umgeben von Kindern, die ich noch nie gesehen habe. Meiner mir den Rücken zukehrenden Mutter hinterhersehend, die langsam das Schulgelände verlässt, in den beigen VW Passat Kombi einsteigt, dessen kurz aufleuchtenden roten Rücklichter mir signalisieren, dass ich nun auf mich allein gestellt bin. Statt einer Schultüte halte ich heute mein leeres Bierglas in der Hand. Ähnlich dem ersten Schultag hoffe ich, dass die Frau, die mich gerade verlässt, bald wiederkommt. Währenddessen steht Julia dem Endgegner einer jeden Hausparty gegenüber: den gehäuften Jacken im Hausflur. Eine einfache Übung, sollte sie keine schwarze Daunenjacke mit Pelzkragen ihr Eigen nennen. Doch der Haufen gleicht mittlerweile eher einem Turm aus Jacken. Julia scheint förmlich hineinzukrabbeln. Anoraks, Mäntel, Westen, Parkas, Jeans- und Lederjacken fliegen durch die Luft. Eine Regenjacke der Marke Patagonia fällt der wilden Suche zum Opfer und landet unsanft auf dem champagnergetränkten Boden, wo sie wohl zum ersten Mal auf ihre Wasserdichtigkeit getestet wird. Dann greift Julia beherzt zu. Luxury Arctic Parka mit Waschbärpelz und Entendaunen-Füllung von Woolrich. Julia scheint im Münchner Mai noch einen plötzlichen Temperatursturz zu erwarten.

»Bin 'ne kleine Frostbeule«, sagt Julia und deutet auf ihre Jacke, als könnte sie meine Gedanken lesen. »Ready? Wollen wir los?«

»Verabschiede mich noch kurz von Vincenzo und Medina. Ist das okay? Immerhin sind wir gemeinsam gekommen.«

»Du weißt schon, was ein polnischer Abgang ist, oder?«, fragt Julia. Sie scheint beim gemeinsamen Verlassen der Feier möglichst wenig Wirbel erzeugen zu wollen.

»Dauert nur zwei Minuten. Ich kenne sonst niemanden hier. Bin gleich wieder zurück. Sieh es als polnischen Abgang mit deutschen Wurzeln.«

Als ich Vincenzo wiederfinde, steht er noch immer bei derselben Gruppe junger Studentinnen. Gelächter erfüllt die eng beieinanderstehende Gruppe überdurchschnittlich gut aussehender Menschen.

»Ich hau' ab. Julia und ich gehen noch zu ihr. Ein Glas Wein trinken.«

»Sheesh! Keine Ahnung, wer Julia sein soll, aber viel Spaß heute Nacht! Vergiss nicht, dass wir morgen kicken gehen. Spar dir ein paar Kräfte ein!«

»Jaja, hab' ich nicht vergessen. Hast du Medina gesehen?«

»Glaube, die sitzt unten in der Küche. Hat vorhin einen Arbeitskollegen von der Morningshow getroffen.«

»Danke dir. Wir sehen uns morgen.«

»Buona notte.«

Es fällt mir nicht schwer, Medina in der Wohnung

auszumachen. Ihr lautes, einnehmendes Lachen verrät sie sofort. Gelöst unterhält sie sich mit einem Arbeitskollegen. Ihre Hand berührt während des Gesprächs immer wieder kurz, wie aus Zufall, seinen Oberschenkel.

»Sorry, will euch gar nicht lange stören. Julia und ich ziehen weiter.«

»Oh nein! Schade, dass ihr schon abhaut! Schönen Abend euch zwei Cuties«, sagt Medina, drückt mich kurz und verabschiedet mich mit Küssen auf beide Wangen. Ohne mir weitere Beachtung zu schenken, wendet sie sich wieder ihrem Gesprächspartner zu.

Als Julia und ich die Straße betreten, schiebt sich eine große, luftige Wolke vor den Mond, der nur noch schemenhaft dahinter zu erkennen ist. Die Musik ist mittlerweile noch lauter auf der Straße zu hören. Der ausgebliebene Polizeieinsatz ist mir ein Rätsel, ist es immerhin schon zwei Uhr morgens und elektronische Musik auf voller Lautstärke mit ausgeprägtem Bass nicht als schlaffördernd bekannt. Patrick muss ein stilles Abkommen mit der Nachbarschaft vereinbart oder einfach nur sehr viel Geld gezahlt haben. Julia greift nach meiner Hand. Im gelben Licht der Straßenlaterne erkenne ich kleine, rundliche Rotweinflecken auf dem Waschbärpelz ihrer Jacke. Ich sage nichts, weil ich sicher bin, dass für die Käuferin einer über tausend Euro teuren Jacke auch der Verlust oder die Beschädigung eben jener nicht zum finanziellen Ruin führt. Zielstrebig, zügig, fast wortlos führt sie mich zu ihrer Wohnung. Wie einen jungen Hund an der Leine zieht mich Julia bestimmt an meiner Hand zurück, leitet mich in die korrekte Richtung, immer dann, wenn ich fälschlicherweise zu früh in eine Straße abzubiegen versuche.

Nach wenigen Minuten erreichen wir ihr Wohnhaus. Vereinzelt scheint aus den zahlreichen Fenstern noch Licht nach draußen, gibt Blick in karg eingerichtete Wohnungen frei. Im Eingangsbereich angekommen sehe ich mich um, blicke links und rechts den Gang hinunter, nur um enttäuscht das Fehlen eines Aufzugs feststellen zu müssen. Im dritten Stockwerk angekommen, verrät das laute, schwächliche Schnaufen meine derzeitig bemitleidenswerte körperliche Verfassung. Spätestens in diesem Moment wird Julia klar: Viel hat sie von dieser Nacht nicht zu erwarten. Vor der Tür stehend, hält sie das überdimensionale Durcheinander eines noch überdimensionaleren Schlüsselbundes in ihren Händen, sondiert gewissenhaft den Stolz eines jeden Hausmeisters. Lediglich die silberne Kette an ihrem Hosenbund fehlt, um das Bild zu vervollständigen und die Schlüsselsammlung fachgerecht zu transportieren.

»Zieh die Schuhe aus«, sagt Julia und deutet auf einen Haufen komplett verdreckter Converse Chucks. »Und bitte sei leise. Ich will meine Mitbewohner nicht wecken.«

Und ich möchte unbedingt auf Small Talk mit Unbekannten nachts im Gang einer fremden Wohnung verzichten. Nur auf Zehenspitzen trotte ich daher Julia hinterher, doch das Knarzen des alten hölzernen Fußbodens folgt mir wie eine ausgehungerte Katze. Die typischen Tücken einer städtischen Altbauwohnung.

»Chardonnay oder Rotwein?«, fragt Julia, während ich am Kühlschrank die Bilder ihres letzten Urlaubs auf Mykonos begutachte. Ihr fragender Blick trifft mich, als sie bereits zwei Flaschen Wein in den Händen hält.

»Oder vielleicht doch Gin Tonic? Ich weiß, wir wollten

eigentlich Wein trinken, aber ich habe von einem Kumpel aus der Gastro diesen japanischen Gin geschenkt bekommen. Den wollte ich unbedingt ausprobieren.«

»Gern. Klingt gut.«

Plötzlich wird es mir klar. Schlagartig bemerke ich, in wessen Küche ich heute Nacht sitze. Die Wohnung eines Yuppies, eines Young Urban Professionals. Eines karrierebewussten Menschen aus der Stadt, immer auf der Jagd nach angesagten Trends, Auslöser jeder urbanen Gentrifizierung. Bleibe ich bis zum Frühstück, droht mir eine als ›Superfood‹ angepriesene, mit Goji-Beeren und Chiasamen dekorierte Açaí Bowl. Schnellstmöglich sollte ich in einer freien Minute die Bus- und Bahnverbindungen nach Hause prüfen. Im Augenwinkel sehe ich Julia frischen Rosmarin von der Fensterbank in der Küche zupfen. Ein kleines Ästchen davon legt sie in zwei Gläser mit edlem Schliffdesign, befüllt diese bis zum Rand mit Eis, Gin und Tonic Water. Hoffentlich hilft das bevorstehende Frühstück mit Superfood zumindest gegen das unvermeidliche Sodbrennen. Julia bittet mich, die beiden Gläser zu nehmen. Mit einer ihrer freigewordenen Hände deutet sie auf eine Tür am Ende des Flurs.

»Geh schon mal in mein Zimmer. Komm' gleich nach.«

Auf Zehenspitzen schleichend versuche ich die Gläser in Julias Zimmer zu befördern, ohne etwas vom wertvollen japanischen Gin zu verschütten. Dort stelle ich die Getränke auf einem Beistelltisch aus Rattan ab. Bedächtig setze ich mich auf den äußersten Rand des Bettes. Dann betritt Julia ihr Zimmer. Energisch nähert sie sich, stößt mir mit ihrer rechten Hand leicht auf die Brust. Langsam fällt mein Oberkörper nach hinten. Sie scheint sich nicht daran zu stören, dass ich mit Straßenklamotten auf ihrer sauberen Bettwäsche liege. Auf meinem Schoß sitzend, beugt sie sich zu mir herab und beginnt mich zu küssen. Ich versuche mich zu entspannen, ihre sanften Berührungen zu genießen, doch fühle ich mich von der Kate Moss Fotografie über ihrem Schreibtisch beobachtet. Die erwartungsvollen Blicke von zwei attraktiven Frauen führen zu einer kaum zu bewältigenden Belastungssituation, möchte ich doch verhindern, beide gleichzeitig zu enttäuschen. Es wird ernst. Julia wandert mit sanften Küssen ihrer weichen Lippen an meinem Oberkörper langsam nach unten. In Gedanken bei Peter Lindbergh Fotografien internationaler Models, bemerke ich kaum, dass sich mein Hemd und T-Shirt bereits auf dem Fußboden neben uns befinden. Langsam öffnet Julia den Reißverschluss meiner Jeans. Kate Moss senkt ihren Blick bereits beschämt nach unten, kann das Kommende kaum mitansehen. Ich sammle meine Gedanken, versuche mich auf Julia zu fokussieren, bin froh über die abgegebene Kontrolle. Ähnlich wie zuvor auf der Straße leitet sie nachdrücklich meine Hand, nicht durch das nächtliche München, stattdessen an ihrem Körper entlang in Richtung der Stellen, denen besondere Beachtung geschenkt werden soll. Orientierungslos, wie in einem mir unbekannten Stadtviertel, bin ich dankbar um jede Navigationshilfe. Wie beim Topfschlagen würde ich ansonsten durch verwirrtes, blindes Herantasten versuchen, den gewünschten gewinnbringenden Standort zu finden.

Kalt. Kalt. Kälter. Sau kalt. Wärmer. Wärmer. Heiß. Heiß. Heiß!

Entgegen allen Erwartungen scheint es Julia tatsächlich zu gefallen. Will ich unsere gegenseitige Hingabe nicht vorschnell beenden, muss ich meine Gedanken ablenken, die Lust zügeln. Ich denke an Baseball, Bowling, American Football, oder war das Rugby? Das eine ist mit Helm und das andere ohne, aber Touchdowns gibt es bei beiden, oder? Es scheint zu funktionieren. Wieder sitzt Julia auf mir. In weiser Voraussicht meiner bescheidenen Fähigkeiten und Kondition behält sie das Kommando über unser gemeinsames Powerplay. Mein Blick richtet sich an die Zimmerdecke. Die großen Blätter der Monstera Pflanze bewegen sich unregelmäßig im Wind, der durch das geöffnete Fenster ins Zimmer weht. Das Licht der Louis-Poulsen-Schreibtischleuchte projiziert die Schattenspiele der Blätter an die Decke des Raums. Sie formen Figuren, die innerhalb weniger Sekunden ineinander übergehen, mir so keine Zeit zur Interpretation lassen. Doch nicht nur Umrisse von Hipster-Pflanzen stören die Ruhe. Hätte ich Julias lautes Stöhnen vorhergesehen, ich hätte auf das Laufen auf Zehenspitzen verzichten können.

Das Einschlafen nach dem Sex will mir nicht gelingen. Ich bin zwar müde, bekomme aber kein Auge zu. Seit langer Zeit liege ich nicht allein, sondern neben einer fremden Person im Bett. Ihrem Schnarchen nach zu urteilen, scheint Julia diese Problematik nicht zu kennen. Im Bett scheint sie grundsätzlich laut zu sein. Es ist noch frühmorgens, doch ich entschließe, aufzubrechen. Die schnellsten Verbindungen mit den öffentlichen Verkehrsmitteln nach Hause sind schnell geprüft. Mit zugekniffenen Augen und dem Blitzlicht meines iPhones dauert es ein wenig, meine im Raum verteilten Kleidungsstücke wiederzufinden. Leise ziehe ich mich an. In gebücktem Gang durch das Zimmer schleichend, versuche ich zu rekapitulieren,

wie der räumliche Abstand zwischen den einzelnen Be-
standteilen meines Outfits zustande gekommen ist. Ich
möchte Julia nicht wecken. Auf ihrem Schreibtisch hinter-
lasse ich einen Zettel mit meiner Telefonnummer, verfasse
ein paar nette Worte. Auch die beim Öffnen quietschende
Holztür kann ihren tiefen Schlaf nicht stören. Von den
Mitbewohnern unbemerkt gelange ich zur Haustür. Im
Eingangsbereich suche ich nach meinen Schuhen, ziehe
sie, ohne die Schnürsenkel zu lösen, über meine Füße
und öffne die Tür. Kleine Fenster im grauen Treppenhaus
geben den Blick nach draußen frei. Die Wohnungstür fällt
hinter mir ins Schloss. Endlich von der Angst, unbekannte
Mitbewohner zu wecken, befreit, poltere ich die Treppen
bis ins Erdgeschoss hinunter, trete nach draußen, schließe
die Augen, atme tief ein und mit einem langen Seufzen
wieder aus. Die ersten Sonnenstrahlen des Tages sammeln
sich in meinem Gesicht. Ich öffne meine Augen, denke
an Vincenzo: ›The best way to get over someone, is to get
under someone else.‹

Ich drehe mich um und sehe in die Fensterreihe des
dritten Stockwerks hinauf. Kurz verharrt mein Blick und
ich stelle erleichtert fest, dass weder im Treppenhaus noch
in der Wohnung Licht angeht. Ich war ohne Zweifel ›under
someone‹, aber bin erstmal froh, in ein paar Stunden kein
Superfood frühstücken zu müssen. Ein Mann in Jogging-
hose und abgetragenem Shirt spaziert mit seinem Dackel
an mir vorbei.

»Der hat Durchfall!«, ruft er mir entgegen.

»Okay«, antworte ich leise und mache mich auf den
Weg nach Hause.

Kapitel 3

»Pass auf, das funktioniert so: Wenn du sie hot findest, wischst du nach rechts. Wenn nicht, nach links. Mehr ist es nicht. Capito?«, fragt Vincenzo und reißt mir beherzt das iPhone aus der Hand. »Komm, lass mich mal. First step: Wir brauchen anständige Profilfotos. Haben wir was Nices zu bieten?«

»Wir? Das ist mein Profil«, versuche ich Vincenzo daran zu erinnern, wem das als alpingrün deklarierte Stück Aluminium in seinen Händen gehört.

»Soll ich dir helfen oder nicht?«

»Ehrlich gesagt: weiß ich nicht!«

»Aber ich bin der Tiger Woods des Online-Datings!«

»Boah, wenn jetzt irgendein Wortwitz mit ›einlochen‹ kommt, lösch' ich die App!«

»Als ob! Ich bin doch kein notgeiler Teenager!«

»Da bin ich mir nicht so sicher.«

»Warum? Weil ich schon mit vierzehn die Platzreife eingetütet hab', oder was! Bam!«, ruft Vincenzo sichtlich stolz.

»Alter! Gib' mir mein Handy zurück!«

»Du chillst jetzt mal! Trust the process. Oder soll nach deinem One-Night-Stand wieder ein Jahr Ebbe herrschen, wie nach der Trennung mit Anna?«

Ebbe, die herrschte nicht erst nach der Trennung. Unsere sexuellen Verrichtungen ähnelten gegen Ende der Beziehung einem letzten Aufbäumen, einem Stemmen gegen die nicht mehr zu verhindernde Niederlage namens Trennung, einer Handlung, bei der mehr die schauspielerischen Fähigkeiten beim Vortäuschen von Freude und Leidenschaft als wahre Lust und gegenseitiges Verlangen zum Vorschein kamen. Während sich manch einer darüber streiten mag, ob die Quantität oder die Qualität des Geschlechtsverkehrs ausschlaggebend ist, konnten Anna und ich beiden Kriterien nicht mehr ausreichend entsprechen. Die beiden genannten Kennzahlen unseres Liebeslebens verhielten sich wie der exponentielle Zerfall. Im Sturzflug Richtung null. Diesen Punkt zwar nie erreichend und doch nur theoretisch noch im positiven Bereich.

»Hast du dich eigentlich bei ihr gemeldet?«, will Vincenzo wissen.

»Bei Anna?«

»Wieso Anna? Julia!«

»Gemeldet, joa, kann man so sagen«, gebe ich mich kryptisch.

Seit meiner frühmorgendlichen Flucht aus Julias Wohnung warte ich noch immer auf eine Reaktion auf den zurückgelassenen Zettel mit meiner Handynummer. Vielleicht war es der Wind, der durch das offenstehende Fenster den Zettel vom Schreibtisch wehte. Vielleicht liegt mein kurzer Gruß seit Tagen unter Julias Bett, für immer unentdeckt oder zumindest verschwunden bis zum nächsten Frühjahrsputz.

»Und wieso? Meintest du nicht, es war weird und sie unangenehm hip?«

Vielleicht wurde der Zettel aber auch auf die Straße und einem Fremden vor die Füße geweht, der nun meine unter Endorphinausschüttung, mit schweißnasser Hand, in der

Dunkelheit des Morgengrauens, auf einen weißen Notizzettel geschriebenen Kontaktdaten zu Hause zur Belustigung aller Mitbewohner an das Korkboard in der Küche gepinnt hat. Wahrscheinlicher ist, dass Julia – enttäuscht von meiner durchwachsenen nächtlichen Performance und verärgert wegen meines wortlosen abrupten Aufbruchs am frühen Morgen – den Zettel gelesen und entsorgt hat. Doch um mein gerade erst wiedergewonnenes Selbstwertgefühl nicht zu gefährden, glaube ich an die Version mit dem durchs Fenster entschwundenen Zettel. Also warte ich weiter auf den Tag, an dem mich eine mir unbekannte Person anrufen und auf eine ›wunderschöne gemeinsame Nacht, die nicht die letzte gewesen sein soll‹ ansprechen wird, womit sich Julias nie erhaltene Nachrichten und ausbleibende Anrufe endlich erklären werden.

»Schon, aber vielleicht hat sie ja nochmal Bock und ich kann mir das Ganze hier sparen!«

»Bro! Gib dem Ganzen doch erstmal eine Chance!«

»Ja okay, ich lass dich doch eh schon! Aber wieso bist du immer gleich so fordernd?«, frage ich Vincenzo, während er bereits meine iCloud nach brauchbarem Profilfoto-Material durchforstet.

»Wie gesagt, als Erstes brauchen wir ein nices Pic.«

Vincenzos geschultes Auge verharrt auf einem Foto unseres letzten gemeinsamen Urlaubs am Ostufer des Gardasees. Nach wenigen Sekunden wischt er dieses mit der äußeren Fingerkuppe seines Mittelfingers ruckartig nach oben und durchsucht kopfschüttelnd weiter meine Dateien.

»Das ist wirklich schwieriger, als ich dachte. Wir brauchen dringend ein Shooting für dich. Du brauchst unbedingt neue Fotos.«

»Was ist denn mit dem?«, frage ich unsicher. Mit einer beherzten und gezielten Berührung des Bildschirms stoppt mein Zeigefinger die wildgewordene Suche Vincenzos.

»Nee Mann!«

»Wieso nicht?«

»Da siehst du needy aus.«

»Needy?«

»Ja, als würdest du es dringend brauchen, irgendwie verzweifelt«, erklärt er, als wäre dieser Eindruck eine Illusion.

Weiterhin durchsucht Vincenzo hochkonzentriert meine bescheidene Auswahl an Porträtfotos nach tauglichem Tinder-Material. Die Dating-App und das zugrundeliegende Konzept sind mir suspekt. Ich war immer froh, in einer Beziehung zu sein, wo mir all das erspart blieb, und auch als Single war ich bis gerade eben der festen Überzeugung, darauf verzichten zu können. Doch meine bisherige Date-Bilanz spricht eine andere Sprache. Die Erfolgsaussichten scheinen mit Blick auf Vincenzos allabendliche Freizeitgestaltung vielversprechend und die Anmeldung einen Versuch wert. Dennoch bereitet mir die Aussicht, nur durch ein Wischen mit völlig unbekannten Menschen in Kontakt zu treten und emojiüberladenen Smalltalk zu führen, Bauchschmerzen. Wie will ich ein Date, eine potenzielle Partnerin basierend auf realitätsverzerrenden Profilfotos und einer unzureichenden, meist austauschbaren Profil-Beschreibung auswählen?

»Was ist denn mit Bumble?«, frage ich Vincenzo, der mittlerweile in fünf Jahre alten Fotoalben angekommen ist.

»Was soll damit sein?«

»Na ja, da müssen doch die Frauen den Männern schreiben. Das klingt progressiv!«

»Dass du dir nicht eine einzige sympathische und zugleich interessante Opening-Line überlegen kannst, ist nicht progressiv, schon gar nicht feministisch, sondern nur einfallslos und lame!«

»Okay, point taken, aber lass das auch mal auschecken!«

»Safe! Eins nach dem anderen. Ich bin kein Oktopus, ich hab' nur zwei Arme.«

»Jaja, schon klar!«

Das Unbekannte macht mir Angst und zieht mich zugleich an. Ich möchte auf Vincenzo vertrauen, dem Reiz nachgeben. Liegt nicht der Anfang aller Erregung, aller Lust, aller Sehnsucht im Unentdeckten, Unbekannten, ja Ungewöhnlichen? Nur nach und nach erahne ich Ängste und Wünsche meines Gegenübers, ihre Leidenschaften und Ressentiments, Stärken und Schwächen, ihren Grund jeden Morgen dem Ruf des penetranten Weckers zu folgen und aufzustehen.

Anna habe ich auf dem Weg aus der Staatsbibliothek angesprochen, zuvor minutenlang am Ausgang auf sie gewartet, um ein zufälliges Aufeinandertreffen zu simulieren. Nicht ahnend, dass sie Jahre später das Selbstwertgefühl aus mir pressen würde wie ein Stapel Bücher die Flüssigkeit aus einem Block Tofu. Doch vielleicht ist der Reiz des Unbekannten auch überbewertet und bei genauerer Betrachtung gleicht der Zauber des Kennenlernens mehr dem Ballonkünstler auf einem Kindergeburtstag als den übersinnlichen Kräften der Magie.

»Das hier ist okay für den Anfang. Filter drauf. Done!«, sagt Vincenzo. Gönnerhaft gibt er das Smartphone zurück in meine Hand. »Deinen Job hab' ich auch schon aktualisiert. Consultant klingt nach Cash.«

»Das klingt vor allem unsympathisch.«

»Eine Frau, die in München nicht auf Unternehmens-berater steht, hat keine große Auswahl!«

»Mein Lebensstandard ist aber mehr Soziologie-Student im zehnten Semester, als Dompi köpfen im Ushuaia.«

»Dass du geizig bist, checken die noch früh genug. Spä-testens, wenn du beim ersten Date die Speisekarte von rechts nach links liest.«

»What?«

»Zehn Minuten glotzt du ins Menü. Dann werden Weinkenntnisse vorgetäuscht und fachmännisch der zweit-günstigste Rotwein bestellt«, sagt Vincenzo. Er bricht in einnehmendes Gelächter aus. »Einmal den Cabernet, bitte. – Sie meinen den Hauswein. – Ja genau, den Hauswein.««, versucht er meine Getränkebestellung zu imitieren. Sein Lachen überschlägt sich nun fast.

»Sorry, dass ich kein' Bock habe, mein Geld für überteu-erte Dinge wie Rotwein ausgeben zu wollen«, verteidige ich meinen Lebensstil.

»Für was arbeiten wir denn so viel, wenn wir uns dann nichts gönnen?«

»Ich schmecke eh keinen Unterschied. Also kann ich's mir sparen.«

»Auf was sparst du denn groß hin? Ein Reihenhaus in Unterschweinbach mit deiner imaginären Ehefrau?«

»Sehr witzig, Vincenzo. Schön, dass dich meine ver-zweifelte Lage happy macht.«

»Wieso verzweifelt? Endlich hast du deine Durststrecke beendet! Wer hätte das geglaubt? Ich nicht. Du noch weniger.«

»Und Anna auch nicht«, nicke ich zustimmend.

Vincenzo verdreht die Augen. »Wieso denn Anna?«

»Weil sie immer gesagt hat, es wird mir schwerfallen überhaupt jemanden zu finden, der Bock auf mich hat! Und das alles mitmacht.«

»Das alles?«

»Ja, dass ich manchmal lethargisch bin und irgendwie schnell unzufrieden.«

»Vor Anna warst du weder lethargisch noch unzufrieden.«

»Ach, ich weiß nicht.«

»Komm, jetzt nutzen wir das Momentum. Das Ding läuft, vertrau mir!«, sagt Vincenzo und deutet auf die geöffnete Tinder-App auf meinem iPhone.

»Na gut. Was muss ich noch einstellen? Was fehlt noch?«

»Musst eigentlich nur noch den Radius und deine Altersgrenzen einfügen« erklärt er.

»Okay, was gebe ich als Radius an? Vielleicht drei Kilometer?«, schlage ich vor, ahnungslos, wie viele potenzielle Partnerinnen sich gerade in diesem Umkreis befinden.

»Drei Kilometer? Dann kannst gleich bei dir im Haus einmal durchklingeln und schauen, ob eine dabei ist.«

»Ja gut, dann vielleicht vierzig Kilometer?«

»Vierzig Kilometer? Fängst du 'ne Stelle im Außendienst an?«

»Man, keine Ahnung! Was denn dann? Ich habe das doch noch nie gemacht«, sage ich bereits leicht gereizt.

»Stell für den Anfang irgendwas zwischen zehn und maximal fünfzehn Kilometern ein. Dürften circa die Stadtgrenzen sein. Du willst nicht für das erste Date einen halben Tag freinehmen müssen.«

Ich stelle den Radius auf zwölf Kilometer ein.

»Was hast du denn als Altersgrenze eingestellt?«, frage

ich nun, bevor ich selbst eine Auswahl treffe. Reflexartig antwortet Vincenzo, als hätte er auf diese Frage gewartet: »Achtzehn bis neunundzwanzig«

»Achtzehn?«, frage ich ungläubig.

»Why not? Die sind volljährig und haben null Bock auf ihre verpickelten gleichaltrigen Klassenkameraden, sondern sehnen sich nach einem Mann, der mitten im Leben steht.«

»Und das bist dann du?«

»Correttamente.«

»Und worüber redest du mit so einer Achtzehnjährigen?«

»Was soll ich schon reden?«

»Hilfst du ihr bei den Hausaufgaben? Holst du sie von der Schule ab und sie kotzt sich bei dir über den strengen Rektor aus? Daheim bei ihr lecker Fruit Loops snacken und ihre Lieblings-Cartoons glotzen? Was ist denn gerade bei den Kids angesagt? Ist Pokémon noch ein Ding? Hören die noch Cloud Rap? TikTok schon wieder uncool?« Ein Lächeln kann ich mir nicht verkneifen.

»Das sind keine Kids, Tim. Das sind junge Erwachsene und so behandle ich sie auch. Zeig mal bisschen mehr Respekt vor dem weiblichen Geschlecht und der Jugend.«

»Respekt?«

»Ja, Respekt! Die sind reifer als du! Außerdem bin ich nicht auf Tinder, um meine Therapiegruppe zu ersetzen und über meine Probleme oder Lieblingseissorte zu reden.«

»Pistazie!«

»Safe!«, sind wir uns einig.

»Ist mir trotzdem zu jung. Für mich ist über 30 wirklich kein Showstopper. Ich stelle jetzt mal vierundzwanzig bis fünfunddreißig Jahre ein.«

»Fünfunddreißig?«

»Ja. Fünfunddreißig. Keine fünf Jahre älter als wir.«

»Du weißt aber schon, dass dir 'ne Fünfunddreißigjährige schon beim ersten Date mit ihrem Kinderwunsch in den Ohren liegt?«

»Laber doch kein' Müll, Vincenzo.«

»Isso!«

»Nee, nix isso!«

»Safe! Eine Frau, die mit fünfunddreißig noch keine Kinder hat, will entweder keine, kann keine bekommen oder hört bereits ihre innere Uhr ticken. Der nächste Typ, der ankommt, ist fällig. Glaub mir, du willst keine der drei Optionen.«

»Sexismus at its best, ey.«

»Sexismus? Die Wahrheit ist das.«

»Das ist mein Profil und in meinem Profil treffe ich die Entscheidungen.«

Direkt vor Vincenzos vorwurfsvollen Augen ziehe ich den Regler beherzt nach rechts, erhöhe das maximale Alter meiner Suche auf fünfunddreißig Jahre und provoziere damit ein enttäuschtes Seufzen seinerseits.

Die Sonne ist inzwischen fast untergegangen. Mühsam schickt sie die letzten Sonnenstrahlen auf den grauen Boden meines Apartments, als sich für mich, beim erstmaligen Öffnen der Tinder-App, eine komplett neue Welt, etwas noch nie Dagewesenes und Unvorstellbares eröffnet: eine endlos erscheinende, nie versiegende Quelle an Singles, direkt in meiner Hand, vorsortiert durch selbstgewählte Filter, nur eine Wischbewegung von mir getrennt. Keinen Zentimeter entferne ich mich von der Bettkante in meiner Einzimmerwohnung. Aufzustehen, oder auch nur meinen Oberkörper in die Vertikale zu befördern, um eine potenzielle Partnerin kennenzulernen, gehört nun der Vergangenheit an. Die Gefahr einer öffentlichkeitswirksamen Abfuhr, eines peinlichen Korbs, einer demütigenden Abweisung, sinkt gegen null, denn niemand sieht, wen ich nach links oder rechts wische. Nach rechts gewischt, kein Match? Kein Problem! Ohne Verzug warten direkt die Nächsten auf mein rein auf Oberflächlichkeit beschränktes Urteil, ausgeführt durch meinen rechten Zeigefinger. Paulina, 24. Rechts. Nikolett, 27. Rechts. Steffi, 24. Rechts. Molly, 26. Rechts. Marie, 25. Rechts. Niemand kann mich aufhalten. Nichts kann mich stoppen. Dann reißt mich Vincenzo abrupt aus meiner Ekstase, bringt mich zurück in die Realität.

»Hey, hey, hey! Tranquillo, mi amico. Willst du dir vielleicht auch ansehen, wen du nach rechts wischst oder ist der einzig entscheidende Filter bei dir ›Säugetier‹?«

»Wieso? Die waren doch alle attraktiv?«, frage ich, von meiner psychischen Grenzerfahrung noch leicht benommen.

»Und das hast du innerhalb von null Komma sieben Sekunden gemerkt?«, fragt Vincenzo. Wieder greift er nach meinem Smartphone. Gerade noch rechtzeitig kann ich es aus seiner Reichweite ziehen.

»Man sagt doch immer ›Liebe auf den ersten Blick‹«, entgegne ich.

»Jetzt gib mir mal und geh duschen. Wir wollten noch was essen oder hast du das schon vergessen?«, sagt Vincenzo. Entschlossen zeigt er in Richtung Badezimmertür. Sein Blick erinnert mich an den meiner Mutter, wenn ich mich weigerte, aus meinem Zimmer zu kommen, um im Eingangsbereich unseres Hauses die spießbürgerlichen Freunde meiner Eltern zu begrüßen. Nun muss ich doch von der Bettkante aufstehen. Mit einem gezielten Wurf befördere ich mein iPhone in Vincenzos Hände.

»Aber mach' keinen Schmarrn.«

»Schlimmer als das, was du gerade fabriziert hast, kann's kaum werden.«

Im Badezimmer schalte ich das Licht der einzeln von der Decke baumelnden Glühbirne an. Sie wirkt wie eine bewusst platzierte Filmrequisite. Der Schatten meines müden Körpers auf den brüchigen Fliesen sieht dynamischer aus, als ich mich fühle. Doch die kalte Dusche wirkt wahre Wunder. Mein Körper kommt wieder zu Kräften. Der Gedanke an Tinder und die unendlichen Möglichkeiten der App tun ihren übrigen Teil. Voller Tatendrang komme ich aus dem Bad zurück zu Vincenzo.

»Du hast morgen ein Date.«

»Wer?«, frage ich ungläubig.

»Na du, Tim. Oder ist hier sonst noch jemand?«

»Wieso hab' ich ein Date?«

»Hab' dir eins klargemacht, während du duschen warst. Gern geschehen.«

»Was soll der Scheiß, Vincenzo? Das kann ich schon noch selbst.«

»Willst du den ganzen Tag nur rumwischen oder willst du auch jemanden kennenlernen?«

Ich setze mich neben Vincenzo und reiße ihm beherzt mein iPhone aus der Hand.

»Zeig mal her.«

»Und, gut, ne?«

»Ja, okay, die sieht echt nicht schlecht aus.«

»Morgen. Achtzehn Uhr. Fugazi.«

»Ich hatte diese Woche schon Italienisch.«

»Das habe ich jeden Tag. Zurecht!«

»Und morgen? Da wollte ich einfach mal wieder chillen.«

»So viel wie du chillst, müsstest du der entspannteste Mensch der Welt sein.«

»Dann war's vielleicht noch nicht genug«, erwidere ich.

»Jetzt hat sich's mal ausgechillt.«

»Na gut. Dann habe ich wohl ein Date.«

»Bist du jetzt ready? Können wir los?«

»Haha, einmal musst du auf mich warten und nicht umgekehrt, schon machst du 'nen Terz.«

»Das ist was anderes, weil ich bin ja schon hier! Dann will ich auch los, verstehst du?«

»Ich will auch gern los, wenn ich sonst stundenlang auf dich warte«, lache ich.

»Bist du jetzt fertig?«

»Ja, ich bin ready«, rufe ich und greife nach meiner Jacke.

•

Am nächsten Tag warte ich vor einem italienischen Restaurant an der Wittelsbacherbrücke auf Carina, die hoffentlich nicht bemerken wird, dass sie bisher gar nicht mit mir, sondern mit meiner südeuropäischen Vertretung geschrieben hat.

Die Zusammenstellung meines Outfits war, wie Tinder selbst, ein Wechselbad der Gefühle. Die Wahl von Jacke wie Hose verlief instinktiv, auch für das Hemd entschied ich mich, ohne nachzudenken. Erst die Art und Weise, dieses Hemd zu tragen, ließ mich verzweifeln, wie die Auswahl eines Kuchenstücks in meinem Lieblingscafé. Komplett in die Hose gesteckt erschien mein Auftritt zu förmlich. Außerhalb der Hose getragen, ließ mich die Länge des Hemds wie einen Mönch in Kutte aussehen. Den Hemdkragen vollständig bis unters Kinn schließen? Auch dies wirkte gezwungen, scheint allerdings derzeit hip zu sein. Oder doch ein oder zwei Knöpfe geöffnet lassen? Das gibt freien Blick auf das darunter getragene weiße T-Shirt, was mich wiederum wie einen Versicherungsvertreter wirken lässt. Weil ich unter keinen Umständen zu spät kommen wollte, fiel meine Entscheidung unter Zeitdruck: Ich trage das Hemd mit einem geöffneten Knopf locker halb innerhalb, halb außerhalb der Hose.

Unruhig tänzle ich von Bein zu Bein. Als mich eine Nachricht von Carina erreicht, ist es bereits sieben Minuten nach achtzehn Uhr.

›Sorry!!! Komme bisschen später. Mir ist die U-Bahn vor der Nase weggefahren.‹

Ich setze den Daumen meiner rechten Hand auf das Display, bereit mich für diese Nachricht zu bedanken, dabei anzumerken, dass mir die Verspätung bereits aufgefallen ist, liegt der vereinbarte Zeitpunkt doch bereits sieben Minuten in der Vergangenheit. Ich entscheide mich gegen diese süffisante Antwort und beginne zu tippen.

›Danke fürs Bescheidgeben. Kein Ding! Warte davor.‹

Natürlich ist es ein Ding. Ich hasse Verspätungen. Noch mehr hasse ich nur, wenn mein Hass auf Verspätungen als Spießertum abgetan, aber nicht die Verspätung selbst als Problem gesehen wird. Nur zu gerne würde ich Carina bei ihrem Eintreffen erklären, dass Unpünktlichkeit meistens nichts mit dem Verkehr zu tun hat. Ich denke an Robert De Niro in The Irishman, wo dieser als Mafiaboss erklärt, nie mehr als zehn Minuten auf irgendjemanden zu warten. Doch dazu wird es nicht kommen. Wie üblich werde ich länger als zehn Minuten am vereinbarten Treffpunkt ausharren, allein und verzweifelt dreinblickend, wie mein achtjähriges Ich, wenn ich wieder einmal als letzter vom Fußballtraining abgeholt wurde.

Fünfzehn Minuten nach achtzehn Uhr. Carina ist noch immer nicht zu sehen. Meine Entscheidung, vor dem Restaurant zu warten, erweist sich als klug und vorausschauend. Allein am für zwei Personen gedeckten Tisch zu sitzen, jede Anfrage des Kellners mit einem ›Ich warte noch, danke‹ zu beantworten, den Blicken der um mich herum sitzenden Paare, Gruppen und Familien auszuweichen, ihre geflüsterten Aussagen und Spekulationen über mein Alleinsein ertragen zu müssen: die dategewordene Hölle. Vermutlich hätte ich längst das Restaurant verlassen, mich auf den Heimweg begeben, wieder einmal den Abend allein verbracht. Vielleicht nicht die schlechteste Idee und noch immer möglich.

Ich richte meinen Blick nach oben in den strahlend blauen Himmel. Den Blick in mein iPhone meide ich. Carina soll mich nicht sofort als handysüchtig abstempeln. Ganz im Gegenteil versuche ich seit Carinas letzter Nachricht, mit einem Bein nach hinten aufgestellt, lässig an der Hauswand zu lehnen und hoffe, in dieser ungemütlichen Position nicht bald einen Wadenkrampf zu erleiden.

Dann sehe ich eine Frau um die Ecke des gegenüberliegenden Hauses biegen. Wie an einer gespannten Schnur gezogen, bewegt sie sich zielgerichtet auf mich zu. Weil sie komplett auf das Abrollen ihrer Fußballen verzichtet, wirken ihre schweren Schritte wie das Stapfen einer Horde wilder Tiere. Um den Eindruck zu erwecken, sie noch nicht gesehen zu haben, verlege ich meinen Blick in die entgegengesetzte Richtung. In meiner Vorstellung wirkt es cool, ihr Ankommen erst im letzten Moment zu bemerken. Doch ihre Elefantenschritte machen es mir unmöglich ganz wegzusehen und dann steht sie auch schon neben mir.

»Hey, fettes Sorry für die Verspätung. Hoffe, du wartest noch nicht lange!«, schallt es in meinem rechten Ohr.

Selbstverständlich warte ich schon lange. Wir waren vor mehr als zwanzig Minuten verabredet.

»Carina. Freut mich«, stellt sie sich vor. »Du musst Tim sein.«

Um weiterhin den Eindruck zu erwecken, sie nicht bereits aus der Entfernung bemerkt zu haben, versuche ich mich an einem überraschten Gesichtsausdruck.

»Oh, hi Carina. Kein Ding wegen der Verspätung. Freut mich auch, dass es geklappt hat.« Sollte aus unserem Date tatsächlich etwas Ernstes werden, ließ die erste Lüge nicht lange auf sich warten.

»Wollen wir reingehen? Hoffe, sie haben unseren Tisch noch nicht vergeben«, frage ich, drehe meinen Körper bereits in Richtung Eingang und suche blind mit meiner rechten Hand nach der Türklinke.

»Ja klar, lass reingehen. Hab' auch schon richtig Kohldampf!«

Während ich noch zu verdrängen versuche, dass Carina und mein Vater die gleiche Formulierung für ein auftretendes Hungergefühl verwenden, gehe ich im Kopf die

Liste meiner besten Smalltalk-Themen durch. Ich bin über ihr attraktives Äußeres positiv überrascht, das auf den zwar vielversprechenden, aber wenig aufschlussreichen Profil-fotos nicht deutlich zu erkennen war. Vielleicht sollte ich ihr ein Kompliment machen.

Der Kellner hält es nicht für nötig, uns an den Tisch zu begleiten. Mit seinem Handy zwischen Ohr und Schulter eingeklemmt deutet er in die rechte hintere Ecke des Res-taurants. Carina stampft voraus. Welch Laune der Natur, einen so eleganten Körper auf solch ungeschickte Beine zu stellen. Vielleicht lasse ich das mit dem Kompliment doch lieber. Wir setzen uns. Händeringend suche ich nun nach einem Konversationsstarter, einer Initialzündung unseres Kennenlernens. Verzweifelt durchforste ich in Gedanken noch einmal unseren Chatverlauf, beziehungsweise den zwischen ihr und Vincenzo. Das euphorisch winkende Emoji, als einziger Inhalt ihrer in Tinder angegebenen Biographie, hilft mir in diesem Augenblick nicht weiter. Carinas Stuhllehne und das darüber geworfene Kleidungs-stück eilen mir zur Hilfe, wie Sankt Martin einem hun-gernden und frierenden Bettler.

»Schöne Jacke! Tolle Farbe! Ist die von North Face?«, frage ich.

Wie ein Kleinkind deute ich mit ausgestrecktem Zeige-finger über den Tisch hinweg hinter Carina. Mit einem Blick über ihre linke Schulter scheint sie sich der Anwe-senheit ihres Kleidungsstücks zu vergewissern.

»Danke dir. Ja genau, North Face. Supergünstig im Sale geschossen! War fast vierzig Prozent reduziert.«

Warum ist der erste Impuls immer der Verweis auf das Gesparte? Es geht nicht um Beschaffenheit, Material,

Passform oder Farbe, nur der Preis ist maßgebend, hat niedrig zu sein, wurde bestenfalls im Vergleich zum ursprünglichen Betrag um eine beliebige Prozentzahl heruntergesetzt. Ich nicke ganz begeistert, wie es sich gehört. Dann erschleicht mich die Ahnung, dass ich nun wieder an der Reihe bin, etwas zu sagen und dass meine Initialzündung vielleicht doch eher eine Fehlzündung war.

»Vierzig Prozent! Wow, das ist wirklich, also ich mein', das ist toll für so eine Jacke. Glückwunsch!«

»Voll. Sag mal, wollen wir uns eine Vorspeise teilen?«, rettet mich Carina aus dieser Sackgasse. »Hab' gehört, die Bruschetta soll richtig gut sein«, schlägt sie vor. Hoffnungsvoll sieht sie mich an, als würde von dieser Entscheidung der weitere Verlauf des Abends abhängen. Auch Anna hatte immer darauf bestanden, eine Vorspeise zu teilen, meine Bemerkung ignoriert, dass sie deshalb ihre Hauptspeise nicht vollständig aufessen wird und ich – von meinem eigenen Hauptgang ausreichend gesättigt – unter den strengen Blicken der um uns herum sitzenden Gäste die übriggebliebenen Reste auf den Tellern zusammenkratzen und zu mir nehmen würde, um zu Hause vollgestopft wie eine Weihnachtsgans auf der Couch zu vegetieren, nicht imstande zu körperlichen Aktivitäten oder Anstrengungen, die nicht zwangsläufig als Funktion zum Überleben meines Organismus nötig sind, geschweige denn sie sexuell zu befriedigen oder zumindest nicht völlig desillusioniert und enttäuscht nach dem Sex zurückzulassen.

»Eine Vorspeise?«, frage ich, als hätte ich Carina nicht klar und deutlich verstanden. »Sehr gerne. Mit Essen kriegst du mich immer.«

Auch die zweite Lüge des Abends lässt nicht lange auf

sich warten. Wir bestellen Bruschetta als Vorspeise und Penne all'arrabiata sowie Calamari vom Grill zum Hauptgang. Ich hoffe, Carina wünscht keine Nachspeise.

Wie Affen an herunterhängenden Lianen, hangeln wir uns dann an den üblichen Themen eines ersten Dates entlang durch den Abend, während auf dem Tisch vor uns das Essen serviert wird. Carina erzählt von ihren Hobbys, ich heuchle Interesse. Überzeugt definiert sie regelmäßige Reisetätigkeiten und sporadische Yogastunden als Teile ihrer Persönlichkeit. Carina liebt es zu wandern, fährt am Wochenende gerne ›in die Berge‹. Ohne Ironie verwendet Carina die Worte ›Großstadtdschungel‹ und ›Landidylle‹. Es folgen weitere ›Travel-Stories‹. Sie wird nicht müde zu betonen, wie wichtig es ihr sei, typische Touristenziele zu meiden, stattdessen noch unerschlossene Wege zu erkunden. Essenziell sei für sie auf Reisen, das Land und vor allem die heimische Kultur besser kennenzulernen. Als ›Backpackerin‹ ist die Wahl des Gepäcks klar, fällt stets auf einen überdimensionierten Rucksack in Erdtönen von Deuter. Nur echt mit der Blume. Hotels und Hostels trennen zwar nur ein Buchstabe, doch meidet sie erstere wie alte weiße Männer das Gendern. Während Carinas letzten Bali-Aufenthalts brachten ihr australische Reisende die indonesische Kultur in Form von ›Frühstücks-Bowls‹ näher. Ich selbst war noch nie dort, könnte demnach unterschätzen, wie wichtig dem eingeborenen Indonesier die Anzahl der Likes auf Instagram für seine nicht verrührten Smoothies in Schüsseln ist.

Ich hänge an Carinas Lippen, allerdings nicht wegen ihrer packenden, fesselnden Geschichten. Deren Schönheit trösten über freudig sprudelnde Beliebigkeit und fragwürdige Aussagen hinweg. Ich bin jedoch unschlüssig, wie lange ihre Attraktivität noch über die Belanglosigkeit unseres Gesprächs hinwegtäuschen kann. Anhand ihrer Mimik und Gestik versuche ich Carinas Eindruck unseres gemeinsamen Abends zu entschlüsseln. Seit zwei, drei Minuten habe ich keine ihrer Aussagen verarbeitet oder auch nur aufgenommen. Je länger ich nachdenke, desto sicherer bin ich, dass auch ihr Eindruck unseres Gesprächs sich nicht grundlegend von meinem Gefühl unterscheiden kann. Im Gegensatz zu ihr versuche ich noch nicht mal, durch gepflegten Smalltalk über meine eigenen oberflächlichen Gesprächsthemen, irrelevanten Meinungen und eintönigen Hobbys hinwegzutäuschen. Worüber soll ich bei so einem ersten Date auch reden? Frustrierende Aussichten für sie. Vielleicht sieht Carina unser hoffentlich bald endendes Date mittlerweile als Trainingslager für darauffolgende Treffen mit anderen Männern.

Die Hauptspeise wird serviert. Carina erörtert, sie habe ihre Ernährung nahezu komplett umgestellt, verzichte so oft wie möglich auf Fleisch und andere Tierprodukte. Ja, sie würde so weit gehen, von einem vegetarischen, wenn nicht sogar veganen Speiseplan zu sprechen.

»Dann bleibst du heute zumindest vegetarisch«, sage ich und deute auf den Parmesan, der gerade vom Kellner in reichlicher Menge über ihre Pasta gerieben wird.

»Streng genommen ist Parmesan nicht vegetarisch«, sagt Carina.

Mit flacher Hand deutet sie dem Kellner zu ihrer linken Seite an, die Käsezufuhr zu beenden. Die Frage nach zusätzlichem Pfeffer aus einer übergroßen hölzernen Mühle wird von Carina kopfschüttelnd abgelehnt.

»Warum?«, frage ich Carina. Noch bei der Aussprache bereue ich meine Frage.

»Für die Produktion von traditionellem Parmesan wird tierisches Lab genutzt, welches nur von toten Tieren gewonnen werden kann, indem die Enzyme aus den Mägen der Wiederkäuer mit einer speziellen Lösung extrahiert werden. Demnach ist Parmesan zwar ein Milchprodukt, allerdings nicht vegetarisch.«

Freundlich gesprochen, sind wir zwei einfach nicht kompatibel.

Carina kratzt die letzten Penne auf ihrem Teller zusammen. Trotz geteilter Vorspeise lässt sie keine Reste zurück. Immerhin. Währenddessen versuche ich dem Kellner durch Nachahmung einer Schreibbewegung klarzumachen, unverzüglich nach dem Abräumen des Geschirrs die Rechnung zu bringen. Mein Versuch ist erfolgreich. Der Kellner legt einen schwarzen, ledernen Einband in die Mitte zwischen Carina und mich. Die Positionierung zentral auf dem Tisch kommt mir gelegen, würde die Platzierung direkt vor mir suggerieren, dass ich als Mann für die Kosten des Abends aufzukommen habe. Stille breitet sich über dem leeren Tisch aus. Keine Bewegung, kein Zucken. Unsere Blicke sind starr nach vorne gerichtet, als hätten wir im Wilden Westen einen verfeindeten Pionier entdeckt und wollten vermeiden, durch Bewegungen oder Laute auf uns aufmerksam zu machen. Die Zeit scheint still zu stehen. Wie ein Showdown zweier Revolverhelden am Mississippi River, mit dem Unterschied, dass bei uns die erste Bewegung, das erste Zucken, nicht zum Sieg, sondern zur Niederlage führt, die zwar nicht mit dem Leben, sondern mit Geld bezahlt wird, aber trotzdem zu teuer für den heutigen Abend erscheint. Die Spannung ist kaum zu ertragen. Mein Körper, mein Geist sind nicht geschaffen für ein Leben am Abzug. Ohne es bewusst zu wollen, mehr aus einem Instinkt heraus, schnellt mein Arm nach vorne. Beherzt greife ich nach der Lederhülle.

»Ich übernehme das gerne. Okay für dich?«

Das Gesprochene wirkt wie einstudiert. Die Bedeutung der Wörter wird mir erst hinterher klar. Carina tut so, als hätte sie die Rechnung erst jetzt bemerkt. Überrascht sieht sie mich an. Eine oscarreife Vorstellung.

»Oh, musst du nicht, aber wenn du möchtest, sehr gerne! Vielen Dank!«

Ein Dank! Der Stimmung geschuldet, erfreue ich mich an jeder positiven Äußerung, jedem wohlwollendem Verhalten Carinas und greife hastig nach jedem Rettungsring für den heutigen Abend. Ich werfe einen kurzen Blick auf die Rechnung, schiebe meine Kreditkarte in den dafür vorgesehenen Schlitz an der Innenseite der Lederhülle und lege die Rechnung zurück in die Tischmitte. Als hätte er unser unwürdiges Schauspiel aus der Ferne beobachtet, steht der Kellner wenige Momente später bereits mit dem Kartenlesegerät neben mir. Nachdem er meine Karte aus dem Ledereinband nimmt und langsam in seine Richtung bewegt, folgt eine theatralische Pause seinerseits. Sein erwartungsvoller, fast vorwurfsvoller Blick lässt mich verstehen, was ich zu sagen habe.

»Mach fünfundsechzig. Das passt.« Er nickt ernüchtert.

»Nochmals danke für das Essen, Tim. War wirklich sehr lecker. Wollen wir noch zu mir? Was trinken? Meine Mitbewohner sind heute selbst unterwegs.«

Nach diesem verkorksten, langweiligen, belanglosen

Abend überrascht mich Carinas Frage. Ungläubig blicke ich sie an, wie als Schulkind meine Mutter, wenn ich trotz unangebrachtem Verhalten keine Ermahnung, sondern stattdessen verständnisvolle Worte erhalten habe. Weil ich den Abend bisher keine Sekunde genieße, gebe ich die folgerichtige Antwort: »Klar, sehr gerne. Klingt top.«

Kaum in Carinas Wohnung angekommen und Weißwein in zwei mit Kalkflecken übersäte Gläser eingeschenkt, beginnen wir uns in der Küche zunächst unsicher, eher zufällig zu berühren, bevor wir uns stürmisch küssen. Die plötzliche Leidenschaft und körperliche Anziehung sind basierend auf den Geschehnissen des bisherigen Abends nicht zu erklären. Ich versuche mich von meinen zwanghaften Gedanken zu lösen, einfach fallenzulassen, den Moment zu genießen. Wie versprochen, haben wir die gesamte Wohnung für uns allein. Ich verspüre keine Angst, von ihren Mitbewohnern überrascht zu werden, als wir auf dem Küchentisch übereinander herfallen. Alles, was unserem gemeinsamen Abend zuvor fehlte, entfaltet sich in diesem Moment zwischen unseren beiden nackten Körpern, als hätten wir unser Gespräch und den Restaurantbesuch zuvor absichtlich, um die Erwartungen gering zu halten, so langweilig wie möglich gestaltet. Sollten Jivamukti Yoga und Buddha-Bowls für Carinas unbändige Energie verantwortlich sein, sollte ich beidem vielleicht doch noch eine Chance geben. Gegenseitig befördern wir uns in einen ekstatischen Zustand, als wollten wir alle Lügen strafen, die jemals behauptet haben, guter Sex funktioniere nur zwischen Menschen, die sich gut kennen und mögen. Dieser Lüge war auch ich bis gerade eben aufgesessen.

Platt, wie ein nicht aufgegangener Hefeteig, liegen wir

beide auf dem hölzernen Küchentisch. Ich möchte Carina empfehlen, den Tisch gründlich zu säubern und zu desinfizieren, bevor darauf wieder Speisen zubereitet oder gegessen werden, doch sehe davon ab, um die nun erstmals angenehme Leere zwischen uns beiden nicht zu stören.

»Lass mal schnell wieder anziehen.«

»Anziehen? Jetzt direkt?«

»Ja schon, nicht dass die Jungs doch früher nach Hause kommen«, unterbricht Carina den Moment wie Eilmeldungen das laufende Fernsehprogramm und wirft mir eine weiße Tennissocke gegen die Brust, die in der Hitze des Gefechts auf dem Kaffeevollautomaten gelandet war. Die zweite der beiden Socken erspähe ich auf dem leeren Bierkasten in der Ecke der Küche.

»Und ich glaube, es wäre gut, wenn du dann auch so langsam aufbrichst. Habe wirklich keine Lust auf irgendwelche dummen Sprüche, wenn die beiden heimkommen. Ich hoffe, du verstehst das.«

»Klar, kein Ding. Ich hau' gleich wieder ab, wenn du möchtest«, sage ich, auf meinem rechten Bein balancierend, während ich versuche, in die linke Öffnung meiner Unterhose zu steigen. Wieder angezogen stehe ich wie als Kind im Hausflur, bereit in die Schule aufzubrechen und darauf wartend, dass mir Carina noch einen Abschiedskuss mit auf den Weg gibt.

»Wir können gerne schreiben. Willst du mir deine Nummer geben?«, frage ich, mit einem Fuß bereits über der Türschwelle.

»Glaube, das ist keine gute Idee. Für mich sind diese Treffen eher etwas Einmaliges. Möchte derzeit keine Beziehung.«

»Beziehung?«

»Auch keine Affäre. Ist irgendwie nicht mein Ding«, sagt Carina und sieht in mein überraschtes Gesicht.

»Ach so. Klar, verstehe ich. Geht mir ähnlich.«

Kaum ausgesprochen verabschiedet Carina sich winkend und schlägt die Tür vor meinem Gesicht zu. Eine Reaktion, die ich ohne den Sex besser hätte nachvollziehen können. Schnellen Schrittes laufe ich das Treppenhaus hinunter. Ich muss mich konzentrieren, bei dieser Geschwindigkeit nicht zu stürzen. Im letzten Moment gelingt es mir, zwei offensichtlich angetrunkenen jungen Männern auszuweichen. Meinen Sprint halten sie nicht auf. Wieder einmal trete ich aus einem mir bis vor kurzem unbekannten Treppenhaus auf die Straße. Der Mond erleuchtet den Münchner Nachthimmel. Mit fokussierten Blicken auf umliegende Straßenschilder und markante Häuser versuche ich mich zu orientieren. Im Gehen ziehe ich mein Handy aus der rechten Hosentasche, entsperre den Bildschirm, wische mit meinem Daumen nach links und öffne Tinder.

Kapitel 4

»Eine dümmere Idee habe ich noch nie gehört!«, sagt Vincenzo. Seinen Kopf hält er in den Händen vergraben. »Ein Kochkurs? Wer macht so was?«

»X Leute. Ständig.«

»Okay, kleines Detail vergessen. Wer geht zu einem Kochkurs, den ihm seine Ex-Freundin geschenkt hat?«

»Soll ich den Gutschein verfallen lassen?«

»Ähm, ja!«, wird Vincenzo deutlich.

»Ist ja nicht so, dass ich daran keine Freude hätte. Außerdem soll Anna ruhig wissen, dass ich Spaß auf ihre Kosten habe«, erwidere ich.

»Woher soll sie das denn wissen?«, sieht er mich fragend an. »Die hat wahrscheinlich längst vergessen, dass sie dir den Gutschein zum Geburtstag geschenkt hat.«

»Das hat die nicht vergessen. War ihr superwichtig, dass ich mal die Basics beim Kochen lerne.«

»Die Basics?«

»Ja, sie meinte, ich mache viele einfache Fehler, die ich easy vermeiden kann.«

Vincenzo atmet tief durch. »Ein Fehler, den du leicht vermeiden kannst, ist zu diesem Kochkurs zu gehen. Schlimmstenfalls ist die sogar selbst dort.«

»Ach Quatsch! Ich habe doch beide Gutscheine. Sicherheitshalber mache ich 'ne Insta-Story. Hashtag fun und so«, sage ich. Durch Aufeinanderschlagen meiner beiden

Zeige- und Ringfinger versuche ich, eine Raute zu formen.

»Beide Gutscheine? Was machst du denn mit dem zweiten?«, fragt Vincenzo. An seinem Gesichtsausdruck ist zu erkennen, dass er ahnt, worum ich ihn gleich bitten werde.

»Was machst du denn am Samstag?«

»Ich habe das Gefühl, dass ich die Frage nicht beantworten sollte.«

»So ein Kochkurs ist doch wie gemacht für uns beide«, sage ich motiviert.

»Safe nicht!«

»Wieso nicht?«

»Ich gehe doch nicht mit dir zu einem Kochkurs. An einem Samstagabend! Noch dazu für italienische Küche! Ich bin Italiener! Den Kochkurs kann ich dir geben!«

Vincenzos Reaktion kommt nicht überraschend. Ich gebe nicht sofort auf.

»Ach komm schon, Vincenzo! Ein Abend mit deinem besten Kumpel, gutem Essen und Wein. Außerdem solltest du bedenken, dass dort deutlich mehr Frauen als auf den Hauspartys von diesem Vitus-Dude sein werden.«

»Da hast du recht!«

»Na also!«

»Aber alle mit ihrem Typen! Dort gehen doch keine zwei Single-Freundinnen hin! Am Samstagabend! Weißt du, wo die sind? Weißt du, wo die abhängen? In einem Restaurant, einer Bar, im Club oder meinetwegen bei Vitus. Da sollten wir auch besser hin!«

»Stimmt gar nicht! Medina war mit 'ner Freundin in so einem Kochkurs.«

»Als ob!«

»Ja, ehrlich! Außerdem ist das spätestens um zehn vorbei.

Das heißt, wir sind gut gesättigt, schon leicht drunk und ready woanders hinzustarten.«

Ich bemerke, wie Vincenzo zu hadern beginnt. Ich scheine mit meinem Kompromissvorschlag ins Schwarze getroffen zu haben.

»Hmmmm. Um zehn ist das rum, meinst du?« Grübelnd tippt sein rechter Zeigefinger mit hoher Frequenz auf seine Nasenspitze.

»Spätestens! Versprochen.«

Die Augen zusammengekniffen ruht sein Finger inzwischen bewegungslos über seinen Lippen. Den Blick richtet er konzentriert nach oben zur Decke, als würde er versuchen, eine komplizierte Kopfrechenaufgabe zu lösen.

»Na gut! Unter einer Bedingung! Sobald in dem Kochkurs auch nur ansatzweise die italienische Küche vergewaltigt wird oder ich jemanden abends einen Cappuccino schlürfen sehe, bin ich da schneller raus, als du Panettone sagen kannst. Das tue ich nur für dich!«

»Abgemacht. Ich verspreche dir, das wird nicht so schlimm, wie du es dir vorstellst«, sage ich zufrieden lächelnd.

»Vielleicht hast du recht. Eine Ablenkung kann sicher nicht schaden.« Vincenzo nimmt seine Füße vom Hocker, stellt sie behutsam auf dem Boden vor sich ab und lehnt seinen Oberkörper nach vorne. Der Klang seines Seufzens erfüllt das Zimmer. Er atmet tief ein, als wolle er dem Raum jeden Sauerstoff entziehen.

»Wie geht's deiner Mutter? Was sagt der Arzt?«, frage ich vorsichtig. Mir ist bewusst, gerade ein emotionales Minenfeld zu betreten. Die Diagnose seiner Mutter kam vor drei Jahren plötzlich und unerwartet. Vincenzo ist abgetaucht, für niemanden erreichbar. Anrufe gingen ins Leere, Nachrichten blieben unbeantwortet, seine Tür verschlossen. Als hätte sich der Erdboden geöffnet und Vincenzo darin verschlungen. Ich habe damals in der Bibliothek gesessen, versuchte das Konzept der doppelten Kontingenz und die Handlungstheorie nach Talcott Parsons in meinem Hirn zu verankern, als der Bildschirm meines Smartphones aufleuchtete und Vincenzos Nachricht erschien: ›Mama hat Krebs.‹

»Der Arzt?«, wiederholt Vincenzo meine Frage.

»Ja, gibt's 'nen neuen Stand, wie schätzt er die Lage ein? Vor allem: Wie geht's ihr?«

»Der Arzt ist top, absolut kompetent. Die geben sich wirklich Mühe. Mama ist in guten Händen!«

»Und wie geht's ihr? Ist sie gerade in Behandlung?«

»Mama? Ja, der geht's gut«, sagt Vincenzo nickend. »Der geht's, also, der geht's gut. Voll okay halt.« Jede gesprochene Silbe scheint wie der Kampf seiner Stimmbänder gegen die unterdrückten Tränen und den gewaltigen Kloß im Hals.

»Wenn ich euch irgendwie helfen kann, ...«

»Nene, alles gut, Bro! ... Was geht eigentlich auf Tinder?«, will Vincenzo wissen. »Bei dir läuft's ja richtig!«

»Joa, läuft gut. Ich treffe morgen wieder ein Girl.«

»Zeig mal ein Foto.«

»Ähm, ja klar. Eine Sekunde«, sage ich, ziehe mein Handy aus der Tasche und suche mit meinem rechten Daumen Tinder und das dazugehörige Profil. »Hier. Teresa heißt sie.«

»Uff! Sag mal, was will die denn mit dir?«, grinst Vincenzo.

»Das muss ich auch noch herausfinden.«

.

Selten wird an Treffpunkten auf mich gewartet, obwohl
mir schon Anna erklärt hatte: ›Auch zu früh kommen, ist
unpünktlich.‹ Zumeist bin ich der Wartende, überfordert
mit dem inneren Konflikt, was mit meinen Händen anzufangen ist, wenn ich kein Smartphone vor mir halte. Im
Herbst, Winter und Frühling fällt die Antwort leicht, da
ich meine Hände in den Jackentaschen verstecken kann.
Im Sommer aber, nur mit einem T-Shirt bekleidet, bringt
meine Unsicherheit mich noch mehr zum Schwitzen, als
es die hohen Außentemperaturen und der strahlende Son-
nenschein je könnten. Auch möchte ich nicht als Wartender auffallen, wirken Gestik und Mimik eines Aushar-
renden stets traurig, befremdlich, sogar bemitleidenswert.
Ich selbst erkenne auf eine Verabredung wartende Männer
sofort, wenn ich ihnen als Unbeteiligter auf der Straße
begegne. Krampfhaft versuchen sie einen außergewöhnlichen, unvergesslichen ersten Eindruck zu hinterlassen.
Gerne würde ich ihnen zunicken, mein Verständnis äu-
ßern, ihnen Mut zusprechen, aber ein wartender Mann ist
ein seelisches Wrack, das nicht weiter verunsichert werden
sollte. Ein wartender Mann sollte in Ruhe gelassen werden.
   Geschlechtsunabhängig scheint es Frauen und Männern
ähnlich zu ergehen. Auch Teresa erkenne ich aufgrund
ihrer Körperhaltung sofort als Wartende. Ihre suchenden
Blicke sind selbst durch die große Sonnenbrille auf ihrer

Nase als solche zu erkennen. Das Modell Erika der Marke Ray-Ban wirkt zu groß für ihren Kopf. Sie lehnt an einem Laternenpfahl, der mit all den künstlerischen Verzierungen an eine vergangene Zeit erinnert. Eine Zeit, in der Frauen noch nicht auf Männer gewartet haben. Streng genommen wartet Teresa aber auch nicht. Ich erscheine auf die Minute pünktlich am ausgemachten Treffpunkt im Park. Obwohl ich mir ziemlich sicher bin, sie zu erkennen, laufe ich zunächst an ihr vorbei, als wolle ich mir selbst Zeit geben, das Gesehene zu verarbeiten. Sie ähnelt der Frau auf den Fotos des Tinder-Profils und sieht doch anders aus. Nach wenigen Schritten kehre ich um und gehe direkt auf sie zu. Sie scheint mich nun auch zu erkennen. Mein erster Eindruck war nicht falsch: Es ist Teresa. Aber irgendwie ist es auch nicht Teresa. Ich fühle mich betrogen. Betrogen von der Technologiebranche, die uns Apps und Filter zur Nachbearbeitung auf dem Smartphone geschenkt hat. Betrogen von Teresa und ihrem auf den Fotos versprochenen Aussehen. Betrogen von den entschwundenen Konturen ihres Gesichts. Und ich bin wütend. Wütend, nicht die Teresa aus der App kennenzulernen, sondern eine unerwünschte Zwillingsschwester.

Dann richtet sich mein Zorn gegen mich selbst. ›Sexistischer Wixxer!‹, möchte ich mir selbst zurufen, hatte ich doch gedacht, solch' oberflächliche Gedanken längst aus meinem Weltbild vertrieben zu haben. Meine subjektive Einschätzung, die Meinung getragen von den Gedanken eines Vollidioten, ist unangebracht, unerheblich. Ich bin kein Sexist. Zumindest will ich keiner sein und rede mir das gerne ein. Teresa verdient eine Chance. Wir verdienen eine Chance, auch wenn ich nicht aufhören kann daran zu denken, nicht die Frau zu treffen, mit der ich seit Tagen schreibe und mich verabredet habe.

Wobei, bin ich denn überhaupt der Mann, mit dem Teresa sich verabredet hat? Ich bin nicht gerade in der Form meines Lebens, vielleicht nicht mal in der Form meiner Tinder-Bilder. Mein Bauch gleicht mehr einem teigigen Spritzgebäck als einem Waschbrett. Meine schlaffen Arme könnten einen Klimmzug nicht einmal dann vollführen, wenn mein Leben davon abhinge. Auf das Radfahren zum Date verzichtete ich, um nicht keuchend und vollgeschwitzt am Treffpunkt zu erscheinen. Wenn andere Männer ein Beziehungsaus mit der langjährigen Freundin als Anlass sehen, wieder in Form zu kommen, habe ich die Trennung mit Anna als Lizenz zum Fressen gesehen. Beziehungsstatus: Domino's Pizza. Und jetzt kommt Tinder als Überraschungs-Ei-Dessert hinterher. What you see is what you get, maybe, aber most probably not. Guten Appetit!

Ich versuche mich also auf Teresa einzulassen, aber das Gefühl des Betrugs überwiegt. Nach einem Kaffee und einem kurzen Spaziergang verabschieden wir uns. Das Wasser im künstlich angelegten Teich des Westparks ist so trübe wie die Aussichten auf ein Wiedersehen. Die Umarmung dauert nur so lange, wie unbedingt nötig. Ihr Lächeln wirkt gezwungen. Meines ist es definitiv.

»Wir schreiben uns!«, sagt sie.

»Klar, auf jeden Fall!«

Wir sehen uns nie wieder. Das weiß ich. Das weiß sie. Das wissen wir.

•

»Wieso zur S-Bahn? Wo liegt denn der Scheiß?«, fragt Vincenzo.

Vorwurfsvoll sieht er mich an, als würde ich kein übliches öffentliches Transportmittel nutzen wollen, sondern ihn zwingen, rückwärts auf einem Einrad zum Kochkurs zu fahren. Um Diskussionen zu vermeiden, hatte ich ihm zuvor nicht gesagt, dass dieser an den Stadtgrenzen stattfindet. Streng genommen sogar im Vorort.

»Ach komm, da sind wir doch gleich! Ob wir jetzt zwanzig Minuten mit der S-Bahn oder mit der U-Bahn fahren, ist doch egal. Wir sind rechtzeitig wieder zurück in der Stadt und dann gehen wir noch was trinken.«

»Ey, Junge«, sagt Vincenzo kopfschüttelnd. »Manchmal treibst du einen wirklich zur Verzweiflung. Tucker ich hier am Samstagabend irgendwo in die Provinz!«

Auch in der S-Bahn findet sein Murren und Meckern kein Ende. Gegenüber voneinander, wie fortlaufende Hausnummern, setzen wir uns auf die blau gepolsterten Sitze des Zugs. Das Abteil ist leer. Um diese Uhrzeit fahren die meisten Leute nach München hinein und nicht aufs Land hinaus. Draußen zieht die Stadt an uns vorüber. Die Distanz zwischen den Häusern wächst. Erst nach einem langen Leben in der Stadt lerne ich die Weite zu schätzen. Nur in der Leere können Gedanken frei sein. Nur im Nichts entsteht Neues. Das sieht Vincenzo offensichtlich anders.

»Wo ist denn das? Im Bayerischen Wald? Wenn ich gewusst hätte, dass wir Langstrecke fahren, hätte ich uns in die erste Klasse gebucht.«

Vincenzos Zynismus beeindruckt mich nicht. Ich bin mir sicher, dass auch er sich auf diesen Abend freut.

»Entspann dich. Sind nur noch drei Stationen. Schaffst du.«

»Alles gut. Nur ein Joke. Bro, ohne Scheiß, die Woche hat mich wieder gekilled. Das Projekt ist nur noch chaotisch. Ich schlaf' keine vier Stunden pro Nacht!«

Nach Ende unseres Studiums hatten Vincenzo und ich unsere beruflichen Karrieren in derselben Unternehmensberatung begonnen. In der Theorie soll unser Studienabschluss helfen, Managementherausforderungen situativ sinnvoll einzuordnen. In der Praxis erweist sich das Studium als Beraterproduktion im Akkord, ähnlich der Herstellung von Fahrzeugen am Fließband. Denn Beratungen als Glaubensgemeinschaft der Prozessoptimierung gelten als Türöffner und Karrieresprungbrett.

»Deine Lernkurve bei uns ist exponentiell. The sky is the limit! Bei uns übernimmst du von Tag eins an Verantwortung. Unsere Projects sind immer strategic, global und vor allem exciting!«, verspricht mein Chef, den ich doch ›bitte einfach Thomas‹ nennen soll – ›wir machen das hier alle so‹ – im Vorstellungsgespräch.

Wer in der modernen Arbeitswelt etwas von sich hält, arbeitet grundsätzlich nur projektbezogen, während Linienfunktionen den Verlierern, den Faulenzern vorenthalten sind.

»Bei uns wird's abends auch mal länger! Aber dann bestellen wir Poke Bowls für das Team und rocken den Allnighter zusammen!«

Arbeitgeberfreundlich hat es die Branche der Unternehmensberatungen geschafft, in einer grundsätzlichen gesellschaftlichen Strömung, Überstunden als Zeichen der Hingabe und Ausdruck guter Arbeit zu etablieren.

Die Illusion einer vielfältigen, gemeinschaftlichen Arbeitswelt ist mir auch schnell genommen worden, finde ich mich doch zumeist einsam PowerPoint-Folien gestaltend und Excel-Vorlagen erstellend bis spät in die Nacht in den Großraumbüros der Kunden. Prestigeträchtige DAX-Unternehmen zahlen Tagesgagen so hoch wie das durchschnittliche Monatsgehalt ihrer Festangestellten, um sich von frisch graduierten Menschen mit einem Bruchteil an Berufserfahrung erklären zu lassen, wie sie ihr Unternehmen zu strukturieren, auszurichten und zu führen haben.

»Das Deliverable brauche ich asap, bestenfalls eob, lass uns da proaktiv alignen und halt mich unbedingt im Loop!«, treibt mich mein Chef Thomas regelmäßig vor sich her.

Meine Empfehlungen für Kunden basieren zumeist auf wiederverwendeten Ergebnissen und Strategien vorangegangener Projekte bei anderen Unternehmen. Ein nachhaltiges Geschäftsmodell.

»Ganz ehrlich, Tim. Seit's meiner Mutter wieder schlechter geht, hab' ich ein schlechtes Gewissen, so viel im Office zu hocken. Wäre gerne öfter bei ihr, aber wie soll ich das machen?«

»Verständlich.«

»Versteh' mich nicht falsch! Ich feier' den Job weiterhin. ›Work hard, play hard!‹ Das war doch immer unser Motto.«

»Das war hauptsächlich dein Motto.«

»Das auf jeden Fall. Allerdings macht ›work hard‹ leider

nur Sinn, wenn dem zumindest gelegentlich ›play hard‹ folgt.« Vincenzo schluckt. »Derzeit gibt es nicht viel ›play‹.«

Vincenzo wirkt wie ein Gefangener zwischen zwei Welten. Ein Gefangener zwischen den Verantwortungen. Einerseits gegenüber seiner Mutter, andererseits gegenüber dem selbst auferlegten beruflichen Pflichtgedanken. Vincenzo ist der ganze Stolz seiner Familie. Die Quoten in seinem Leben standen nicht auf Karriere und Geld. Allerdings ist das enorme Arbeitspensum für seine Familie nur schwer nachvollziehbar, können Vincenzo und ich doch selbst nicht erklären, was oder woran wir arbeiten und wieso das jeden Tag zwölf Stunden dauert. Tiefe Augenringe zeichnen sich unter Vincenzos Augen ab. Sein Blick wirkt abwesend, als wäre er mit den Gedanken nicht in der S-Bahn Linie 3, sondern bei seiner Mutter.

»Wie geht's ihr denn? Ist sie immer noch im Krankenhaus?«

Vincenzo atmet tief ein. Hastig kratzt er sich an der Nasenspitze, bevor er langsam seine beiden Handflächen von innen nach außen über seine Augen zieht. Dann sieht er mir endlich mal direkt in die Augen. Er wirkt jetzt wacher.

»Nicht gut. Sie kämpft wie ein Stier, aber es geht ihr nicht gut. Die Chemo macht sie fertig.« Vincenzo pausiert einen kurzen Augenblick. »Bisher wissen die Ärzte nicht, ob die Behandlung wie gewünscht anschlägt.«

»Scheiße, echt!«

»Word!«

»Das tut mir echt leid.« Ich nicke verständnisvoll. »Wie lange geht denn die Therapie noch? Warst du heute schon bei ihr?«

»Bin jeden Tag bei ihr. Leider ist der Krebs schon so weit fortgeschritten, dass die Therapie durchgehend stationär ablaufen muss. Sie bekommt täglich eine Dosis. Morgen erhält sie die letzte.«

»Und dann?«

»Dann heißt's abwarten«, sagt Vincenzo sachlich kühl. »Ist der Tumor vollständig zurückgegangen? Wenn ja, wächst er auch nicht wieder heran? Das wird so oder so noch eine lange Leidenszeit.«

»Ich bin mir sicher, sie kämpft sich durch. Sie ist ja eigentlich noch jung und fit.«

»Weißt du, was das Schlimmste ist?« Seine Augen sind glasig.

»Nein. Was meinst du?«

»Dieses Nichtstun. Die Hilflosigkeit. Es macht mich fertig, sie so schwach im Bett liegen zu sehen. Die Frau, die mich großgezogen hat. Die alles für mich getan und geopfert hat. Die immer für mich da war. Und was kann ich für sie tun? Nichts.«

Für wenige Sekunden schließt Vincenzo seine Augen. Draußen zieht das Land ans uns vorbei. Ich suche nach einer passenden Antwort, doch finde nichts. Die nächste Haltestelle wird angekündigt. Vincenzo atmet tief ein, schüttelt kurz seinen Kopf, als wolle er unnötigen Ballast abwerfen und steht entschlossen auf.

»Hier müssen wir raus, oder? Jetzt wird erstmal ordentlich gesnackt«, sagt er. Der Zug wird langsamer. Wir kommen zum Stehen.

Die geöffneten Türen entlassen uns in den Abend.

Es ist noch hell, als wir im Gewerbegebiet eines Münchner Vororts ankommen. Die großzügigen Parkplatzflächen vor den Ladengeschäften sind wie leergefegt. Eine Hundeschule nutzt den leeren Raum für einen Übungsparcours.

Das Bellen der Tiere ist bereits von weitem zu hören. Nur vor dem italienischen Großhandel und Restaurant stehen Autos eng nebeneinander. Die Kennzeichen der Fahrzeuge deuten darauf hin, dass Vincenzo und ich nicht die einzigen sind, die den Weg aus der Innenstadt auf sich genommen haben. Die Zypressen und Pinienbäume am von Säulen getragenen Eingangstor teleportieren den durchschnittlichen Deutschen emotional sofort in die Hügel der Toskana oder die Strände der Adria. Dolce Vita, das süße Leben, als hochgewachsener Stamm mit belaubter Krone. Ein Zitronenbaum trägt große, gelbe Früchte. Aperto – ein Schild weist uns zum Eingang. Beim Betreten des Restaurants reicht uns eine Frau mittleren Alters einen Aperitif. Wir haben die Auswahl zwischen einem klassischen Negroni und Aperol Spritz. Die knochigen Hände der Frau zittern beim Überreichen der Getränke. Die harte Küchenarbeit hat kleine Narben auf der Handrückseite und Kratzer auf den Fingern hinterlassen. Die Auswahl der Begrüßungsdrinks und das akzentfreie Italienisch der Küchenhilfen im Hintergrund scheinen Vincenzo zu gefallen. Bisher beanstandet er nichts an der Veranstaltung. Seine Mundwinkel sind nach oben gerichtet. Nach einem Schluck des Negroni nickt er mir anerkennend zu. Der dunkle Cocktail aus Gin, rotem Wermut und Campari, garniert mit einer halben Orangenscheibe, serviert auf Eis, erinnert mich mit seinem bitter-süßen Geschmack immer an die Baldrian-Beruhigungstropfen meiner Mutter, die sie mir stets dann verabreicht hat, wenn ich und meine aufbrausende Art als Kind sie überfordert haben. Ein schlafendes Kind macht keinen Kummer. Nicht noch mehr Kummer. Ich bleibe also beim Aperol Spritz. Das

moderne Männerbild erlaubt es mir, an einem Samstagabend, mit einer Flüssigkeit auf Prosecco-Basis in leuch-
tend orange-roter Farbe, mit meinem besten männlichen,
heterosexuellen Freund anzustoßen, während ich vor
einem italienischen Restaurant in einem Gewerbegebiet
auf den Beginn eines Kochkurses warte. Die kleine Terrasse am Eingang des Restaurants füllt sich stetig. Immer
mehr Füße in Turnschuhen und Ballerinas drängen sich
auf die Fliesen aus Terrakotta. Zwischen den mit weißen
Tischdecken bespannten Bistrotischen ist kaum noch Platz.
Am Lieferanteneingang suchen noch vereinzelt Teilneh-
mer den Einlass ins Restaurant. Vincenzos Vermutung
scheint sich zu bewahrheiten: Der Kochkurs wird, so wie
es aussieht, ausschließlich von Paaren besucht. Seinen ver-
änderten Gesichtszügen nach zu urteilen, ist ihm dieser
Umstand auch bereits aufgefallen.

Kaum leert Vincenzo den Rest seines Cocktails mit
schlürfenden Geräuschen, werden wir von der Küchenchefin am Eingang ins Haus und in einen Vorraum zur
Küche gebeten. Alle erhalten weiße Schürzen. ›la scuola‹
– das Logo des Restaurants prangt auf der Vorderseite der
Klamotte. Die Paare im Raum nutzen beim Umbinden der
Schürzen die Gelegenheit zum intimen und romantischen
Körperkontakt. Vincenzo und ich werfen uns einen an-
gewiderten Blick zu. Ohne neckisches Kitzeln und Piksen
im Bauchbereich legen wir unsere Schürzen um und ich
verzichte darauf, Vincenzo von hinten zärtlich ins Ohr
zu flüstern.

Vincenzo dreht sich zu mir um. »Sind tatsächlich paar
ganz cute Girls hier«, sagt er und deutet mit einer Bewegung seines Kopfes in den Raum hinein. »Nur blöd, dass

die alle ihren Typen dabeihaben. Nur Pärchen! Wer das wohl vorausgesehen hat? Ah genau, das war ja ich.« Wir lachen.

Trotz seines ironischen Kommentars scheint es ihn nun doch nicht so zu stören, seinen Samstagabend mit bitteren Getränken und italienischem Essen, umgeben von turtelnden Paaren zu verbringen.

»Ja, da hattest wohl recht. Punkt für dich. Beziehungsweise, irgendwie auch nicht. Aber das Menü sieht nice aus«, bemerke ich und deute auf die vor uns ausgebreiteten Rezepte, als wir in der eigentlichen Küche angekommen sind. In Zweiergruppen verteilen sich alle Anwesenden um einen großen Tisch herum. Die Zutaten liegen wie auf einem Gabentisch vor uns ausgebreitet. Gekocht werden heute Abend drei Gänge: Ein zartschmelzender Burrata mit geschmorten Whiskey-Tomaten bildet die Vorspeise. Die Hauptspeise, ein Klassiker: Saltimbocca alla Romana. Ein Apfeltaschentiramisu mit Apfel–Zimt-Kompott soll der krönende Abschluss des Dinners werden.

Als uns bereits beim stillen Anblick der Zutaten das Wasser im Mund zusammenläuft, beginnt es hinter mir im Vorraum wieder zu rascheln. Es scheint, als würden hektisch Getränke eingeschenkt und Schürzen angelegt werden. Offenbar sind noch Nachzügler eingetroffen. Es würde mich nicht wundern, wenn wir noch um zwei weitere Turteltäubchen ergänzt werden. Mir soll es recht sein. Kein streichelndes und Zärtlichkeiten austauschendes Paar der Welt kann mir ein Apfeltaschentiramisu madig machen. Das, obwohl ich mir unter diesem Namen nicht mal etwas Genaueres vorstellen kann. Ich kenne jede der Komponenten, doch kann mir keinen Reim darauf machen, wie man sie miteinander kombinieren könnte. Dann geht es an die Kochstationen. Ich habe den anderen Teilnehmern gegenüber einen Vorteil und damit einen uneinholbaren Vorsprung: einen echten Italiener. Beziehungsweise Halb-Italiener.

Wir beginnen bei der Zubereitung der Speisen in umgekehrter Reihenfolge zur späteren Darreichung. Zunächst wird das Apfeltaschentiramisu zubereitet, da es noch kaltgestellt werden muss. Meine entkernten und in Spalten geschnittenen Äpfel werden von der italienischen Küchenchefin Rebecca als ›molto bene‹ abgenommen. Das Karamellisieren des Zuckers überlasse ich Vincenzo. Ich möchte nicht sofort an die Grenzen meines bescheidenen Repertoires als Küchenhilfe gelangen. Annas Worte hallen noch in mir nach: ›Es gilt, die einfachen Fehler zu vermeiden.‹

»Wir brauchen noch mehr Äpfel, Tim. Dieses Mal aber bitte in Würfel geschnitten, nicht in Spalten. Die werden mit aufgekocht«, sagt Vincenzo. Mit einer auffordernden Geste schickt er mich zurück an den Gabentisch, um mehr Obst zu holen. Viele Äpfel sind dort nicht mehr aufzufinden, doch sollte die Menge für unser Dessert ausreichen. Ich greife beherzt zu.

»Pass auf! Der grüne ist vergiftet. Würde ich nicht essen.«

Überrascht blicke ich mich um und suche das Gesicht zu dieser warnenden Stimme. Eine junge Frau hinter mir schielt verschmitzt auf die letzten Äpfel in meinen Armen. Ihre leicht gebräunte Haut glänzt in der durch große Fenster einfallenden Abendsonne. Ihre linke Augenbraue zieht sie mit einer wellenartigen Bewegung nach oben. Ihr Lächeln wirkt beinahe kindlich. Scheinbar freudig wartet sie auf meine Reaktion.

»Vergiftet? Wieso das denn? Wer macht sowas? Bei einem Kochkurs?«, frage ich verwirrt.

Wie ein alter Motorroller benötigt mein Gehirn mehr als einen Anlauf mit dem Kickstarter, um die volle Leistungsfähigkeit auszuschöpfen. Es rattert und raucht in meinem Kopf. Ich kenne diese Frau nicht. Das möchte ich ändern.

»Das war ein Witz«, sagt sie. Stirnrunzelnd sieht sie mich an.

Aus unerfindlichen Gründen halte ich die drei Äpfel nicht in meinen Händen, sondern nebeneinander in meinen Armen, wie ein zu wiegendes Baby.

»Klar! Ein Witz. Weiß ich doch!«, sage ich. Dabei entkommt meinem Mund ein schnalzendes Geräusch. Ich zwinkere ihr zu. Beides geschieht ohne bewusstes Zutun meinerseits. Eine Handlung aus dem Affekt. Ich plädiere für Strafmilderung, sogar Schuldunfähigkeit, da mein Gegenüber bei mir zu einer tiefgreifenden Bewusstseinsstörung führt. Alles, was ich jetzt tue und sage, darf nicht gegen mich verwendet werden. Entweder hat sie meine seltsamen Körpergeräusche und Gesten nicht bemerkt oder ignoriert diese gekonnt.

»Bin übrigens Marie.«

Als sie ihre dunklen, lockigen Haare mit einer gekonnten Bewegung ihres Kopfes hinter ihr linkes Ohr wirft, entwickelt sich meine tiefgreifende Bewusstseinsstörung zu einer voll ausgeprägten Bewusstlosigkeit. Ich bin nicht mehr Herr über meine Gedanken, meine Gliedmaßen, geschweige denn mein Mundwerk. Die Gefühle in meinem Körper explodieren, als hätte ich gerade gleichzeitig auf einhundert saure Center-Shock-Kaugummis gebissen. Ich habe plötzlich das starke Bedürfnis, mit einem Weidenkörbchen in meinen Händen singend über eine bunte Blumenwiese zu springen, mich kichernd in Löwenzahn zu wälzen und einen Wurf Hundewelpen zu streicheln. Während ich noch nicht einmal meine eigene Augenfarbe benennen könnte, verliere ich mich im hölzernen Braun ihrer Pupillen. Sie sieht mich erwartungsvoll an.

»Das ist normalerweise der Moment, in dem du dich auch vorstellst. Am besten mit deinem Namen. Gedankenlesen kann ich leider nicht«, sagt Marie eindringlich.

Während ich noch versuche, das Durcheinander in meinem Kopf zu ordnen und das Geschehene zu verarbeiten, handelt mein Körper vollständig autonom.

»Oh, klar! Sorry! Wie unhöflich von mir. Ich bin Tim. Freut mich, dich kennenzulernen.«

»Tim? Ich liebe Tim und Struppi!«

»Der bin ich. Leibhaftig vor dir.«

»Süß.«

Ich reiche ihr meine ausgestreckte Hand. Sie sieht mich verwundert an, bevor sie diese ergreift und mit einem kräftigen Händedruck schüttelt.

»Sehr förmlich, Tim. Freut mich auch, dich kennenzulernen. Kann ich auch noch ein paar haben oder brauchen du und deine Freundin alle Äpfel?«

Sie wirkt abwartend, fast flehend. Zwischen uns entwickelt sich eine größer werdende Spannung wie zwischen zwei gegensätzlichen Polen, mit Kernobst als leitfähige Verbindung.

»Freundin?«, frage ich, drehe meinen gesamten Körper und deute mit ausgestrecktem Zeigefinger auf Vincenzo, als würde ich der Polizei die Richtung des fliehenden Diebs und damit meine Unschuld klarmachen wollen. Der ist gerade dabei, Butter aufzuschäumen und mit Zucker zu verquirlen.

»Ich bin nicht mit meiner Freundin hier. Ich habe gar keine Freundin. Ich bin Single. Ich bin allein. Also alleinstehend. Nicht allein. Ich fühle mich sehr wohl als Single. Ich genieße die Freiheit. Einfach mal machen können, worauf ich Lust habe. Beziehung? Nein. Also derzeit sicher nicht. Was heißt schon sicher? Ich meine, wenn die Richtige kommt, klar, wieso nicht, aber derzeit geht es mir wirklich wahnsinnig gut.«

Mein Herz rast. Mein Puls auf dem Niveau eines Läufers nach dem Sprint. Pistolenschuss, Lichtschranke, Zieleinlauf, jubelnde Masse, Siegerehrung, Medaillen. Nichts fehlt. Marie nickt mir beruhigend zu. Ihre rechte Hand legt sie auf meine Schulter. Mein Puls steigt weiter an, erklimmt neue Höhen.

»Okay, verstanden. Du hast also keine Freundin. Ich glaube, das hast du relativ deutlich klargemacht.«

»Genau! Ich bin mit ihm hier, meinem besten Kumpel«, sage ich und deute ein weiteres Mal auf Vincenzo. Dieser scheint zu bemerken, dass ein Finger auf ihn zeigt. Als wäre die Situation noch nicht schräg genug, sieht er uns an, legt seinen Kopf auf seine rechte Schulter und winkt uns theatralisch zu, während er seltsame Grimassen zieht.

Marie lacht. »Klassischer Männerabend, würde ich sagen.«

»Und mit wem bist du hier? Deinem Freund?«, frage ich vorsichtig, bereit für eine herbe Enttäuschung.

»Meinem Freund?«, wiederholt Marie meine Frage.

»Also, geht mich ja gar nichts an! Sorry, wenn das irgendwie komisch ...«

»Nein, ich bin auch mit einer Freundin hier. Total spontan. Sie hat mich gefragt, weil ihr Freund kurzfristig abgesagt hat. Ich hatte Hunger und nichts im Kühlschrank. Außerdem musste dich ja jemand vor den giftigen Äpfeln warnen.«

»Welche giftigen Äpfel?«

»Im Ernst?«, fragt Marie. Ungläubig starrt sie auf das Obst.

»Per l'amor di Dio! Sag mal, pflückst du die Äpfel noch selbst am Bodensee? Mir verbrennt hier der Butterschaum. Alles muss man allein machen«, schreit mir Vincenzo durch die Küche zu.

»Ich sollte mal wieder zurück. Wir beide gehen nach dem Kochkurs noch in der Stadt was trinken. Wenn ihr Lust habt, könnt ihr gern mit.«

Die Pause nach meiner Frage gleicht einer Ewigkeit. Die Antwort von Marie kommt wie in Zeitlupe aufgenommen, schlägt aber umso eindrucksvoller zu.

»Heute Abend? Nee, eher nicht.«

Schluss. Aus. Weidenkörbchen wieder abgeben. Keine Löwenzahnwiese für mich. Hundewelpen wieder zurück in den Zwinger. Keine Siegerehrung. Medaille zurückgeben. Lieber ein Ende mit Schrecken als ein Schrecken ohne Ende. Ich will mich gerade mit dieser Enttäuschung anfreunden und schnellstmöglich zu Vincenzo zurückkehren, als Marie noch etwas anfügt.

»Aber ich kann dir gerne meine Nummer geben. Wenn du Lust hast, kannst du dich mal melden. Warte kurz, ich komme gleich wieder.«

Ohne meine Antwort abzuwarten, macht Marie auf der Stelle kehrt, geht zum Empfang und fragt nach einem Stift. Zurück am Tisch, zieht sie meinen linken Arm zu sich. Vorsichtig dreht sie mein Handgelenk, sodass meine Handfläche nach oben zeigt. Gründlich beginnt sie, ihre Handynummer auf meine Handinnenfläche zu schreiben.

»Du, ich habe auch mein Handy dabei. Ich kann deine Nummer einfach einspeichern«, merke ich an.

»Das ist doch langweilig«, sagt sie, beendet die letzte Ziffer auf meiner schwitzenden Hand und schließt den Stift. Ihre Handschrift ist elegant, fein, fast künstlerisch.

»Aber so verwischt das doch sofort«, sage ich und blicke auf die zwölfstellige Zahlenreihe auf meiner Haut.

»Dann musst du eben aufpassen. Oder prägst dir die Nummer gleich ein. Handgeschriebenes bleibt im Kopf.«

Marie lässt meine Hand wieder los. Ohne Spannung schwingt mein Arm zurück neben meinen Oberkörper.

»Ich gebe mein Bestes! Dann schreibe ich dir einfach. Irgendwann die Tage, oder? Vielleicht können wir einen Kaffee trinken gehen oder so.«

»Das sehen wir dann. Erstmal bräuchte ich jetzt noch ein paar Äpfel.«

»Äpfel?«

»Das runde Obst da«, sagt sie und deutet auf meine Hände.

»Ich dachte, die seien vergiftet?«, sage ich augenzwinkernd.

»Das Risiko gehe ich gerne ein.«

»Klar, geteiltes Leid ist halbes Leid. So viele brauchen wir bestimmt eh gar nicht mehr«, sage ich und sehe sorgenvoll zu Vincenzo zurück.

»Danke!«, Marie nimmt zwei Äpfel und drückt mich

kurz. »Euch beiden noch einen schönen Abend.« Auf ihrem Rücken erkenne ich ein kleines Tattoo, so verblasst wie meine Erinnerung an Anna und unsere Trennung. Hastig kehrt Marie zurück zu ihrer Kochinsel.

»Danke! Das wünsche ich euch auch«, rufe ich ihr hinterher.

Strahlend komme ich zurück zu Vincenzo. Selbst den übrigen Apfel habe ich nicht vergessen.

»Vincenzo, ich habe meine Traumfrau kennengelernt. Sie ist charmant, witzig, schlagfertig und bildhübsch. Ich muss sie unbedingt wiedersehen. Hier! Schau! Hat mir sogar ihre Nummer auf meine Handfläche geschrieben.«

Vincenzo unterbricht seine Rührbewegungen auf dem Herd, sieht auf meine Handinnenfläche und dann direkt in meine Augen.

»Weißt du eigentlich, wie wichtig es für den Geschmack ist, dass die Äpfel im Butterschaum und Zucker mit aufkochen? Jetzt nimmst du dir das Messer und würfelst die Äpfel.«

»Apfel! Es gab nur noch einen«, murmle ich verlegen.

»Gut, dann muss ich wohl improvisieren.«

»Wenn das einer kann, dann du.«

»Jetzt komm! Mach hin! Ich brauch' die Würfel. Du wolltest unbedingt zu diesem Kochkurs und ich muss jetzt hier allein einen auf Tim Mälzer machen«, sagt er vorwurfsvoll mit dem Kopf schüttelnd.

»Alles klar, Chef. Wird gemacht.«

Ich nehme ein Messer aus dem Block. Sorgsam beginne ich, den Apfel zu würfeln. Doch angezogen wie von einem Magneten wandert mein Blick immer wieder in Richtung Marie.

Kapitel 5

Es ist Sommer. Die Hemden, Hosen und Röcke werden kürzer, luftiger, für den mitteleuropäischen Körper vermeintlich geeigneter, den nicht zu gewinnenden Kampf gegen die Hitze der Sonne und das Schwitzen der Haut aufzunehmen. Selbst im verschlafenen München werden die Bürgersteige abends später hochgeklappt als üblich. Die Stadt ist überlaufen mit genüsslich an Speiseeis schleckenden Zungen und an kalten Drinks nuckelnden Lippen, die durch gläserne Strohhalme die letzten Reste ihres prickelnden Getränks von den Böden ihrer Gläser saugen. Wo sich noch vor Wochen aufgeschütteter Schnee und ausgedienter Rollsplitt an den Straßenrändern türmte, stehen heute vor jedem Café, Restaurant und jeder Bar Stühle und Tische nebeneinander aufgereiht. In den hippen Vierteln der Stadt sind diese vor Jahren niedrigen Hockern und Schemeln aus Holz gewichen, kleiner als die winzigen Stühle in der Grundschule. Darauf sitzen die Gäste wie am Elternabend ihrer Kinder. Die Knie knapp unter dem Kinn, der Rücken gebeugt, die Finger auf der Kurzwahltaste des iPhones mit der Telefonnummer des Physiotherapeuten zur Linderung der Rückenschmerzen im unteren Lendenwirbelbereich. Dennoch ist meine Mutter jedes Mal hochmotiviert nach Hause gekommen, um die geschulten Beobachtungen der Lehrkräfte noch am selben Abend in pädagogisch wertvolle Erziehungsmaßnahmen zu verwandeln. Auch die Münchner Cafébesucher strotzen nur so vor Elan! Trotz unvorteilhafter Hocker kämpfen sie, ähnlich antiker Infanterie, entschlossen um die begrenzten Sitzplätze im Freien. Weniger blutig, aber nicht minder besessen, ausgestattet mit Kombikinderwägen an Stelle der mit Pferden bespannten Streitwägen. Stilistisch kleiden sich die Münchner dabei immer am Puls der Zeit. Zumindest am Puls der Zeit in Berlin vor drei Jahren.

Die Aperol-Dichte – Betonung auf dicht – erfährt mit den ersten Sonnenstrahlen des Frühlings einen exponentiellen Anstieg und erreicht in den letzten Wochen des Julis bis in die ersten Tage des Augusts ihren Höhepunkt. Während die Blütezeit der meisten Gehölze in deutschen Gefilden schon vorüber ist und die Natur sich bereits auf den anstehenden nassen Herbst und kalten Winter vorbereitet, verhält sich der Mensch wie der gemeine Bocksdorn und blüht erst so richtig auf, wenn es eigentlich schon zu heiß ist. Verständlich, immerhin bleibt nicht allzu lange Zeit, Gründe zu sammeln, um das wegen der horrenden Mieten im Stadtbezirk beschwerte Gewissen zu erleichtern, sich mantrahaft immer wieder einzureden, dass es ja im Sommer ›schon schön hier‹ wäre und den lebensfeindlichen Winter kurz vergessen zu können.

Der Sommer ist da. Die Sonne scheint. Die Stadt lebt. Ich sitze im Büro.

Wieder einmal verbringe ich mehr als die vertraglich vereinbarten acht Stunden an meinem Arbeitsplatz. Doch solange es noch hell ist, ist es sicher noch zu früh, zu gehen. Keins meiner Team-Mitglieder verlässt die Räumlichkeiten unseres Kunden – als hätte sich im Laufe des Projekts ein umgekehrtes Reise-nach-Jerusalem-Spiel unter der

Belegschaft entwickelt. Ein Wettstreit, der uns bis in die Nacht an unsere Arbeitsplätze fesselt. Probleme sind nur dornige Chancen, und Kernarbeitszeiten nur etwas für Beta-Männer. Immerhin beruhigt mich das Gefühl, nicht allein den Großteil meiner Lebenszeit damit zu verbringen, Datensätze in Form von Graphen in PowerPoint-Präsentationen zu überführen, die entweder im Meeting ignoriert oder obwohl selbsterklärend über Stunden diskutiert werden.

Sollten die ausgeglichene Work-Work-Balance und das überschwängliche Feedback für unsere Ergebnisse noch nicht motivierend genug sein, übernimmt diese Aufgabe gerne unser Vorgesetzter. Thomas ist ein Karrieremensch. Karriere im klassischen Sinne. Erst vor zwei Monaten ist er mit fünfunddreißig Jahren zum jüngsten Partner unserer Beratung befördert worden. Somit dürfte er fünf Jahre älter als ich auch das Fünffache meines Gehalts verdienen. Thomas hat keine Kinder, ist nicht verheiratet und verpasst keine Gelegenheit klarzustellen, dass für Familie und Nachwuchs in seinem Leben noch genügend Zeit bleibt. In seinem männlichen Körper ticke schließlich keine biologische Uhr. Sonst predigt Thomas gerne über das richtige Mindset seiner Mitarbeiter, die zu-gehende-Extrameile beim Kunden und das Streben nach Perfektion, vor allem bei der Erstellung und Formatierung von Präsentationen. Der Teufel stecke schließlich im Detail.

Gerade bin ich dabei, das vor zwölf Stunden über die Stuhllehne geworfene Sakko überzustreifen und meinen Krawattenknoten zu lockern, als eine E-Mail von Thomas auf dem Bildschirm meines iPhones erscheint.

›tim!! wir müssen reden!!1! kommts bitte zu mir in büro?

Jetzt!‹, steht in der Betreffzeile der an mich adressierten E-Mail.

Das eigentliche Nachrichtenfeld ist leer. Nur seine Signatur prangt dort wie eine Warnung: ›Thomas Peters – Partner‹.

Mich überkommt ein bedrückendes Gefühl, als ich mich durch die schwere Luft des Großraumbüros statt in den verdienten Feierabend an seinen Platz kämpfe. Für die Errichtung des Bürokomplexes unserer Unternehmensberatung wurden sechzehn Altbauwohnungen in bester städtischer Lage zusammengelegt. Räumungsklagen. Eigenbedarf. Dort bezieht Thomas ein repräsentatives Eckbüro, doch heute sitzt er im Großraumbüro unseres Kunden wie ein einfacher Berater. Ein offener Raum ohne Wände, ohne einzelne Büros, ohne Privatsphäre. Mitarbeiter sitzen wie Legehennen eng aneinander geschmust an sterilen Arbeitsplätzen. Clean Desk Policy. Es gibt keine feste Sitzordnung, wer braucht schon Routinen? Was als Arbeitsumfeld zur Förderung von Kreativität und Kommunikation vermarktet wird, ist vor allem eine Maßnahme zur Kosteneinsparung, die das Adrenalinlevel schon vor Start des eigentlichen Arbeitstages erhöht. Das morgendliche Open-Space-Roulette entscheidet über einen Sitzplatz in ruhiger Lage, mit Blick ins Grüne oder in der dunklen Ecke, direkt am Rücken des schwitzenden IT-Administrators. Wen während der Werksarbeit die Sehnsucht nach Urlaub heimsucht, kann zumindest den frühmorgendlichen Kampf um die beliebtesten Sonnenliegen in der Hotelanlage nachempfinden. Wobei hier eher Jacken, Handtaschen oder andere modische Accessoires als Handtücher zum Einsatz kommen.

Mittlerweile sind beim Reise-nach-Jerusalem-Roulette wieder einige Plätze frei. Nur noch meine Kollegen aus der Beratung tippen auf dem Stockwerk verteilt hektisch um den Sieg, bewaffnet mit Pivot-Tabellen und Kreis-diagrammen. Ihre fahlen Gesichter sind vom Licht der Laptopbildschirme hell erleuchtet. In der linken Ecke der Etage sehe ich Thomas neben einer Goldfruchtpalme, die dort wohl für ein besseres Raumklima sorgen soll. Bei Mitarbeitern unseres Kunden ist dieser Sitzplatz unbeliebt, weil die blendende Sonne frühmorgens die Sicht erschwert und abends so tief im Rücken steht, dass auf dem Com-puterbildschirm nur noch die Umrisse der eigenen un-bedeutenden Arbeit zu erkennen sind. Um das zu wissen, lässt sich Thomas hier zu selten blicken.

Thomas sitzt nicht. Er steht am manuell erhöhten Schreibtisch. Während der Volksmund behauptet, Sitzen wäre das Rauchen des einundzwanzigsten Jahrhunderts, halte ich noch immer Rauchen für das Rauchen des ein-undzwanzigsten Jahrhunderts und verspüre beim Anblick vom stehenden Thomas das dringende Bedürfnis, mir eine Kippe anzustecken. Die Ärmel seines weißen Hemds sind nach oben gekrempelt, seinen Krawattenknoten hat er ge-lockert, den darunterliegenden Knopf geöffnet. Das inter-national anerkannte Erkennungszeichen für hart arbei-tende, anpackende Männer. Bereits von weitem scheint er mich zu erkennen und winkt mich an seinen Tisch. Noch mehrere Meter von ihm entfernt, höre ich ihn bereits in meine Richtung rufen: »Na, Champion? Wie läuft's?«

Ich benötige noch einige Sekunden, bevor ich neben ihm am Schreibtisch stehe.

»Was macht der Q4 Bericht? Ist die Präsentation für

den Vorstand ready? Bekommen wir das bis morgen hin?«

Gerne möchte ich Thomas darauf hinweisen, dass das Personalpronomen ›wir‹ falsch gewählt ist, wenn seit Wochen allein ich sowohl am Bericht als auch an der Präsentation arbeite, doch verzichte darauf, um eine Predigt über Teamwork, Mindset und Geschlossenheit zu vermeiden.

»Klar, das läuft. Schicke ich dir morgen Abend. Wir liegen voll im Zeitplan, deshalb wollte ich jetzt so langsam nach Hause gehen.«

»Wieso? Hast du heute einen halben Tag frei?«, fragt Thomas. Er lacht mit geschlossenem Mund. Sein voluminöser Brustkorb wabert auf und ab. Ich schiele auf die Uhr im rechten unteren Eck seines Bildschirms. Es ist zwanzig Uhr fünfundvierzig.

»Mach' doch nur Witze! Lach doch mal! Bevor du gehst, wollte ich kurz mit dir sprechen.«

»Okay! Um was geht's denn?«

»Sage ich dir gleich! Lass uns doch eine kleine Runde drehen. Ich habe mein Schrittziel für heute noch nicht erreicht.«

Er tippt auf dem Bildschirm der Apple Watch an seinem linken Handgelenk herum, während ich auf dem vierstöckigen Weg durchs Treppenhaus nach draußen alle Türen für ihn aufhalte. Als wir in den Außenbereich der campusähnlichen Anlage gelangen, strömt uns eine Hitzewelle entgegen. Schweiß bildet sich unter meinen Achselhöhlen. Trotz der Hitze bin ich froh, mein Sakko anbehalten zu haben, doch fühle mich auch ohne sichtbare Schweißränder neben Thomas unbedeutend und schwach. Er ist deutlich größer als ich. Seine muskulöse Statur lässt erahnen, welchen Ton im Dreiklang aus Karriere, Sport und

Familie er seit Jahren vernachlässigend spielt. Nur ungern erwähnt er, dass er bereits geschieden ist. Es gibt Gerüchte, er würde eine leibliche Tochter verheimlichen. Mit einem Sohn würde er wohl prahlen. Ehefrau und Kind scheinen für ihn nicht nur in der Karriere störend, sondern erweisen sich auch beim regelmäßigen Marathon laufen und Fallschirmspringen als sprichwörtlicher Ballast.

»Tim! Was ist los mit dir?«, fragt Thomas für mich unerwartet, als wir den neu angelegten Zen-Garten in den Außenanlagen erreichen.

Verwirrt blicke ich in sein makelloses Gesicht.

»Was meinst du?«

»Ich habe das Gefühl, du hast ein wenig den Drive verloren. Der Tim, den ich kenne, war voller Passion! Der brannte für den Job!«

Ich bin ahnungslos, welchem Teil meiner siebzig-stündigen Arbeitswoche fehlende Leidenschaft vorgeworfen wird. Nochmals frage ich nach: »Wie kommst du darauf? Hat irgendwas an meiner Arbeit nicht gepasst? Ich kann dir versprechen, dass ich noch genauso für den Job brenne wie am ersten Tag!« Ich bin selbst überrascht, mit welcher Leichtigkeit mir diese Lüge von den Lippen geht.

Nicht zum ersten Mal sage ich nicht die Wahrheit. Verschweige meine Zweifel, ob es sich lohnt, die vermeintlich besten Jahre meines Lebens zu opfern, um diese an traumhaften Sommertagen im zu hellen Licht eines Großraumbüros zu verbringen. Thomas wird vermutlich nicht einmal am Sterbebett den Laptop ausschalten, geschweige denn hätte er Verständnis für meine Gedankenwelt. Warum sollte er auch jetzt damit beginnen, sein mühsam aufgebautes Kartenhaus bestehend aus Geld, Jobtiteln und

Statussymbolen einzureißen, die eigene Existenz anzu-
zweifeln und den Sinn seines Lebens zu reflektieren. Die
Lüge ist meine und seine einzige Option.

»Ich kann es nicht sagen. War einfach so ein Gefühl von
mir. Ich will sichergehen, dass ich mich weiterhin zu einhundert Prozent auf dich verlassen kann!«, sagt Thomas.

Meinem enttäuschten Vater ähnlich legt er beim Sprechen seine rechte Hand auf meine Schulter. Netzförmig
spinnt sich eine eisige Kälte von meinem Rücken ausge-
hend über meinen ganzen verschwitzten Körper. Durch
schnelleres Gehen versuche ich, seinen mich einwickeln-
den Wortfäden und dem ungewollten Körperkontakt zu
entkommen.

»Wie gesagt, du kannst dich voll und ganz auf mich
verlassen, Thomas.«

»Awesome! Das freut mich zu hören, Tim. Dann lass
uns am Freitag die Präsentation beim Vorstand rocken«,
sagt Thomas.

Ich versuche, mir uns bei der kommenden Präsentation
vorzustellen: Thomas, der sich für meine herausgearbei-
teten Ergebnisse und zusammengestellten Berichte vom
Vorstand in höchsten Tönen loben lässt, während ich kommentarlos in der Ecke des Raumes sitze.

»Klar, machen wir«, sage ich und versuche so motiviert
wie möglich zu klingen.

»Fantastic! Schön, dass wir das geklärt haben. Jetzt will
ich dich nicht weiter aufhalten. Du wolltest abhauen und
nach Hause fahren, oder? Hast du dir sicher verdient«,
nickt Thomas mir zu.

»Ach nee, ich bleib' noch ein wenig. Setze mich noch
mal an die Folien. Wir wollen doch, dass die Präsentation

perfekt wird.«

»Gute Idee«, lächelt er zufrieden. »Dann sehen wir uns morgen. Ich habe heute noch eine Tisch-Reservierung. Ich schwöre dir, das beste Restaurant der Stadt.« Mit theatralischer Geste küsst er dabei seinen zusammengedrückten Daumen und Zeigefinger. »Bin gespannt auf deine Ergebnisse morgen.«

Zurück im Gebäudekomplex nehmen wir abermals die Treppe in den vierten Stock. Meine schwere Atmung verrät meinen erhöhten Herzschlag, welcher dieses Mal nicht Thomas' Aussagen, sondern meinem ausbaufähigen Fitnesszustand geschuldet ist. Oben angekommen verabschiedet sich Thomas, geht entschlossenen Schrittes an seinen Platz zurück und wirft sein Jackett und die schwarze Ledertasche über seine Schultern. Zurück am Schreibtisch öffne ich meinen Laptop und blicke in das helle Licht des Bildschirms. Die Sonne ist mittlerweile fast untergegangen. Automatisch wird die Deckenbeleuchtung des Großraumbüros angeschaltet. Nur mein Platz bleibt im Dunkeln. Die Glühbirne scheint defekt.

•

Es ist Samstag. Ich befinde mich auf dem Weg zu einem städtischen Radiosender. Nicht zur Veröffentlichung einer persönlich eingesprochenen Heiratsannonce. Auch nicht, weil ich bei einem Gewinnspiel eine hochwertige Kaffeetasse mit den Gesichtern der Moderatorinnen gewonnen habe, sondern weil ich dort mit Medina verabredet bin.

Seit einigen Wochen moderiert sie eine eigene Radio-sendung. Jedes Wochenende behaupten all ihre Freunde, selbstverständlich die Sendung gehört zu haben. Sowieso würden sie jede Sendung hören, sogar die ganze Woche gespannt wie ein Bogen darauf warten. Ich selbst höre sie immer, also zumindest höre ich rein. Medina kenne ich seit der ersten Klasse. Niemand kennt mich besser. Niemanden kenne ich besser. Dank der Koch- und Back-künste ihrer Mutter Leyla waren Baklava meinem Herzen schon immer näher als deutsche Teigwaren. Jeder Schwei-nebraten geht vor Köfte ehrfürchtig in die Knie. Wärmten sie mich nach einem kühlen Abendbrot in meinem Eltern-haus doch jedes Mal wieder auf. Dort waren die Speisen meiner Mutter passend zum Stil meines Vaters angerichtet: eintönig und pragmatisch. Während körperliche Berüh-rungen in meiner Familie lediglich zu Geburtstagen oder beim Bestehen der Abiturprüfung unumgänglich erschei-nen, werde ich bei Medinas Familie an einem schlichten Wochentag mehr gedrückt, als Daumen während eines deutschen Kleingartenfests zur Fußball-Weltmeisterschaft. Deshalb verbrachte ich die meisten Nachmittage meiner Schulzeit bei Medina. Als wäre es ein Naturgesetz, him-melten die Mädels sie an, waren die Jungs in sie verliebt. Auch ich konnte mich ihren schwarzen, lockigen Haaren, ihrer perfekt anmutenden, schmalen Nase, ihrer empathi-schen, geselligen Art und ihrem Intellekt nicht entziehen. Ich war verliebt in Medina. Allerdings war ich dies zeit-weise auch in ihre Schwestern Defne und Nazan. Kein Grund für Medina, sich darauf etwas einzubilden.

Ich erreiche das Studio des Senders. Medina wartet be-reits vor dem Eingang. Männer in weißen Sneakern und dunkelblauen Sakkos drängen sich durch die Drehtür an ihr vorbei ins Freie. In den Fenstern des grauen Betonbaus spiegelt sich das Sonnenlicht. Es ist ein heißer Tag. Seit Wochen hat es nicht mehr geregnet. Während die urbane Gesellschaft frohlockt und ihr Leben in vollen Cafés und auf ausgetrockneten Parkwiesen genießt, schlägt die Landwirtschaft Alarm und warnt vor Ernteausfall. Spätestens der steigende Preis von Grünkohl in Detox-Bowls wird diese Warnung auch in die Städte tragen und für hippe Aufstände sorgen.

Medinas Kopf ist gesenkt. Ihr Handy hängt an einer Kordel um ihren Hals. Sie lächelt, als sie ihren Blick aufrichtet und mich erkennt.

»Entschuldigung, vielleicht können Sie mir weiterhelfen«, sage ich und gehe weiter auf Medina zu. »Ich suche die Starmoderatorin des Senders, eine gute Freundin von mir. Sicher ist sie Ihnen bekannt! Wissen sie vielleicht, wo ich sie finden kann?«

»Ach komm, hör auf. Ich werd' noch ganz rot!«, sagt sie, doch meine Schmeicheleien scheinen ihr zu gefallen. »Samstagnachmittag hören die meisten sowieso nur Bundesliga im Radio.« Fest drückt Medina mich an sich.

»Nenene, mach es nicht kleiner, als es ist.« Wie zur Warnung erhebe ich während unserer Umarmung hinter ihrem Rücken meinen Zeigefinger. »Das ist ein Riesenerfolg. Hast dir das verdient«, sage ich und löse mich aus ihrer festen Umklammerung.

»Na gut, ein bisschen nice ist es schon.« Wie ein stolzes Kind sieht sie mich an. »Wie geht es dir? Sorry, dass ich das sage, aber du siehst echt fertig aus. Hast du nicht den ganzen Tag schon frei?«, stellt Medina korrekt fest.

»Dann sehe ich so aus, wie ich mich fühle. Habe diese Woche kaum ein Auge zubekommen. Scheiß Vorstandspräsi. Penne kaum und genervt bin ich auch noch.« Ich seufze laut. »Aber lass heute nicht darüber sprechen. Ich habe endlich mal wieder ein Wochenende frei, ohne Angstzustände wegen des nahenden Montags.«

Zu Fuß sind wir auf dem Weg ins Stadtzentrum.

»Sag mal, hast du in letzter Zeit mit Elias gesprochen?«, fragt sie.

Ich hatte so lange nichts von unserem Freund Elias gehört, dass ich erst einen Moment brauche, um zu realisieren, wen Medina meint.

»Mit Elias? Nein. Wieso?«

»Der ist voll down. Bei ihm und Jana läuft's gerade nicht so gut, um nicht zu sagen: richtig scheiße.«

Wir passieren den alten botanischen Stadtgarten. Aufgrund des ausbleibenden Regens wirkt dieser staubig, wie ein vergessenes Relikt alter Tage. Die mal liebevoll gepflanzten Blumen sind still und heimlich vertrocknet.

Unser Schulfreund Elias und seine Freundin Jana hatten sich in der Oberstufe des Gymnasiums kennengelernt. Langjährige monogame Beziehungen wie ihre bilden als stetiger Kern den Nukleus eines Freundeskreises, sorgen gleichermaßen für Neid und Mitleid in ihrem Umfeld. Neid, eine scheinbar funktionierende Beziehung über längere Zeit aufrechterhalten zu können, umsorgt und geliebt zu werden, während die restliche Clique jahrelang nach der Nadel im Heuhaufen sucht, ohne zu wissen, ob es diese eine Nadel überhaupt gibt. Auch ich bin neidisch. Neidisch darauf, abends nicht allein einschlafen zu müssen. Neidisch auf das Kribbeln im Bauch, das starke Gefühl der gegenseitigen Zuneigung, die Unverhältnismäßigkeit der Liebe. Doch der Neid trägt das Mitleid im Schlepptau, wie eine schlechte Angewohnheit. Mitleid, weil die Jahre zwischen dem zwanzigsten und dreißigsten Geburtstag sexuell als Single die aufregendsten Jahre des Lebens sein können. Dieses Jahrzehnt hat mehr zu bieten als käsige Spieleabende, Sonntage beim eigenhändigen Äpfel pflücken und ›Netflix & Chill‹ ohne Chill. Janas Brüste sind die einzigen, die Elias je zu Gesicht bekommen hat. Abgesehen von denen seiner Mutter sowie den Brüsten von Rebecca und Jennifer, die wir im Alter von dreizehn Jahren einmal nach dem Sportunterricht für wenige Sekunden durch das Schlüsselloch in der Mädchenumkleide erblicken konnten. Noch viel mehr tut mir Jana leid: Vielleicht ist Elias' Penis unverhältnismäßig groß oder klein, mit eigenartiger Farbgebung oder überdurchschnittlicher Krümmung. Doch für Jana ist sein Penis halt einfach ein Penis. Der Standard-Penis. Eine Tatsache, die sogar mich traurig stimmt, obwohl meine Zwanziger nicht von wechselnden Sexualpartnerinnen und wilden Sexabenteuern geprägt gewesen sind und obwohl ich Elias' Penis noch nie gesehen habe.

»Aha. Davon wusste ich nichts«, bemerke ich ahnungslos. »Was ist los bei den beiden? Die trennen sich doch wohl nicht? Lange nichts von ihm gehört. Gesehen habe ich den schon ewig nicht mehr«, sage ich.

Wie die Verbindung von Atomen waren Elias und ich während unserer Schulzeit unzertrennlich. Auch während unseres Studiums riss der Kontakt nicht ab. Doch je länger seine Beziehung zu Jana andauerte, desto schwerer war er für mich zu fassen. Immer seltener sahen wir uns. Auf unserer langsamen Fahrt ins Funkloch war der Empfang anfangs noch einwandfrei, doch wurde stetig schlechter, bis nur noch Fetzen des Gesprächs übermittelt wurden und schließlich die Verbindung abbrach. Kein Elias ohne Jana. Keine Jana ohne Elias. Aus der ersten Person Singular wurde die erste Person Plural. Elias verschmolz und mutierte zu einem Wir. Und aus unserem Uns wurde ein einsames Ich: Tim. An meiner Seite nur noch meine beiden Freunde: Neid und Mitleid.

»Die beiden sind seit elf Jahren zusammen, Tim.«

»Na und?«

»Was denkst du denn? Nach so langer Zeit ist halt mal die Luft raus, nicht mehr alles aufregend.«

»Und jetzt zweifeln die beiden?«

»Ja, irgendwie schon. Ob das wirklich das richtige ist. Kann ja mal vorkommen in 'ner Beziehung«, erklärt Medina. »Allerdings läuft es derzeit wohl besonders mies.«

»Verstehe ich nicht«, erwidere ich. »Die beiden lieben sich doch.«

»Na ja, Tim. Die sind zusammen, seit sie Teenager sind …«, will Medina fortfahren, doch ich unterbreche sie.

»Elias und Jana passen perfekt zusammen. Die sollen echt mal froh sein, sich gefunden zu haben. Was ich drum geben würde, wenn das mit Anna und mir …«

»Oh nee, jetzt hör doch mal mit Anna auf.« Genervt fährt Medina fort: »Ich mochte sie sowieso nie. Niemand konnte sie leiden. Und eure Beziehung brauchst du jetzt im Nachhinein echt nicht so zu verherrlichen.«

»Ich hab' sie gemocht, hab' sie geliebt aus ganzem Herzen.«

»Schön, aber es ist nun mal vorbei zwischen euch.

Und mit Elias und Jana kannst du das ganze echt nicht vergleichen «

Medina nutzt die kurze Gesprächspause für einen Themenwechsel.

»Sag mal, …« Interessiert sieht sie mich an. »Was ist denn aus der vom Kochkurs geworden?«

»Kochkurs?«, spiele ich den Unwissenden.

»Ja, Kochkurs. Das klang total cute! Hat sie dir nicht sogar die Nummer auf deine Hand geschrieben?«, fragt Medina. Sie gibt mir einen leichten Stoß mit ihrem Oberarm, als wir die viel befahrene Kreuzung am Stachus überqueren.

»Was soll mit der sein? Hab' sie seitdem nicht mehr gesehen.«

»Aber du hast ihr doch geschrieben?«, fragt Medina entrüstet.

»Nee, hab' ich nicht.«

»Wieso das denn?«

»Keine Ahnung. Ich hatte keine Zeit. Bin einfach nicht dazugekommen.«

»Keine Zeit?«

»Ja, wie gesagt, ich bin noch nicht dazugekommen.«

»Wieso das denn, Tim? Du hast uns doch vollgelabert, wie umwerfend und cool sie ist! Und jetzt hast du keine Eier, ihr zu schreiben?«

»Man braucht ja wohl keine Eier, um mutig zu sein! Auch Frauen sind …«

»Alter, spielst *du* bei *mir* gerade die Sexismus-Karte? Willst du mir noch Feminismus mansplainen?«

»Nee, aber trotzdem solltest du das so nicht sagen«, meine ich augenzwinkernd.

»Okay, also anders gesagt: Du hattest nicht den Mut, ihr zu schreiben.«

»Das ist doch Quatsch«, stammle ich ertappt.

»Sie hat *dir* sogar *ihre* Nummer gegeben! Du musstest noch nicht einmal danach fragen!« Mitten auf dem überfüllten Bürgersteig bleibt Medina stehen. Links und rechts drängeln sich Menschen an uns vorbei. Billiges Parfüm und jugendlicher Schweiß liegen in der Luft. Mit ihrer rechten Hand greift sie nach meinem Arm und schüttelt daran.

»Du bist doch komplett lost. Ich dachte, du willst sie unbedingt wiedersehen!«

»Ja schon, aber ich hatte diese Woche wirklich keine Zeit. Weißt du, was bei mir in der Arbeit los ist? Jeden Tag vierzehn Stunden schuften! Trotzdem muss ich mir von meinem Chef irgendeine Scheiße von fehlendem Mindset erzählen lassen. Außerdem hab' ich kaum geschlafen, weil ich die ganze Woche nur die Vorstandspräsi am Freitag im Kopf hatte.«

Ich versuche, mich aus ihrem Haltegriff zu lösen, doch ihre Finger bohren sich in meinen Oberarm wie ihre Nachfragen in mein Gewissen. Unsere Blicke sind starr zueinander gerichtet, als wären sie an zwei straff gezogenen Schnüren miteinander verbunden.

»Jetzt redest du doch wieder von dieser komischen Präsentation.«

»Die ist eben wichtig!«, versuche ich mich zu erklären.

»Glaube ich dir. Trotzdem wirst du doch innerhalb einer Woche ein paar Minuten Zeit haben, ihr zu schreiben?«

»Zeit schon, aber hier oben ist einfach keine Kapa dafür!«, stehe ich ihr grummelnd gegenüber und deute auf meinen Kopf.

»Dann schaff' da oben mal Kapazität für sie. Vor allem, nachdem Vincenzo und ich letztes Wochenende nichts anderes gehört haben als Marie hier und Marie dort.«

Medina hat recht. Selbstverständlich hatte ich genug Zeit und Hirnvermögen, Marie zu schreiben. Jeden Tag, jede Stunde, jede Minute und jede Sekunde habe ich daran gedacht, mich bei ihr zu melden. Doch da war die Angst, etwas vermeintlich Falsches, Peinliches, Verstörendes oder einfach Unpassendes zu schreiben. Täglich habe ich meinen Daumen über den Buchstaben auf meinem Smartphone kreisen lassen, wie einen Helikopter über einer Unfallstelle. Meine Finger waren vom leeren Nachrichtenfeld gelähmt. Ich will unser unvorhergesehenes und für mich unvergessliches Kennenlernen nicht zerstören. Meine Fantasie kennt keine Grenzen, sich unzählige Möglichkeiten einer enttäuschenden und erniedrigenden Antwort Maries auf meine Nachricht vorzustellen. Was, wenn Marie mich lediglich hereingelegt hat? Was, wenn Marie mir eine falsche Nummer gegeben hat? Was, wenn Marie nicht nur kein Interesse an mir zeigt, sondern sich nicht einmal mehr an mich erinnert? In meinem Kopf spinnt sich jedes dieser Szenarien zu einem Drama mit erschütterndem Ende, das mich aus Angst vor ihrer plötzlichen Kälte, die mein Innerstes erfriert und bereits geschlossen geglaubte Risse wieder aufbricht, handlungsunfähig zurücklässt.

»Nehmen wir an …«, beginne ich meine Ausführung, »ich hätte Zeit gehabt, was ich nicht hatte, aber nehmen wir es einfach mal an.«

»Was dann?«, fragt Medina.

»Was hätte ich ihr denn schreiben sollen? Wahrscheinlich verarscht sie mich sowieso nur.«

»Verarschen? Wie das denn?«

»Keine Ahnung, vielleicht ist die Nummer ein Fake.«

»Ein Fake?«

»Ja, oder gehört einem dicken Tankwart aus Neuperlach.«
Endlich schaffe ich es, mich aus Medinas Griff zu befreien. Sie lässt zwar meinen Arm los, doch in unserer
Diskussion nicht locker.

»Das wirst du herausfinden müssen«, sagt sie. Langsamen
Schrittes setzen wir uns wieder in Bewegung. »Außerdem,
was spricht denn gegen einen Tankwart aus Neuperlach?«

»Haha, sehr lustig. Bin eben nervös.«

»Du schreibst ihr jetzt oder ich drehe auf der Stelle um.«

»Wie, jetzt?«

»Jetzt! Ich schwöre bei Allah: Ich geh' sonst nach Hause.«
Wieder bleiben wir mitten auf dem Gehsteig stehen.
Medina scheint es ernst zu meinen.

»Ist ja gut«, versuche ich sie zu besänftigen. »Ich schreibe
ihr gleich.«

»Nicht gleich. Jetzt!«

»Können wir noch warten, bis wir beim Essen sitzen?
Dann schreib' ich ihr dort.« Vorsichtig versuche ich, die
Grenzen meiner Verzögerungstaktik auszuloten.

»Nein! Schreib ihr sofort! Genug gewartet. Du willst sie
doch wiedersehen, oder?«

»Klar! Natürlich will ich sie wiedersehen.«

»Dann weißt du, was zu tun ist.«

»Also okay, ich schreibe ihr. Jetzt und sofort.«

»Ich kann nicht glauben, dass ich dich dazu zwingen
muss!«

In der Hoffnung, Zeit zu gewinnen, um die richtigen

Worte an Marie zu finden, ziehe ich mein Handy nur langsam aus der vorderen Hosentasche meiner Jeans.

»Also, was soll ich schreiben?«, frage ich Medina ein weiteres Mal.

»Süß. Morgens kannst du dich aber schon allein anziehen?«

»Hä? Was?«

»Und aufs Klo schaffst du es auch ohne Hilfe, oder?«

»Sehr witzig.«

»Gib mal her.«

Entschlossen greift Medina nach dem Handy in meiner Hand. Wahrscheinlich sollte es mir Sorgen bereiten, dass sie und Vincenzo sich immer ähnlicher werden, doch mein Körper entspannt sich in dem Moment, in dem sie mir mit dem iPhone auch die Verantwortung entzieht.

›Hi Marie! Hier ist der Typ mit den schönen Handflächen. Es tut mir leid, dass ich mich bisher nicht bei dir gemeldet habe. Ich war die ganze Woche damit beschäftigt, das perfekte Apfeltaschentiramisu zuzubereiten.‹

Medina sieht kurz vom Bildschirm des Smartphones auf.

»Ihr habt doch Apfeltaschentiramisu gemacht, oder?«, fragt sie.

»Ja, schon.«

»Was soll das überhaupt sein? Macht man da Tiramisu in die Apfeltaschen? Oder ist das Tiramisu aus Apfeltaschen gemacht?«, will Medina wissen.

»Ganz ehrlich, keine Ahnung. Ich hab' nur Äpfel geschnitten und an Marie gedacht. Aber war lecker!«

Medina richtet ihren Blick wieder auf den Bildschirm. Energisch setzt sie ihr Tippen fort. Sie verfasst die Nachricht mit einer solchen Selbstverständlichkeit, dass ich den

Eindruck gewinne, sie habe sich bereits vor unserem Treffen Gedanken darüber gemacht.

›Dich bei einem Kaffee wiederzusehen, würde mich sehr freuen. Hast du morgen Zeit?‹ Meine Meinung einzuholen, kommt Medina nicht in den Sinn. Ohne meine Einwilligung versendet sie die Nachricht.

»Hast du ihr geschrieben? Hast du auf Senden gedrückt?«, frage ich verwundert.

»Ja.« Zufrieden legt sie mir das Handy zurück in die Hand.

»Vielleicht wollte ich mir die Nachricht noch durchlesen, bevor du sie abschickst?«, sage ich. Ich versuche dabei, so vorwurfsvoll wie möglich zu klingen.

»Du hattest deine Chance. Jetzt auf! Was auch immer ein Apfeltaschentiramisu ist, allein der Gedanke daran macht mich mega-hungrig.« Medina legt ihren Arm um meine Hüfte. »Hast du gut gemacht«, sagt sie und lacht.

Die Stadt lebt und pulsiert an diesem Samstagabend. Auf Grünflächen sitzen Gruppen junger Menschen und trinken Bier zu basslastigen Liedern aus mobilen Musikboxen. Von der lauten Musik ungestört spielen zwei grauhaarige Herren Schach. Ihre Augen sind starr auf das Spielfeld gerichtet. Unter den strengen Blicken eines Boomer-Paares in Funktionskleidung jagt ein kleines Mädchen auf dem zementierten Platz einen Schwarm Tauben von links nach rechts und wieder zurück. Die flatternden Flügel der Vögel wirbeln den Staub mehrere Meter hoch in die Luft. Das vorbeilaufende Paar zieht die Reißverschlüsse ihrer atmungsaktiven Shirts bis unters Kinn. Medina deutet mit ausgestrecktem Arm auf die Terrasse eines italienischen Restaurants. Dann vibriert mein Handy.

Das Summen kann zahlreiche Gründe haben: Eine Eilmeldung bezüglich der diesjährigen Besetzung des Sommerhaus der Stars. Der E-Mail-Newsletter eines amerikanischen Fastfood-Restaurants inklusive der neuen Gutscheincodes für den kommenden Monat. Eine Benachrichtigung des TikTok-Teams, dass neue Vorlagen in der App freigeschaltet wurden. Ein neues Tinder-Match. Eine Nachricht von Vincenzo, Thomas, Elias, meinen Eltern oder von irgendeinem anderen der eintausenddreihundertzwölf Kontakte in meinem Telefonbuch. Vielleicht ist es der Takt aus der Musikbox, der entscheidende Schachzug des älteren Herrn im Park, der Rhythmus der schlagenden Flügel der Tauben oder einer der zahlreichen Reißverschlüsse der Funktionskleidung des passierenden Paares, die mich spüren lassen, dass dieses dumpfe Summen nur eine Nachricht von Marie sein kann. Vorsichtig, als wäre es kein alltägliches technisches Hilfsmittel, sondern ein frisch geschlüpftes Küken, ziehe ich mit den Fingern beider Hände das iPhone aus meiner Hosentasche. Der Bildschirm leuchtet hell auf. Eine Nachricht von ›Marie Kochkurs‹.

Langsam, als könnte mein Zögern noch etwas am Inhalt des Geschriebenen verändern, wische ich zum Öffnen der Nachricht mit meinem Daumen über den Bildschirm. »Marie!«, rufe ich Medina zu, die sich wenige Meter vor mir bereits zielstrebig dem Eingang des Restaurants nähert. »Sie hat geschrieben!«

»Wow! Schön! Das können wir auch am Tisch lesen. Ich habe Hunger«, erwidert Medina, ohne sich umzudrehen. Im nächsten Moment weist ihr der Kellner einen Tisch auf der Terrasse zu. Wie ein Prinzgemahl, stets einige

Schritte hinter Medina, betrete ich aufgeregt das Restaurant. Gegenüber voneinander setzen wir uns an den Tisch. Mit zugekniffenen Augen, so klein wie Kieselsteine, sucht Medina in ihrer Handtasche nach einer Sonnenbrille, um sich vor der tief stehenden Sonne in meinem Rücken zu schützen.

»Was hat sie denn geschrieben?«, fragt sie gelassen, als hätte sie überhaupt nichts mit der Sache zu tun.

»Weiß ich nicht.«

»Wie, du weißt es nicht?«

»Hab's noch nicht gelesen.« Ich deute auf den entsperrten Bildschirm meines Smartphones.

»Wie, du hast es noch nicht gelesen? Wieso das denn?«

»Weil du davongerannt bist und ich dir hinterherdackeln durfte«. Noch immer halte ich mein Handy wie aus Eierschalen geschlüpft in der Hand.

»Ich habe dir doch schon gesagt, dass ich hungrig bin. Hab' den ganzen Tag noch nichts gefuttert.« Suchend sieht sich Medina nach der Speisekarte um. »Na komm, dann lies schon vor!«

»Okay.«

Ich atme tief ein, koste den letzten Atemzug vor der befürchteten Zurückweisung ganz aus. Nur wenige Worte, wenige Blicke haben Marie und ich miteinander geteilt, doch beeinflusst der Gedanke an sie bereits meine gesamte körperliche Verfassung, als wäre unser Kennenlernen die Einstiegsdroge zu einem Leben als Süchtiger gewesen.

»Hey kleiner meisterkoch ...«, beginne ich zu lesen.

»Die kennt dich wirklich noch nicht lange«, unterbricht mich Medina.

Ich fahre kommentarlos fort: »... dachte schon, du meldest dich gar nicht mehr. Oder, dass dein begleiter vielleicht doch dein boyfriend war.«

Wieder werde ich von Medina unterbrochen. »›Dass‹ mit Doppel-S geschrieben?«

»Was?

»Ob sie ›dass‹ mit Doppel-S geschrieben hat?«

»Ach so, ja, hat sie.«

»Schon mal ein Pluspunkt«, bemerkt Medina gutmütig. »Du kannst echt froh sein, dass sie dir überhaupt noch antwortet. Ich pack's immer noch nicht. Meldet er sich einfach eine Woche lang nicht bei ihr. Eine Woche!«

»Darf ich weiterlesen oder willst du mich nach jedem Satz unterbrechen?«, frage ich genervt, immerhin kenne auch ich das Ende der Nachricht noch nicht. Nach wie vor sind alle meine Schreckensszenarien denkbar.

»Er fahre fort«, sagt Medina. Mit ihrer Hand vollführt sie eine gönnerhafte Geste.

»Kaffee klingt nice. gerne schon morgen. Passt dir 15 uhr? Und wenn noch etwas vom apfeltaschentiramisu übrig ist, sag ich nicht nein.«

Glücklich lächelnd, wie ein kleines Kind, das Zuckerwatte, kandierte Äpfel und eine gemischte Tüte an Süßigkeiten gleichzeitig bestellen darf, sehe ich zu Medina auf. Auch wenn ich es versuche, kann ich meine immense Freude kaum verstecken. Meine Augen strahlen wie die Lichter eines Volksfests.

»Gern geschehen«, sagt Medina. »Und jetzt antworte ihr.«

»Jetzt gleich?«

»Natürlich jetzt gleich! Oder willst du wieder einen ganzen Mondzyklus abwarten?«

»Verstanden! Direkt antworten.« Ich vertraue Medinas Intuition und Timing. »Boah, bin ich erleichtert. Freue mich so krass.«

»Ach was! Wirklich? Würde ich gar nicht denken bei deinem strahlenden Gesicht.« Medina wirkt zufrieden.

»Ich habe morgen ein Date. Und freue mich sogar darauf! Wer hätte das gedacht?« Ich tippe die letzten Worte meiner Antwort.

»Das wird gefeiert. Mein Bebeğim hat morgen ein Date und freut sich sogar. Wenn das kein Grund für Wein ist!«

Medina winkt umgehend den Kellner an unseren Tisch. Ohne einen weiteren Blick in die Getränkekarte bestellt sie eine Flasche Weißwein.

»Gute Nachrichten: Das ist nicht der einzige Grund zu feiern«, sage ich.

»Ja, wieso? Was habe ich verpasst?«, fragt Medina.

»Vincenzo hat gerade geschrieben.«

»Aha. Und?«

»Die Chemo seiner Mutter ist beendet!«

Medina strahlt. »Sie darf zurück nach Hause?«

»Ja, heute Nachmittag.«

»Wow! Nichts gegen euch romantischen Turteltäubchen, aber das ist die beste Nachricht des Tages.« Der Kellner bringt den Wein, dreht die bereits aufgedeckten Gläser auf unserem Tisch um und schenkt ein. Auf dem kalten Glas der Flasche bilden sich einzelne Wassertropfen, die langsam an der Außenseite nach unten laufen und sich auf ihrem Weg zu größeren Tropfen verbinden. Schon lange war ich nicht mehr so glücklich. Zufrieden erhebt Medina ihr Glas.

»Şerefe!«, ruft sie und stößt mit mir an.

»Prost«, erwidere ich. Von meiner Zungenspitze aus verbreitet sich die leichte Süße des Weins in meinem Gaumen und dann in meinen ganzen Körper von den Zehenspitzen bis zu den Haarwurzeln.

•

Die Situation ist nicht neu für mich. Wieder einmal stehe ich wartend an einem Treffpunkt im Stadtzentrum. Ich bin angespannt, doch die Aufregung ist eine andere als sonst vor meinen Dates, seitdem es mit Anna vorbei war. Eine Aufregung wie in freudiger Erwartung des klingelnden Weckers früh am Morgen, bevor es als Kind mit der Familie in den Sommerurlaub ging. Wie damals fand ich auch diese Nacht keinen Schlaf. Kaum waren meine Augen geschlossen, simulierte ich in Gedanken das bevorstehende Treffen mit Marie, ähnlich einem Skifahrer, der kurz vor Rennstart die Piste vor seinem imaginären Auge schon mal abfährt, um sich auf jede Eventualität vorzubereiten. Was dem Sportler Erfolge verspricht, ist der eigenen Lockerheit beim Dating nicht zwangsläufig dienlich. Trotz der Nervosität und des Schlafmangels sehe ich mich gut vorbereitet, soweit das für ein romantisches Date überhaupt möglich ist. Weil ich eine Verspätung und radfahrbedingte Schweißflecken vermeiden wollte, habe ich den Weg wieder zu Fuß zurückgelegt. Mein Outfit habe ich unter Medinas Anleitung ausgewählt. Mein Körper ist gewaschen, meine Haare gekämmt, die Fingernägel gekürzt und mein Gesicht hat am heutigen Morgen mit einer

Feuchtigkeitsmaske namens ›Hydra Bomb‹ Bekanntschaft gemacht. Nichts habe ich dem Zufall überlassen. Alle Risikofaktoren wurden analysiert, bei Bedarf eliminiert. Wie bei einem Schweizer Uhrwerk greifen die Zahnräder meiner Planung exakt ineinander. Tick, Tack, Tick, Tack.

Meines Erfolges sicher greife ich in meine hintere Hosentasche und mit einem letzten Tick bleiben die Zeiger der Uhr, die mir die Richtung weisen sollen, stehen. Ein Griff ins Leere. Mein Geldbeutel! Vor meinem geistigen Auge sehe ich ihn am Eingang meiner Wohnung liegen, wo ich ihn heute Morgen extra platziert habe, um ihn später nicht zu vergessen. Keinen Cent trage ich bei mir und auch Apple Pay hilft nur in der Theorie, doch nicht in der analogen Münchner Innenstadt.

Mit einem einzigen Lufthauch fällt das zuvor von mir gewissenhaft aufgebaute Kartenhaus in sich zusammen. Eine Schweißperle rinnt langsam von meiner Stirn und tropft von meiner perfekt hydrierten Gesichtshaut auf den heißen Asphalt der Straße.

Dann spüre ich ein Tippen auf meiner rechten Schulter. Nervös drehe ich mich um.

Kapitel 6

Ich sehe Marie in meinem Rücken nicht kommen, vergesse die Zeit und verliere den Takt, während ich auf sie warte.

»Du siehst überrascht aus. Hast du jemand anderes erwartet?«, fragt Marie.

»Was? Jemand anderes? Nein, nein, natürlich nicht.« Ich schiele kurz auf meine Uhr – Tick, Tack, Tick, Tack – kann jedoch nicht sagen, ob Marie pünktlich oder unpünktlich ist. Tick, Tack, Tick, Tack. Ist es schon an der Zeit für die erste Lüge? Maries Augen ziehen mich wie die Wurzeln eines Baums wieder zurück auf den Boden. »Mir ist nur eben aufgefallen, dass ich meinen Geldbeutel vergessen habe«.

»Deinen Geldbeutel?«

»Ja, ich hab' ihn sogar extra neben die Wohnungstür gelegt, damit ich ihn nicht vergesse.«

»Also lässt du dich heute einladen oder wie darf ich das verstehen?«

Wie in Zeitlupe legt der Wind eine Strähne ihres dunklen Haares auf ihr Gesicht. Gezielt bläst Marie die Locke zurück.

»Ist mir total unangenehm. Am liebsten würde ich schnell nach Hause fahren, um Geld zu holen. Soll ich kurz zurück?«, frage ich Marie und widerstehe dabei dem Drang, an meinen Fingernägeln zu kauen.

»Das macht wirklich keinen guten Eindruck«, sagt

Marie und grinst.

»Safe nicht! Vor allem nicht beim ersten Date«, pflichte ich ihr bei.

»Ach so, ist das ein Date?«

»Schon, oder? Ich weiß nicht. Ich dachte schon. Natürlich absolut unverbindlich. Eher ein gemeinsames Treffen unter Freunden sozusagen.«

»Wir sind Freunde?«, fragt Marie.

Ich weiß nicht, wie viele Nachfragen ich noch aushalte, bevor ich einfach umfalle und Richtung Erdmittelpunkt sinke.

»Nein, noch nicht, aber das kann sich ändern.«

»Du möchtest also, dass wir zwei Freunde werden?« Ich spüre, wie meine Beine langsam nachgeben.

»Und das ist kein Date für dich?«, will Marie wissen.

Wie früher in der Schule scheint meine Vorbereitung reine Zeitverschwendung gewesen zu sein, weil in der Klausur ein gänzlich anderer Stoff geprüft wird, als ich erwartet habe. Erst während der Abfahrt fällt mir auf, dass ich mich in Wirklichkeit nicht in einem Slalom-Rennen befinde, sondern auf einer Skisprungschanze und der Absprung kurz bevorsteht.

»Also für mich ja schon«, sagt Marie und rettet mich vor dem kurz bevorstehenden Nervenzusammenbruch.

»Ja, für mich auch«, stammle ich.

»Geld brauchen wir nicht unbedingt. Ich dachte, du hast vielleicht Lust auf eine kleine Fahrradtour. Wenn es uns irgendwo gefällt, dann suchen wir uns ein nettes Plätzchen zum Sitzen und gönnen uns was hiervon.«

Marie zieht eine Flasche Weißwein aus ihrem Jutebeutel mit dem Aufdruck einer temporären Kunstausstellung.

»Wow, du bist wirklich gut vorbereitet. Im Gegensatz zu mir. Die Idee klingt nice, aber leider bin ich zu Fuß hier.«

»Dann leih dir doch ein Bike! Hier gibt's bestimmt welche in der Nähe.« Ein kurzer Blickwechsel reicht aus, um aus Anspannung wieder Anziehung werden zu lassen. Marie nimmt ihr Smartphone zur Hand und öffnet die App der städtischen Verkehrsgesellschaft. Das Konzept ›Teilen statt Kaufen‹ oder ›Mieten statt Haben‹ ist mir suspekt. Es schaudert mir beim Gedanken daran, meine Wohnung, sogar mein Bett an Fremde zu vermieten oder einen Helm aufzusetzen, in den bereits die halbe Stadt ihre fettigen, von Haarschuppen übersäten Schädel hineingesteckt hat. Marie hat recht und eines der Räder ist nur wenige Meter von uns entfernt, als wäre es dort für mich platziert worden. Um einen letzten Rest Autonomie zu bewahren, bestehe ich darauf, das Rad selbst zu mieten. Während ich versuche, einen noch nicht vergebenen Benutzernamen für die Anwendung zu finden, frage ich mich, ob Marie ihre Entscheidung, sich mit mir zu treffen, bereits bereut. Das Schloss des Fahrrads öffnet sich mit einem klickenden Geräusch. Die App beginnt, die Mietzeit zu erfassen. Marie steigt auf ihr Rad. Über ihre rechte Schulter dreht sie sich zu mir um. In ihren Augen spiegelt sich der wolkenverhangene Himmel der Stadt. Weil die tief stehende Sonne mich blendet, halte ich meine Hand knapp vor mein Gesicht.

»Lass uns an der Isar entlangfahren«, sagt sie. Ohne auf meine Antwort zu warten, tritt sie in die Pedale. Das hintere Schutzblech scheint sich aus der Verschraubung gelöst zu haben und sorgt für ein klapperndes Geräusch beim Fahren. Ich hoffe, sie wird mich nie darum bitten, dies zu reparieren. Wie Lachse bewegen wir uns flussaufwärts gegen den Strom aus der Stadt hinaus. Marie legt ein beachtliches Tempo vor. Gemeinsam überholen wir immer wieder andere Radfahrer. Ich muss mich anstrengen, um mit den drei Gängen meines entliehenen Fahrrads mithalten zu können. Endlich wird sie langsamer und ich kann sie heimlich von der Seite mustern.

Mir gefällt ihr unaufgeregter Kleidungsstil. Marie trägt weiße New Balance 550 zu einer weit geschnittenen hellblauen Jeans, deren Hosenbund kurz über ihrem Bauchnabel endet. Ihr pastellgrünes, lockeres Hemd ist bis auf den obersten Knopf geschlossen. Nur eine feine, goldene Halskette ist unter dem Kragen zu erkennen. Ich habe zwar keine Ahnung, doch in meinen Augen ist ihr Outfit perfekt. Die ideale Mischung eines entspannten Tages am Nordseestrand bei leichter Brise aus Südwesten und einer schicken Abendveranstaltung in mondänem Ambiente.

»Starrst du mich an?«, fragt Marie. Im Einklang nebeneinander schwingen die Vorderreifen unserer Räder. Der kühle Fahrtwind auf meiner Stirn hilft, mein Schwitzen zu unterdrücken.

»Vielleicht. Ich muss mir doch einprägen, wie du aussiehst, sollte ich dich verlieren«, antworte ich Marie.

»Wieso sollten wir uns verlieren?«

»Du fährst wie Jan Ullrich zu seinen besten Zeiten.«

»Wer ist das?«

»Ein ehemaliger Radprofi. Tour de France und so«, antworte ich schon leicht keuchend.

»Klingt schnell«, sagt sie und tritt noch kräftiger.

»Ja! Ich weiß nicht, wie lange ich mit meinem Hollandrad noch mithalten kann.«

Marie lächelt. Ohne Vorwarnung stoppt sie ihr Rad. Ich komme einige Meter vor ihr zum Stehen und fahre langsam zurück auf sie zu. Mit einem schwarzen Haargummi aus ihrer Tasche bindet sie sich ihr lockiges Haar zu einem Dutt auf ihrem Hinterkopf. Einzelne Strähnen fallen aus dem Knoten zurück in ihr Gesicht.

Ich weiß nicht genau, was im eigenen Körper vorgeht, wenn man sich verliebt. Wie Hormone und Pheromone zusammenspielen. Welche Hirnareale besonders aktiviert werden. Und warum das überhaupt passiert. Doch ich weiß genau, wie es sich anfühlt.

»Wer bist du eigentlich?«, fragt Marie. Radfahrer fliegen wie Pfeile an uns vorbei.

»Wie? Was? Ich?«

»Ja, wer bist du?«, wiederholt sie ihre Frage.

»Ich bin Tim. Weißt du doch.« Ich verstehe nicht, worauf sie hinauswill. Vielleicht will ich es auch nicht verstehen.

»Schon klar, deinen Namen kenne ich. Ich meine die Frage eher anders.«

»Wie denn?«, frage ich unruhig.

»Was macht dich aus, wofür lebst du, was liebst du?« Marie hat das Zurechtrücken ihrer widerspenstigen Mähne noch nicht beendet. Die einzelnen Strähnen, die ihr zuvor ins Gesicht gefallen waren, streicht sie mit den Fingerspitzen ihrer rechten Hand hinter die Ohren. »Ich weiß noch absolut nichts über dich. Außer vielleicht, dass du mir nicht ganz unsympathisch bist.«

Der Volksmund meint, Angst sei kein guter Ratgeber. Doch ich höre nicht gerne darauf, was andere Leute sagen. Marie hat recht. Ich kenne sie kaum. Sie kennt mich kaum. Eigentlich stört mich das nicht, im Gegenteil:

Ihre Vergangenheit war mir bisher nicht wichtig, weil sich die Gegenwart gut anfühlt, während mir die Zukunft Angst macht. Was, wenn sie das Interesse an mir verliert, sobald wir uns besser kennenlernen? Ich kann nicht genau definieren, welche meiner Charaktereigenschaften, Bewegungen, Verhaltensweisen Marie an mir nicht gefallen könnte, doch bin ich sicher, dass ich es irgendwie versauen werde. Das hier zwischen uns, dieses zarte Pflänzchen braucht Wasser, Sauerstoff, Licht und Dünger aus gegenseitiger Anziehung, nicht meinen Zynismus und Ballast aus vergangenen Beziehungen. Vorerst will ich ihr nur kleine Dosen meiner Persönlichkeit verabreichen.

»Was willst denn wissen über mich?«, frage ich Marie, die mittlerweile synchron neben mir auf dem Rad fährt.

»Alles.« Sie sieht zu mir hinüber, als würde sie das wirklich so meinen.

»Alles?«

»Alles!«

»Das ist viel«, sage ich.

»Na ja, zumindest das Interessante. Ich hoffe, es gibt zumindest das ein oder andere.«

Das hoffe auch ich.

»Hast noch ein bisschen Zeit, nachzudenken und ein kleines Referat vorzubereiten.«

»Okay, wie das?«

»Ich kenne eine kleine Schotterbank in der Isar, keine fünfzehn Minuten von hier entfernt. Hast du Bock? Dann fahren wir dorthin und machen es uns gemütlich.«

»Klingt nach 'nem Plan.«

Ich habe die letzten Worte meines Satzes noch nicht beendet, da tritt Marie bereits wieder fester in die Pedale.

Nach nur wenigen Sekunden ist sie mir bereits enteilt.

»Dann gib mal Gas. Bei deinem Tempo brauchen wir eine Stunde«, ruft sie nach hinten.

Wäre ich auf der Suche nach fehlenden Talenten Maries: Ihre Fähigkeit, Distanzen richtig einzuschätzen, läge auf dem ersten Platz dieser imaginären Liste. Erst nach mehr als dreißig Minuten kommen wir an der Schotterbank an. Und das liegt nicht nur an meinem fehlenden Tempo. Die Steine sind vom Wasser bereits so fein bearbeitet worden, dass es nicht mehr viele Jahre dauern wird, bis aus dem Schotter Sand geworden ist und eine Gruppe Hipster hier eine Strandbar mit heimischem Gin und selbstgebrautem Craftbier eröffnet.

»Lass da vorne hinsetzen«, sagt Marie und macht keine Anstalten, ihr Rad aufzustellen oder gar abzusperren, sondern wirft es in eine Wiese direkt am Wegesrand. Ich benötige ein wenig mehr Zeit, da ich die Miete meines Leihrads noch beenden muss. Auf der Sandbank angekommen, sehe ich, dass Marie bereits mit nackten Füßen und geschlossenen Augen im Wasser steht.

»Kalt?«, frage ich – unschlüssig, ob ich mich hinsetzen oder ihr ins Wasser folgen soll. Es dauert eine Weile, bis sie sich umdreht und mir antwortet. Ihre Augen hält sie geschlossen.

»So nice. Tut richtig gut«, sagt Marie, krempelt ihre Jeans ein weiteres Stück nach oben und geht noch zwei Schritte tiefer in den Fluss. »Man sieht hier sogar kleine Fische. Komm her! Oder ist es dir vielleicht zu kalt an den Füßchen?« Marie drängt mich ein weiteres Mal dazu, mehr von mir preiszugeben, als mir lieb ist. Meine Füße, meine Zehen, insbesondere meine Zehennägel sind nach

jahrelanger wöchentlicher Inkarnation in engen Fußball-
schuhen in einem Zustand, der es mir erlauben würde,
in jeder Fußpflegepraxis als Model für Härtefälle und
zur Abschreckung bei unbelehrbaren Patienten zu dienen.
Ohne Schuhe, ohne Socken fühle ich mich nackter als
ohne Hose. Ich schlüpfe, ohne die Schnürsenkel zu öffnen,
aus meinen Schuhen und streife langsam meine Socken
ab. Akkurat lege ich diese neben meine weißen Sneaker.
Schnell laufe ich über die kleinen Steine am Flussbett.
Jeden Einzelnen spüre ich deutlich an meinen Fußsohlen.
Ich hoffe, das Wasser mit meinen Füßen noch zu erreichen,
bevor Marie einen Blick auf meine gepeinigten Extremitäten werfen kann. Sogar ein Sturz käme mir weniger peinlich vor. Allerdings bekommt Marie von alledem nichts
mit. Sie hat ihre Aufmerksamkeit wieder der Isar und ihren
kleinen Bewohnern gewidmet. Ich stehe knapp hinter ihr,
als sie ihren Kopf über ihre linke Schulter zu mir dreht.

»Können den Wein noch im Wasser kühlen. Ich glaube,
der ist mittlerweile ekelhaft warm.«

»Soll ich die Flasche holen?«, frage ich Marie und deute
zurück ans Ufer und auf unsere Sachen.

»Gleich. Warte noch. Ich will dir doch noch die Fische
zeigen.«

Ich hasse Fische, ekle mich wegen der glitschigen Oberfläche, den schimmernden Schuppen und dem seltsamen
Maul. Ich lasse mir nichts anmerken, versuche interessiert
zu wirken, als Marie mit ausgestrecktem Zeigefinger die
Schwimmbahnen der kleinen Tierchen nachfährt.

»Jetzt hattest du genug Zeit, oder?«

»Genug Zeit wofür?«, frage ich, meinen Blick weiterhin
starr auf die zappelnden Fische an meinen Beinen gerichtet.

»Genug Zeit, dir über ein kleines Intro zu dir Gedanken zu machen«, fragt mich Marie. So platzt meine Hoffnung, sie hätte es vielleicht vergessen.

»Puh, also gut. Ich bin Tim, dreißig Jahre alt und arbeite seit dem Ende meines Studiums in der Schweiz, als Unternehmensberater hier in München.«

»Lame!«, ruft Marie und zieht das Wort dabei grinsend in die Länge. »Nur ein Joke. Unternehmensberater, sagst du. Und? Machst du deinen Job gerne? Macht es Spaß?«, fragt Marie.

›Macht es Spaß?‹ Die Frage ist neu für mich. Hat in Bezug auf meinen Lebenslauf doch immer der Name meiner Uni, mein Jobtitel oder die Reputation meines Arbeitgebers mehr interessiert und wie dort die Bezahlung und die Aufstiegschancen aussehen.

»Spaß ist ein großes Wort. Sagen wir es so: Der Job hat seine Vor- und Nachteile. Außerdem glaube ich, dass ich nicht schlecht bin, also als Berater. Ist auch ein klassischer Einstiegsjob nach der Uni.« Mein Enthusiasmus ähnelt dem eines gesunden Patienten vor einer unnötigen Blinddarmoperation.

»I see. Klingt eher wie ein Mittel zum Zweck, vielleicht ja auch ein Sprungbrett für etwas anderes.«

»Sprungbrett klingt gut. Fragt sich nur wohin«, erwidere ich.

»Etwas wofür du mehr Leidenschaft entwickeln kannst, dir vielleicht sogar Spaß macht«, sagt Marie.

Ich nicke und hoffe sehr, dass sie recht behält. Wir gehen die wenigen Schritte zurück ans Ufer, legen die Flasche in die Isar und setzen uns auf die Steine. Nach einer viel zu kurzen Kühlzeit öffnet Marie den Schraubverschluss.

Marie hat zwar Wein, aber keine Gläser mitgebracht. Sie streckt mir die geöffnete Flasche entgegen und bietet mir den ersten Schluck an.

»Ich hoffe, du hast keinen Herpes.«

»Nicht dass ich wüsste«, sage ich und greife beherzt zu. Der Platz an der Isar scheint ein Geheimtipp zu sein, immerhin sind wir fast allein hier. Nur eine Gruppe Jugendlicher mit Mountainbikes initiiert am gegenüberliegenden Ufer einen Wettkampf mit dem Ziel, zuerst den flachsten Stein im Flussbett zu finden und diesen dann mit einem gezielten Wurf so häufig wie möglich auf der Wasseroberfläche hüpfen zu lassen. Dabei stößt die ausschließlich männliche Gruppe immer wieder affenähnliche Rufe aus, gefolgt von trommelnden Schlägen auf die eigene Brust und Klopfern auf die Schultern des Nebenmannes, die wohl der Motivation und der gegenseitigen Anerkennung dienen sollen. Ich bin mir sicher, dieser Wettkampf würde auch Vincenzo gefallen. Marie beobachtet mich, während ich den Inhalt der Flasche begutachte. Dann schweift ihr Blick nachdenklich ab, als hätte sie in der Ferne etwas Interessantes entdeckt.

»Hast du mal daran gedacht, dass du irgendwann im Leben alles ein erstes Mal, und dann zu einem späteren, unbestimmten Zeitpunkt ein letztes Mal tust?«, fragt Marie.

»Wie meinst du das?«, frage ich leicht irritiert und in der Hoffnung, es folgt keine Frage bezüglich meines Aszendenten.

»Du küsst das erste Mal, umarmst das erste Mal, lachst das erste Mal, verliebst dich zum ersten Mal oder verlierst zum ersten Mal einen geliebten Menschen. Du fährst zum ersten Mal Auto, sitzt zum ersten Mal im Flugzeug oder isst zum ersten Mal ein nices Essen.«

»Und weiter? Sorry, aber irgendwie kann ich dir gerade nicht folgen.«

»Ich meine, weil all das zum ersten Mal passiert, tust du es ganz bewusst, empfindest Vorfreude, vielleicht auch Trauer, Angst, immer in dem Wissen, es das erste Mal zu erleben. Im Gegensatz dazu wissen wir nie, wann all das für uns zum letzten Mal geschieht. Der letzte Kuss, die letzte Umarmung, der letzte Verlust, die letzte Freude. Wir wissen nicht, wann unser Leben zu Ende geht.«

»Das ist auch gut so, oder?«

»Safe, trotzdem macht es mir wahnsinnige Angst.«

»Angst? Wovor?«

»Angst, ich könnte irgendwann meine letzten Male nicht so genießen, wie ich sollte.«

»Was würde sich denn ändern? Also, wenn du wüsstest, dass es das letzte Mal für dich ist?«

»Alles, Tim! Alles!«

»Ja? Wirklich? Könntest du einen Moment dann echt bewusster genießen?«, versuche ich mich auf Maries Fragen einzulassen. »Mehr als ohne dieses Wissen? Was würdest du denn anders machen als sonst?«

»Ich würde versuchen, den Moment mit all meinen Sinnesorganen aufzunehmen.«

»Wie soll das denn funktionieren?«, bin ich skeptisch.

»Meinen Augen würde ich befehlen, sich jedes noch so geringfügige Farbdetail, jede marginale Kontur einzuprägen, als würde ich für mein geistiges Ich ein Foto schießen wollen. Meine Ohren würde ich aufreißen wie riesige Muscheln. Jedes Geräusch will ich ungefiltert aufsaugen. Meine Nase, mein Geruchssinn wäre so fein, dass ich kleinste Nuancen und Düfte um mich herum wahrnehmen könnte. Jeder Millimeter meiner Haut wäre so sensibel wie die Fühler eines Insekts.«

Marie streicht mir mit ihren Fingern sanft über meinen Handrücken. Die kleinen darauf befindlichen Härchen richten sich nach oben und hinterlassen ein kribbelndes Gefühl auf meiner Haut.

»Wobei, ganz stimmt das nicht«, sagt sie leise.

»Was stimmt nicht?«, frage ich.

»Einmal im Leben erfährst du den Schlussakt bewusster als die Uraufführung.«

»Schlussakt? Uraufführung?«, sehe ich sie verwirrt an.

»Ja! Nur ein erstes Mal nimmst du eben nicht als solches wahr.«

»Ach so?«

»Allerdings ist es dir klar, wenn du das gleiche ein letztes Mal absolvierst.«

»Ja? Was denn?«

»Dein letzter Atemzug, Tim.«

»Mein letzter Atemzug? Wirklich?«

»Du kommst auf die Welt, dein Brustkorb weitet sich, deine Lungen füllen sich mit Sauerstoff. Du hältst es für selbstverständlich. Du atmest vollautomatisch, gedankenlos, gewohnheitsmäßig, ohne dass es bereits eine Gewohnheit ist, überhaupt sein könnte. Nur bei deinem letzten Mal Luft holen und deinem finalen Ausatmen ist dir klar, dass du damit unwiderruflich diese Welt verlässt.«

»Meinst du, man weiß immer, dass man gerade stirbt? Also ich bin recht gut im Verdrängen. Wahrscheinlich würde ich es gar nicht mitbekommen.«

»Oder nicht mitbekommen wollen.«

»Und im nächsten Augenblick weiß ich es schon gar nicht mehr, weil ich tot bin.«

»Ja! Ist das nicht krass? Gerade noch atmest du ein letztes Mal aus, dir wird bewusst, dass hier und jetzt dein Leben zu Ende geht und in der nächsten Sekunde hast du deine Fähigkeit, die Situation zu reflektieren, schon verloren.«

»Dir kann es aber auch egal sein«, sage ich, während die Gruppe Jugendlicher am gegenüberliegenden Ufer sich wieder auf ihre Fahrräder schwingt und flussabwärts in Richtung Stadt fährt.

»Absolut! Völlig hinfällig. Bedeutungslos. Irrelevant.«

»Trotzdem würde ich es nicht wissen wollen«, bemerke ich.

»Was nicht wissen wollen?«

»Na, wann ich etwas zum letzten Mal tue. Also nicht nur atmen, eher grundsätzlich.«

»Wieso?«

»Wahrscheinlich würde ich dann dem Ganzen zu viel Bedeutung zuschreiben, könnte den Moment nicht mehr genießen. Bisschen viel Druck«, sage ich lächelnd. »Zumindest nicht so genießen, wie ich es hoffentlich kann, wenn ich unbeschwert bin.«

»Vielleicht hast du recht«, sagt Marie und nimmt einen Schluck Weißwein.

»Ganz schön deep für ein erstes Date, oder?«, frage ich.

»Kann schon sein, vielleicht, aber ich hatte das Gefühl …«, sie sieht verlegen nach oben, »mit dir …, also wir können über so etwas reden. Außerdem hatte ich Sorge, du schwallst mich sonst mit BWL-Quatsch voll und erzählst mir irgendetwas über Optimierung von Prozessen in Unternehmen« sagt Marie und grinst.

»Keine Angst. Das hatte ich nicht vor.«

Ich nehme mir Maries Worte als Vorbild, versuche nun doch, entgegen meiner vorherigen Behauptung, jede beiläufige Berührung, jeden geringfügigen Kontakt unserer Körper so bewusst wie möglich wahrzunehmen, als könnte es der letzte zwischen uns sein. Wie auf einer externen Festplatte speichere ich jedes Detail als Sicherungskopie in meinem Kopf ab, für den Fall, dass diese nie wieder kommen und ansonsten für immer verloren wären. Noch lange verweilen wir am Flussufer. Maries Anwesenheit lässt sogar den dumpfen Schmerz an meinen Pobacken vergessen, der nach stundenlangem Sitzen auf Kies immer stärker wird. Die Beweglichkeit meines Hüftbeugers ist derart eingeschränkt, dass ich immer wieder die Sitzposition und den Winkel meiner Beine verändern muss, um eine langwierige körperliche Beeinträchtigung zu verhindern. Trotz vielfacher Versuche kann ich die perfekte Variante für mich nicht entschlüsseln. Marie scheint damit deutlich weniger Probleme zu haben. Schon seit geraumer Zeit sitzt sie, ohne aufzustehen, in einem perfekten Schneidersitz. Ich vermute, dass auch sie regelmäßig Yoga praktiziert. Vielleicht sollte ich diesem Sport doch mal eine Chance geben.

Die Sonne in unserem Rücken ist bereits hinter den Baumwipfeln verschwunden. Nur das intensiv orange Licht, das zwischen den Baumstämmen hindurchscheint und sich im Glas unserer Weinflasche spiegelt, lässt erahnen, dass der Sonnenuntergang noch anhält. Marie erzählt über ihre Liebe zur Kunst und ihr Kunststudium in München, Florenz und Mailand. Ich bin besorgt, sie könnte mich als Banausen und Dilettanten dieser Szene entlarven. Malerei und Lyrik faszinieren mich, doch kann ich mir beim besten Willen keine Daten oder Fakten dazu merken. Das liegt vielleicht auch daran, dass ich Infotafeln in Museen ignoriere und den Feuilleton-Teil der Tageszeitung höchstens als Geschenkpapier nutze. Zumindest kann ich zum Thema künstlerische Talente beitragen, kein komplett untalentierter Gitarrenspieler zu sein, auch wenn ich das Instrument in den letzten Jahren etwas vernachlässigt habe. Marie springt innerhalb unseres Gesprächs von Thema zu Thema. Wie ein vergnügter Hund, der aus Freude, seine Familienmitglieder wiederzusehen, nicht weiß, wen er zuerst begrüßen soll und deshalb unkoordiniert zwischen den Anwesenden hin- und herläuft. Vergeblich suche ich einen roten Faden in ihren Erzählungen. Ihre Fragen kommen für mich immer aus dem Nichts und aktivieren bereits verloren geglaubte Hirnareale. Sie spricht hektisch, ihren Gedanken gibt sie ohne Filter Raum. Beim Nachdenken richtet sie ihre Pupillen nach oben in den Himmel, während ihr Mund nur so weit geöffnet ist, dass sich ihre spitzen Lippen nicht mehr berühren. Sie erzählt mir vom liebevollen Verhältnis zu ihrer Mutter. Ihren leiblichen Vater hat sie noch nie gesehen, noch nie mit ihm gesprochen, doch ihr sorgsamer Stiefvater Leopold kümmert sich liebevoll um sie und ihren Halb-Bruder Lukas. Ihre beste Freundin Francesca hat sie während des Auslandsaufenthalts ihres Studiums kennengelernt. Marie redet viel. Sie scheint meine Anwesenheit zu genießen, die Zeit zu vergessen. Trotzdem lässt mich das Gefühl nicht los, dass bei den Erzählungen über ihren engsten Kreis, ihre Freundinnen und Familie, die anfängliche Leichtigkeit, das auffällige Selbstbewusstsein langsam entrinnen, wie die Körner einer Sanduhr in der Zeit. Fast habe ich das Gefühl, Marie verheimlicht mir etwas. Ich verwerfe den Gedanken so schnell wie er gekommen ist, immerhin ist dies unser erstes Date und schon allein diesem Umstand ist es geschuldet, dass Marie mir selbstverständlich nicht jedes Detail ihres Lebens preisgeben kann und will.

Inzwischen hat sich der wolkenverhangene Himmel des Nachmittags verdunkelt, nicht nur wegen des Sonnenuntergangs. Aus den leichten Wolken sind schwere dunkle Kissen geworden, die wie in Wasser getränkte Wollknäuel am Himmel kleben. Im nahen Fluss kommen die ersten Tropfen des Regens auf der Oberfläche auf, erweitern sich in kleinen, immer größer werdenden Kreisen. Marie packt die leergetrunkene Weinflasche in ihren Jutebeutel und steht ohne Einsatz ihrer Hände vom Boden auf. Innerhalb weniger Sekunden wird aus feinen, wie Staub vom Himmel fallenden Tropfen strömender Regen, der in walnussgroßen Einheiten auf uns niederprasselt. Wir laufen zurück zu unseren am Wegesrand abgestellten Fahrrädern.

»Fuck! Mein Rad ist weg!«, rufe ich, während mir das Wasser von der Nasenspitze tropft.

»Na ja, *dein* Fahrrad war es nie«, sagt Marie. »Das hat vermutlich jemand ausgeliehen, während wir hier saßen.«

»Was machen wir denn jetzt?«, frage ich. Es fällt mir schwer, meine Verzweiflung über die Situation zu verbergen.

»Du kannst bei mir auf den Gepäckträger springen. Dann fahren wir zu zweit.«

»Wir sind doch keine vierzehn mehr.«

»Na und?«, fragt sie. Ihr lockiges Haar klebt an ihrer Stirn.

»Dann lass zumindest mich fahren und du setzt dich hinten drauf«, sage ich.

»Wieso? Weil ich als Frau nicht stark genug bin?«, fragt Marie und deutet auf ihren angespannten Bizeps.

»Du bist wahrscheinlich stärker als ich, aber ich will nicht, dass du dich abmühst, nur weil ich das mit dem Bike vercheckt habe!«, rufe ich ihr durch den immer stärker werdenden Regen zu.

In der Ferne höre ich die ersten Donnergeräusche. Einundzwanzig, zweiundzwanzig, dreiundzwanzig. In Gedanken beginne ich, die Sekunden zwischen dem Knall und dem sichtbaren Blitz zu zählen.

»Okay, dann fahr aber nicht wieder so langsam«, sagt Marie, lacht und steigt auf den Gepäckträger ihres Fahrrads.

Flussabwärts fahren wir zurück in die Stadt. Von hinten umklammert Marie mit beiden Armen meinen Oberkörper, als würden wir nicht auf einem Rad, sondern auf einem sportlichen Motorroller sitzen. Ihr nasser, an meinem Rücken klebender Oberkörper ist das schönste Gefühl seit langer Zeit. Kräftig trete ich in die Pedale. Dabei versuche ich, die perfekte Geschwindigkeit zu wählen, die es mir zwar erlaubt, diesen Moment zu genießen und trotzdem zügig aus dem Gewitter und aufkommenden Sturm zu entfliehen. Maries Nähe wirkt wie ein zweiter Antrieb. Ungeahnte Kräfte werden in mir freigesetzt. Mit lauten Rufen in mein Ohr lotst sie mich durch die Stadt bis zu sich nach Hause. Völlig durchnässt kommen wir an ihrer Haustür an. Der Regen hat nicht nachgelassen. Wir stellen uns unter ein kleines Vordach, das gerade so einen trockenen Platz für uns beide bereithält. Unabdingbar kommen wir uns näher.

»Ich habe den Tag heute wirklich sehr genossen«, sagt Marie.

Das Licht am Hauseingang, zuvor durch einen Bewegungsmelder ausgelöst, ist wieder erloschen.

»Ich auch. Nochmal sorry.«

»Sorry wofür?«

»Dass ich mich eine Woche nicht gemeldet habe«, antworte ich leise.

»Ach, egal. Solange du dich jetzt wieder meldest. Und keine Woche brauchst«, sagt Marie und sucht in ihrem Beutel auffällig lange nach dem Türschlüssel. Ich höre das Rascheln des Schlüsselbundes. Nervös stecke ich meine Hände in die hinteren Hosentaschen meiner Jeans. Der tiefschwarze Himmel wird immer wieder durch ein helles Blitzen erleuchtet. Marie sieht direkt in meine Augen.

»Gute Nacht, Tim.«

•

»Ja und? Hast du sie geküsst?«, fragt Elias. Lässig, mit angewinkelten Beinen liegt er auf der Couch. Im Hintergrund läuft ein Popsong. Einer dieser Popsongs, bei denen man nie weiß, ob man ihn schon einmal gehört hat oder ob er einfach nur klingt wie jeder andere.

»Marie?«, frage ich, als wüsste ich nicht, um wen es geht.

»Ja ne, Herbert, deinen Hausmeister.«

»Der heißt doch nicht Herbert«, bemerke ich korrekterweise.

»Nicht? Ohne Scheiß, ich nenne den seit mindestens drei

Jahren Herbert. Der hat nie was gesagt! Und grüßt noch freundlich!« Elias wirkt peinlich berührt.

»Bin mir sicher, dass der Günther heißt.«

»Günther hin oder her. Was ist denn jetzt mit Marie? Kuss oder nicht?«, bedrängt mich Elias.

Auf seinem Pullover sammeln sich Krümel der Kartoffelchips, die er sich, während ich von meinem Date mit Marie erzähle, gespannt in den Mund schiebt. Ähnlich der Schaufel eines Baggers nimmt er sich zuerst eine große Menge Chips aus der Tüte, bevor er die fettigen Scheiben dann einzeln aus seiner geöffneten Hand isst. Der Inhalt der Verpackung scheint nun aufgebraucht zu sein und Elias durstig zu machen. Er steht auf, um sich ein Glas Leitungswasser aus der Küche zu holen. Weil er den Blick währenddessen nicht von mir nimmt, läuft das Wasser nach kurzer Zeit über den Rand des Glases und über seine Hand.

»Also, jetzt bin ich ja schon ein wenig raus aus dem Dating-Game …«, beginnt er.

»Ach was!«

»Schon klar, aber ich würde sagen, wenn ihr bei strömendem Regen, mit nassen Klamotten, eng beieinander unter einem Vordach euch tief in die Augen seht und nach einem gemeinsamen Tag und, wie du es schilderst, romantischen Date verabschiedet, dann hat sie definitiv darauf gewartet, dass du sie küsst.«

»Ah, ich weiß nicht.«

»Ich weiß es aber«, lacht Elias.

»Immerhin war das unser erstes Date«, sage ich zögerlich.

»Sag' doch auch mal was, Medina. Wie ist denn die weibliche Einschätzung zur geschilderten Situation?«, fragt Elias.

Medina sitzt Zigarette drehend am Küchentisch, mit ihrem Stuhl nach hinten gelehnt, sodass dieser in einem gefährlich anmutenden Winkel nur noch auf zwei Beinen steht. Elias hatte uns beide zu sich nach Hause eingeladen, weil er nach langer Zeit mal wieder ein ganzes Wochenende allein ist. Jana brauche eine Auszeit, meint Elias. Wobei genauer gesagt Jana meint, dass sie eine Auszeit braucht. Mit zwei Freundinnen ist sie in eine dieser großflächigen Hotelanlagen in Südtirol gefahren, die darauf spezialisiert sind, weiße, berufstätige und überarbeitete Frauen und Männer zwischen dreißig und vierzig in kurzer Zeit wieder ins Gleichgewicht zu bringen, sodass diese dann nach der Rückkehr wieder die volle Leistungsfähigkeit für ihren sinnlosen Beruf abrufen können. Alternativ eignet sich das Konzept auch für Junggesellinnenabschiede mit hoher Prosecco-Dichte, gebucht von jungen Frauen, die sich selbst gerne als ›verrückte Hühner‹ bezeichnen und den gesamten Urlaub entweder in den gleichen, lustig bedruckten T-Shirts oder im rosa Bademantel verbringen. Jana und ihre Freundinnen stellen die perfekte Schnittmenge dieser beiden Gruppen dar.

»Ja, klar wollte die 'nen Kuss. Hab' ich ihm aber auch schon gesagt«, sagt Medina.

Mit ihrer Zungenspitze befeuchtet sie den Rand des Zigarettenpapiers, rollt dieses dann vorsichtig aber gekonnt ein und verklebt das überstehende Ende. Stolz betrachtet sie ihr Werk, bevor sie die Zigarette auf dem Tisch ablegt und mit dem nach hinten gekippten Stuhl wieder nach vorne schwingt.

»Aber was nicht ist, kann ja noch werden«, merkt sie an.

»Sag ich doch. Dir kann man Zeichen direkt vors Gesicht halten und du erkennst sie immer noch nicht«, sagt Elias, nimmt einen kräftigen Schluck Wasser und gurgelt damit in seinem Mundraum, um diesen von den Resten der Kartoffelchips zu befreien. Seine Lippen sind von der Paprikagewürzmischung der einverleibten Zwischenmahlzeit rot gefärbt. Mir scheint es, als hätte Elias in den letzten Monaten ein wenig zugenommen. Seine markanten Gesichtszüge sind einer rundlichen Form gewichen.

»Warum muss immer der Mann den ersten Schritt machen? Warum müssen immer wir die Frau küssen? Wir leben doch im einundzwanzigsten Jahrhundert. Schon mal etwas von Gleichberechtigung der Geschlechter gehört?«, erwidere ich.

Von meinen soziologischen Argumenten zeigen sich die beiden unbeeindruckt.

»Berufe dich bitte nicht auf die Gleichberechtigung von Mann und Frau, nur weil du zu feige warst, sie zu küssen«, sagt Medina.

Elias lacht. Natürlich haben die beiden recht. Nichts wollte ich mehr, als meine Augen zu schließen und Marie zu küssen. Wenn mich nicht alle Vorzeichen dieses Abends trügen, beruhte diese Sehnsucht auf Gegenseitigkeit. Aber die Angst, die Situation irrtümlich zu interpretieren, etwas Falsches zu tun, und einen wichtigen Schritt zu früh zu gehen, war größer, als mein Mut es sein konnte. Und es braucht Mut. Die Spannung zwischen uns unter diesem kleinen Vordach, die feuchte, von unseren Körpern ausgestrahlte Wärme, unsere Blicke, die sich in den Pupillen des jeweils anderen verloren, hätten die Grundlage eines unvergesslichen Kusses sein können und waren doch nur die Basis für eine unbeholfene Umarmung. Zumindest hatte ich darauf verzichtet, Marie auf den Rücken zu klopfen, wie es mein Vater bei seinen Golffreunden tut. Der Mut hatte mich einfach verlassen, oder war vielleicht nie bei mir gewesen.

»Ist ja gut. Wie du gesagt hast: Was nicht ist, kann noch werden. Wir sehen uns morgen Abend wieder.«

»Morgen Abend schon?«, fragt Medina.

»Ist zumindest ausgemacht. Also wenn sie nicht noch viermal Uhrzeit und Tag ändert. Glaube, sie ist ein wenig verpeilt.« Mit einem Blick in die Chipstüte vergewissere ich mich, ob diese auch wirklich leer ist. Keinen einzigen Krümel hat Elias zurückgelassen.

»Ich dachte, wir drei sind morgen Abend unterwegs?«

»Wir hatten nichts ausgemacht, oder?«

»Wir wollten doch was trinken gehen!«, ist sich Elias sicher.

»Davon weiß ich nichts. Tut mir leid, aber ich bin verplant«, entschuldige ich mich.

»Ihr könnt mich doch jetzt nicht so hängen lassen!«

Entnervt sehe ich ihn an. »Sorry, dass ich nicht rund um die Uhr zur Verfügung stehe, nur weil du dich für ein Wochenende aus deinem Erdloch gegraben hast, wenn deine Freundin einmal nicht da ist.«

Direkt danach habe ich Mitleid mit Elias, allerdings werde ich nicht die Verabredung mit Marie verschieben, jetzt wo sie sich endlich auf einen Termin festgelegt hat. Ich möchte sichergehen, dass dieser ausgebliebene Kuss und alles, was danach noch kommen sollte, nicht aufgehoben, sondern nur aufgeschoben ist.

»Chill. Ich hab' morgen Abend Zeit. Wir können abhängen, kein Ding«, rettet Medina Elias Laune.

»Nice. Unser Turteltäubchen brauchen wir sowieso nicht.«

»Apropos Turteltäubchen: Wie läuft es denn gerade bei Jana und dir?«, frage ich, froh das Gesprächsthema wechseln zu können.

»Jana ist …«, möchte Elias beginnen, als ihn Medina unterbricht.

»… klasse. Jana ist klasse. Das wissen wir, weil du das jedes Mal sagst. Hast du mal was Neues auf deiner Tonspur?«, fragt sie ihn. Ihre schwarzen, lockigen Haare wehen anmutig im Wind, der durch das geöffnete Fenster in die Wohnung zieht. Ihr Kopfschütteln verstärkt diese Wirkung noch.

»Ja, was soll ich denn sagen? Einfach ist es nicht, also zumindest zurzeit.«

»Wieso? Was ist denn nicht einfach?«, frage ich ihn.

»Ich liebe Jana. Wirklich.«

»Jaja, das glauben wir dir schon«, bestätigt ihm Medina.

»Wir wissen, was wir aneinander haben. Aber irgendwie hat sie …, also haben wir so das Gefühl, dass wir vielleicht, na ja, ihr wisst schon, oder?«

»Ehrlich gesagt nicht«, erwidere ich und bemerke auch Medinas fragenden Blick.

»Na ja, das Gefühl, als ob irgendwas fehlt.«

»Was denn?«, will ich wissen.

»Keine Ahnung. Ich kann's dir nicht sagen. Irgendwas halt!«

»Irgendwas?«, frage ich und möchte Elias schütteln, ihn anschreien, ihm klarmachen, dass Jana und er etwas Besonderes gefunden haben, was sie nicht so leichtfertig wieder aus der Hand geben dürfen. Der Kampf für die Liebe ist es doch immer wert, gekämpft zu werden. Der Weg des Lebens wird im besten Falle gemeinsam beschritten. Nicht immer im gleichen Tempo, nicht immer synchron, nicht immer gleichauf, aber immer in die gleiche Richtung. Die Reise ist zu schön, um wegen einer Panne, einer Verspätung oder einem ungeplanten Umstieg abgebrochen zu werden. Doch was ist es dann, was den beiden fehlt? Ist aus einer Panne ein irreparabler Schaden geworden? Aus einer kleinen Verspätung Stunden oder sogar Tage des Wartens? Was, wenn sie schon länger in ganz unterschiedliche Richtungen fahren, weil sich die Ziele geändert haben?

Anna und ich hatten schon lange unterschiedliche Ziele in unseren Navigationssystemen eingegeben. Als ich dies bemerkte, näherte sie sich längst in Höchstgeschwindigkeit ihrer neuen Destination: Daniel. Ganz allein hatte sie mich an einem verlassenen Bahnsteig zurückgelassen und ich vergewisserte mich noch mit lauten Rufen meiner Einsamkeit, bevor ich verzweifelt zu rennen begann. Ich rannte raus aus der Dunkelheit, weg von der Angst, ohne Ziel in alle Richtungen. Obwohl mir längst die Luft ausgegangen war, mein Herz raste und mein Körper aufgeben wollte, lief ich weiter. Bis mir klar wurde, dass ich den angsteinflößenden Wald nicht durch orientierungsloses Rennen hinter mir lasse und es nur eine Person gibt, die mich durch die ausweglos erscheinende Situation zu navigieren vermag. Ich selbst.

Doch für Elias und Jana gibt es noch Hoffnung.

»Du liebst sie wirklich noch?«, frage ich eindrücklich.

»Ja, auf jeden Fall. Ich liebe Jana.« Elias nickt kräftig mit seinem Kopf.

»Und Jana liebt dich auch?«

»Ja. Also zumindest sagt sie das.«

»Sie liebt dich. Safe«, ruft Medina vom Tisch nebenan, gerade dabei, eine weitere Zigarette zu drehen.

»Dann habt ihr doch die wichtigste Basis, um an eurer Beziehung zu arbeiten«, sage ich und versuche, so überzeugend wie möglich zu klingen.

»Wenn sich aber, trotz all der gemeinsamen Arbeit, der Mühe, die wir uns geben, und der Zeit keine Besserung einstellt, kommt irgendwann unweigerlich die Frage auf, ob diese Basis, das Fundament, noch stark genug ist, um eine Beziehung zu tragen«, sagt Elias und klingt dabei tatsächlich überzeugend.

»Was soll denn ein stärkeres Fundament für eine Beziehung sein als Liebe?«, antworte ich, als die Vibration meines Handys mich unterbricht. Vincenzos Grimassen ziehende Visage und sein Name erscheinen auf meinem Bildschirm.

Das Gespräch dauert nur kurz. Elias und Medina sehen mich an. Ich beende das Telefonat, lege das Handy auf dem Tisch vor mir ab und falle rückwärts zurück in die Couch.

»Wer war das? Du warst so still«, sagt Medina.

»Ja Mann, fast unheimlich. Alles okay?«, fragt Elias.

»Das war Vincenzo«, antworte ich.

»Wieso ruft der an? Das ist sowas von 2007. Weiß er, dass wir WhatsApp nutzen?«, lacht Elias. Es wirkt gezwungen.

»Wegen seiner Mutter.«

Elias unterbricht sein Lachen abrupt. »Oh. Was ist los?«

»Ist was passiert?«, fragt Medina und ist inzwischen vom Tisch aufgestanden.

»Sie ist wieder im Krankenhaus.«

»Krankenhaus? Verstehe ich nicht. Sie wurde doch erst

vor Kurzem entlassen«, sagt Medina.

Elias ist verwirrt. »Vincenzo meinte doch, es geht ihr besser?«

»Scheinbar hat die Chemotherapie nicht angeschlagen.«

»Und jetzt?«, will Medina wissen.

»Keine Ahnung. Vincenzo weiß noch nicht, wie es weitergeht«, sage ich.

Der Wind ist mittlerweile so stark, dass er das Fenster in Elias Küche ruckartig in den Rahmen zurückschlägt. Das Rascheln der Bäume übertönt sogar den Straßenlärm. Der Sturm der letzten Tage scheint noch nicht vorüber zu sein.

Kapitel 7

Die Luft riecht nach Sommer. Ein olfaktorischer August-
abend an der Isar setzt sich in der Regel zusammen aus dem
Duft billigen Parfüms zum Maskieren von getrocknetem
Schweiß, schwarz gegrillter Nackensteaks über verbrann-
ter Kohle auf Einmalgrills und getrocknetem Kot aus dem
nahen Tierpark. Doch heute, als ich auf meinem Fahrrad
den langen Weg aus dem Münchner Süden zu Vincenzos Mutter in den nordöstlichsten Stadtteil Hasenbergl
bestreite, riecht es wirklich nach Sommer. Die Luft ist
trocken, doch angenehm frisch, wie beim Heuwenden.
Unaufdringlich legt sich der Duft auf meine Geruchssen-
soren, breitet sich in meinem Körper aus und lässt mich
unwillkürlich lächelnd in die Pedale meines Fahrrads treten. Wie kleine Nadelstiche kommen mir immer wieder
Gedanken an Vincenzo und Aurora. Heute Morgen hat
Vincenzo seine Mutter, nach einer kurzen Visite in der
Onkologie, aus dem Krankenhaus abgeholt und zurück
nach Hause gefahren. Sie hatte darauf bestanden, so schnell
wie möglich wieder in den eigenen vier Wänden zu sein
und nicht weitere Lebenszeit in einem Gebäude zu verbringen, das sie ausschließlich an Schmerz erinnert. Denn
spätestens mit Eintritt in das Foyer ist die Hoffnung der
Angst gewichen, ob auch das Verlassen aus eigener Kraft
erfolgen wird.

Die ersten Minuten auf dem Rad empfinde ich als pures

Glück. Die Sonnenstrahlen wärmen meine Haut und der Fahrtwind sorgt für eine angenehme Kühle in meinem Gesicht. Die zügige Fortbewegung mit eigener Kraft gibt mir das Gefühl, auch meinen Körper endlich wieder zu spüren. Doch hatte ich vergessen, wie anstrengend es sein kann, eine Stunde in Pedale zu treten. Nicht nur meine Beine beginnen zu schmerzen wegen der ungewohnten Anstrengung, sondern auch mein Hintern vom Sitzen auf dem zwar hippen, aber absolut unpraktischen und ungemütlichen Ledersattel meines Fixie-Fahrrads. ›Wer schön sein will, muss leiden‹ hatte meine Mutter schon immer gesagt, wenn sie mich für Familienfeiern in unpassende Hemden gezwungen hat. Immerhin bringen mich meine pochenden Extremitäten auf andere Gedanken. Kurz vor meiner Ankunft holen mich meine Sorgen und Nöte aber wieder ein, als wären beide die ganze Fahrt über in meinem Windschatten unterwegs gewesen, um mich bei freier Sicht auf die Zielgerade triumphierend einzuholen, während ich dachte, sie bereits uneinholbar hinter mir gelassen zu haben. Wie soll ich mich in Anwesenheit der Familie verhalten? So normal wie möglich, um nicht unnötig weitere Trauer zu verbreiten? Oder sollte ich mich andächtig und niedergeschlagen geben, um mich der Situation angemessen zu benehmen? Vermutlich die natürlichste, erwartete Reaktion.

Ich stelle mein Rad vor den Treppen zum Eingang des grauen Hochhauses aus Beton ab, das Aurora ihr Zuhause nennt. Mehrmals prüfe ich, ob mein Schloss auch wirklich hält. Vincenzos matt schwarzen Audi sehe ich auf dem Parkplatz vor seinem Elternhaus stehen. Ein Keil aus Plastik, am unteren Türspalt eingequetscht, hält die Eingangstür zum Wohnblock offen. Der kleine, im Inneren mit hellem Holz vertäfelte Fahrstuhl steht geöffnet im Erdgeschoss. Mein kurzer Sprint zum Aufzug, um ein Schließen der Türen zu verhindern, erweist sich schnell als unnötig, da dieser auch nach Betätigen des Knopfs für das entsprechende Stockwerk mehrere Sekunden verstreichen lässt, bevor er sich in Bewegung setzt. Das Deckenlicht flattert über meinem Kopf.

Über das Treppenhaus gelange ich ins Zwischenge-schoss des siebten Stocks und auf einen kleinen Balkon, von wo aus ich die Haustür der Familie Giordano errei-che. Erst jetzt bemerke ich, dass ich vergessen habe, an der Haustür unten im Erdgeschoss zu klingeln und nun, wie Vincenzo üblicherweise vor meiner Wohnungstür, klop-fend um Eintritt bitte. Vor der geschlossenen Tür wartend weiß ich noch immer nicht, wie ich mich gleich verhalten soll. Was sage ich zu Vincenzo? Wie rede ich mit seiner Mutter? Sind die Antworten auf diese Fragen wichtig? Ich will doch einfach nur für meinen besten Freund da sein, ihm meine helfende Hand entgegenstrecken, sollte er danach greifen wollen, aber nicht über alles nachdenken müssen. Scheißegal, Mann! Ich muss hier doch keine Per-formance abliefern. Niemand, wirklich niemand erwartet irgendwas von mir. Es geht schließlich nicht um mich!

Bereits bei geschlossener Tür vernehme ich lautes Ge-lächter. Musik dringt aus dem Inneren auf den Flur. Ich prüfe mit einem Blick auf das Namensschild, ob ich schon an der richtigen Wohnung klopfe. Vincenzo öffnet die Tür. Sofort erhöht sich der Geräuschpegel. Noch bevor ich die Schwelle zur Wohnung überschreite, umarmt er mich, drückt mich länger als für ihn üblich.

»Komm rein. Hoffe, du bist hungrig! Und vor allem durstig!« Zögernd betrete ich den Eingangsbereich.

»Was ist denn hier los?«

»Was soll los sein?«

»Gibt es was zu feiern?« Ich kann mir keinen Reim auf die ausgelassene Stimmung machen.

»Auf jeden Fall, Bro. Das Leben!«

»Aha.«

»Solange wir's noch können.«

Als ich meine Schuhe ausziehe, reicht Vincenzo mir ein Paar bequeme Schlappen, die mir wohl Geborgenheit vermitteln sollen. Kurz bevor wir das Wohnzimmer betreten, in dem, allem Anschein nach, eine italienische Großfamilie und deren Freunde das Leben – was auch immer das bedeuten mag – betrinken, packe ich Vincenzo von hinten an seiner rechten Schulter. Langsam dreht er sich zu mir um.

»What's up?«, fragt er.

»Wie› ›what's up‹? Du hast mir gesagt, deine Mutter liegt im Sterben. Der Krebs sei wieder da.«

»Ja, leider alles richtig.«

»Aber jetzt komme ich hier an und es klingt, als wäre ich auf einem Mailänder Volksfest gelandet.«

»Hast du gedacht, wir sitzen alle im Kreis und weinen uns die Augen aus dem Gesicht?«

Ich zucke mit meinen Schultern.

»Sorry Bro, aber für den Punkt auf der Agenda kommst du gute zwei Stunden zu spät.«

Er blickt mich für einen Moment ganz streng, mit roten, entzündeten Augen an, und sofort meldet sich meine Schuld, meine Scham. Vincenzo wendet seinen Körper wieder von mir ab.

Seine rechte Hand bereits an der Türklinke packe ich ihn ein weiteres Mal. Dieses Mal ein wenig resoluter, fester, als würde ich nur mit meinem Griff an seine Schulter mein Unverständnis über die ausgelassene Stimmung ausdrücken wollen.

Die Musik wird leiser. Die Gespräche im Wohnzimmer ebenso. Die Familie und Gäste scheinen mitbekommen zu haben, dass ein weiterer Gast die Wohnung betreten hat. Mit den Ohren auf die Tür gerichtet, lässt ihre Neugier sie verstummen. Nur Umrisse unserer angespannten Körper sind für sie durch das Milchglasfenster sichtbar.

»Vincenzo!« Verzweiflung liegt in meiner Stimme. »Erklär mir bitte, was hier los ist! Wieso schmeißt ihr 'ne Party? Dein Anruf klang, als müsste deine Mutter …«, ich stocke, habe nicht den Mut, meinen Satz zu beenden.

»Sterben?«, fragt Vincenzo. »Doch, safe. Aber müssen wir das nicht alle?«

»Ob wir alle sterben müssen? Ja schon, aber …«, stammle ich überfordert. Vincenzo sieht mich direkt an. »Deine Mutter muss also sterben, weil der Krebs zurück ist?«, es fällt mir nun etwas leichter, das Wort auszusprechen.

»Nie weg war, meinst du wohl eher. Der Krebs war nie weg. Hat sich keine Remission eingestellt.«

»Keine was?«, frage ich unwissend.

»Remission. Sind deine Lateinkenntnisse schon so eingerostet?«

»Ich hatte Französisch in der Schule. Wollte meine Mutter unbedingt«, versuche ich mich zu erklären.

»Echt? Du kannst Französisch?«, will Vincenzo erstaunt wissen.

»Das habe ich nicht gesagt.«

Vincenzo schmunzelt. »True. Na ja, auf jeden Fall würde Remission bedeuten, dass keine Krankheitssymptome mehr auftreten.«

»Und bei deiner Mama?«

»Ist leider das Gegenteil der Fall. Der Krebs streut. Hat sich sogar auf angrenzende Organe ausgeweitet.« Vincenzo beendet den Satz schnellstmöglich, verschluckt die letzten Silben. Räuspernd hält er sich die Hand vor den Mund.

»Fuck. Das ist echt ein riesiger Haufen Scheiße«, sage ich.

»True. Das kann man so sagen.«

»Aber wieso dann die Party-Stimmung, Vincenzo?«

»Heute Vormittag habe ich Mama aus dem Krankenhaus abgeholt. Sie hatte nochmals Untersuchungen und ein Arztgespräch.«

»Was meinten die Ärzte?«

»Ihr wurde empfohlen, dort zu bleiben.«

»Im Krankenhaus?«

»Ja genau. Allerdings meinten die auch, dass keine Heilungschancen mehr bestehen. Eine weitere Chemo würde die Lebenszeit nicht verlängern.«

»Und deswegen seid ihr hier?«

»Ja, meine Mutter hat keinen Bock mehr auf Krankenhaus. Will keine Behandlungen ertragen müssen, die nichts mehr bringen. Sie will hier sein, bei ihrer Family, ihren Freunden, daheim. Verstehst du?«

»Klar, verstehe ich, aber das erklärt alles immer noch nicht die gute Laune hier«, sage ich und deute auf das undurchsichtige Glas der Wohnzimmertür.

»Oh Dio, Tim! Was meinst du denn, was hier für 'ne Stimmung war, als wir heimgekommen sind? Irgendwann hat Mama uns dann angeschrien, dass jetzt damit Schluss sein muss ›Sonst hätte sie ja im Krankenhaus bleiben können‹ und so weiter.«

»Klassisches Aurora-Machtwort«, sage ich lächelnd.

»Esatto! Dann wollte sie, dass ich ein paar Leute anrufe, Tanten, Onkel, ein paar Freunde, und jetzt betrinken wir das Leben.«

»Statt den Tod zu betrauern«, vollende ich Vincenzos Satz.

»So einfach ist das.«

»So einfach ist das.« Gebetsmühlenartig wiederhole ich seine Worte, als sich meine Augen mit Tränen füllen, die zuerst an meinen Wangen herunterlaufen, bevor sie vom Kinn auf den grauen Teppichboden tropfen. Vincenzo legt seine Hand an meine linke Backe.

»Hey! Jetzt heulst du, wenn wir alle gerade wieder halbwegs gute Laune haben«, sagt er und lächelt. Meine Tränen, die sich an seinen Fingern sammeln, beachtet er nicht. Dann drückt er mich an seine Brust. Aufmunternd klopft er mir auf den Rücken.

»Sorry. Will die Stimmung jetzt nicht wieder runterziehen. Deine Mutter hat recht.«

»Safe. Die hat immer recht. Aber sag ihr das nicht«, grinst Vincenzo.

»Na dann, ran an die Drinks. Hoffentlich habt ihr genug!« Mit offener Handfläche deute ich Vincenzo den Weg ins Wohnzimmer an.

»Da mach dir mal keine Sorgen. Wir sind Italiener! Hier verdurstet oder verhungert niemand!«, sagt er und öffnet die Tür.

Die Musik ertönt mittlerweile wieder in voller Lautstärke. Adriano Celentano singt in ›Azzurro‹ über seinen einsamen Sommer in der Stadt. Er wird dabei nicht allein gelassen, denn alle Anwesenden singen aus voller Kehle mit.

›Azzurro,
il pomeriggio è troppo azzurro
e lungo per me‹

Wir betreten das Zimmer. Ein Schwall stickiger Luft aus Aperol, Knoblauch und Zigarettenrauch zieht uns entgegen. Als sie mich in der Türschwelle sieht, steht Aurora ohne zu zögern auf. Über eine intravenöse Injektion wird Flüssigkeit in ihre Hand verabreicht. Sie umschließt die eiserne Stange des kleinen beweglichen Wägelchens, auf dem sich der Flüssigkeitsbeutel befindet, fest mit ihrer linken Hand und kommt direkt auf mich zu.

»Principino!«, sagt sie. Mit ausgestreckten Armen deutet sie mir an, sie zu begrüßen und die räumliche Distanz zwischen uns zu überwinden.

»Ciao, Aurora!« Mein Italienisch klingt wie das eines 50-jährigen Gardasee-Besuchers aus Castrop-Rauxel. »Freue mich so sehr, dich zu sehen. Ehrlich. Danke, dass ich hier sein darf.«

Froh, die Begrüßung mit ihr ohne Tränen überstanden zu haben, blicke ich in die Runde am gläsernen Tisch, der wohl aus der Küche in das etwas größere Wohnzimmer umziehen durfte. Mit einer herzlichen Umarmung begrüße ich zunächst Vincenzos Schwestern und dann den Rest der Familie und Freunde, die mir sofort vertraut vorkommen.

»Hoffe, du hast Hunger mitgebracht«, meint nun auch nochmal Aurora. Überraschend kräftig zieht sie mich an einen Sitzplatz, an dem bereits ein Glas Aperol Spritz und ein Teller stehen, gefüllt mit verschiedenen Vorspeisen. Hätte ich keinen Hunger, ich hätte trotzdem keine Wahl.

»Jetzt hör mal mit dem Rauchen auf! Leute essen noch, Davide!«, schimpft Aurora. Ihr Bruder drückt sofort, ohne Murren, die Zigarette im gläsernen Aschenbecher aus. Mit wedelnden Bewegungen seiner Hand unternimmt er den erfolglosen Versuch, den blauen Dunst vor seinem Gesicht zu vertreiben. Wüsste ich es nicht besser, würde ich Vincenzos Mutter für kerngesund und den Rest der Anwesenden für eine stinknormale Geburtstagsgesellschaft halten.

Auf den Aperol folgt Wein. Auf den Wein folgen Limoncello Shots. Auf Limoncello Shots folgt wieder Aperol. Ein Perpetuum Mobile alkoholischer Getränke. Um heute Abend bei Marie nur stark angetrunken, aber nicht auch noch mit einer Knoblauchfahne aufzutauchen, arbeite ich mich systematisch um aglio e olio herum durch die kulinarischen Köstlichkeiten. Die Stimmung ist ausgelassen. Liebevoll nimmt Aurora immer wieder ihre Kinder an die Hand, streichelt ihnen sanft über den Kopf. Ich denke an Vincenzo, ich denke an meine Mutter, ich denke an Marie. Ich denke daran, wie nah oftmals Freud und Leid beieinander liegen.

•

Per Sprachnachricht lässt Marie mich wissen, dass sie sich um eine Stunde verspäten wird. Sie bittet mich, unser Treffen ein wenig zu verschieben. Eine spontane Kunstausstellung sei ihr dazwischengekommen. Ich frage mich, wie spontan Kunstausstellungen sein können. Allerdings kommt mir ihre Bitte gelegen, schenkt mir weitere sechzig Minuten, um mit einem halben Kilo Naturjoghurt und einigen kräftigen Schlucken Kuhmilch den scharfen Geschmack und den strengen Geruch aus meinem Mundraum zu verbannen. Dieses Unterfangen ist von Beginn an zum Scheitern verurteilt. Hoffentlich kann ich Marie davon überzeugen, Döner mit extra Zwiebeln als Möglichkeit für das gemeinsame Abendessen in Erwägung zu ziehen. Ihre Essensgewohnheiten kenne ich noch nicht. Vielleicht ist sie Vegetarierin? Vielleicht sogar Veganerin? Will ich nicht als fleischfressende Umweltsau diffamiert werden, sollte ich heute Abend doch eher einen vegetarischen Imbiss vorschlagen.

Noch immer lässt mich der Gedanke an meine verpasste Chance nicht los. Ich stelle mir vor, wie sich die Zuschauer unserer Filmpremiere bereits zur Standing Ovation von ihren Plätzen erhoben hatten. Minutenlang tosender Applaus war uns, den beiden Hauptfiguren, sicher. Alles war vorbereitet für unseren monumentalen Schlussakt. Mystische Dunkelheit um uns herum, immer wieder grell erleuchtet durch aufflackernde Blitze. Der warme Regen auf unserer Haut. Wir kommen uns näher im gelben, flackernden Licht der Straßenlaternen. Doch wie bei einer beliebten Sitcom, die jahrelang das Publikum begeisterte, ließ unser Staffelende die Fans enttäuscht zurück.

Es fehlte mir nicht an Kreativität beim Ausmalen etwaiger Szenarien und auch nicht an hypothetischen Berechnungen über den genauen Verlauf des ersten Kusses. Doch dabei verlor ich das Gespür für den Moment, unseren

Moment. Das Gespür für uns. So eine Chance kann ich nicht noch einmal verstreichen lassen, darf kein weiteres Mal im entscheidenden Moment wie ein schüchterner Schulbub vor ihr stehen, die Hände in den Hosentaschen versteckt und den Blick unsicher auf den Boden gerichtet.

Wie ein Straftäter kehre ich an den Tatort der Schande zurück und warte unter dem bereits bekannten Vordach auf Marie. Mit einem lauten Schrei aus dem dritten Stock auf die Straße antwortet sie auf mein Klingeln. Alle im Viertel wissen nun, dass sie noch fünf Minuten brauchen wird und gleich bei mir ist. Ich verzichte darauf, sie auf ihre Gegensprechanlage hinzuweisen, die, basierend auf meinen Beobachtungen während meiner letzten Minuten an der hoch frequentierten Haustür, einwandfrei zu funktionieren scheint. Schritte im Treppenhaus. Sofort erkenne ich, dass das Knarzen der Dielen durch die gesprungenen Schritte, ähnlich einem elegant galoppierenden Pferd, nur von Marie stammen kann. Ruckartig öffnet sich die Tür. Glücklicherweise nicht nach außen, da unser gemeinsamer Abend ansonsten mit einem Ausflug zur Erstbehandlung einer Platzwunde im Krankenhaus beginnen würde. Ich trete zwei Schritte zurück, mache Platz für Marie. Sie muss kurz zuvor geduscht haben, denn ihre lockigen Haare sind nass, wirken noch voluminöser als sonst. Einträchtig, wie Arbeitskollegen auf dem Flur eines Büros, nicken wir uns zu. Ihr Anblick beschert mir ein warmes, wohliges Gefühl in meinem Körper, ähnlich einem Schluck Schnaps, der sich nach einer fettigen Mahlzeit langsam im Bauchraum ausbreitet. Ich komme noch gar nicht dazu, etwas zu sagen, als Marie einen großen, entschlossenen Schritt auf mich zumacht. Nur auf ihrem rechten Bein stehend, drückt sie sich über ihre Zehenspitzen in Richtung meines Gesichts. Ihre Hände suchen blind nach meinen. In leichter Schieflage fällt sie ein wenig weiter nach vorne, landet mit ihren Lippen auf meinem Mund. Unsere Augen schließen sich wie automatisiert. Marie küsst mich. Ich küsse Marie. Wir küssen uns. Nur langsam lässt die Anspannung in meinem Kiefer nach. Sie dreht ihren Kopf leicht zur Seite. Unsere Nasenspitzen berühren sich kaum noch. Ich hatte mich gerade an ihre sanften, leicht feuchten, vermutlich mit Balsam eingecremten Lippen gewöhnt, da federt sie ihren Körper schon wieder nach hinten, steht aufgerichtet vor mir. Noch bevor ich realisiere, was hier gerade passiert, ist es auch schon wieder vorbei. Marie sieht belustigt auf mich herab, als wäre ich ein sich zum ersten Mal im Spiegelbild selbst erkennender Welpe.

»Okay.« Fast vergesse ich, meinen Mund nach der letzten Silbe wieder zu schließen.

Marie grinst. Ihre Augen glitzern. Werde ich ihrer selbstbewussten Art wohl je auf Augenhöhe begegnen können?

»Das hatten wir beim letzten Mal vergessen«, sagt sie und streicht dabei sanft über meinen Oberarm. Eine für sie beiläufige, vielleicht sogar unabsichtliche Bewegung, die für mich hier und jetzt alles bedeutet.

»Ja, da könntest du recht haben. Trotzdem unerwartet«, antworte ich.

»Unerwartet?«

»Schon, oder?«

»Im Sinne von ungewollt, überrumpelt oder im Sinne von schöner Überraschung?«

»Letzteres! Definitiv Letzteres.«

»Gut, dann bin ich erleichtert. Ich dachte mir nur: Wozu warten?«, sagt sie.

Wozu warten? Auf wen warten? Auf was warten? Mein Leben lang warte ich vergeblich auf den richtigen Moment, die passende Situation, den idealen Augenblick und sehe dabei einzigartige Möglichkeiten und Chancen vor meinem geistigen Auge an mir vorüberziehen.

»Mein Überraschungsmoment für dich«, sagt sie.

»Überraschungsmoment also.«

»Ja, die meisten würden einen Kuss wohl zum Abschied erwarten. So lange wollte ich aber nicht mehr warten«, sagt Marie.

»Wir wollen doch nicht wie die meisten sein«, erwidere ich, obwohl ich in meinen dreißig Jahren auf dieser Welt immer nur so ›wie die meisten Menschen‹ sein wollte. In der Menge aufzufallen, negativ oder positiv herauszustechen, war der Albtraum, der mich nachts aus meinem Schlaf riss. Doch Marie tickt da anders. Laut ist das neue leise. Minutiös aufgestellte Pläne weichen spontanen Änderungen. Neues wirkt vertraut. Und all das, obwohl ich noch nicht einmal weiß, ob sie Vegetarierin ist.

Wir wollen gerade losgehen, als Marie sich zu mir dreht. Wie eine Polizistin, die versucht, mich am Weitergehen zu hindern, legt sie ihre Hand auf meine Brust. Ich stoppe abrupt, sehe sie an. Ihr Blick wirkt nachdenklich, doch ihre Worte klingen überlegt, durchdacht, ungewöhnlich geplant.

»Was hältst du davon, wenn wir heute selbst etwas kochen?«

»Also nicht essen gehen?«

»Komm schon, immerhin würden wir zwei uns ohne

Kochkurs nicht mal kennen. Soll doch kein rausgeschmissenes Geld gewesen sein, oder?«, fragt Marie.

Wonnetrunken – und leicht angetrunken – stehe ich auf dem Gehsteig neben ihr und nicke vehement. Jeden Wunsch würde ich ihr gerade erfüllen, all ihre Fragen mit ›Ja‹ beantworten, ohne mit der Wimper zu zucken. Dabei habe ich nicht mal Hunger, denn mein Magen kämpft noch immer einen ausweglosen Kampf gegen Limoncello, Aperol und ein halbes Kilo Joghurt.

»Klar, klingt nice. Worauf hast du denn Lust?«, frage ich.

»Kennst du Shakshuka?«, fragt Marie.

»Shak-Wer?«

»Shakshuka.«

»Nicht persönlich.«

Marie lacht. »Ein israelisches Gericht mit pochierten Eiern, viel Tomaten und noch mehr Zwiebeln. Vertrau mir einfach. Schmeckt bombe! Wollen wir bei dir kochen?«

Zumindest mein ursprünglicher Plan, die Zwiebeldichte in unserer beider Rachen anzupassen, scheint aufzugehen, auch wenn das nach Maries Überraschungsmoment ohnehin nicht mehr so wichtig ist.

»Bei mir? Ja, gern. Wir stehen zwar vor deiner Wohnung, aber können auch zu mir fahren«, antworte ich.

Wie zwei Einwechselspieler am Seitenrand warten meine Vernunft und Urteilskraft ungeduldig, endlich vom Trainer aufs Spielfeld geschickt zu werden. Dort würden sie der überforderten Mannschaft auf dem Platz mit ihrer Erfahrung dabei helfen, die eigene Wohnung, die für eine spontane Besichtigung nicht vorbereitet ist, zu umdribbeln, und stattdessen die Taktik auf einen Restaurantbesuch, Imbiss oder im Zweifelsfall Maries Wohnung auszurichten. So kann sich die unerfahrene Truppe auf dem Platz schon mal auf eine harte zweite Halbzeit einstellen.

»Würde lieber bei dir kochen als bei mir«, sagt Marie.

»Wieso das denn?«, frage ich.

»Weil es nicht geht. Ist heute einfach schlecht bei mir.«

Marie wirkt ungewohnt gereizt. Ihre Hand hat sie wieder zu sich genommen, doch der leichte Druck verbleibt auf meinem Brustkorb. Ihr rechtes Bein wippt nervös auf und ab.

»Okay, dann gerne bei mir.«

Die kurze Anspannung löst sich umgehend auf, wie Wolken am Himmel nach einem reinigenden Gewitter.

Marie wirkt erleichtert. »Freut mich. Außerdem sagt eine Wohnung sehr viel über den Bewohner aus. Ich kann also einiges über dich lernen.«

Schnell bilden sich wieder Wolken der Anspannung, doch dieses Mal wird es nicht grau über Marie, sondern über mir. »Soll das eine Drohung sein?«, frage ich.

»Ist es denn so schlimm?«

»Definiere schlimm.«

»Ein wenig Unordnung, dreckige Wäsche und ungeputzte Fenster werden mich nicht verscheuchen, Tim«, sagt Marie.

»Na gut, dann lass bei mir um die Ecke einkaufen. Ansonsten müssen wir das Zeug den ganzen Weg bis zu meiner Wohnung schleppen.«

Jeden der federgelagerten Stifte im Zylinderkern meines Wohnungstürschlosses spüre ich einzeln nachgeben, als mein Schlüssel diese nach unten schiebt. Die Tür war nicht verschlossen, nur zugezogen. Eine einfache Umdrehung reicht, um sie zu öffnen. Die letzte Barriere zu meinem persönlichsten Rückzugsort fällt.

Obwohl es draußen noch hell ist, herrscht im Flur meiner Wohnung völlige Dunkelheit. Kein Fenster könnte den sommerlichen Sonnenstrahlen Eintritt in den Eingangsbereich gewähren. Ich drücke den Lichtschalter. Meine Wohnung ist aufgeräumt. Meine Wohnung ist immer aufgeräumt. Ein Umstand, der Gäste dazu bewegt, unverzüglich nach Übertreten der Türschwelle ihre Schuhe auszuziehen und diese geordnet neben meinem Schuhschrank im Flur abzustellen. Niemand möchte der Grund für den ersten sichtbaren Schmutz in meiner Wohnung sein.

Ohne die Schuhbänder zu öffnen oder ihre Hände zur Hilfe zu nehmen, streift Marie ihre weißen Schuhe ab und wirft diese mit einem gekonnten Wurf neben meine Garderobe. Erst danach beugt sie ihren Oberkörper nach vorne und zieht ihre Socken zurecht. Die drei Streifen der Traditionsmarke aus Herzogenaurach sind nun deutlich zu erkennen. Marie scheint nicht zu bemerken, dass auch ich mich bücke, um ihre Schuhe ordentlich neben meinen aufzustellen. Ohne zuvor auf eine einladende Geste meinerseits zu warten, steht sie bereits einen kurzen Augenblick später, noch mit der Türklinke in ihrer rechten Hand, im einzigen Raum meines kleinen Apartments.

»Das nennst du ›nicht aufgeräumt‹?« Sie lässt ihren Blick rundum schweifen.

»Ich habe nie gesagt, dass meine Wohnung nicht aufgeräumt ist«, antworte ich. Außerdem war sie es doch, die einen Besuch in ihrer Wohnung unbedingt vermeiden wollte.

»Klang aber so.« Sie steht jetzt in der Mitte des Raumes.

Im Halbkreis schreite ich um sie herum. In meinen Händen trage ich die Tüten unseres Einkaufs, die ich in der Küche abstellen will. Die wenigen Zutaten für das Shakshuka fallen kaum ins Gewicht, nur die schweren Flaschen Prosecco und Aperol sorgen für ziemlichen Druck auf den Trageschlaufen aus Papier und kleine Schwielen an meinen Handinnenflächen. Klirrend hieve ich unsere Anschaffungen auf die Küchenablage. Akkurat sortiere ich die Zutaten nach Reihenfolge ihres Auftretens im Rezept, welches ich trotz Maries Versprechen, alle Zutaten und Schritte zu kennen, noch im Supermarkt gegoogelt habe.

»Wer ist das?«, höre ich Marie rufen, nicht aufgeregt, aber interessiert.

»Wer ist wer?«, erwidere ich ihre Frage mit einer Gegenfrage.

»Die Frau auf dem Foto.«

»Welches Foto?«

»Hier neben deinem Schreibtisch. Hängt dir eng umschlungen am Hals.«

Hatte ich noch auf dem Weg hierher in Gedanken mögliche Fettnäpfchen und Stimmungskiller in meiner Wohnung nach aufsteigender Bedrohlichkeit sortiert, findet Marie auf direktem Weg den von mir stümperhaft untergrabenen und vergessenen größten Cockblocker in meinen vier Wänden. Was eine geile Idee, nicht nur ein Foto mit der Ex-Freundin über ein Jahr nach der Trennung immer noch neben dem Schreibtisch zu platzieren, sondern dieses auch nicht zu entfernen, zu verstecken oder sogar zu entsorgen, bevor man ein Date mit nach Hause nimmt.

»Welches Foto meinst du?«, frage ich, als wüsste ich nicht längst, welches zehn mal fünfzehn Zentimeter, in

Schwarz gerahmtes Bild Marie gerade in der Hand hält. Um zu mir in die Küche sehen zu können, lehnt Marie ihren Oberkörper leicht nach hinten. Grinsend wedelt sie mit dem Foto in der Hand.

»Ach so, das Foto meinst du. Das ist meine Ex«, sage ich. Widerstand und Lüge sind zwecklos. Die Behauptung, meine Schwester oder Cousine hinge zärtlich an meinen Backen, würde mehr Fragen aufwerfen als die Tatsache, dass es sich um meine Ex handelt.

»Wow. Wirklich hübsch. Sehr attraktive Frau«, sagt Marie.

Während ich in der Schublade nach einem Dosenöffner suche, fällt mir keine Antwort darauf ein, die mich nicht wie ein Arschloch dastehen lässt.

»Wie lange seid ihr schon getrennt?«

»Mehr als ein Jahr«, sage ich und hoffe einerseits, dass die Zeitspanne ausreichend erscheint, um zu signalisieren, dass ich lange genug alleinstehend war, um jetzt wieder bereit für neue, ernsthafte Bekanntschaften zu sein, aber andererseits nicht zu lange her ist, um das weiterhin neben meinem Schreibtisch platzierte Foto meiner Ex-Freundin nicht ungewöhnlicher als nötig wirken zu lassen.

»Und du hattest nie das Bedürfnis, euer gemeinsames Foto zu entfernen oder zumindest aus deinem Sichtfeld zu nehmen?«, fragt Marie.

Mittlerweile steht sie in der Küche neben mir. Ich habe den Dosenöffner gefunden und beginne, die Schneide in den Rand der Tomatenkonserve zu schieben.

»Doch schon. Aber irgendwie wusste ich nicht, was ich damit machen soll. Weißt du was? Schmeiß es weg. Jetzt und hier!« sage ich.

»Nein.«

»Wieso ›nein‹?«

»Auf gar keinen Fall schmeißt du das Foto hier und jetzt weg.«

»Wieso denn nicht? Du hast doch selbst gerade gefragt, ob ich nie das Bedürfnis hatte, das Foto wegzuschmeißen.«

»Ich habe gefragt, ob du nie das Bedürfnis hattest, es aus deinem Sichtfeld zu entfernen. Das ist wohl ein Unterschied.«

»Verstehe ich nicht.« Ich lege alle Küchenutensilien in meiner Hand ab.

»Ich will nicht, dass du das Foto mit deiner Ex-Freundin wegwirfst. Vor allem nicht, weil ich dich danach gefragt habe. Kurz nach unserem Kennenlernen.«

Ich nicke ihr zu und warte ab, was sie noch zu sagen hat.

»Außerdem gehört deine Ex zu deiner Vergangenheit, die dich zu dem Menschen gemacht hat, der du jetzt bist. Das löscht man nicht einfach aus, indem Fotos im Müll landen.«

Marie geht zurück an meinen Schreibtisch. Das Foto platziert sie am angestammten Platz. »Außerdem hat deine Vergangenheit keinen so schlechten Job gemacht.«

»Meinst du?« Ich bin mir da nicht so sicher wie sie.

»Schon, ja. Immerhin hat sie den Typen geformt, der gerade vor mir steht. Und der ist eigentlich ganz in Ordnung«, sagt Marie. Ihren rechten Mundwinkel hebt sie leicht nach oben, lächelt mir zu.

»Du hast recht«, sage ich.

»Klar hab' ich recht. Und jetzt hab' ich Hunger! Lass mich mal kochen und du kümmerst dich um die Drinks«, antwortet Marie und nimmt sich ein scharfes Messer aus dem schwarzen Holzblock neben meinem Herd.

Während ich den Aperol Spritz für uns in Weingläser mische und Marie dafür bewundere, beim Zwiebeln schneiden ihre Tränen zurückhalten zu können, schweifen meine Gedanken zum Nachmittag bei Aurora. Wie sie ihren Kindern über den Kopf streichelt, ihren Gästen Prosecco nachschenkt, lächelnd mit mir anstößt. Meine Augen füllen sich mit Tränen. Sollte Marie meine glasigen Augen bemerken, habe ich dank der Zwiebeln wenigstens eine gute Ausrede.

Obwohl ich schon vorher absolut satt bin, esse ich meinen Teller vollständig leer. Auf keinen Fall möchte ich den Eindruck erwecken, mir hätte Maries Gericht nicht geschmeckt. Mit einem Stück Weißbrot wischt sie die letzten Reste der Soße auf. Eine Handlung, die mich gleichermaßen verstört und betört. Ich kenne diese Vorgehensweise hauptsächlich von meinem Vater oder meinen männlichen Freunden, meistens gefolgt von einem seufzenden Zurücklehnen des Oberkörpers, einem Öffnen des obersten Hosenknopfs und im schlimmsten Falle sogar einem verhaltenen Rülpsen, mindestens aber einem kurzen, leisen Aufstoßen. Marie bleibt mit ihrem Oberkörper an der Tischkante und verzichtet auch auf das Öffnen der Knopfreihe ihrer Jeans. Beim Aufstehen schiebe ich meinen Stuhl nach hinten.

»Espresso?«, frage ich. In meiner rechten Hand balanciere ich meinen Teller.

»Keinen Hunger mehr?«, fragt Marie.

»Danke, ich bin wirklich satt. War aber sehr gut! Werde ich bestimmt öfter kochen.«

»Das freut mich. Dann gerne einen Espresso. Danke dir.«

Marie steht auf und trägt ihren Teller in die Küche. Still beobachtet sie mich beim Zubereiten des Kaffees, als ihr Handy anfängt zu vibrieren. Ihr Blick verharrt ungewöhnlich lange auf dem Handydisplay und dem angezeigten Namen.

»Geh ruhig ran. Nehme ich nicht persönlich«, sage ich, während das summende Handy in Maries Hand um seine Erlösung kämpft.

»Wirklich? Geht auch ganz schnell. Versprochen«, sagt sie und sieht mich an mit einer Mischung aus Sorge und Aufregung, doch wirkt trotzdem so verbindlich.

Marie könnte mich heute auch nach meiner Pin für EC- und Kreditkarte fragen, die Überschreibung meines Mietvertrages erbitten, während ich bereits mit gezücktem Kugelschreiber und druckfrischem Vertrag neben ihr stehe und mich erkundige, ob sie nicht noch all meine bescheidenen Besitztümer geschenkt haben wolle. Eilig geht sie aus der Küche und setzt sich, dem quietschenden Geräusch meines Lattenrostes nach zu urteilen, auf die äußere Kante meines Bettes.

»Ich bin heute Abend verabredet. Das hab' ich dir gesagt«, höre ich sie leise ins Telefon sprechen. »Hör jetzt auf! Nein, ich diskutiere mit dir jetzt nicht. Tschüss.«

Zügig beendet sie das Gespräch und nimmt wieder den gleichen Platz neben mir in der Küche ein. Der Geruch von frisch gemahlenem Kaffee und Maries seltsam angespanntes Telefongespräch bilden eine bittere Note im Raum. Ich drücke ihr eine der beiden Espressotassen in ihre gerade freigewordene rechte Hand.

»Sorry für die kurze Unterbrechung. Finde das selbst total unhöflich, aber musste kurz etwas klären.« Die Tasse leert sie mit nur einem Schluck, als wäre darin kein heißer Kaffee, sondern zweitklassiger Tequila.

»Alles in Ordnung?«, frage ich, ohne neugierig wirken zu wollen.

»Ja schon. Auf jeden Fall. Doch, es ist alles in Ordnung.« Noch bevor ich mir ernsthaft darüber Gedanken machen kann, ob ihre dreimalige Bestätigung, dass alles in Ordnung sei, die Glaubwürdigkeit der Behauptung nicht vielleicht ein wenig untergräbt, nimmt Marie sanft die noch halbvolle Tasse aus meiner Hand und rückt einen Schritt näher an mich heran. Nur noch wenige Zentimeter trennen uns voneinander.

»Wir sind fast gleich groß«, sagt sie. Mit ihrer ausgestreckten Handfläche zieht sie eine imaginäre Linie von meinem Scheitel in die Luft über ihrem Kopf. »Da fehlt nicht viel.«

»Na ja, also ein wenig größer bin ich schon«, sage ich und strecke dabei meinen Oberkörper stramm durch, meine Brust schiebe ich nach vorne. Ich muss dem inneren Drang widerstehen, meinen Körper durch Anheben meiner Fersen noch weiter zu verlängern.

»Ich finde das gut«, sagt Marie.

»Wieso?«, frage ich und greife nach ihrer linken Hand.

»Dann funktioniert das Küssen leichter.«

»Ja? Wieso?«

»Weil unsere Lippen fast auf der gleichen Höhe sind.«

»Meinst du?«

»Bin mir sogar sehr sicher.«

»Das müssten wir nochmal testen, bevor ich eine fundierte Meinung dazu abgeben kann«, flirte ich für meine Verhältnisse überraschend leichtgängig.

Ich überwinde mich und die wenigen Zentimeter Luftraum zwischen uns. Dieses Mal dauert der Kuss länger, ist intensiver, leidenschaftlicher.

»Siehst du? Total einfach«, sagt Marie und zieht mich an meinem Arm raus aus der Küche, in das einzige Zimmer meiner Wohnung. Jeder unserer Küsse verdrängt die Unsicherheit aus meinem Körper, füllt den frei gewordenen Raum mit einem Gefühl der Unbeschwertheit. Marie zieht an meinem T-Shirt und öffnet entschlossen den Reißverschluss meiner Hose, die sie langsam, aber nicht zögernd nach unten streift. Wie aus einer Kniebeuge heraus steht sie kraftvoll wieder auf, ihre Hände wandern dabei an den Außenseiten meiner Beine entlang mit ihr nach oben. Mein rechter Fuß schiebt dezent meine Jeans zur Seite. Mit einem eleganten überkreuzten Griff an ihr Shirt streift sie sich dieses über ihren Kopf. Weil Marie keinen BH trägt, steht sie oberkörperfrei vor mir. Unsere Blicke treffen sich. Wie nah Freud und Leid doch beieinander liegen.

Kapitel 8

Eine Einzimmerwohnung bietet nicht viele Vorteile. Oftmals fühle ich mich eingeengt wie in einem Käfig. Mit Blick auf den Quadratmeterpreis ein sehr teurer, doch zumindest selbst gewählter Käfig. Auch wenn die freie Wahl eingeschränkt und bei signifikantem Nachfrageüberschuss und explodierenden Mietpreisen eher theoretisch als tatsächlich realistisch ist. Insbesondere sollte man selbst nicht von einer wohlhabenden Familie abstammen oder, wie in meinem Fall, die Farce aufrechterhalten wollen, von diesen mit dreißig Jahren nicht mehr finanziell abhängig zu sein. Mit Wohnungen verhält es sich in München wie mit der Partnerwahl. Die besten Angebote sind längst vom Markt oder nur über Vitamin B zu bekommen, und jede zunächst ansehnliche und einmalig erscheinende Offerte stellt sich später als baufällige Ruine heraus, für die sich die zu investierende Arbeit, Mühe und Geduld wohl nie lohnen werden. Bei denen, die entweder in einer bezahlbaren, komfortablen Wohnung leben oder eine harmonische Beziehung führen, stellen sich alle Glücklosen immerzu dieselbe Frage: ›Wie machen die das?‹

Doch bieten auch Einzimmerwohnungen einen signifikanten Vorteil: Jeder noch so gewöhnliche Geschlechtsverkehr verwandelt sich zum wilden, zügellosen Exzess, wenn bei der Nachbetrachtung behauptet werden kann, es in allen Zimmern der eigenen Behausung getrieben zu haben. Keine Räumlichkeit wurde ausgelassen, ob Küche, Schlafzimmer, Wohnzimmer, Büro, Ankleide oder Gästezimmer.

Der Sex mit Marie war nicht gewöhnlich. Mit Marie ist alles anders, wie immer alles anders ist beim Kennenlernen und dem Beginn einer Beziehung. Jeder gemeinsame Schritt ist aufregend, neu, ein Abenteuer für sich. Während am Ende einer Partnerschaft aufziehende Wolken ein eindeutiges Zeichen für Sturm und Regen sind, erlauben sich Verliebte mehr Freiheit in der Deutung auftretender Wetterphänomene. Die Wolken werden sich verziehen und die Sonne scheint nur für uns.

An diesem Morgen durchdringen die imaginären Sonnenstrahlen selbst die blickdichten Jalousien vor meinen Fenstern. Marie liegt mit geschlossenen Augen neben mir in meinem Bett, ihr Kopf auf meinem eingeschlafenen Arm. Trotz zwischenzeitlich unterbrochenem Blutfluss traue ich mich nicht, sie auf die Seite zu drehen und meinen Körper unter ihrem herauszuziehen. Auch meine drückende Blase könnte mich nicht dazu bewegen, Marie nur eine Sekunde ihres Schlafs zu rauben. Vor allem aber fühle ich mich noch nicht bereit, mit Marie zu sprechen, bin ich doch bereits mit dem Sortieren meiner eigenen Gedanken und Gefühle überfordert. Ich kenne diese Frau kaum und glaube doch alles Wichtige zu wissen. Bin ich übermütig, wenn ich nach so kurzer Zeit bereits zu spüren glaube, dass meine Gefühle gegenüber Marie nicht alltäglich sind, fühle ich mich doch zum ersten Mal seit langer Zeit zu einer Frau hingezogen, kann an nichts anderes denken als Marie.

Meine Sinne sind außer Kontrolle wie ein Sportwagen

in den Händen eines Fahranfängers. Doch lebe ich in einer Welt, die mithilfe von durchgezogenen Linien jedem seinen Weg und seine Richtung vorgeben will. Eine Welt, in der Zögern mehr Zuspruch erfährt als Wagnis und die Definition zwischenmenschlicher Beziehungen komplexer erscheint als das Kennenlernen selbst. Einzuräumen, verliebt zu sein, erfordert mehr Mut, mehr Kraft, mehr Courage als das Vortäuschen von Gleichgültigkeit. Unverbindliche Oberflächlichkeit nimmt den Platz der Romantik ein. Jegliche Begeisterung und Euphorie ist sofort im Keim zu ersticken oder zumindest zu leugnen, um später nicht enttäuscht, verletzt und mit dem eigenen Selbstwertgefühl im Fjällräven-Rucksack der verflossenen Liebe gedemütigt zu werden. Doch deshalb abwarten, zaudern, sich selbst belügen? Lange genug habe ich Lethargie und Feigheit der Leidenschaft und meinem persönlichen Glück vorgezogen. Ich möchte Feuerwerk statt Teelicht und benötige keine Tage, Wochen oder Monate, um herauszufinden, ob es sich bei meinen Gefühlen um knallende, bunte Raketen handelt oder nur erloschene Glut. Bin ich verliebt? Bin ich verrückt? Ist das nicht dasselbe? Gehen verliebt und verrückt sein doch einen langen Weg Hand in Hand, sind kaum voneinander zu unterscheiden. Kritisch wird es nur, wenn die geliebte Person die eigenen Gefühle nicht widerspiegeln kann, nicht widerspiegeln möchte. Spätestens dann wird aus dem Verliebten ein Verrückter. Oh Marie, lass mich bitte nicht verrückt sein!

Sie liegt noch immer schlafend in meinen Armen und stellt die Kontrolle über meinen Harndrang und meinen Brutkreislauf auf die Probe. Mein Retro-Digitalwecker zeigt bereits neun Uhr siebenundvierzig an. Würde mich nicht ein halber Liter Aperol Spritz aus dem Bett Richtung Bad ziehen, wäre es zu dieser Zeit für gewöhnlich meine innere Uhr, oder spätestens mein schlechtes Gewissen, den ganzen Tag im Bett zu vergeuden. Doch selbst diese ansonsten immerzu tickenden Zeit- und Leistungsmesser kommen mit Marie zum Stehen. Als mein Arm bereits droht abzusterben und meine Blase kurz davor ist, sich aus Mangel an Alternativen in meinem Bauchraum zu entleeren, öffnet Marie langsam ihre Augen und streckt ihren über Nacht eingerosteten Körper. Ich imitiere ihre Bewegungen, täusche ein perfekt getimtes, paralleles Aufwachen vor. Ich werde sicher wieder eine Zeit lang brauchen, um mich daran zu gewöhnen, nicht allein zu schlafen, sondern neben einer Frau, die, statt die größtmögliche körperliche und emotionale Distanz zu mir zu suchen, ihre Zuneigung auch in der Stille der Nacht zum Ausdruck bringen will. Trotzdem wirken Maries Berührungen ungewohnt vertraut.

»Guten Morgen, Cutie«, sagt Marie mit verschlafenen Augen.

Instinktiv möchte ich meinen Kopf nach links und rechts drehen, um nachzusehen, wen sie außer mir gemeint haben könnte.

»Guten Morgen, Cutie«, antworte ich aus Mangel an Kreativität.

»Na, gut geschlafen?«, fragt Marie und streicht dabei sanft mit ihren Fingern von meinem Hals, über meine Brust hinunter zu meinem Bauch. Dabei sieht sie sich, ähnlich einer Wanderung tief in den wuchernden Dschungel hinein, nach und nach mehr buschigem Gefilde gegenüber. Sie scheint sich daran nicht zu stören.

»Wie ein Baby«, lüge ich und folge dabei mit meinem Blick ihrer sich weiter Richtung Süden bewegenden Hand.

»Und du, mein Freund?«, fragt sie und berührt dabei die Spitze meines Penis. »Hattest gestern immerhin den Großteil der Arbeit.«

Die kreisenden Bewegungen ihrer Finger lassen keinen Zweifel aufkommen, wozu diese morgendliche Begrüßung noch führen soll. Da ich zwar inzwischen meinem Arm wieder Leben einhauchen konnte, aber mein Harndrang immer noch dem eines ausgewachsenen Wasserbüffels gleicht, unterbinde ich Maries Tätigkeit in meinem Intimbereich.

»Das ist jetzt null romantisch, überhaupt nicht sexy, aber können wir hier kurz auf Pause drücken? Du merkst dir, wo du aufgehört hast und ich kann schnell auf Toilette hüpfen und pinkeln. Wenn es nicht wirklich dringend wäre, würde ich nichts sagen«

In diesem Moment hasse ich mich und meine lästigen menschlichen Bedürfnisse.

Marie lacht. »Klar, ich hab' ja ein gutes Gedächtnis. Bleibe genau so liegen. Versprochen.«

Ich springe aus dem Bett. Zügigen Schrittes bewege ich mich Richtung Badezimmer. Auf der kalten Toilettenschüssel sitzend, der Druck in meiner Bauchregion langsam abnehmend, staune ich wieder, wie oftmals kleine Dinge die Lebensqualität enorm steigern können. Schnell wasche ich meine Hände im Waschbecken. Ich trockne sie nur unzureichend. Mit dem restlichen Wasser an meinen Fingerspitzen unternehme ich zumindest den Versuch, so etwas Ähnliches wie eine Frisur auf meinem Kopf herzustellen. Mit einem kleinen Sprung, fast galoppierend, erscheine ich wieder im Zimmer, blicke auf das Bett und sehe daneben Marie, die sich ihr Shirt wieder angezogen hat und gerade dabei ist, in ihre weißen Tennissocken zu schlüpfen.

»Was ist aus ›Ich bleibe genau so liegen‹ geworden?«, frage ich, im Türrahmen stehend wie ein überrumpeltes Kind.

»Sorry, muss los. Hatte komplett vergessen, dass ich noch verabredet bin«, sagt Marie und streift sich ihren Pulli über den Kopf. Ihre lockigen Haare fallen in ihr Gesicht. Hastig bindet sie diese zu einem Dutt. Auf dem Display ihres Smartphones leuchten neue Nachrichten auf.

»Jetzt?«, frage ich, ungläubig, wie schnell ihr das klar geworden sein muss. Mein Wasserlassen kann maximal eine halbe Minute gedauert haben.

»Ja jetzt. Wie gesagt, habe das komplett vergessen.«

»Wo musst du denn hin?«

»Wohin ich muss?«

»Ja, wohin du jetzt so plötzlich aufbrechen musst.«

»Treffe mich mit einer Kuratorin. Das ist super wichtig für eine anstehende Ausstellung.«

»Am Sonntag?«

»Ja, am Sonntag. Sie hat nur heute Zeit.«

»Was ist das denn für eine Ausstellung?«

»Habe ich dir davon nicht erzählt? Wahnsinnig faszinierende Streetart Künstlerin aus den USA. Schon in den Neunzigern hat die in schwarzer Farbe verzerrte Schatten menschlicher Körper in New Yorker Hinterhöfe gemalt. Das wurde jetzt wieder entdeckt! Will sie unbedingt bei uns in der Ausstellung sehen!«

»Klingt cool«, sage ich, ohne zu verstehen, wovon Marie

spricht. »Wann sehen wir uns wieder?«

»Wenn du Lust hast, können wir uns direkt danach zum Mittagessen treffen.«

»Ja okay, klingt gut. Schreib mir einfach wann und wo. Trotzdem schade, dass du jetzt so plötzlich losmusst.«

»Ja, schon. Aber keine Sorge, ich bin zwar nicht wie versprochen genau so liegen geblieben, aber mein Gedächtnis funktioniert noch einwandfrei.«

»Na ja, dafür hattest du recht schnell vergessen, wo wir waren.«

»Wir machen beim nächsten Mal dort weiter, wo wir aufgehört haben.«

Marie hat sich in der Zwischenzeit zwischen meinem nackten, wie versteinert stehen gebliebenen Körper und dem Türrahmen in den kleinen, dunklen Flur durchgedrängt. Ihre gestern Abend von mir akkurat abgestellten Schuhe sind schnell erspäht. Auf einem Bein tänzelnd schlüpft sie, ohne die Schnürsenkel zu öffnen, hinein. Gleichgewichtsprobleme vorausahnend trete ich einen Schritt aus dem Türrahmen heraus, bereit sie heldenhaft aufzufangen, sollte sie fallen. Ruckartig lässt Marie ihr Bein auf den Boden klatschen, kurz bevor sie droht, die Balance zu verlieren. Mein heroischer Einsatz ist nicht gefragt. Eilig durchforstet ihr Blick ihre weit geöffnete Tasche. Wie ein Scanner wandern die Augen über den Tascheninhalt und prüfen die Anwesenheit aller Wertgegenstände. Mit schüttelnden Bewegungen stellt sie sicher, ihren Schlüsselbund irgendwo innerhalb ihres modischen schwarzen Lochs bei sich zu haben. Ihre Hose ist nur auf einer Seite über den Knöchel gekrempelt. Den linken Socken trägt sie verkehrt herum. Ihre Jeansjacke zieht sie nicht an, sondern wirft sie sich lässig über ihre rechte Schulter.

»Also in drei Stunden beim Lunch?«, fragt Marie, ihren Blick nach unten gerichtet. Ihre Pupillen bewegen sich von links nach rechts und von oben nach unten, als würde sie den kleinen Flur noch nach möglicherweise vergessenen Habseligkeiten absuchen, ohne dabei ihren Kopf zu bewegen.

»Ja, passt mir.«

»Passt dir? Das klingt begeistert«, antwortet Marie.

»Sorry, aber fühle mich von deinem überhasteten Aufbruch gerade ein wenig überrumpelt.«

»Tut mir wirklich leid. Wie gesagt, ich habe das total verplant. Aber wir sehen uns doch gleich wieder und ich habe dann den restlichen Tag Zeit«, sagt Marie, stellt sich, obwohl das nicht nötig wäre, ein wenig auf die Zehenspitzen und küsst mich. Ein Kuss, der für alles entschädigt. Ein Berühren unserer Lippen, das alles in ein anderes, deutlich helleres, intensiveres und farbenfrohes Licht rückt. Marie öffnet die Tür. Anscheinend hatte ich gestern Nacht wieder vergessen, diese abzuschließen. Unverzüglich werfen die Vertragsbedingungen meiner Hausratversicherung einen Schatten über das Lichtspiel in meinem Kopf. Auf dem Flur dreht sich Marie noch einmal lächelnd zu mir um, bevor die schwere Holztür wieder ins Schloss fällt und ich allein zurück ins Bett.

•

»Meinst du nicht, dass du das Ganze ein wenig überstürzt?«, fragt Vincenzo.

Eine Erbse seines Hühnerfrikassees fällt, trotz balancierender Bewegungen seines Handgelenks, kurz vor dem geöffneten Mund von der Gabel zurück auf den Teller, rollt in kreisrunden Bewegungen in die Mitte der Schüssel, bevor sie wenige Umdrehungen vor ihrem Ziel von einem einzelnen Reiskorn an der Weiterreise gehindert wird.

»Was überstürze ich?«, entgegne ich, ohne das Schneiden meiner in Currysoße begrabenen, roten Rostbratwurst zu unterbrechen.

Ich habe mir angewöhnt, Würste zunächst in gleich große, mundgerechte Stücke zu zerteilen, um diese im Anschluss, zusammen mit den salzigen Pommes als Beilage, nur mithilfe der Gabel verspeisen zu können.

»Na ja, das mit Marie.«

»Was mit Marie?«

»Eure sexy time klingt sehr schnell, sehr ernst«, antwortet Vincenzo, der in der Zwischenzeit die Erbse mit einem präzisen, entschlossenen Stich einzeln auf seine Gabel aufspießt und in seinen noch halbvollen Mund nachschiebt.

»So what? Was willst du damit sagen?«

Ich lege das Besteck beiseite. Bisher ist nur die Hälfte meiner Wurst in Stücke geschnitten.

»Ich meine ja nur, weil ihr beiden euch noch gar nicht so oft gesehen habt. Du kennst die kaum, aber quatschst schon, als wärst du ...«

»Verliebt? Als wäre ich verliebt?«

»Pfff, weiß ich doch nicht. Klingt irgendwie strange.«

»Verliebt klingt strange?«

»Ein bisschen schnell, meine ich. Oder versteh' ich das

falsch? Ihr lernt euch gerade kennen. Bisschen rumgemacht, bisschen gebumst.«

Nach Aussprache des Wortes ›gebumst‹ bietet mir Vincenzo mit seiner geschlossenen Faust einen Fistbump an. Er nickt dabei mit seinem Kopf und grinst mir anerkennend zu. Kopfschüttelnd blicke ich auf meine knusprigen Pommes. Erst jetzt fällt mir auf, dass ich vergessen habe, diese mit dem in unserer Kantine berühmten Cajun-Gewürz bestreuen zu lassen. Kurz überlege ich, zurück an die Theke zu gehen, entscheide mich aber mit Blick auf die lange Schlange an der Essensausgabe dagegen. Vincenzos Faust schwebt immer noch vor mir ausgestreckt über dem Tisch. Seufzend und schulterzuckend stoße ich mit meiner Faust auf seine.

»Vincenzo, ich bin verliebt. Verknallt. Verschossen. Wie auch immer du es nennen willst.«

»Sheeesh.«

»Und sorry, dass ich keine Wochen und Monate brauche, um mal drüber nachzudenken, ob ich vielleicht Gefühle für jemanden entwickeln will.«

»Was soll das denn heißen?«

»Dass zumindest ich mir nicht vornehme, Frauen gegenüber ›cold as ice‹ zu sein.«

»Cold ist sexy«, antwortet Vincenzo schmunzelnd.

»Ich habe nicht gesagt, dass ich sie liebe, heiraten oder den Rest meines Lebens mit ihr verbringen will. Aber ja, ich bin verliebt.«

»Ich will doch nur nicht, dass du dich wieder voreilig in irgendwas reinstürzt.«

»Was heißt das denn wieder? Und wieso reinstürzen?«

»Alter, ich habe einfach nur keinen Bock, dich wieder

monatelang aufbauen zu müssen wie nach der Story mit Anna. Do you remember? Da war doch was, oder?«

Ich habe Anna nicht vergessen, doch meine Erinnerungen an sie erscheinen trüb und unklar, sich langsam auflösend wie eine Sandburg am Strand in der anrückenden Flut. Stück für Stück, Zentimeter für Zentimeter werden die Erinnerungen an sie weggespült und verschwinden in den Weiten des Ozeans. Jede Berührung und jedes Wort von Marie wirken wie kleine Wellen, die sich allmählich näher an die Mauern der Burg und schlussendlich an das Innere heranwagen.

»Das kannst du nicht vergleichen, Vincenzo. Überhaupt nicht. Marie ist anders, glaub' mir.«

»Anders?«

»Ja, anders. Sei doch froh, dass ich mich wieder neu verlieben kann«, sage ich und ziehe zwei Pommes durch die dickflüssige rote Sauce auf meinem Teller. Vorsichtig führe ich die tropfende Beilage an meinen Mund.

»Hoffe, du hast recht«, antwortet Vincenzo. »Und natürlich freu' ich mich, wenn du happy bist. Mache mir nur Sorgen. Als bester Freund ist es meine Verantwortung, skeptisch zu sein. Zumindest skeptischer, als du es bist – als du es überhaupt sein kannst. Dir läuft die Liebe ja schon aus den Ohren.«

Ich muss lachen. »Das ist auch in Ordnung, aber glaub' mir: Meine Gefühle sind echt. Ich überstürze auch nichts.«

Nach einigen Bissen bereue ich doch, den Gang zurück an die Theke nicht beschritten zu haben. Der Aufwand erscheint mir jetzt, im Angesicht der faden Pommes, nicht mehr so hoch wie noch zuvor. Die Kantine ist voll wie das Oktoberfest beim Anstich. Männer in Anzügen und

Frauen in Röcken und Feinstrumpfhosen warten dicht gedrängt, vom Hunger getrieben, mit schwer beladenen Tabletts in der Hand darauf, dass Leute wie Vincenzo und ich endlich die Plätze räumen.

Die wahren Kantinenprofis befinden sich zu dieser späten Uhrzeit, weit nach zwölf Uhr mittags, natürlich bereits mit vollen Bäuchen auf dem Weg in die Barista Bar im Foyer der Konzernzentrale, um dort mit fachmännischer Überzeugung und ausladender Geste ›due Expressi per favore‹ zu ordern. Antizyklisches Aufsuchen der Betriebsküche nennen sie das. Nicht nur dieses Vorgehen zeichnet sie als Routiniers im Bereich betrieblicher Gastronomie aus. Die Speisepläne der Kantine werden freitags auf großflächige Poster gedruckt und als erste Tätigkeit am Montagmorgen gut sichtbar am Arbeitsplatz aufgehängt. Dieser Akt erfolgt noch vor der händischen Aktualisierung des abteilungsübergreifenden Abreißkalenders mit markigen und motivierenden Sprüchen. Nach einem eher oberflächlichen Blick auf den Speiseplan frühmorgens beim Betreten der Büroräume erfolgt spätestens ab zehn Uhr fünfundvierzig, nach einer entschlossenen hundertachtzig Grad Drehung auf dem ergonomischen Schreibtischstuhl, eine umfassende und gründliche Prüfung der heutigen Angebote des Betriebsrestaurants. Zunächst werden die vegetarischen und veganen Optionen unter lautem Lachen der versammelten Truppe vorgetragen. Nichts erheitert die Gemüter so sehr wie gebratener Tofu oder Burger-Bratlinge auf Erbsenbasis. Jedoch lassen sich Spezialisten daran erkennen, auch in ausgelassener Erheiterung den Fokus auf das Wesentliche nicht zu verlieren. Mit prüfendem Blick werden die fleischhaltigen Angebote studiert und nach Fett- und Salzgehalt sortiert. Panierte und frittierte Gerichte erhalten einen Bonuspunkt bei der Sondierung. Sollten Klassiker der deutschen Küche, meistens beliebige, bis zur Unkenntlichkeit zerhäckselte Bestandteile des gemeinen deutschen Mastschweins, auf dem Plan entdeckt werden, sind unverzüglich alle persönlich vertrauten Kollegen und Kolleginnen per E-Mail zu informieren und zu versammeln. Spätestens um elf Uhr fünfzehn ist Treffpunkt zum gemeinschaftlichen Aufbruch in die Kantine, um einerseits die garantierte Verfügbarkeit der fettigen Köstlichkeiten sicherzustellen, und andererseits die freie Auswahl der größten Stücke nicht zu gefährden. Doch selbst die weniger professionelle Belegschaft vermeidet Anfängerfehler wie den meinigen. Auf den an meinem Tisch vorbeiwandernden Tellern erkenne ich vornehmlich rötlich gefärbte Pommes und vernehme den Duft von Cayennepfeffer, edelsüßer Paprika und einem Hauch Majoran. Ich habe Bedenken, als Neuankömmling, schlimmstenfalls Amateur gebrandmarkt zu werden und vertilge meine Pommes deshalb, noch bevor ich die restliche Wurst in kleine Stücke schneide und esse. So schnell wie möglich soll diese kartoffelhaltige Peinlichkeit von meinem Tisch verschwinden. Vincenzo ist mittlerweile bei seinem Nachtisch angelangt. Es bleibt diskutabel, ob ein Smoothie aus Spinat und Grünkohl tatsächlich als Dessert durchgeht, auch wenn er diesen direkt nach seinem Hauptgang herunterwürgt. Trotz des vorbildlich genutzten Papierstrohhalms färben sich seine Lippen grün. Mit einem Fingerzeig deute ich auf die Serviette vor ihm und er wischt sich den Mund ab.

»Tatsächlich ist nur eine Sache komisch«, sage ich.

»Wo ist was komisch?«, fragt Vincenzo und nuckelt weiter an seiner hulkfarbenen Köstlichkeit. Vermutlich wird sich sein umweltfreundlicher Strohhalm auflösen, bevor es ihm gelingt, die Massen an Spinat durch das kleine Loch zu saugen.

»An Marie.«

Vincenzo legt die Serviette zurück neben seinen Teller. Skeptisch blickt er mich an.

»Ja? Und zwar?«

»Na ja, sie musste urplötzlich am Sonntagmorgen aufbrechen.«

»Erstmal nichts weirdes. Das mache ich immer so«, versucht Vincenzo zu beschwichtigen.

»Ich bin aber kein One-Night-Stand. Und noch was: Davor hat sie unsere Treffen entweder kurzfristig verschoben oder darauf bestanden, nicht in ihre, sondern meine Wohnung zu gehen.«

»Okay. Was hat sie denn gesagt, wieso sie losmuss?«

»Irgendein Treffen für eine Kunstausstellung, das sie vergessen hätte.«

»Und wieso nicht zu ihr?«

»In meiner Bude würde sie mehr über mich lernen, als wenn wir uns bei ihr treffen.«

»Sollte das eine Drohung sein?«

»Das hab' ich auch gefragt!«

»Und?«

»Sie hat dann richtig gereizt reagiert, irgendwie sogar nervös.«

»Hm. I don't know. Würde nicht zu viel hineininterpretieren, wenn sie kurzfristig eure Treffen verschiebt oder aufbrechen muss. Wahrscheinlich ist sie einfach nur bisschen verplant, viel beschäftigt. Ihr trefft euch dann ja trotzdem und es ist nice.«

»Wahrscheinlich hast du recht.«

»Anderes Thema ist das mit der Wohnung. Klingt zwar plausibel, aber ich würde mal checken, ob sie kategorisch ausschließt, dass ihr zu ihr geht. Aber piano! Sonst bist du schnell der Weirdo. Vielleicht denkt sie dann, du willst ihre Wohnung auskundschaften.«

»Auskundschaften?«

»Ja, für einen Diebstahl oder so«, sagt Vincenzo und saugt mit kräftigen Zügen die letzten Reste seines dickflüssigen Smoothies durch den mittlerweile komplett verformten Strohhalm.

»Umweltschutz hin oder her. Die Dinger aus Papier gehen mir auf den Sack. Schau dir die Scheiße an!«, schimpft Vincenzo und zeigt mit den Fingern auf den sich zersetzenden Strohhalm in seinem Glas.

»Hauptsache, der Umweltpapst DiCaprio schippert mit der Yacht über alle Meere, während wir keinen Drink saufen können, ohne dass der nach Karton schmeckt.«

»Bah, das schmeckt so scheiße. Auch ohne Strohhalm«, sagt Vincenzo und stellt das leere Glas krachend auf dem Tisch ab.

»Wieso trinkst du es dann?«

»Ist gesund und geht direkt in die Gainz«, antwortet Vincenzo. Dabei nimmt er seinen rechten Arm nach oben. Mit dem linken Zeigefinger deutet er auf seinen angespannten Bizeps. Gerade als sein kritischer Blick über meine Menüauswahl aus Fett mit noch mehr Fett schweift und ich schon eine verurteilende Rede bezüglich meiner ungesunden Ernährung erwarte, schreitet Thomas mit

klackenden Geräuschen seiner schwarzen Budapester zielstrebig an unseren Tisch.

»Mahlzeit, Männer«, schallt es uns entgegen. Gefolgt
von seinem perfekten Zahnpastalächeln. Vincenzo fährt
erschrocken zusammen, weil er Thomas in seinem Rücken
erst jetzt bemerkt.

»Mahlzeit, Thomas«, antworte ich mehr aus Höflichkeit
als aus Überzeugung.

Thomas hat sich an der neu eingerichteten Superfood-
Theke eingedeckt. Getrockneter Grünkohl, Couscous
– vielleicht auch Quinoa, Amaranth oder Buchweizen –
eine Variation an Nüssen sowie eine halbe Avocado umschließen ein gedämpftes Wildlachsfilet auf seinem Teller.
Neben dem Glas mit stillem Wasser steigt der feuchte
Dampf des grünen Tees nach oben, beschlägt Thomas'
kreisrunde Brille. Auch er sieht missbilligend auf meine
Essensauswahl herab.

»Currywurst …«, sagt er, als hätte er gerade, nach langem Nachdenken, den Namen meines Gerichts in den
hintersten Ecken seines Gehirns wiederentdeckt.

»Ja, die ist echt gut«, antworte ich und schneide ein
weiteres Stück ab, dieses Mal deutlich größer als sonst.
Genüsslich führe ich es an meinen Mund. Mit kräftig
mahlendem Kiefer sehe ich ihn an.

»Muss ja auch mal sein«, sagt Thomas. Dabei verzieht
er das Gesicht, als hätte ich gerade kein Stück Schwei-
nefleisch, sondern den Schwanz einer selbst gefangenen
Ratte verspeist. »Ihr beide müsst mir nochmal unter die
Arme greifen.«

Vincenzo und ich werfen uns einen wissenden Blick zu.
Egal was jetzt kommt: Wir beide werden nicht nur den

Großteil, sondern die gesamte Aufgabe für Thomas durchführen. Währenddessen wird er seine Funktion hauptsächlich in Form von immer dringlicher werdenden Erinnerungsmails an uns sowie der Zusage nicht einzuhaltender Fristen gegenüber dem Kunden interpretieren.

»Hat es etwas mit unserem Team beim Transformationsprojekt zu tun? Dort sind wir beide doch zeitlich bereits stark eingebunden«, sagt Vincenzo und bietet damit die Untertreibung des Jahres.

»Gute Nachrichten: Es hat nichts mit dem Transformationsprojekt zu tun«, antwortet Thomas. Vincenzo und ich blicken uns wieder kurz an. Vielleicht sollten wir ihn nochmal über die Bedeutung von ›Gute Nachrichten‹ aufklären.

»Nein, es geht um die Präsi beim Vorstand. E1-Level, Leute! Ihr wisst doch, da sind wir jetzt schon länger dran. Wir bekommen einfach keine PS auf die Straße. Ich brauche dort jetzt mal zwei Hands-on-Typen. So wie ihr.« Thomas ballt seine rechte Faust, als hätte er gerade mit einem punktgenauen Rückhand-Slice, kurz hinter das Netz gespielt, einen entscheidenden Punkt in einem Grand-Slam-Turnier gewonnen. Er stellt sein Tablett auf unserem Tisch ab und greift Vincenzo beidhändig von oben auf seine Schultern, sieht mich dabei mit eindringlichem Blick an.

»Klappt das, Jungs?«

»Wie gesagt, das wird zeitlich wirklich wahnsinnig schwierig zu stemmen. Wir sitzen bereits bis spätnachts an unserem eigenen Projekt«, sage ich und hoffe dabei, vielleicht doch auf Thomas' Verständnis zu stoßen.

»Klasse, das wollte ich hören. Ganz stark, Männer. Ich

habe euch die Berichte bereits per E-Mail zugeschickt. Die Agenda ist auch schon grob skizziert.«

»Und bis wann brauchst du die Präsentation?«, frage ich, in dem Wissen, dass jede weitere Diskussion Zeitverschwendung wäre.

»Na ja, ihr kennt das ja. Der Kunde will es am liebsten gestern schon, aber morgen um neun reicht mir völlig.«

»Morgens oder abends?«

»Morgens, Tim. Bis EOB kann ich damit nicht warten!«

»Wow, das ist nicht viel Zeit. Ich wollte heute Abend eigentlich …«, antwortet Vincenzo, aber wird von Thomas sofort unterbrochen.

»Prima. Dann will ich euch gar nicht mehr weiter aufhalten. Außerdem bin ich mit dem Ackermann zum Essen verabredet. Ihr wisst schon, Finanzvorstand. Eo, Leute! Gebt gerne zwischendurch eine Wasserstandsmeldung, wo ihr steht.«

Thomas nimmt sein Tablett wieder in die Hand, wendet sich von uns ab, dreht sich im Gehen aber noch einmal zu uns um. Augenzwinkernd ruft er uns zu: »Ihr könnt gerne noch fertig essen, aber an eurer Stelle würde ich mich gleich dransetzen. Dann seid ihr früher fertig. Kleiner Tipp von mir.«

Mit zwei Fingern seiner rechten Hand an der Stirn, ähnlich einem militärischen Gruß, vielleicht aber auch einer Pistole, verabschiedet sich Thomas von uns und marschiert zielstrebig in den reservierten Bereich der Kantine. Hinter einer Glastür lacht er theatralisch auf und umarmt einen älteren Mann mit weißen Haaren.

»Tim, ich hab' heute Abend wirklich keine Zeit. Ich muss endlich wieder pünktlich abhauen.«

»Dein Ernst?«, antworte ich ungläubig. Niemals kann ich die zwanghaft aufgetragene Aufgabe allein bewerkstelligen.

»Ja! Ich hänge, obwohl ich mir das Gegenteil vorgenommen hatte, wieder jeden Abend bis mindestens zwölf Uhr in diesem beschissenen Büro, während Mama zu Hause sitzt und vielleicht Hilfe gebrauchen könnte.«

»Sorry, das hatte ich nicht bedacht. Wie geht es ihr?«

»Nicht gut. Fuck, das ist so eine Scheiße! Will dich wirklich nicht damit allein lassen. Du hast eh schon sauviel zu tun.«

»Hey! Vincenzo! Alles in Ordnung. Das ist definitiv die beste Ausrede, die es gibt, um sich vor Arbeit zu drücken«, sage ich milde lächelnd.

»Wer glaubt er eigentlich, wer er ist? Der Kerl macht den ganzen Tag nichts, außer irgendwelchen Vorständen in den Arsch zu kriechen, Espresso zu schlürfen und sich für unsere Arbeit feiern zu lassen.« Kiefermahlend lehnt sich Vincenzo in seinem Stuhl zurück. »Wir arbeiten doch nur noch für seinen Porsche. Damit er sich wieder 'nen 911er mit allem Schnickschnack rauslassen kann.« Wütend blickt er zu Thomas' Tisch hinüber.

»Ich glaube, er fährt elektrisch. Also wohl eher ein Tesla«, antworte ich auf Vincenzos Schimpftirade.

»Ist mir doch scheißegal und wenn er jeden Morgen auf dem Dreirad in die Tiefgarage gerollt kommt!«

»Wie der Typ aus Saw«, sage ich. Wir lachen und ich esse meine Currywurst zu Ende. Vielleicht hätte Vincenzo seinen Smoothie besser gegen etwas Fettiges getauscht, um in der ausweglos erscheinenden Situation entspannter zu reagieren.

»Jetzt mach dir mal keinen Kopf. Ich frage Tian und Kristina, ob sie mir mit der Präsi helfen können. Dann machst du eben irgendwann etwas für die beiden.«

Vincenzo beißt am Fingernagel seines rechten Daumens. »Das wäre mega. Wirklich! Fettes Merci, Bro. Ihr habt was gut bei mir.«

»Ist doch kein Problem. Dann schau, dass du heute Abend früh nach Hause kommst. Also wirklich! Und mach' dir einen schönen Abend mit deiner Mutter. Viel wichtiger als der ganze Shit hier.«

Vincenzo reicht mir, über unsere leeren Tabletts hinweg, seine Hand.

»Dann lass jetzt los, sonst sitze ich wirklich die ganze Nacht dran.«

Mit meinem Tablett in der Hand stehe ich auf. In der vollen Kantine herrscht ein so hoher Geräuschpegel, dass niemand das unangenehm quietschende Geräusch vernimmt, das mein Stuhl beim Zurückschieben auf dem grauen Kautschuk-Fußboden erzeugt.

»Komm, lass mich machen«, sagt Vincenzo. Er greift nach dem Tablett in meinen Händen. »Schon gut. Die Minute hab' ich noch«, weiche ich seiner greifenden Handbewegung aus und gehe in Richtung Besteckrückgabe. Wir stellen unsere beiden Tabletts auf ein kleines Förderband, ähnlich der Gepäckaufgabe am Flughafen. Unseren Tellern und Essensresten sehen wir hinterher, wie sie durch eine kleine Öffnung in die Kantinenküche fahren und bereits kurz nach Eintreffen von unbekannten Händen vom Band genommen und gespült werden.

»Meinst du, wir haben noch Zeit für einen Kaffee?«, dreht sich Vincenzo zu mir um.

»Ein schneller Espresso ist drin. Dann schreibe ich direkt Tian und Kristina an. Mal sehen, was sie sagen.« Ich nehme mein Handy aus der Innentasche meines dunkelblauen Sakkos. Zwei E-Mails von Thomas leuchten auf dem Startbildschirm auf.

»Nice, dann geht der auf jeden Fall auf meinen Nacken«, sagt Vincenzo.

»Deal.«

•

Ich bin müde, fühle mich schlapp und ausgelaugt. Trotzdem freue ich mich, Marie heute wiederzusehen, den Abend in Zweisamkeit statt allein zu verbringen. Ein positives Zeichen, wie ich denke. Die intensiven Arbeitswochen sind in den vergangenen Monaten wie ein heftiger Schwinger auf meinen erschöpften Körper getroffen. Ein langer Haken mitten ins Gesicht des taumelnden Boxers. Ein regelmäßiger Knockout, der mich meist das komplette Wochenende in Isolation im Bett verbringen ließ, abgesehen von Ted-Lasso-Marathon und tütenweise salzhaltiger Snacks. Netflix & Chips gewissermaßen. Nichts und niemand, weder Vincenzos Pep-Talks noch Medinas fürsorgliche Aufmunterungen vermochten mich aus der Horizontalen in eine am gesellschaftlichen Leben partizipierende vertikale Position zu befördern. War Anna mein Kryptonit, so sorgt der bloße Gedanke an Marie für Antrieb in kraftlosen Momenten. Mein Befinden könnte sich nur durch ihre Anwesenheit noch weiter verbessern, doch sie verspätet sich auch heute wieder. Wie immer treffen wir uns in meiner Wohnung.

»Komme bei dir vorbei. Muss dir sowieso noch was erzählen«, hat sie gesagt.

Maries Türpolitik zeigt sich restriktiver als die jedes Berliner Szeneclubs. Wie ein Spürhund versuche ich, die richtige Fährte zu finden, die mich zu den Gründen ihres Verhaltens führt. Keines der potenziellen Szenarien in meinem Kopf schmeichelt ihr. Vielleicht erstickt ihre Wohnung im Müll, weil sie wie ein übler Messie haust. Wohnungslos konnte sie nicht sein. Ausschließlich zur Tarnung, vor unserem kurzen gemeinsamen Treffen, am Wohnhaus ein Namensschild auszutauschen, wäre ein enormer finanzieller wie auch organisatorischer Aufwand für eine tatsächliche Obdachlose. Schon eher könnte sie die Identität einer fremden Person angenommen haben. Unwahrscheinlich erscheint es, dass sie sich für ihre Wohnung schämt. Meine bescheidene Einzimmerwohnung ist nicht gerade ein Palast, der Besucherinnen vor Neid erblasst und beschämt über die eigenen Räumlichkeiten zurücklässt. Außerdem bestand sie bereits darauf, in mein Apartment aufzubrechen, noch bevor sie überhaupt wissen konnte, wie oder wo ich lebe. Außer sie hat mich nach unserem ersten Date nach Hause verfolgt und ist heimlich in meine Wohnung eingestiegen.

Ich sitze auf meinem Balkon. Mein Gehirn arbeitet leistungsstark an Horrorszenarien. Thomas wäre angetan von meiner praktischen Umsetzung seiner klassischen Brainstorming-Methoden. Eine grau-grün gefederte Taube landet sanft auf den Fahrradständern im Innenhof, stakst mit kleinen Schritten in Richtung des Brunnens daneben und beginnt ihr Gefieder zu waschen. Ruhig dreht sie ihren Kopf zunächst nach links und rechts, bevor sie, so scheint es mir, ihren Blick direkt auf mich richtet, als wolle sie mir etwas mitteilen. Genau! Ungewöhnliche Tierhaltung könnte auch infrage kommen. Ein Terrarium mit kriechenden oder schlängelnden Reptilien könnte definitiv zu meiner instinktiven, unmittelbaren Flucht führen. Allerdings sind Halter solcher ungewöhnlichen Haustiere zwar in der Regel schräg, aber sicher auch wahnsinnig stolz auf ihre tierischen Mitbewohner. Marie hätte mir sicher bereits vorgeführt, wie ihre Schlange namens Swiftie ein ausgewachsenes Kaninchen bei lebendigem Leib verspeist.

Immerhin will Marie mir ›etwas erzählen‹. Mein Herz und mein Kopf schließen schon Wetten darüber ab, welches meiner Horrorszenarien wohl eintreten wird. Ich befürchte das Schlimmste, was auch immer das sein oder für uns bedeuten könnte.

Schräg gekippt, nur auf zwei Stuhlbeinen balancierend, falle ich fast nach hinten auf den Boden, als ich das markerschütternde Vibrieren meiner Türklingel höre. Vincenzo hat recht. Das Ding ist laut. Unangenehm laut. Nach einer wackeligen Landung stehe ich auf und betätige den Türöffner im Flur. Der junge Mann, der mich beim vorbeigehenden Blick in den Spiegel ansieht, überrascht mich. Der Sommer und Marie haben eine angenehme Wirkung auf mein Erscheinungsbild.

»Gar nicht so übel«, spreche ich leise zu mir selbst, sehe direkt in meine blauen Augen und nicke meinem Gegenüber entspannt zu. Maries Schritte sind im hallenden Treppenhaus schon deutlich zu vernehmen. In diesem Augenblick verdränge ich all die seltsamen Gedanken von zuvor.

Eine Locke meines leicht erblondeten Haares fällt lässig auf meine Stirn. Ruckartig öffne ich die klemmende Holztür meiner Wohnung. Noch vernehme ich nur knarzende Geräusche der Holztreppen, als Marie Sekunden darauf zügig, am Treppengeländer schwingend, mein Stockwerk erreicht. Ein wenig außer Atem steht sie vor mir. Ihr Lächeln wirkt, als wäre ihr gerade erst erklärt worden, wie das Anheben der Mundwinkel funktioniert, welche Wirkung es auf Mitmenschen haben kann.

»Puh, ganz schön anstrengend. War auch schon mal fitter. Nächstes Mal nehme ich den Aufzug«, sagt sie und wischt sich eine Schweißperle von der Stirn. Ihr Kuss schmeckt nach Sonne, Meer, Urlaub. Eilig, als müsste sie einen abfahrenden Zug in meinem Apartment erreichen, drückt sie sich an mir vorbei in den Flur meiner Wohnung.

»Den würde ich nicht nehmen. Der Müller aus dem Sechsten ist letztens steckengeblieben. Die Techniker haben drei Stunden benötigt, um ihn zu befreien und den Aufzug wieder zum Laufen zu bringen.«

»Drei Stunden? Das ist lang!«

»Ja. Für ihn war das wohl ein wenig *zu* lang.«

»Wieso *zu* lang?«, fragt Marie, auf einem Bein balancierend, mit beiden Händen die Schnürsenkel ihrer weißen Sneaker öffnend.

»Hatte in der Zwischenzeit in die Ecke gepiss... gepinkelt.«

»Iiiih, das ist ja ekelhaft. Wieso nicht in eine Flasche?«, möchte Marie wissen. Ihre Schuhe wirft sie in die Ecke des Flurs. Rätselhaft, wie diese, trotz ihres achtlosen Umgangs, so weiß bleiben.

»Und du hast bei jeder Fahrt mit einem Aufzug eine

leere Flasche dabei?«, frage ich.

»Ab jetzt schon.«

Marie setzt sich an das Ende meines Betts. Sie hat ihren Hintern nur leicht auf der Bettkante aufgesetzt, als wolle sie sich jede Sekunde explosionsartig wie ein Puma nach vorne abdrücken können. Immer wieder streicht sie über die leichten Falten ihres bernsteinfarbenen Tüllrocks.

»Sehr schön, dass du doch früher da bist. Freu' mich schon den ganzen Tag auf dich«, sage ich, greife nach Maries Schuhen und stelle sie geordnet nebeneinander vor meinem Schrank ab.

Sie nimmt einen tiefen Atemzug. »Ich mich auch. Ich freue mich auch.«

»Willst du was trinken? Oder wollen wir noch raus? Sorry, hab' noch gar nichts geplant für uns.«

»Muss nicht immer alles geplant sein, Tim«, sagt Marie. Ihre Finger reiben an ihrer Nasenspitze wie an einer Wunderlampe.

»Klar. Ich meinte nur, dass ich mir noch keine Gedanken gemacht habe, was wir heute Abend machen könnten. Also, erstmal was trinken?«, frage ich auf meinem Weg vom Flur in die Küche.

»Gerne ein Glas Wasser.«

»Wow, crazy Friday. Partymodus ausgeschaltet, oder wie?«

Marie hält kurz inne. »Ich will gerade einfach nur Wasser.«

»Okay, einfach nur Wasser. Hast du Hunger? Bock auf irgendeinen Snack vielleicht?«

»Einfach nur Wasser, Tim.«

»Alles klar, verstanden. Alles in Ordnung bei dir?« Ich

versuche, die Frage ebenso beiläufig zu stellen wie die anderen, wenn auch etwas vorsichtiger.

»Lass mich doch erstmal ankommen.«

»Auf jeden Fall. Ankommen. Gute Idee«, antworte ich und gehe in die Küche.

Ich muss mich ein wenig strecken, um die Gläser im obersten Regal des Küchenschranks zu erreichen. Mit meinem Zeigefinger teste ich, ob das aus der verchromten Armatur laufende Wasser eine angenehm kühle Trinktemperatur hat.

»Mit oder ohne Sprudel?«, rufe ich Marie zu.

»Gerne mit.«

Ich fülle eine Glasflasche und schraube sie in meinen Wassersprudler, den ich Wochen zuvor auf Instagram entdeckt und in einer sehr kurzen Episode von Konsumrausch sofort über den ›Direkt Kaufen‹-Button erworben hatte. H_2O samt CO_2 überführe ich dann vereint in zwei Trinkgefäße. Beim Balancieren der beiden Gläser schwappt ein wenig Flüssigkeit über den Rand.

»Warte, ich hol' noch ein Tuch. Das Glas ist ein wenig nass geworden.« Ich drehe meinen Körper um hundertachtzig Grad, um noch einmal zurück in die Küche zu gehen.

»Tim, ich muss dir was sagen.«

Maries Stimme schwankt wie ein Betrunkener auf dem morgendlichen Heimweg von seiner Stammkneipe.

Mein rechtes Bein noch in der Luft, zum nächsten Schritt angesetzt, mache ich auf der Stelle kehrt. Den Fußboden hatte ich heute zwar gesaugt, aber das Wischen vergessen. Ein kleiner grün-weißer Fleck, vermutlich Joghurtsoße des gestern spätnachts zu Hause verspeisten Döners, ist mittlerweile auf dem grauen Parkett eingetrocknet, erinnert in seiner abstrakten Form an den Beginn eines Gemäldes von Jackson Pollock. Abwartend richtet Marie ihren Blick nach oben auf mich.

»Der Satz kommt doch früher als gedacht«, sage ich.

»Wie meinst du das?«, fragt Marie. Mit weit gespreizten Fingern streicht sie durch ihr Haar.

Die gute Laune zischt aus mir heraus, als hätte Marie den Knopf auf meinem Wassersprudler gedrückt, aber leider die Flasche vergessen. Ich fühle mich wie nach einer durchzechten Nacht. Mein Hals ist trocken, das Schlucken fällt schwer, mein Kopf schmerzt und ich verstehe gar nicht, wie ich bis eben so gut gelaunt sein konnte.

»Na, das ›Ich muss dir etwas sagen.‹ Du hättest auch sagen können ›Wir müssen reden‹. So oder so: Keine vielversprechende Formulierung«, antworte ich.

»Lass mich doch erstmal ausreden.«

Ihr Biss auf die Unterlippe würde unter anderen Umständen anziehend wirken, doch bildet jetzt die letzte Barriere zu einer unumgänglichen Konversation.

Ich setze mich auf die Bettkante neben Marie. Kaum hat mein Gesäß den Untergrund erreicht, rückt sie merklich einige Zentimeter von mir ab.

»Was musst du mir sagen?«, frage ich und versuche dabei, ruhig und besonnen zu wirken, wie ein Vater, der zu seinem verunsicherten Kind spricht. Ihr Blick ist auf meine Hand auf ihrem Oberschenkel gerichtet. Nach kurzem Zögern umschließt sie diese fest mit ihren Fingern.

»Eigentlich ist es überhaupt nicht schlimm, aber ich fühle mich schlecht, dass ich es dir nicht schon früher gesagt habe.«

Ich möchte sagen, dass sie die Interpretation ihrer Aus-
führungen mir überlassen soll, doch bleibe stumm. Mein
Blick weicht nicht von unseren verschlungenen Händen ab.

»Keine Ahnung, wie ich es sagen soll«, meint Marie. Sie
rückt wieder ein kleines Stück näher an mich heran.

»Fang doch einfach an. Wenn es nicht so schlimm ist,
wird es schon nicht allzu schwer sein, darüber zu sprechen.«

»Okay.«

Als hätte sie gleich vor, so lange wie möglich die Luft an-
zuhalten, atmet sie tief ein. Plötzlich sind sie wieder da. In
meinem Kopf. All meine wirren Horrorszenarien. Doch in
diesem Augenblick erscheint mir keines der ausgedachten
Szenarien mehr so gravierend, so kritisch wie noch zuvor,
hätte ich kein Problem mehr, wäre sie ein reptilienbesitzen-
der Messie, der vor kurzem obdachlos geworden ist.

»Beim Kochkurs, als wir uns zufällig kennengelernt haben …«

»Ja? Was war da?«

»Hatte ich mich erst kurz vorher von meinem Freund
getrennt.«

Marie stockt, als würde sie in ihrem Kopf mögliche Formulierungen wie Puzzleteile zu einem Satz zusammenfügen.

»Na ja, eigentlich ist es nur eine Beziehungspause. Weiß
doch jeder, was das bedeutet, oder?« Erwartungsvoll sieht
sie mich an. Mein Blick ist unverändert auf unsere Hände
gerichtet.

»Was heißt denn kurz vorher?«, frage ich.

»Keine Ahnung, so genau weiß ich das nicht mehr.«

»Ich will es nicht auf die Sekunde genau wissen. Waren
drei Monate oder drei Tage dazwischen?«

»Vielleicht zwei Wochen«, antwortet sie.

Stirnrunzelnd, mit weit geöffneten Augen richte ich meinen Kopf nach oben auf, blicke Marie direkt in die Augen. »Das ist nicht lang.«

»Stimmt schon. Allerdings ist es mir egal, ob es zwei Wochen oder zwei Jahre her ist.«

»Na ja, also das ist schon ein Unterschied, oder?«

»Für mich nicht. Ich will diese Beziehung schon lange nicht mehr.«

»Schon lange?«

»Ja, Wochen, ach was, Monate. Und dann kamst auch noch du.«

»Ich?«, frage ich lächelnd.

»Ja, du. Als ich dich gesehen habe, wir miteinander gesprochen haben, Zeit zusammen verbrachten, fühlte ich mich nicht nur jede Sekunde ein bisschen mehr darin bestärkt, dieses Kapitel endlich zu beenden, sondern wusste auch, dass zwischen uns beiden irgendwas ist.«

»Irgendwas?«, frage ich.

»Dieses Gefühl, wenn wir uns sehen.« Sie blickt mir in die Augen. »Egal wie schlecht es mir geht, egal wie gestresst ich bin, wenn wir uns sehen, ist da etwas, irgendwas, das mir sagt: Ist nicht so schlimm. Alles wird gut. So was habe ich lange nicht mehr gespürt, Tim.«

Kurz ist es ganz still.

»So geht es mir auch. Ich will dieses ›So was‹ nicht verlieren«, sage ich und lege meinen Arm um Marie.

»Ich auch auf keinen Fall, Tim!«

»Nur verstehe ich es noch nicht ganz. Habt ihr euch getrennt oder seid ihr in einer Beziehungspause? Und was bedeutet das überhaupt?«

»Für mich ist es eine klare Trennung. Das habe ich ihm

auch gesagt.«

»Wie heißt er?«

»Wie heißt wer?«

»Dein Ex.«

»Paul. Das ist doch nicht wichtig«, antwortet Marie.

»Und was denkt Paul über eure Trennung?«

»Ich habe ihm versucht klarzumachen, dass es für mich vorbei ist. Wirklich! Das musst du mir glauben.«

»Ich glaub' dir das schon. Aber was denkt er darüber?«

»Er will das noch nicht einsehen. Deswegen redet er immer noch von einer Pause, nicht von einer Trennung.«

»Okay, also nochmal: Du willst mir sagen, dass du nur zwei Wochen vor unserem Treffen mit deinem Freund Schluss gemacht hast. Dabei hast du dich aber anscheinend so unklar ausgedrückt, dass er eure Trennung nicht als Beziehungsaus, sondern nur als eine Beziehungspause interpretiert?«

»Nein, ich habe mich klar und deutlich ihm gegenüber ausgedrückt.«

»Bist du dir sicher?«

»Ja, ich bin mir sicher! Kann ich doch nichts dafür, wenn er das nicht versteht oder nicht verstehen will. Außerdem habe ich dir gesagt, dass die Beziehung für mich gefühlt schon lange vorbei war.«

»Gefühlt vorbei ist aber eben nicht vorbei«, erwidere ich.

»Das kann schon sein. Trotzdem hat das einen erheblichen Einfluss darauf, wie ich mich jetzt fühle. Ich habe mit ihm abgeschlossen.«

»Dann musst du eben deutlicher werden. Auch wenn du glaubst, dass du das schon warst.«

»Ich war deutlich! Hörst du mir nicht zu?« Maries Atmung ist schwer wie die eines Boxers kurz vor Ertönen der erlösenden Glocke.

»Klar. Ich hör' dir zu. Allerdings muss nicht ich, sondern Paul das verstehen. So oder so klingt das kompliziert.« Ich drücke Marie näher an mich heran. »Und habt ihr euch seit diesem Gespräch noch mal gesehen?«, frage ich.

Marie nimmt ihren Kopf von meiner Schulter und blickt mich an.

»Das ist der eigentlich komplizierte Teil«, sagt sie zögernd.

»Kompliziert. Aha?«

Das Plätschern des Brunnens vor meinem Fenster ist bis in meine Wohnung zu hören. Die Sonne steht mittlerweile so tief, dass sie direkt durch die offene Balkontür auf den Boden vor unseren Füßen scheint. Wir sitzen wie knapp neben dem Scheinwerferlicht auf meinem Bett.

»Er wohnt noch bei mir«, sagt Marie.

»Wer?«

»Paul.«

»Der Paul?«

»Natürlich, der Paul. Mein Ex.«

»Dein Ex wohnt noch bei dir?«

Die ersten Sonnenstrahlen haben unsere Zehenspitzen erreicht.

»Ja, leider. Wir sind ein Jahr vor der Trennung zusammengezogen, beziehungsweise ist er damals zu mir gezogen. In der Retrospektive natürlich keine allzu kluge Entscheidung.« Marie schüttelt ihren Kopf.

»Im Nachhinein ist man immer schlauer.«

»Ich sage ihm täglich, er soll sich eine neue Bude suchen. Angeblich schaut er schon. Er hat aber so krasse Ansprüche.

Weißt du, wie schwer es ist, in München eine bezahlbare Wohnung zu finden?«

»München hat einen schwierigen Wohnungsmarkt? Ganz was Neues! Kann ich mir gar nicht vorstellen«, sage ich und deute mit meiner rechten Hand in den kahlen Raum meiner Einzimmerwohnung.

»Not funny, Tim. Es gibt wirklich Schöneres, als jeden Morgen deinen Ex-Freund, der glaubt, bei dir noch eine Chance zu haben, beim Frühstück zu sehen. Jeden Abend, wenn ich nach Hause komme, läuft der Fernseher und er schläft auf meiner Couch zwischen leeren Chipstüten, als hätte er auf mich gewartet. Wieso checken Männer nicht, wenn es vorbei ist? Wieso hängen die einem noch ewig nach?« Eine Träne kullert langsam Maries Wange hinunter, bevor sie diese hastig mit dem Ärmel ihrer Bluse wegwischt.

»Klingt tatsächlich nicht so berauschend.«

»Nicht berauschend ist wohl die Untertreibung des Jahrhunderts«, schluchzt Marie.

Es scheint, als hätte ich mein Katergefühl überwunden. Der Speichel fließt zurück in meinen Rachen. Der Kopfschmerz ist verschwunden.

»Zieh doch hier ein«, sage ich und wende mich direkt zu ihr.

»Wo? Bei dir?«

»Nee, beim Nachbarn, der hat noch ein Bett im Gästezimmer frei. Natürlich bei mir!«

»Meinst du das ernst?«

»Zumindest vorübergehend, bis Paul eine neue Bleibe gefunden hat.«

Marie sieht sich im Zimmer um, als würde sie bei einer

Wohnungsbesichtigung das potenzielle Mietobjekt begutachten. Ihr Blick bleibt kurz an der unsachgemäß befestigten Lampe über meinem Bett hängen.

»Das würde wirklich helfen. Ihn nicht jeden Tag sehen zu müssen.«

»Mit dem netten Nebeneffekt, stattdessen mich täglich zu sehen.«

»Das wäre schön«, sagt Marie.

»Du kannst natürlich auch Paul beim Cini Minis fressen zusehen, wenn dir das mehr zusagt.«

»Wäre das wirklich okay für dich, Tim? Wir kennen uns noch kaum, aber ich genieße jede Sekunde mit dir. Außerdem schwöre ich dir, dass ich keine Gefühle mehr für Paul habe.«

»Ich glaube dir, Marie. Wenn es nicht okay für mich wäre, würde ich es dir nicht anbieten. Es mag dich vielleicht überraschen, aber auch ich finde es nicht allzu charmant, dass du deinen Ex täglich siehst und mit ihm zusammenwohnst.«

Maries Lächeln wirkt befreit. Unser Kuss schmeckt nach Erleichterung.

»Dann gehe ich morgen früh zurück in meine Wohnung und packe ein paar Dinge für die nächsten Tage ein.«

»Vielleicht kannst du Paul bei der Gelegenheit ausrichten, dass eine Dreizimmerwohnung für unter fünfhundert Euro in Schwabing schwer zu ergattern ist. Bei der Wohnungssuche ist es ja wie beim Dating …«

Ich komme nicht dazu, meinen Satz zu beenden. Marie stößt mich nach hinten auf mein Bett, setzt sich auf mich und beginnt die Knöpfe ihrer Bluse zu öffnen. Als sie nackt auf mir sitzt, habe ich alle Bedenken bezüglich Paul längst vergessen.

Kapitel 9

Als ich die Reservierung in der angesagten Bar im Glockenbachviertel aufgegeben hatte, war mir nicht bewusst gewesen, dass die neuen Betreiber eine komplette Konzeptänderung des Etablissements für nötig befunden hatten. Die grauen, unverputzten Wände am Ende des Tresens sind nun allesamt komplett mit lebendem Moos behangen. Unabhängig von der diskutablen Optik der grünen Wanddekoration, bleibt die erwünschte Wirkung eines angenehmen Mikroklimas aus. Ganz im Gegenteil riecht die gesamte Bar wie ein nasser, alter Hund. Der Geruch scheint aber nur mich zu stören, immerhin ist das Lokal an diesem Mittwochabend bis auf den letzten Platz gefüllt. Vermutlich ist der ausgefallene Duft angesagt, eine therapeutisch empfohlene Alternative für einsame Hundeallergiker. Aber nicht nur das Innere der Bar, sondern auch der Inhalt der Gläser hat sich grundlegend verändert. Longdrinks und klassische Cocktails sucht man vergeblich auf der Karte und werden vom Barkeeper mit einem Stirnrunzeln kommentiert. Bier ist nicht ganz so verpönt, aber nur unter der Bedingung, dass es in rustikalen Kellern von kernigen Männern mit Schnauzbart und spezieller Philosophie gebraut wurde. Stattdessen werden die Gaumen der Großstädter hier mit geräucherten Kräutern, Apfelessig und Rosenblüten verwöhnt. Der Preis steigt synchron mit der Unaussprechbarkeit der Zutaten. Um den nächtlichen

Blick in das leere Portemonnaie nach Verlassen der Bar zu rechtfertigen, werden die ausgefallenen liquiden Überraschungen in puristischem Ambiente angeboten. Auch wenn ich es bevorzugen würde, puristische Drinks in außergewöhnlichem Ambiente zu genießen, nehme ich für Medina und mich die letzten beiden Barhocker am Ende des Tresens in Beschlag. Uns und die Wand aus Moos trennen nur wenige Zentimeter.

Direkt aus der Arbeit gekommen trage ich noch meinen dunkelblauen Anzug. Die zwei oberen Knöpfe meines weißen, eng geschnittenen Hemds stehen offen, ermöglichen den Blick auf meine fünf Brusthaare. Meine Krawatte habe ich heute Morgen zu Hause gelassen. Thomas ist diese Woche im Urlaub – das heißt, er beantwortet seine E-Mails während kurzer Verschnaufpausen auf seiner meditativen Ammergauer-Alpenüberquerung: ›Von meinem iPhone gesendet.‹ Für unser Team sind die Tage ohne ihn wie eine Befreiung von den urteilenden Blicken der strengen Eltern. So, als hätten wir das ganze Haus für uns allein. Sturmfrei gewissermaßen. Für mich, heute wie damals als Kind, die einzigen Tage, um einfach ich selbst sein zu können. Ich verzichte nicht nur morgens auf das Anlegen einer Krawatte, sondern verlasse sogar die Büroräume bei Tageslicht. Deshalb sitze ich bereits vor der vereinbarten Zeit in der Bar und warte auf Medina, die in diesem Augenblick den schweren schwarzen Vorhang hinter der Eingangstür zur Seite schiebt. Auf der Suche nach mir schweift ihr Blick durch die dunklen Räumlichkeiten. Die Dame am Eingang, deren einzige Aufgabe es ist, den eintreffenden Gästen ihre reservierten Sitzplätze zu zeigen, deutet mit ausgestrecktem Arm und gelangweiltem Gesichtsausdruck auf den freien Barhocker neben mir.

»Hey, Bebeğim.« Wegen der schweren Handtasche über dem linken Arm wirkt Medinas Umarmung ungelenk.

»Hi Medina. So schön, dich zu sehen.«

Sie rümpft die Nase. »Was riecht hier so? Irgendwie nass, wie verfaultes Holz.«

»Schau mal hinter mich.« Mit meinem Daumen zeige ich auf die moosbehangene Wand, die lediglich durch das daran befestigte, schimmernde Logo beleuchtet wird. Der Name der Bar hängt in dynamischer grüner Schrift direkt über unseren Köpfen.

»Geil! Die haben Moos an die Wand genagelt. Richtig stylisch.« Ich bin mir nicht sicher, ob ihre Aussage ernst oder ironisch gemeint ist.

»Stylisch vielleicht, aber stinkt wie ein nasser Retriever.«

»Na ja, riecht schon ein wenig streng. Allerdings sieht es wirklich cool aus. Hammer Idee.«

Ich lehne mich über meine linke Schulter, begutachte die Wand von oben nach unten. Vorsichtig fühle ich mit meinen Fingern über das feuchte Moos.

»Ich geh' mal nach vorne und bestelle Getränke. Der Barkeeper schaut nie in unsere Ecke hinter. Bleib ruhig sitzen.« Mit einladender Geste deute ich auf den freien Barhocker neben mir.

»Nice! Danke dir, Tim.« Medina hievt ihre braune, mit Laptop und Notizzetteln gefüllte Ledertasche auf die Lehne des Hockers. Sie setzt sich, begleitet von einem angestrengten Seufzen.

Hinter dem Tresen stehen drei Männer in weißen Shirts. Nur einer von ihnen scheint die Gäste zu bedienen. Die Aufgabe der zwei weiteren Angestellten erschließt sich mir nicht. Alle drei sind in ein Gespräch vertieft, beenden ihre Konversation auch dann nicht, als ich durch intensiven Augenkontakt mit dem Barkeeper und unaufdringliche Handzeichen klarzumachen versuche, dass ich nicht an die andere Ecke des Tresens gekommen bin, um Gastronomen in ihrem natürlichen Habitat zu beobachten. Unter schallendem Gelächter werden Gläser von der linken auf die rechte Seite des Regals verschoben. Ich traue mich nicht, durch Rufen ihr Gespräch zu unterbrechen. Ein Räuspern muss ausreichen. Vielleicht noch ein zweites. Und ein drittes. Endlich dreht sich der Barkeeper zu mir.

»Was kriegst du?«

Sein buschiger Schnauzbart bewegt sich rhythmisch zu den Bewegungen seiner Lippen. Er sieht mich dabei an, als würde ich ihn während seiner Freizeit und nicht seiner bezahlten Arbeitszeit mit meinem außergewöhnlichen Anliegen belästigen.

»Zwei Gin Tonic, bitte.«

Kurz überlege ich, ob ich mich für die Störung entschuldigen soll. Sein übergroßes T-Shirt gibt freien Blick auf seine muskulösen, tätowierten Arme. Das Vögelchen Tweety, aus der Zeichentrickserie Looney Tunes, scheint als Kapitän eines Sechsmasters, mithilfe eines übergroßen Kompasses durch angedeutete Wellen in Richtung seines Oberarms zu segeln. Ein markiger Spruch verziert in filigraner Schrift die Innenseite seines Handgelenks.

›Travel the World, bitch.‹

Während ich noch den tieferen Sinn der unterschiedlichen Groß- und Kleinschreibung der englischen Substantive im Satz zu ergründen versuche, knallt der bärtige Barkeeper resolut zwei Gin Tonic vor mir auf den Tresen.

Die dabei auf seine Finger überschwappende Flüssigkeit streift er an seiner Schürze ab, die an das Gewand von Fleischern in Schlachtbetrieben erinnert.

»Macht siebenundzwanzig Euro.«

Mit der eben getrockneten Hand rückt er seine Mütze zurecht. Sie endet kurz über den Ohren, bedeckt lediglich die Schädeldecke, wie ein von Großmutter gehäkelter Topflappen. Vor Kälte schützt sie wohl nicht, dafür kann man sie ideal auch drinnen tragen und niemand braucht je zu erfahren, ob sich darunter bereits eine Halbglatze, fettiges Haar oder vielleicht sogar ein Kaninchen befindet.

Auch wenn nicht mehr als zwei Zutaten – hoffentlich Gin und Tonic – miteinander verrührt wurden und ich während meiner Bestellung das Gefühl hatte, ein ungebetener Eindringling zu sein, gebe ich natürlich das erwartete Trinkgeld.

»Stimmt so«, sage ich und reiche dreißig Euro auf die dunkle Seite der Bar.

»Danke.«

»Schönen Abend noch«, antworte ich, doch in der Zwischenzeit hat er sich bereits zu seinen arbeitslosen Kollegen zurückgedreht und führt die Konversation dort weiter, wo sie zuvor von mir so frech unterbrochen wurde.

»Die haben hier mega fancy Drinks, aber er bringt zwei Gin Tonic«, sagt Medina und greift beherzt nach dem Glas in meiner linken Hand.

»Bitteschön. Kannst gern das nächste Mal selbst bestellen und bezahlen«, sage ich augenzwinkernd.

»Du siehst gut aus«, lächelt sie mich an.

»Ja? Ich fühle mich auch gut.«

»Wirklich. Du strahlst richtig!«

Es freut mich zu hören, dass auch mein Groll gegenüber dem Bar-Personal meine Ausstrahlung nicht verändert.

»Wahre Schönheit strahlt eben von innen.«

Den Papierstrohhalm in meinem Drink lege ich zur Seite, ziehe die Flüssigkeit schlürfend an den großen Eiswürfeln vorbei in meinen Mund. Die Preise für Gin steigen und doch schmecken sie immer gleich: nach Sodbrennen am nächsten Morgen.

»Marie hat also geschworen, dass sie keine Gefühle mehr für ihren Ex hat?«, fragt Medina.

Ich hatte sie bereits vor unserem Treffen mit den wichtigsten neuen Erkenntnissen bezüglich Marie eingedeckt, um eine schockierte Reaktion im öffentlichen Raum zu verhindern.

»Na klar, wie wir früher auf dem Spielplatz: ›Ich schwöre bei meiner Mutter, ich hab' deine Pokémon-Karte nicht geklaut.‹« Weil Medina beim Trinken lachen muss, steigen Luftblasen in ihrem Drink nach oben, lassen das teure Getränk fast überschäumen.

»Hast du nachgesehen, ob sie hinter ihrem Rücken ihre Finger überkreuzt hat?«, fragt Medina und stellt ihr Glas auf dem Tresen vor sich ab, um weiteres Vergießen der kostbaren Flüssigkeit zu verhindern.

»Bin ich dumm? Ich habe natürlich davor gesagt ›Ohne Finger kreuzen‹!«

»Hattest du auch ihre Beine im Blick?«

»Selbstverständlich.«

»Profi! Nicht, dass sie die stattdessen überkreuzt«, antwortet Medina. Wir lachen.

»Nein, mal im Ernst. Klar. Kurz war ich geschockt. Die Situation klingt erstmal krass. Nur zwei Wochen vor unserem Treffen trennt sie sich von ihrem Freund.«

»Und der sieht das nicht mal ein! Menners, ey!«

»Eben! Und als wäre das noch nicht genug, serviert sie ihren Eisbecher namens ›Unsicherer Beziehungsstatus‹ noch mit einer Sauerkirsche auf der Haube aus Schlagsahne.«

»Der Kerl wohnt noch bei ihr.«

»Weird, oder?«

»Klingt nicht nach einer soliden Grundlage für euer Kennenlernen. Überleg' mal, auch für sie nicht einfach.«

Medina zu verstehen, fällt mir schwer. Nicht auf intellektueller Ebene, sondern rein akustisch. Der ältere Herr neben uns hat sich heute nicht nur für ein bunt kariertes Hemd mit der Aufschrift ›Beach Guard‹ entschieden, sondern auch dafür, alle Gäste am intimen Dialog mit seiner Partnerin teilhaben zu lassen. Ich versuche, mich auf Medinas Worte zu konzentrieren, während einen halben Meter neben mir in voller Lautstärke darüber philosophiert wird, welche Hilfsmittel dem über Jahrzehnte eingeschlafenen Geschlechtsverkehr zu neuen Höhen verhelfen könnten.

»Klar! Absolute Scheiß-Situation für sie. Ich glaube ihr, dass sie mit ihm schon lange abgeschlossen hat. Glaube ihr auch, dass sie Gefühle für mich hat.«

Das Gespräch des Pärchens neben uns ist mittlerweile eingestellt. Stattdessen gehen sie zu intimen Berührungen, ins Ohr gehauchten erotischen Äußerungen und langen intensiven Blicken über. Ich bin nicht gläubig, doch bete zu Gott, dass sie den nächsten Schritt erst zu Hause gehen. Oder zumindest außerhalb dieser Bar.

»Hast du gar keine Bedenken?«

»Wieso Bedenken?«

»Ich meine, sollte das zwischen euch so weitergehen, springt sie von einer Beziehung ohne Pause in die nächste.«

»Wo ist das Problem?«

»Sie hat ja gar keine Pause, um mal sich selbst zu reflektieren.«

»Finde, sie wirkt nicht unreflektiert.«

»Das mein' ich auch gar nicht, aber vielleicht bräuchte sie eher mal etwas Zeit allein, um das alles zu verarbeiten. Glaubst du nicht, dass das eine Belastung für eure Beziehung sein kann?«, sagt Medina. Mit ihrem Strohhalm drückt sie die Zitrone am Boden ihres Glases zur Seite, um an die letzten Reste Flüssigkeit zu gelangen.

»Ja, vielleicht habe ich auch Bedenken. Aber was soll ich denn machen? Soll ich ihr sagen, dass sie sich in sechs Monaten wieder melden soll, wenn sie über ihre letzte Beziehung nachgedacht hat, sich als Single ein wenig ausleben konnte? Wir haben uns jetzt kennengelernt. Jetzt bin ich verliebt. Jetzt will ich mit ihr zusammen sein. Das lässt sich kein halbes oder ganzes Jahr einfrieren und zu einem günstigeren Zeitpunkt wieder auftauen.«

Medina prüft kurz, ob das Glas in meiner Hand auch leer ist. Mit zwei in die Höhe gestreckten Fingern deutet sie dem Barkeeper an, weitere Getränke bestellen zu wollen. Als ich sie darauf aufmerksam machen möchte, dass diese Geste hier nicht zielführend ist, erblickt der Barkeeper ihren in die Luft gestreckten Arm und kommt lächelnd auf uns zu.

»Was kann ich dir Gutes tun? Nochmal zwei Gin Tonic?«, fragt er, als hätte er seit meiner Bestellung einen Crashkurs in Freundlichkeit und Servicekultur belegt.

»Nein, keinen Gin Tonic. Ihr habt doch diesen Drink mit Basilikum und Olivenöl?«, fragt Medina lächelnd und streckt dabei ihren Oberkörper auffällig nach vorne.

»Unser Gin-Basil-Smash. Mach' ich euch gerne. Zweimal?«

Ohne Rücksprache beantwortet Medina seine Frage: »Ja, zweimal bitte. Danke dir.«

Wer zahlt, schafft an.

»Wie seid ihr denn verblieben?«, fragt Medina und blickt dabei sehnsüchtig auf die saftigen Basilikumblätter, die der Barkeeper vor unseren Augen liebevoll zerpflückt.

»Habe sie gefragt, ob sie bei mir einziehen will.«

»Du hast was?«

Ihr entsetzter Blick macht mir eines klar: Beim Nacherzählen des Gesprächs mit Marie hatte ich ein bedeutendes Detail ausgelassen. Mit zwei grünen, dickflüssigen Drinks in der Hand steht der Barkeeper peinlich berührt neben uns. Ohne sich von mir abzuwenden, legt Medina eine erhebliche Summe Bargeld auf den Tresen.

»Nur vorübergehend.«

»Vorübergehend? Was soll das heißen?«

»Bis Paul eine neue Wohnung gefunden hat, beziehungsweise bis er auszieht und sie wieder die Wohnung für sich hat.«

Skeptisch begutachte ich die dünne Schicht Olivenöl auf meinem Getränk, das mich eher an einen Smoothie von Vincenzo erinnert als an eine alkoholische Mixtur.

»Wer ist denn Paul?«, fragt Medina.

»Ihr Ex. Marie hat ihm schon vor Wochen gesagt, er solle sich eine neue Bude suchen. In München nicht so leicht, kannst du dir ja vorstellen.«

»Schwieriger Wohnungsmarkt in München? Nie davon gehört«, sagt Medina und nimmt einen kräftigen Schluck. Ihre Lippen färben sich grün, bevor sie diese mit einer dreihundertsechzig Grad Bewegung ihrer Zunge von Basilikum befreit.

»Soll ich sie denn weiterhin täglich ihren Ex sehen lassen? Wie soll sie mit ihm abschließen, wenn er Luftlinie zwei Meter entfernt schläft?«

»Keine Ahnung. Soll sie ihn doch einfach rausschmeißen. Das ist doch ihre Wohnung, oder? Der wird schon irgendwo pennen können.«

»Zuerst das Herz brechen und ihn dann mit Sack und Pack vor die Tür jagen?«

»Wieso denn nicht?«

»Das ist doch assi. Außerdem ist es, wie gesagt, nur vorübergehend. Ich weiß doch auch, dass es viel zu früh wäre, zusammenzuwohnen. Das ist die beste Notlösung, die mir eingefallen ist.«

Das unangenehme Paar neben uns verlässt endlich die Bar. Kurz bevor beide hinter dem schweren Vorhang aus Samt verschwinden, kneift der Mann seiner Partnerin noch fest in den Hintern.

»Ich halte das für keine gute Idee, Tim.«

»Dann kannst du dich mit Vincenzo zusammentun«, sage ich und drehe mich beleidigt zur Seite.

»Wieso? Was sagt der?«

»Der meint, ich soll Marie kein Wort glauben.«

»Ach was?«

»Außerdem hält er es für unmöglich, sich zwei Wochen nach einer Trennung schon wieder zu verlieben.«

»Aber verlieben ist grundsätzlich möglich in seinem

Kosmos?«, fragt Medina spöttisch.

»Theoretisch, sehr theoretisch. Als er dann auch noch erfahren hat, dass sie vorübergehend bei mir einzieht, hat er minutenlang auf Italienisch geflucht.«

»Und wahrscheinlich theatralisch mit den Händen gefuchtelt.«

»Genau so.«

»Kann ich mir vorstellen. Ich sage nicht, dass sie dich anlügt. Ich sage auch nicht, dass sie keine Gefühle für dich hat. Ich halte es nur für keine gute Idee, ihr anzubieten, bei dir einzuziehen.«

»Vorübergehend«, sage ich mit erhobenem Zeigefinger.

»Wenn du noch einmal vorübergehend sagst, schütte ich dir den Gin-Basil-Smash ins Gesicht. Versprochen!«, sagt Medina und deutet mit ihrem Glas in der Hand eine Wurfbewegung an.

»Okay, okay, okay. Verstanden.« Langsam löse ich meine reflexartig angenommene, geduckte Schutzhaltung auf.

»Aber jetzt noch einmal ganz ernsthaft.« Ich räuspere mich kurz und senke meine Stimme etwas. Ich möchte verhindern, die um uns herum sitzenden Gäste mit meinem Liebesleben zu belästigen.

»Marie ist besonders. Dieses Gefühl, wenn ich sie sehe, vor allem das Gefühl, wie sehr ich sie vermisse, wenn ich sie nicht sehe, ist krasser als vieles zuvor.«

»Krasser als mit Anna?«

»Anna? Weiß ich nicht mehr. Wer ist Anna, lol! Was ich aber weiß, ist, dass Marie nicht nur irgendeine Affäre ist.«

»Und das heißt?«

»Ich bin verliebt, wirklich verliebt, Medina.«

»Das sehe ich. Du kannst nicht einmal ihren Namen

sagen, ohne zu grinsen. Ich will dir nichts vorschreiben. Du wirst schon wissen, was richtig ist.«

»Keine Ahnung, ob es richtig ist. Es fühlt sich aber sehr gut an.«

»Verliebte dürfen auch dumme Dinge tun. Am wichtigsten ist, dass du glücklich bist. Anscheinend macht dich Marie glücklich. Dann bin ich es auch«, sagt Medina, zieht mich an meinem Ohrläppchen zu sich und gibt mir einen Kuss auf die Wange.

Die Bar hat sich in der Zwischenzeit mit weiteren Gästen gefüllt, die zwar keinen Sitzplatz ergattern konnten, aber eng nebeneinander im Gang hinter uns stehen. Immer wieder trifft mich ein Ellenbogen der Vorbeigehenden in meinen Rippen. Mittlerweile ist der Geräuschpegel um uns herum so hoch, dass auch die intimen Gespräche des Paares von vorhin nicht mehr auffallen würden.

»Sorry, mein Handy klingelt.« Hektisch sucht Medina in ihrer Tasche nach ihrem iPhone.

»Kein Ding. Geh' ruhig hin.«

»Vincenzo ruft an.« Überrascht sieht sie zu mir hinüber.

»Und das ist so besonders?«, frage ich, während das Telefon in ihrer Hand vibriert.

»Also, oft ruft er mich nicht an.«

»Dann geh doch hin, bevor er auflegt. Wahrscheinlich ist er sauer, dass wir ohne ihn unterwegs sind.«

Mit ihrem rechten Daumen wischt Medina von links nach rechts über den Bildschirm.

»Hi?«

Dann bleibt sie stumm. Ungeduldig sehe ich sie an.

»Was will er denn?«, frage ich.

»Ich geb' ihn dir.« Sie reicht mir das Handy.

»Er kann dich nicht erreichen. Tausendmal hat er schon angerufen. Bei WhatsApp antwortest du auch nicht«, sagt sie leise, während sie mit dem Handballen das Mikro versucht zu verdecken.

»Ja und? Muss ich immer erreichbar sein?« Mit zwei Klicks erhöhe ich die Lautstärke des Telefonats, um überhaupt eine Chance zu haben, Vincenzo zu verstehen, und führe das Telefon kopfschüttelnd an mein Ohr.

»Was gibt's, Chef?«, frage ich betont gut gelaunt.

»Wieso gehst du nicht an dein scheiß Handy?« Vincenzos Stimme wirkt brüchig wie ein trockener Ast. »Wie oft muss ich es versuchen?«

»Keine Ahnung. Ich bin mit Medina unterwegs«, sage ich und blicke in ihre glasigen Augen.

»Tausendmal rufe ich an. WhatsApp kennst du auch nicht. Kein fucking Zeichen von dir!« Vincenzo klingt aufgebracht. Die Lautstärke zu erhöhen, war nicht nötig.

»Okay, sorry. Ist ja gut. Jetzt hast du mich doch erreicht. Was ist denn *so* wichtig?«

Im Augenwinkel registriere ich, dass beim Umbau der Bar ein weiterer, teilweise abgetrennter Raum entstanden ist. Eine Schaukel, an zwei von der Decke hängenden geflochtenen Seilen aus Jute befestigt, trennt das Separee vom restlichen Teil der Bar. Junge Frauen in übergroßen Jeans und Männer in Patagonia-Westen warten daneben geduldig auf ihre Zeit auf der Schaukel, obwohl aufgrund des dichten Gedränges kein ausgelassenes Schwingen möglich ist. Ich stelle mir vor, wie auch der schnauzbärtige Barkeeper nach Ende seiner Schicht, noch bevor er die Tür des Lokals hinter sich zuzieht und erst wieder nach Sonnenuntergang öffnet, als Belohnung für die anstrengende

Arbeit ein paar energische Schwünge auf der Schaukel vollzieht. Die gewählte Dübelkonstruktion erscheint tragfähig genug, um auch nach durchgehender nächtlicher Nutzung der Gäste den stämmigen Angestellten in den Schlaf zu wiegen. Vielleicht wird die freie Nutzung der Schaukel nach Betriebsschluss bei Neuanstellungen sogar offiziell von der Geschäftsleitung als ›Employee Benefit‹ aufgeführt. Sicherlich eine spannende Alternative, wenn gratis Obst und Kaffee nicht mehr anziehend genug wirken.

Immer wieder höre ich zischende Geräusche des Windes an Vincenzos Ende des Telefonats. Sein Atmen klingt wie nach einem Sprint.

»Mama ist tot.«

Der schwere Atem weicht einem wimmernden Geräusch. Auch wenn es nicht die Worte selbst sind, die Veränderung bedeuten, reichen oft nur drei davon, um die Grundmauern eines Lebens zu erschüttern, dieses schlussendlich zum Einsturz zu bringen. Entweder um darauf neue, glanzvollere Mauern zu erbauen oder kraftlos und verzweifelt vor dem Schutt des eigenen Lebens zu stehen.

›Ich bin schwanger.‹

›Es ist aus.‹

›Sie sind befördert.‹

›Du bist pleite.‹

›Ich liebe dich.‹

›Mama ist tot.‹

Ich suche nach den richtigen Worten. Eine Suche, der das Scheitern von Beginn an innewohnt.

»Wo bist du? Komme sofort zu dir.« Gestenreich

deute ich Medina an, sich für einen sofortigen Aufbruch vorzubereiten.

Vincenzos Räuspern scheint eine entspannende Wirkung auf ihn zu haben. Er spricht nun mit ruhiger Stimme: »Danke, nett von dir, aber lass mich bitte erstmal paar Dinge hier klären.«

»Vincenzo, lass dir helfen. Bitte! Ich kann dir sicher was abnehmen«, sage ich entschlossen.

»Wie willst du mir denn helfen? Was willst du tun?«

»Keine Ahnung, ich weiß nicht. Irgendwas wird es schon …«, stammle ich.

»Sag schon, Tim? Wie willst du mir helfen? Kannst du meine Mutter wieder zum Leben erwecken?«

Ich atme tief durch. Keiner von uns spricht. Nur das Lachen vom Nebentisch unterbricht die Stille.

»Vincenzo, sag mir jetzt, wo du bist. Ich komme vorbei. Bist du mit deinen Schwestern zu Hause? Seid ihr im Krankenhaus?«

»Nein, nein, nicht im Krankenhaus. Wir sind bei uns, zu Hause. Mama liegt auch hier, auf der Couch. So friedlich sieht sie aus, Tim. So friedlich. Zugedeckt haben wir sie. Ihren Lieblingsschmuck angelegt und …« Vincenzo kann den Satz nicht beenden. Seine Stimme bricht.

»Okay, ich komme jetzt vorbei. Nehme ein Uber. Bin in zwanzig Minuten da. Braucht ihr irgendwas?«, frage ich und zeige dabei mit ausgestrecktem Zeigefinger auf die Ausgangstüre.

»Komm einfach. Bis gleich.«

»Klar, bin schon auf dem Weg.«

»Bis gleich.«

»Bis gleich, Vincenzo.«

Ich gebe Medina ihr Handy zurück, sinke mit geschlossenen Augen in meinen Barhocker. Völlige Stille zwischen uns. Kein Ton kommt über unsere Lippen. Die lauten Gespräche um uns herum scheinen stummgeschaltet. Wir sehen uns direkt in die Augen. Eine einzelne Träne entkommt Medinas glasigen Augen, bewegt sich langsam ihre Wange hinunter.

Stotternd gewinne ich die Kontrolle über mein Sprachzentrum zurück.

»Ich muss, ähm, ich muss los.«

»Ja. Klar … Soll ich mitkommen?«, fragt Medina. Sie hält immer noch ihr Handy in der Hand, als wäre es ein Fremdkörper, mit dem sie nichts zu tun haben will.«

»Ich glaub', ich fahr' besser allein. Melde mich bei dir. Ist das in Ordnung für dich?«

»Klar. Kümmere dich gut um ihn. Umarm' ihn von mir. Und schreib mir, wenn ich irgendwas tun kann.« Die Tränen laufen nun unaufhaltsam über Medinas Gesicht.

Die umstehenden Gäste sehen mich vorwurfsvoll an, sogar der Barkeeper blickt zu mir herüber und schüttelt den Kopf. Sie gehen wohl davon aus, dass ich gerade unsere langjährige Beziehung kaltherzig beende.

»Auf jeden Fall.«

»Okay, danke.«

»Wie kommst du heim?«, will ich wissen.

»Mach' dir um mich keine Sorgen. Ich finde schon nach Hause.«

Gleichzeitig stehen wir von unseren Barhockern auf. Es dauert keine drei Sekunden bis unsere Sitzplätze von zwei jungen Frauen durch einen gekonnten Wurf mit der Jacke erobert werden. Laut kichernd setzen sie sich. Unverzüglich gesellt sich der Barkeeper zu ihnen.

Hinter den dunkel getönten Fensterscheiben der Bar war mir nicht aufgefallen, dass die Sonne bereits untergegangen ist. Nur die Laternen und die Rücklichter der vorbeifahrenden Autos erhellen die Straße. Schemenhaft ist der Mond am wolkenverhangenen Himmel zu sehen. Medina prüft die nächstmöglichen Busverbindungen, während ich einen heranfahrenden Taxifahrer zu mir winke wie in einem Hollywoodstreifen. Die gelbe Limousine kommt direkt neben Medina und mir zum Stehen.

»Bitte ruf mich an, egal wie spät es ist.«

»Mach' ich.«

»Und lass mich wissen, wie es ihm geht«, sagt Medina und drückt mich mit beiden Armen fest an ihre Brust.

»Ich gebe dir Bescheid.«

»Vergiss die Umarmung für Vincenzo nicht!«, sagt sie und dreht sich weinend weg.

»Vergesse ich sicher nicht. Versprochen.« Ich steige hinten in das Taxi ein und lasse den Fahrer die Adresse wissen. Dann brechen sich auch meine Tränen ihren Weg ins Freie.

Kapitel 10

»Sorry, was brauchen wir jetzt?«, frage ich und scanne mit leerem Blick die gefüllten Supermarktregale.

»Du hast unsere Liste, Tim.«

»Ach so, stimmt.«

»Glaube, es fehlt nur noch bisschen Joghurt fürs Frühstück. Vielleicht noch ein Stück Fleisch für heute Abend, wenn du möchtest.«

»Joghurt, okay. Alles klar. Wo war der nochmal?«

»Direkt vor dir. Wir stehen am Kühlregal«, sagt Marie und öffnet die Schiebetür vor meinem Gesicht. Kalte Luft legt sich auf meine Wangen, wie eine angenehm kühlende Maske. Marie nimmt zwei Becher Naturjoghurt aus dem obersten Regal. Vorsichtig legt sie diese auf die restlichen Einkäufe in unserem Tragekorb. Der auf die Außenseite des Bechers gedruckte Landwirt schaut zu mir hinauf. Vorwurfsvoll streckt er mir eine leere Milchkanne entgegen, als wäre ich eine Kuh, die sich weigert, Milch zu geben.

»Sonst brauchen wir nichts mehr, oder?« Ich beuge mich zum Tragekorb hinunter, um durch Drehen des Bechers den intensiven Blicken des bäuerlichen Werbebotschafters zu entkommen.

»Wie gesagt, vielleicht ein Stück Fleisch für heute Abend. Außerdem hast du die Liste! Schau doch einfach drauf, dann weißt du, was noch fehlt.«

»Gute Idee. Lass gern noch ein Steak holen. Oder Putenbrust. Was meinst du?«, sage ich, drehe mich zu Marie und nehme ihre Hand. Suchend blicke ich mich nach der Fleischtheke um. Am Horizont des Supermarktes erspähe ich weiße, aufgeschlagene Mützen auf voluminösen Köpfen. Geschulte Hände schärfen überdimensionale Messerklingen. Das Geräusch des Wetzstahls dringt bis zu uns ans Kühlregal.

Die Stimme der Fleischereifachverkäuferin reißt mich aus meiner Lethargie.

»So, was bekommen der junge Mann und die bezaubernde Dame?«

»Bitte was?«, antworte ich. Marie sieht mich fragend an.

»Na, was Sie möchten, habe ich gefragt. Was wollen Sie denn?« Die Schürze der Angestellten ist blutverschmiert.

»Was ich will?«, erwidere ich und lege meine rechte Hand auf meinen Brustkorb. Meine Organe drücken von innen gegen meinen Körper, als wollten sie sich zu Mortadella und Salami in der Theke gesellen, dabei bezieht sich die Frage der Verkäuferin wohl nicht auf grundsätzlich aufkommende Weichenstellungen in meinem Leben, sondern lediglich auf die heutige Fleischwarenauswahl.

»Ja, was hätten Sie denn gern? Ich könnte Ihnen heute ausgezeichnete Krautwickel anbieten. Oder kommen Sie mal a paar Meter rüber. Dann zeig' ich Ihnen ganz was Feines!«

Mit einladender Handbewegung deutet sie mir, ihr an das andere Ende der Theke zu folgen. »Schauen Sie, heute haben wir 'nen Schaschlik-Spieß im Angebot. Den kriegen wir nicht so oft, das sage ich ihnen. Den hat die Margrit heute Morgen frisch aufgespießt. Da machen sie überhaupt nix verkehrt. Ganz zart. Super schmackhaft. Was meinen's?«

»Haben sie auch Steak?«, frage ich, den vorangegangenen Monolog komplett ignorierend.

»Junger Mann, wir sind eine Fleischtheke!«

»Ja, aber haben sie trotzdem Steak?« Marie fühlt sich sichtlich unwohl neben mir. Sie scheint mit sich selbst zu ringen, wann es Zeit ist, diese Konversation zu unterbrechen und für mich zu übernehmen.

»Ich meinte damit, dass wir natürlich Steak haben. Welche Art von Steak hätten's denn gern? Wir hätten heute Rib-Eye-Steak, Rumpsteak, T-Bone-Steak, Porterhouse-Steak, Filetsteak, Hüftsteak, Sirloin-Steak, Tri Tip, ganz was Feines, und ein Tafelspitz, wenn Sie vielleicht eine Suppe zubereiten möchten.«

»Was war das zweite?«

»Rumpsteak.«

»Dann zwei davon, bitte. Jeweils circa zweihundertfünfzig Gramm.«

Marie wirkt überrascht, dass ich nicht nur ohne weitere Vorkommnisse eine Auswahl treffe, sondern auch eine sinnvolle Menge angebe. Das kurz zuvor geschärfte Messer zieht sauber durch das rote Fleisch.

»Darf es sonst noch was sein?«, fragt die Verkäuferin. Ich hoffe, gleich noch ein Stück Gelbwurst über den Tresen gereicht zu bekommen.

»Nein, danke.« Das Fleisch nehme ich in einer bedruckten Plastiktüte entgegen.

»Dann viel Spaß damit!«, sagt die Fleschereifachverkäuferin. Zum ersten Mal sind Marie und ich gleichermaßen verwirrt ob dieser fragwürdigen Verabschiedung. Ich versuche, meine unangenehmen Gedanken an seltsame Tätigkeiten nach Feierabend hinter der Fleischtheke schnell wieder zu verdrängen.

»Ich würde dich morgen gern begleiten, Tim«, sagt Marie, während wir gerade das Regal mit fair gehandeltem Thunfisch passieren.

»Wohin?«

»Wohin? Auf Auroras Beerdigung.« Marie bleibt stehen, greift beherzt nach meiner Hand.

»Müssen wir das hier besprechen?«

»Ja, wegen mir schon.«

»Ich möchte darüber jetzt nicht reden. Kann das nicht warten, bis wir zu Hause sind?«

»Das sagst du die ganze Zeit, egal wo wir sind.«

»Ach, das stimmt doch überhaupt nicht!«

»Doch! Wenn wir zu Hause sind, willst du auf andere Gedanken kommen. Draußen sind zu viele Leute um uns herum oder der Ort nicht angebracht.«

»Aber hier ist doch wirklich nicht der richtige Ort dafür, oder?«

»Wenn es nicht der Ort ist, dann ist es die Uhrzeit. Morgens ist es dir zu früh. Mittags hast du ein Tief. Abends ist es dir zu spät und du bist müde. Ich will hier und jetzt darüber sprechen.«

»Okay, ist ja gut, verstanden. Wir reden darüber. Hier und jetzt.«

»Gut.« Marie sieht mich erwartungsvoll an.

Widerwillig setzen sich die Worte zwischen meinen Lippen zu Sätzen zusammen.

»Ich glaube nicht, dass es eine gute Idee ist.«

»Was glaubst du, ist keine gute Idee?«

»Wenn du zur Beerdigung mitkommst.«

»Aha. Und wieso glaubst du das?«, fragt Marie mit brüchiger Stimme.

»Ich will morgen für Vincenzo da sein«, erkläre ich mich.

»Kannst du doch?«

»Voll und ganz!«

»Das sollst du auch. Ich würde mich niemals in den Vordergrund drängen.«

»Das sage ich ja auch nicht.«

»Aber wer kümmert sich um dich?«

»Um mich?«, frage ich verwundert.

»Ja! Wer ist für dich da? Dir geht es auch beschissen.«

»Morgen geht es nicht um mich, Marie. Egal wie beschissen ich mich fühle.«

Eine faltige, mit Krampfadern durchzogene Hand greift zwischen uns hindurch. Die langen Finger erreichen gerade so die eingelegten Silberzwiebeln im Glas. Die dazugehörige Frau bleibt kurz neben uns stehen, bevor ich ihr mit einem eindringlichen Blick klarmache, dass es Zeit für sie ist, zu einem anderen Regal weiterzuziehen.

»Das weiß ich doch, Tim. Ich bewundere dich dafür, wirklich.«

»Mich bewundern? Ich bin wirklich nicht zu bewundern, Marie.«

»Doch! Mit welcher Kraft du deinen besten Freund unterstützen willst, ist herzzerreißend. Das wird ein unfassbar schwieriger Tag.«

»In erster Linie für Vincenzo.«

»Ich weiß! Bitte lass mich dir helfen, Vincenzo zu helfen. Du hältst Vincenzos Hand. Ich halte deine«, sagt Marie, drückt meine beiden Hände fest zwischen ihre Handflächen und sieht mir direkt in die Augen.

Ich will sie nicht verletzten. Aber was wird Vincenzo dazu sagen? Vielleicht geht ja auch alles gut, wer weiß. Wer kann zu Marie schon nein sagen?

»Okay, du hast recht. Natürlich habe ich dich gerne an meiner Seite.«

»Und ich will nirgends lieber sein, Tim!«

»Ich will einfach nur zu hundert Prozent für Vincenzo da sein. Glaube, Auroras Tod wird morgen das erste Mal so richtig real für ihn«, sage ich und küsse Marie auf ihre gebräunte Stirn.

»An solchen Tagen will ich dich stützen, Tim. Zusammen schaffen wir es, auch Vincenzo auf den Beinen zu halten.«

Wir blicken einander in die glasigen Augen.

»Okay, dann lass aber jetzt bitte hier verschwinden. Ich führe nicht so gern intime Gespräche zwischen Kichererbsen und Apfelkompott.«

Eine neue Kasse wird eröffnet. Aufgeregt hüpfen die Menschen aus der Reihe, wie Kinder in der Fernsehsendung 1, 2 oder 3. Letzte Chance ... vorbei! Ob ihr wirklich richtig steht, seht ihr, wenn das Licht angeht. Beziehungsweise, wenn sich nach wenigen Minuten das Arbeitstempo der gewählten Verkäufer herauskristallisiert und die Kundin, die gerade noch hinter einem stand, bereits ihre Einkäufe bezahlt und lange vor einem selbst den Supermarkt verlässt. Die Kälte aus dem Kühlregal scheint sich hier zwischen Kundschaft und Personal zu legen. Das freundliche ›Grüß Gott‹ der angestellten Verkäuferin wird vom Kunden vor uns zunächst nicht vernommen, bevor er durch Hochziehen seiner Augenbrauen und ein zögerliches Nicken signalisiert, sein menschliches Gegenüber wahrgenommen zu haben. Ihm ist dabei kaum ein Vorwurf zu machen, konnte er die Begrüßung gar nicht hören, da während des gesamten Bezahlvorgangs weiße AirPods den Weg des Schalls in seine Ohrmuschel und an seine geräuschsensitiven Rezeptoren verhindern. Mit seinem Smartphone in der Hand, ohne sein Telefonat zu beenden, deutet der Mann ungeduldig auf das Kartenlesegerät vor ihm.

Eine Rosenkranzkette baumelt zwischen seinen großen Brustmuskeln. Die Frage nach der Teilnahme an etwaigen Vorteilsprogrammen scheint die Verkäuferin in diesem Falle auszusparen. Das ist natürlich gewagt, quasi eine Gefährdung ihrer weiteren Karriere im Einzelhandel. Allerdings handelt es sich bei dem aufgepumpten, mit christlichen Symbolen behangenen Mann vermutlich um keinen engagierten Undercover-Testkäufer.

Meine Begrüßung fällt bewusst freundlich aus. Mit einem Lächeln verneine ich die Frage nach meiner Teilnahme an einem Treueprogramm, auch wenn der Gewinn eines Edelstahlpfannensets verlockend klingt. Marie und ich werden beim Verlassen des Supermarkts von der tief stehenden Sonne geblendet. Vorsichtig legen wir unsere Einkäufe in die an den Lenkern befestigten Körbe unserer Fahrräder und ich blicke auf mein iPhone. Seufzend deute ich Marie an, kurz telefonieren zu müssen.

»Wenn wir schon unangenehme Gespräche hinter uns bringen, mach' ich gleich weiter.«

Sie nickt, steckt die Hände in die Taschen ihres Cardigans und sieht mir hinterher. Ich gehe ein paar Schritte zur Seite und wähle mit zwei raschen Klicks einen Namen in der Liste der verpassten Anrufe aus: MAMA. AMAM.

»Hey!«

»Hallo, Tim!«

»Stör' ich gerade? Wie geht's dir?«

»Schön, dass du dich auch mal wieder meldest.«

»Ja, sorry, es ist wirklich viel gerade. Einiges in der Arbeit zu tun und jetzt auch noch das mit Aurora.«

»Aurora?«

»Ach so, ja. Vincenzos Mutter. Die Beerdigung ist morgen.«

»Ach herrje, das ist wirklich so schrecklich. Die war ja kaum älter als ich. Mein herzliches Beileid an Vincenzo und die ganze Familie! Denkst du, ich soll einen Trauerkranz schicken, von Papa und mir? Oder ist das wieder ›übergriffig‹?«

»Das nicht, aber du kennst sie doch gar nicht. Wäre komisch, oder?«

»Nein. Das ist nicht komisch, Tim. Das gehört sich so. Ich bestell' direkt bei Blumen Strobel. Der macht doch immer so nette Sträuße.«

Ich sage nichts, beobachte stattdessen den verzweifelten Kampf eines Rentners mit den ineinander verhakten Einkaufswägen auf dem Parkplatz des Supermarkts.

»Und überhaupt, wir müssen alle arbeiten. Wieso stresst du dich wegen deiner Arbeit immer so? Stress ist genauso ungesund wie rauchen.«

Direkt verspüre ich Lust auf eine Zigarette.

»Ich pass' schon auf mich auf, aber Vincenzo braucht mich jetzt.«

»Ach, da fällt mir ein, du hast mir noch gar nicht geantwortet, ob du zum Geburtstag von Onkel Gerd kommst?«

»Das weiß ich noch nicht, Mama. Wie gesagt, es ist wirklich viel gerade.«

»Wäre schon gut, wenn du auch da bist. Deine Cousins kommen auch alle. Sogar Marcel schafft es aus New York.«

»Ich versuch's. Muss jetzt leider weiter. Melde mich die Tage wieder und gebe dir Bescheid.«

»Aber warte nicht zu lange. Wir müssen das Catering bestellen. Sonst haben wir dann zu wenig Essen. Und einen Fotografen brauchen wir auch nicht, wenn du für das Kinderfoto fehlst.«

»Kinderfoto, alles klar. Ich melde mich. Liebe Grüße an Papa.«

»Richte ich aus. Lieb' dich!«

»Ja, ich dich auch. Tschau!«, sage ich und lege auf.

Mit einem kurzen Winken mache ich Marie klar, dass wir weiterkönnen. Ich löse den Ständer meines Fahrrads und versichere mich, dass das Rumpsteak und der Joghurt auch gut gesichert sind. Im Licht der bevorstehenden Beerdigung erscheint selbst der Gedanke an Onkel Gerds Geburtstag wie ein einmaliges Event, das ich nicht verpassen sollte.

Kapitel 11

Am nächsten Morgen riecht meine Wohnung nach Fett und Fleisch, weil zweihundertfünfzig Gramm Rindersteak unangerührt auf einem Teller in der Ecke der Küche stehen. Immerhin haben sich bereits zwei leere Becher Naturjoghurt zu den Resten dazugesellt.

»Wenn du einen schwarzen Anzug kaufst, ist die Wahrscheinlichkeit hoch, ihn irgendwann auf einer Beerdigung zu tragen, solltest du in der Zwischenzeit dein Gewicht nicht verdoppeln«, sage ich zu Marie und schließe den Knopf meiner Hose, die sich perfekt auf meine Hüfte legt. Das viele Radfahren und die anhaltende Chips-Abstinenz scheinen sich auszuzahlen.

»Ansonsten trägst du den Anzug nicht?«, fragt Marie. Sie wartet hinter mir darauf, dass ich mich vollständig eingekleidet habe und den Reißverschluss ihres Kleids in dunklem Lila schließe. Sich selbstständig einkleidende Frauen scheinen für Designer solcher Kleider außerhalb der Vorstellungskraft zu liegen.

»Doch, schon. Aber nicht oft. Vor Beerdigungen ist aber klar, was aus dem Schrank genommen wird. Der schwarze Anzug.«

»Wie wäre es, zu freudigen Anlässen Schwarz zu tragen und stattdessen auf einer Beerdigung einen bunten Anzug oder irgendwas Farbenfrohes?«

»So viele Farben habe ich nicht zur Auswahl«, sage ich

und deute auf Anzüge in verschiedenen Marineblau-Tönen in meinem Schrank.

»Schon klar, aber der Tag ist doch traurig genug. Braucht es dafür noch dunkle Kleidung?«, fragt Marie. Mittlerweile wendet sie auffordernd ihren Rücken zu mir. Das Schließen des Reißverschlusses wird von einem kurzen, hohen Zischen begleitet. Auch ohne bunte Farben halte ich Maries Kleid für den Anlass nicht angemessen, doch sage nichts.

»Vielleicht, aber heute fange ich nicht damit an und erscheine zur Beerdigung im weißen Anzug. Am Ende halten die Gäste mich noch für einen Alleinunterhalter, oder sogar Zuhälter.«

»Du hast einen weißen Anzug?«, fragt sie und zieht dabei peinlich berührt ihre Augenbrauen nach oben.

»Nein, natürlich nicht. Aus genannten Gründen.« Ich bin froh, mich von Vincenzo, vor unserem gemeinsamen Ibiza-Urlaub, nicht zum Kauf eines weißen Sakkos überreden haben zu lassen.

Marie nimmt die einzige schwarze Krawatte in meinem Besitz aus dem Schrank, inspiziert diese mit kritischen Blicken, als würde sie einen Anfang und ein Ende suchen.

»Darf ich dir die Krawatte binden? Das sieht in Filmen immer so intim, so romantisch aus, wenn Frauen ihren Männern die Krawatte umlegen.« Ihre Arme hält sie geöffnet vor mich, als würde sie mir keine Krawatte, sondern ein Halsband anlegen wollen.

»Du kannst das?«

»Eine Krawatte binden?«

»Ja.«

»Weiß ich nicht. Finden wir's heraus«, sagt sie. Bereits

ihre ungewöhnliche Art, die Krawatte in beiden Händen zu halten, erscheint mir wenig verheißungsvoll, lässt mich wissen, dass ich auf der Beerdigung, bei der ersten sich bietenden Gelegenheit, eine Toilette mit Spiegel aufsuchen sollte, um dieses Missgeschick zu reparieren. Ich bleibe stumm. Maries Illusion eines romantischen gegenseitigen Einkleidens soll nicht gestört werden. Nach Festziehen des Knotens tritt sie einen Schritt zurück, betrachtet ihr Werk anerkennend aus der Distanz.

»Gar nicht so schlecht, oder?«

»Ja, ist in Ordnung. Fürs erste Mal nicht schlecht«, lüge ich und sehe dabei aus wie ein Neunjähriger, dem die Eltern erlaubt haben, sich selbstständig für die Kommunion anzuziehen.

Sobald im Anzug, fühle ich mich, als würde ich morgens zur Arbeit aufbrechen. Doch das heutige Einkleiden geschieht deutlich bewusster als an einem üblichen Wochentag, wenn ich in morgendlicher Dunkelheit, nach wiederholter, blinder Betätigung der Schlummertaste auf meinem Handy, zu spät für ein entspanntes Frühstück aus dem Bett falle, dieses zwischen dem Überstreifen des Sakkos und dem Schlüpfen in lederne Schnürschuhe im Stehen zu mir nehmen muss, nicht ohne zu riskieren, das Prozedere gleich noch einmal zu wiederholen, weil bei den erschwerten Bedingungen dieser Balanceübung Spritzer des morgendlichen, aufgrund verspäteter Bettruhe so wichtigen Kaffees auf dem weißen Hemd landen. Um Flecken auf meiner Kleidung, aber auch während der Beerdigung aufkommenden Hunger zu vermeiden, haben Marie und ich bereits gefrühstückt. Seit ich bei Mahlzeiten in meiner Wohnung nicht mehr auf weiße

Wände, sondern in das Gesicht eines geliebten Menschen blicke, lernt mein Körper die Vorteile einer nährstoff- und ballaststoffreichen Ernährung wieder zu schätzen. Grundsätzlich empfiehlt es sich, zu Beerdigungen, so wie auch zu Hochzeiten nie hungrig zu erscheinen, da meistens erst Stunden nach der eigentlichen Zeremonie Essen gereicht wird. Ein Umstand, der Gäste in unausstehliche, triebgesteuerte Monster verwandelt, nicht mehr fähig, die eigentlich relevanten Emotionen zuzulassen, nur noch beschäftigt mit dem Unterdrücken des eigenen Hungergefühls. Die Maslowsche Bedürfnishierarchie praktisch erlebbar. Allerdings ist dem oder der Verstorbenen, im Gegenteil zum Hochzeitspaar, kein Vorwurf mehr zu machen, nicht schon am Kircheneingang auf Zahnstochern aufgespießtes Fingerfood darzubieten. Der später angebotene Leib Christi, so aufopferungsvoll die Geste des Zimmerers aus Nazareth auch gewesen sein mag, hilft dann auch nicht mehr gegen das Hungerleiden und man beginnt schon von Auferstehung und dem ewigen Leben zu träumen, während einem die hauchdünne Oblate am Gaumen klebt. Leider ist auch das Blut Christi in Form köstlichen Rotweins zumeist den höheren geistlichen Würdenträgern vorenthalten. Eine Gepflogenheit, die nur wenig mit praktizierter Nächstenliebe gemein hat. Allerdings hilft auch Rotwein, sofern dieser denn großzügiger ausgeschenkt werden würde, nicht gegen den Hunger, lässt die Gäste nur noch früher angeheitert erscheinen. Betrunkene Familienangehörige sind ein nicht zu vermeidender Kollateralschaden auf Beerdigungen und Hochzeiten. Doch sollte dieser Zustand auf einen möglichst späten Zeitpunkt hinausgezögert werden, um das Ausmaß des Schadens so gering wie möglich zu halten.

»Bist du ready?«, frage ich Marie, im Türrahmen stehend, eine Hand bereits an der Türklinke. »Komme ungern zu spät.«

»Wenn wir zu spät kommen, dann sicher nicht wegen mir. Wer wollte denn unbedingt noch frühstücken, als würden wir nicht auf eine Beerdigung gehen, sondern ohne Proviant die Alpen überqueren«, sagt Marie, während sie ihren Blick auf der Suche nach dem Schuhlöffel durch den engen Flur schweifen lässt. Gerade als ich ihr diesen reichen will, drückt sie ihren rechten Fuß gewaltsam stöhnend in die engen, schwarzen Ballerinas. Abfahrbereit steht sie vor mir. Fragend sieht sie mich an.

»Meinst du, wir brauchen eine Jacke?«

»Eine Jacke? Im August? Den Anzug habe ich schon dreimal durchgeschwitzt, bevor wir überhaupt an der Kirche angekommen sind«, sage ich kopfschüttelnd und deute in meine bereits leicht schwitzenden Armbeugen.

»In der Kirche ist es oft kalt. Nicht dass ich friere!«

»Safe wirst du nicht frieren. Es hat später fünfundzwanzig Grad. Mindestens.«

Meinen Körper beuge ich leicht nach hinten, um aus der Glastür auf meinen Balkon blicken zu können.

»Siehst du? Keine einzige Wolke. Blauer Himmel!«

Mit ausgestrecktem Zeigefinger deute ich auf das verstaubte Glasfenster.

»Glaub mir, die Jacke trägst du die ganze Zeit nur rum und ärgerst dich, dass du sie mitgenommen hast.«

»Okay, wenn du meinst«, sagt Marie und drückt die Türklinke mitsamt meiner Hand darauf nach unten. »Dann lass los. Du fährst, oder?«

Mein eigenes Auto habe ich vor wenigen Monaten verkauft. Täglich auf der Suche nach sechs freien Quadratmetern für meinen Blechquader fühlte ich mich wie Sisyphus, König von Korinth, der die Götter so verärgert hatte, dass er zur Strafe einen riesigen Steinbrocken einen Berg hinaufrollen musste, der ihm kurz vor dem Gipfel immer wieder entglitt. Mir entglitt so jeden Morgen mein am Abend zuvor ergatterter Parkplatz, auch wenn ich ihn immer mehr oder weniger freiwillig verlassen hatte. Sisyphus' Schicksal war zumindest einer trickreichen List geschuldet: dem mehrmaligen Entkommen vor dem Tod. Mein einziger Fehler war eine Wohnung in zentraler Stadtlage ohne eigenen Stellplatz.

»Klar, ich kann fahren. Ein Miles steht direkt vor der Tür. Ich reserviere das mal schnell«, sage ich und ziehe mein Smartphone aus dem Inneren meines Sakkos.

Die Sonnenstrahlen spiegeln sich in den Schaufenstern der Straße. Trotz des noch frühen Morgens sammelt sich die Wärme des Tages bereits auf dem grauen Asphalt.

»Jo, Tim.«

»Ja? Was ist los?«

»Alles okay bei dir? Das wird heute auch für dich nicht einfach. Bitte sag mir, wenn ich irgendwas für dich tun kann«, sagt Marie. Die Außenseiten ihrer Finger streifen zärtlich meine rechte Wange.

»Alles okay. Bis jetzt zumindest.«

»Kommt eigentlich Medina auch heute?«

»Nein, die muss leider arbeiten, hat nicht freibekommen. Hatte ich das nicht erzählt?«

»Glaube nicht. Schade, hätte sie gerne kennengelernt.«

»Vielleicht nicht der beste Tag für ein Kennenlernen.«

»Ja, das stimmt. Trotzdem schade.«

»Ich hätte sie auch gern dabeigehabt. Vincenzo sicher auch«, sage ich, während ich versuche, mittels Smartphone-App die schwarze Limousine vor uns freizuschalten und die Autotüren zu öffnen.

»Fuck!«

»Was?«

»Oh nee! Echt jetzt?«, stoße ich verzweifelt aus.

»Was ist denn? Ist was passiert?«, fragt Marie.

»Wir können das Auto nicht an der Kirche abstellen. Die ist außerhalb der freien Parkzone. Der Friedhof auch!«, sage ich. Erschöpft deute ich auf die angezeigte Karte auf dem Bildschirm meines iPhones.

»Dann kaufst du eben einen Tagespass. Oder lässt die Uhr einfach weiterlaufen. Oder wir stellen das Auto ein wenig davor ab. Allzu weit wird das nicht zum Gehen sein.«

»So eine Scheiße! Das nervt mich so heftig!«

»Spinnst du jetzt? Ist doch egal. Willst du Vincenzo sagen, wir kommen nicht, weil deine Miles Karre nicht am Waldfriedhof abgestellt werden kann?«

»Du hast ja recht. Chill!«

Ein Klicken begleitet das Öffnen der Autotüren. Ohne weiteren Kommentar steigt Marie auf der Beifahrerseite ein. Ich setze mich auf den Fahrersitz, starte den Motor. Ihre linke Hand greift nach meinem Oberschenkel. Statt mich zu beruhigen, treibt ihre Berührung Unmut in mir hoch und ich muss mich zusammenreißen, ihre Hand nicht wütend wegzuschieben. Verwirrt schüttle ich all meine Gedanken aus meinem Kopf und versuche, mich auf den Straßenverkehr zu fokussieren.

Der Aufgang zur Kirche wirkt bedauerlich schlicht. Ein karger Eindruck, der mich meine entrichteten Kirchensteuern und deren Verwendung hinterfragen lässt. Der Eingang befindet sich direkt an der Straße, ist von dieser durch einen schmalen Bürgersteig getrennt, der nur wenig Platz für die bereits zahlreich wartenden Familienmitglieder bereithält. Obwohl wir den Wagen eines Carsharing-Anbieters nutzen, erkennt mich Vincenzo schon beim Vorbeifahren. Er interpretiert meinen fragenden Blick korrekt, deutet mit ausgestrecktem Arm auf die gegenüberliegende Straßenseite. Als hätte ich die Suche nach wenigen, meist zu engen Parklücken vermisst, ist auch dieser Parkplatz fast komplett gefüllt. Trotzdem winkt uns ein euphorischer Kirchenangestellter mit hektischen Armschwüngen hinter die ohnehin geöffnete Schranke. Mit kurbelnden Handbewegungen deutet er mir an, mein Fenster zu öffnen.

»Sind sie ein Trauergast?«, fragt er, als würden in der Umgebung gerade noch mehrere andere Events mit massenhaft Gästen stattfinden.

Ich erspare ihm und uns eine ironische Antwort, frage nicht nach dem Weg zum heutigen Rave.

»Ja.«

»Ganz hinten sind noch ein, zwei freie Parkplätze. Wahnsinnig viele Gäste heute. Freut mich, dass so viele Menschen Anteil an Frau Russos Tod nehmen.«

»Danke.«

Zügig drücke ich auf das Gaspedal, will nicht riskieren, einen der letzten beiden Parkplätze noch zu verlieren. Glücklicherweise hatte der freundliche Parkwächter recht. Es befinden sich tatsächlich noch zwei Parklücken am Ende der Gasse.

»Also stellen wir das Auto jetzt doch hier ab?«

»Wieso nicht?«

»Du meintest doch, das liegt außerhalb der Parkzone«, sagt Marie.

»Nee, hier geht es noch. Nur später am Waldfriedhof darf man nicht parken. Vielleicht nimmt uns Vincenzo nachher mit. Da hab’ ich vorhin nicht dran gedacht.«

»Dann bin ich ja froh, dass wir die Katastrophe abwenden konnten«, antwortet Marie.

Kaum aus dem Auto gestiegen, nähert sich uns eine Gruppe älterer Männer in Anzügen. Ich erkenne keinen dieser bärtigen Gäste, doch ohne Zweifel bin ich das Ziel ihres kurzen, zielgerichteten Marsches.

»Junger Mann, haben sie Kleingeld für den Parkautomaten? Wir haben alle nur Scheine. Die nimmt der Automat nicht«, sagt der größte der Gruppe. Schweißperlen stehen ihm auf der Stirn.

»Muss ich nachsehen. Wahrscheinlich eher nicht. Wie viel brauchen Sie denn?«

»Eine Stunde kostet einen Euro, glaube ich.« Fragend dreht er sich zu den umstehenden Männern. »Wir sind drei Autos. Mit drei Euro wäre uns also sehr geholfen«, sagt er und wischt sich mit einem karierten Tuch den Schweiß von der Stirn, bevor er tupfend auch seine Glatze zu trocknen versucht.

»Zwei Euro hab’ ich«, sage ich und sehe hinüber zu Marie. »Hast du noch Kleingeld? Die Herren benötigen noch einen Euro zum Parken.«

Marie zieht ihren Geldbeutel aus der kleinen schwarzen Handtasche um ihre Schultern. Nach kurzem prüfenden Blick reicht sie dem glatzköpfigen Mann drei Euromünzen.

»Vielen Dank, das ist wirklich nett. Nichts im Leben außer dem Tod ist umsonst, aber wenn es nicht der eigene ist, kostet der noch Parkgebühren«, sagt er und lacht. »Woher kennen Sie Aurora?«

»Ich bin ein Freund von Vincenzo.«

»Und die junge Frau?«, fragt er und sieht Marie direkt an.

»Die ist meine Begleitung«, antworte ich, ohne Marie die Möglichkeit zu geben, sich selbst vorzustellen.

»Ach, schön. Aurora war so eine herzliche Frau. Wir sind alle Cousins, beziehungsweise Großcousins«, sagt er und deutet auf die beiden Männer zu seiner linken Seite. »Leider hatten wir sie schon lange nicht mehr gesehen, aber die Familie hält zusammen.«

»Schön zu hören«, erwidere ich.

»Dann bezahlen wir mal die Parkgebühren. Nicht, dass wir noch 'nen Strafzettel bekommen und der Tag noch bitterer wird, als er schon ist.«

Fast wünsche ich ihm ›noch einen schönen Tag‹, doch kann mich gerade noch rechtzeitig an den Grund unseres heutigen Zusammenkommens erinnern. Noch peinlicher ist es wohl nur, der Kellnerin im Restaurant auf ihren ›Guten Appetit‹-Wunsch ein ›ebenfalls‹ entgegenzubringen.

Ich blicke links und rechts die Straße hinunter, will mich vergewissern, dass keine entgegenrasenden Autos zwei weitere Beerdigungen in einer Woche nötig machen. Dann nehme ich Marie an der Hand, führe sie auf die gegenüberliegende Straßenseite, auch wenn sie diesen Weg ohne meine Weisung schaffen würde. Bei mir selbst bin ich mir nicht so sicher. Je näher wir dem Eingang der Kirche und Vincenzos engster Familie kommen, desto fester wird mein Druck auf ihre Hand. Ich fürchte, sie könnte mir plötzlich entgleiten, weil sich zwischenzeitlich ein See aus Schweiß, aufgestaut durch Angst und Nervosität, zwischen unseren Handflächen bildet. Vincenzo geht fast unter in den entgegengebrachten Beileidsbekundungen der Menschentraube um ihn herum. Wie ein scharfes Schwert sticht sein leerer Blick durch die Anwesenden. Doch mich sieht er schon aus der Ferne. Als Vincenzo mich erkennt, wirkt es, als würde er zum ersten Mal seit langem einen Sinneseindruck bewusst wahrnehmen. Als hätte er zwar zuvor gesehen, das Aufgenommene aber nicht verarbeitet, höchstens genutzt, um nicht gegen etwas oder jemanden zu laufen oder über kleinste Unebenheiten des Bodens zu stolpern. Ich komme am anderen Ende der Menschenmasse um Vincenzo herum an. Er entschuldigt sich, unterbricht die Beileidsbekundungen. Wie ein einzelnes Atom gegen den Strom bahnt er sich seinen Weg zu mir. Voreinander stehend schließen wir beide gleichzeitig unsere Augen, als würde uns ein Instinkt dazu verleiten. Sein Kopf sinkt auf meine Brust, meine Arme lege ich um seinen Oberkörper. Wir halten inne, als würde die Welt um uns herum stillstehen. Ein Stillstand, der nicht nötig ist, denn auch so wagt niemand, unsere Zusammenkunft zu unterbrechen. Ich kann mich nicht erinnern, Vincenzo je so lange umarmt zu haben. Überhaupt habe ich noch nie jemanden so lange umarmt. Als wir uns aus der Umklammerung lösen, sehen wir unzählige traurige Augen auf uns gerichtet. Aus allen Ecken ist ein Schluchzen, ein Schniefen zu hören. Im Fokus der trauernden Familie um uns herum fühle ich mich wie ein Hund kurz vor dem Einschläfern durch den Tierarzt.

Vincenzo atmet tief ein. »Tut gut, dass du da bist. Danke.«

»Klar doch. Alles für dich. Lass mich wissen, wenn ich irgendwas für dich tun kann.«

»Setz dich bitte zu mir und meiner Familie.«

»Ganz nach vorne?«, frage ich, weil die Tatsache, weit vorne bei der Familie zu sitzen, ohne selbst ein enges Familienmitglied zu sein, mir Unwohlsein bereitet.

»Ja, bitte, ganz nach vorne«, sagt Vincenzo und hat dabei den flehenden Blick eines ausgehungerten Golden Retrievers.

»Klar. Setz' mich zu dir.« Ich ziehe Marie an meiner Hand aus der Masse um uns herum nach vorne, neben Vincenzo und mich.

»Das ist Marie. Habe dir ja schon von ihr erzählt«, sage ich und sehe, wie Marie Vincenzo lächelnd zunickt. »Sie wollte dabei sein. Uns emotional unterstützen. Hoffe, das ist okay.«

Marie geht Vincenzo einen Schritt entgegen, will ihn wie ich zuvor umarmen. Die Gäste um uns herum sind mittlerweile wieder nähergekommen, umschließen uns wie ein sich langsam zuziehender Seilknoten. Scheinbar können sie es kaum erwarten, Auroras Kindern und insbesondere Vincenzo, als einzigem Sohn, ihr Beileid zu bekunden. Vincenzo weicht Maries Umarmung nicht aus, doch zeigt keine Rührung, bleibt bewegungslos stehen. Seine Arme hängen weiter steif neben seinem Körper. Marie löst die Umklammerung, geht wieder einen Schritt hinter mich zurück.

»Oh, okay. Ja, das passt schon«, sagt Vincenzo, drückt mich noch einmal kurz und dreht sich dann wieder den nicht enden wollenden Beileidsbekundungen zu. Ein Wirrwarr aus Italienisch und Deutsch prasselt auf ihn ein.

»Wow. Der hat überhaupt keinen Bock, dass ich hier bin. Hast du seine Reaktion gesehen?«, fragt Marie und drückt mich dabei in Richtung einer alten Eiche, die direkt neben dem Kircheneingang den Besuchern Schatten spendet.

»Wie kommst du denn darauf?«

»Warst du gerade anwesend, Tim?«

»Der ist heute eben total neben der Spur. Er hat doch gesagt, das passt.«

»Und das klang in deinen Ohren auch so? Das passt?« Marie atmet schwer. Ihre Stimme überschlägt sich.

»Wieso sollte es anders sein? Klar, Vincenzo ist vielleicht bisher nicht dein größter Fan ...«, beginne ich meinen Satz, bevor ich von Marie unterbrochen werde.

»Wie meinst du das? Nicht mein größter Fan?«

»Na ja, die ganze Geschichte mit deinem Ex, deiner letzten Beziehung, dem ganzen Timing. Vincenzo will mich eben schützen.«

»Schützen? Vor mir schützen?«

»Nein, ganz grundsätzlich davor, enttäuscht zu werden oder mich zu schnell in irgendwas reinzustürzen.«

»Und das brauchst du?«

»Nein! Natürlich ist das unnötig.«

Marie muss schlucken, als hätte sie nicht nur einen Kloß, sondern dazu noch einen ganzen Schweinebraten samt Blaukraut im Hals stecken.

»Wenn ihr euch bald besser kennenlernt, sieht das gleich ganz anders aus«, sage ich und will meinen Arm wie einen schützenden Flügel um Marie legen, doch sie weicht aus.

»Eine Beerdigung ist vermutlich nicht die beste Gelegenheit, um sich besser kennenzulernen. Ich glaube, es wäre besser, wenn ich wieder gehe, Tim.«

»Auf keinen Fall gehst du jetzt, Marie. Was macht das denn für einen Eindruck? Außerdem brauche ich dich hier bei mir.«

Der Abstand zwischen uns besteht nur aus wenigen Zentimetern, doch ist Marie in diesem Moment kilometerweit von mir entfernt.

»Du hast doch seine Körpersprache gesehen.«

»Körpersprache? Was denn für eine Körpersprache?«, frage ich, die Antwort bereits kennend.

»Sein Ausweichen, als ich ihn umarmen wollte. Sein Blick, als er mich erkannt hat. Seine gereizte Stimme, als du mich erwähnt hast. Das ist die Beerdigung seiner Mutter! Das letzte, was ich will, ist ihm ein schlechtes Gefühl geben.«

Maries Blick ist auf den Boden gerichtet. Obwohl wir im Schatten stehen, spüre ich, wie ein einzelner Schweißtropfen langsam meinen Rücken hinab läuft.

»Bitte bleib hier, bei mir. Ich kläre das später mit Vincenzo, sollte es ein Problem geben.«

»Aber nicht heute!«

»Natürlich nicht heute. Außerdem sind hier hunderte Gäste, bei denen ich mir nicht sicher bin, ob Vincenzo überhaupt sagen könnte, wer das ist. Und sowieso: Du bist wegen mir hier, um mich zu unterstützen, damit ich für Vincenzo da sein kann.«

»Ich glaube, das sieht er nicht so, aber ich bleibe, wenn du das möchtest.«

Mit beiden Händen umfasse ich sanft Maries Wangen. Langsam hebt sie ihren Kopf. In ihren Augen spiegelt sich die Kuppel des Kirchturms. Die Umrisse der Uhr kann ich erkennen, doch nicht die genaue Uhrzeit. Die umstehenden Gäste suchen dicht gedrängt, wie flussaufwärts schwimmende Lachse, ihren Weg durch den hohen Eingang in das Innere der Kirche. Der Gottesdienst scheint in wenigen Minuten zu beginnen.

»Lass uns reingehen. Wir sitzen vorne bei Vincenzo.«

Seitlich drängen wir uns in den Strom aus Menschen. Keine zwei Schritte auf den marmornen Kirchenboden gesetzt, erwartet uns ein Temperatursturz, nicht ausgelöst durch emotionslose Angehörige, sondern bedingt durch die kalten Steinmauern der Barockkirche. Ich bin froh über die Möglichkeit, zumindest für eine Stunde den Hersteller luftundurchlässiger, für den Hochsommer ungeeigneter Anzüge nicht zu verfluchen und stattdessen die angenehme Kühle unter meinem Hemd zu genießen. Die kalten Gemäuer kommen für Marie nicht überraschend.

»Bisschen frisch hier«, sagt sie und lächelt kurz.

Kirchen schüchtern mich ein. Die vehementen Kontraste des auf den dunklen Kirchenboden einfallenden Lichts. Die strenge Anordnung der Holzbänke, mit eigener Vorrichtung, um das ehrfürchtige Knien zu erleichtern. Die monumentalen, mit marmornen Statuen verzierten Bögen. Die in chronologischer Reihenfolge angeordneten vierzehn Bilder des Kreuzwegs Jesu, die am Ende des Altars unter ihm am riesigen Kreuz enden. Bei Unkenntnis über die Geschichte der Geburt, des Lebens und der Kreuzigung des Sohn Gottes, wäre ein ›Spoiler Alert‹ vor dem Betreten der Kirche angebracht. Das Neue Testament verliert so schnell an Reiz.

Jesus' Blick vom Kreuz herab wirkt vorwurfsvoll. Kaum vorzustellen, wie unbefriedigend es sein muss, für die Menschheit das eigene Leben zu opfern, nur damit wir knapp zweitausend Jahre später auf Stühle steigen, um symmetrisch angeordnete Poké Bowls im perfekten Winkel zu fotografieren. Das Gefühl, Buße tun zu müssen, kriecht langsam meinen Rücken nach oben, die Schwere der Sünde drückt meine Schultern nach unten. Ich bin ein reuiger Sünder ohne Bewusstsein über mein Verschulden. Maries Gang in die ersten Reihen des Mittelschiffs der Kirche ist aufrecht. Sie scheint entweder weniger sündhaft gelebt zu haben oder ist in der Lage, das Gefühl gekonnt zu unterdrücken.

Es ist meine zweite Beerdigung nach der meines Groß-vaters vor fast zwanzig Jahren. Ich war noch zu jung, um die Endgültigkeit des vorgetragenen Dramas zu verstehen, habe dem Schlussakt eines Lebens beigewohnt, ohne zu wissen, dass dieses Stück an diesem Tag sein endgültiges Ende fand, Zugabe ausgeschlossen. Mit Abwesenheit des Sarges, des Leichnams in der Kirche, der wohl in der Aus-segnungshalle am Friedhof für die eigentliche Beerdigung bereitsteht, wirkt es wie ein trauriger Geburtstag, bei dem die Feier beginnt, ohne auf das Geburtstagskind zu warten. Selbst wenn keine Lästereien über Verstorbene während des Gottesdienstes zu erwarten sind, denn nirgends wird mehr gelogen als auf Beerdigungen – verzeih mir Aurora – fühlt es sich doch falsch an, über Personen zu sprechen, die selbst nicht anwesend sind. Auch wirkt der Tod weniger real, weniger endgültig, weniger wahrhaftig ohne Sarg. Darüber können auch das Bild mit der lächelnden Aurora und die weißen Blumen nicht hinwegtäuschen.

Die erste Sitzreihe ist leer. Wir setzen uns direkt da-hinter. Vincenzo und seine Schwestern haben noch nicht Platz genommen. Ohne die drei ist die Kirche in der Zwischenzeit fast vollständig gefüllt. Ein paar wenige Gäste stehen in den nur spärlich ausgeleuchteten, dunklen Bögen am Ende der Kirche. Wüsste ich nicht bereits von den Streitigkeiten zwischen Auroras Familie und der von Vincenzos Vater, so könnte ich diese spätestens anhand der strikten Aufteilung in den hölzernen Kirchenbänken deuten. Die Familienmitglieder sitzen streng voneinander getrennt, als würde eine unsichtbare äußere Kraft sie daran hindern, sich einander zu nähern. Vincenzo selbst hat seinen Vater wahrscheinlich schon seit fünf Jahren nicht mehr gesehen. Der Kontakt hat sich seitdem auf Telefonate zu Weihnachten und schmucklose Glückwunschkarten an Geburtstagen beschränkt. Vincenzo wusste, dass sein Vater und dessen Familie heute an der Beerdigung teilnehmen. Auf meine Nachfrage, ob ihn das störe, kam nur ein Achselzucken.

Der Gottesdienst beginnt laut, mit Kirchengeläut und Orgelmusik. Vincenzo setzt sich mit seinen beiden Schwestern direkt vor mich, dreht sich kurz zu mir, kneift die Augen zusammen und nickt mir zu. Dann geht sein Blick zu dem großen, von Blumen umrahmten Bild seiner Mutter, lächelnd in weißem Sommerkleid auf einem Weinberg in der Toskana.

Meine Finger greifen nach seiner Schulter, als würde ich versuchen, durch Handauflegen meine Kraft auf ihn zu übertragen. Er strahlt Wärme aus und zittert doch.

Der Priester tritt zum Altar. Das für die nächste Stunde nicht enden wollende Wechselspiel bestehend aus Aufstehen, Hinsetzen und Hinknien beginnt, als würden die anwesenden Gäste unter der Bürde des Tages und der Trauer über die Verstorbene nicht schon genug leiden. Ein gekonnter Kniff der katholischen Kirche, sprichwörtlich die sündige Spreu vom christlichen Weizen zu trennen. Ich kenne die Regeln nicht, wann während einer Messe aufzustehen ist, wann Hinsetzen vom allmächtigen Gott geduldet wird, wann ich mich auf meine geschundenen Knie zu werfen habe. Es hilft nur der unauffällige Blick zum Nebenmann, der im besten Falle eine rüstige, kirchenerprobte Rentnerin ist, um sich ihr Verhalten zum Vorbild zu nehmen. Das Gotteslob hatte sie zuvor am Eingang mehr aus Gewohnheit vom Tisch genommen, als dass es wirklich gebraucht werden würde, sind doch alle Lieder, Gebete und Phrasen über Jahrzehnte des kontinuierlichen Besuchs der Messe längst auswendig gelernt, werden inbrünstig geschmettert, immer mit direktem Blick zum Priester. Schließlich soll dieser auf keinen Fall die zur Schau getragene Christlichkeit verpassen. Selbstverständlich sind mir nicht nur die Gepflogenheiten der Sitz- und Stehetikette gänzlich fremd, sondern verhalten sich vorgetragene Texte und Gesänge für mich wie x und y in einer Gleichung mit zwei Unbekannten. Ich bin also froh über das verlassene, ungebrauchte Liederbuch in meiner Nähe. Mit einem selbstbewussten Nicken in meine Richtung signalisiert die ältere Dame neben mir freie Bahn für meinen beherzten Griff nach dem Buch im ledernen Einband. Ich fühle mich bloßgestellt, wie ein an der Tafel unvorbereitet referierender Schüler, dem die Lehrerin aus Mitleid die Lösung fast komplett vorsagt. Die Kirchenglocken verstummen. Neben dem Bildnis der Jungfrau Maria wird das erste zu singende Lied mittels hell leuchtender Schrift auf dem LCD-Bildschirm angezeigt. Die Digitalisierung macht auch vor der katholischen Kirche nicht

Halt. Nummer einhundertneunundvierzig unterbricht das Schluchzen und Weinen aus den schwarz gekleideten Reihen hinter mir. Auf meinen Einsatz wartend drehe ich mich kurz um. Am Eingang erkenne ich Kevin und Abbas, zwei Schulfreunde von Vincenzo. Die schwarzen Hemden liegen unpassend eng an ihren Körpern an. Es scheint, als hätten sie für diese Art der Kleidung schon lange Zeit keine Verwendung mehr gehabt.

Wie ein Schwarm Zugvögel auf ihrem Weg in den Süden fliegt die Predigt an mir vorbei. Auch Vincenzo scheint mit seinen Gedanken woanders als beim ersten Buch Mose zu sein. Ein Satz lässt mich aber wieder aufhorchen: »Betrauert nicht den Tod, sondern erfreut euch am von Gott geschenkten Leben«, sagt der in dunkles Lila gekleidete Pfarrer.

›Wie anmaßend‹, denke ich zunächst, der anwesenden Trauergemeinde deren Gefühle vorschreiben zu wollen, doch ist es nicht nur eine Phrase der Gläubigen, sondern ein oftmals von Verstorbenen gehegter Wunsch.

»Auf meiner Beerdigung sollen meine Freunde und Familie feiern, aber bitte nicht meinen Tod betrauern«, meinte auch Aurora, als über ihr eigenes Begräbnis gesprochen wurde. Ein sehr egoistischer Gedanke, wie ich finde. Wirkt es nicht seltsam, nach dem eigenen Ableben in eine Vielzahl glücklich strahlender und lachender Gesichter zu blicken? Erscheinen diese nicht ohnehin spätestens beim Verlesen des Testaments wenige Wochen später? Außerdem lädt die Auswahl der Lieder wie auch der Örtlichkeit nicht gerade zu wilden Feiern und ausufernden Exzessen ein. Keine gute Party hat je unter einem blutenden jungen Mann am Kreuz zu gesungenen Orationen eines Priesters begonnen.

Allerdings kann ich das auch nicht mit Gewissheit behaupten, gehe ich mittlerweile nur noch selten in Clubs, weiß also nicht, was heutzutage angesagt ist.

Die Wahl der Musikinstrumente kann für die ausbleibende Feierstimmung keine Entschuldigung sein, haben doch schon die Achtzigerjahre bewiesen, dass sich Orgelmusik bestens für Partyhits eignet. Doch selbst bei der passenden Musikauswahl sitzen die Familienangehörigen und Freunde, aus zuvor genannten Gründen, zu lange auf dem Trockenen, um eine ausgelassene Stimmung und heitere Atmosphäre zu kreieren. Wenn eine Party gewünscht ist, hast du die Gäste schon am Eingang abzufüllen. Die Schattenseiten einer betrunkenen Großfamilie sind zwangsläufig hinzunehmen.

Die heutige Stimmung ist einer Beerdigung angemessen. Wie ein Personal Trainer kommandiert der Pfarrer die Trauergemeinde bereits mehr als eine halbe Stunde durch seine strenge Trainingseinheit und die drei Grundpositionen des Kirchenbesuchs. Das Vaterunser wird angestimmt. Ein Gebet, das selbst ich ohne Aussetzer oder Nachhilfe beherrsche. Die Anwesenden bitten Gott darum, nicht in Versuchung geführt zu werden, als wäre nicht alles Erstrebenswerte, Erinnerungsreiche, Freudenbringende im Leben mit Versuchung und, im christlichen Wertekanon, sündhaftem Verhalten in Verbindung zu bringen. Auch als Ungläubiger kann ich mich mit dem Gedanken anfreunden, nach dem Tod in sein Reich zu kommen. Bis dahin hätte ich allerdings gerne noch meinen Willen, der geschieht, und nicht den Gottes. Denn dein ist das Reich und die Kraft und die Herrlichkeit in Ewigkeit. Amen. Wir dürfen uns wieder setzen.

Der Gottesdienst neigt sich, wie die Taschentuchvor-
räte, dem Ende zu. Ehe der Pfarrer in weitem Gewand
die anwesende Trauergemeinde entlässt, fordert er noch
dazu auf, einander ein Zeichen des Friedens zu geben.
Da weiße Tauben und Olivenzweige kurzerhand nicht
verfügbar sind, reicht dem greisen Mann am Altar das
gegenseitige Schütteln der Hände. »Der Friede sei mit dir.«
Glücklicherweise müssen aufgrund des strikt getrennten
Sitzplans keine Hände über zerstrittene Familien hinweg
geschüttelt werden.

Die Orgel stimmt zu einem eindrucksvollen letzten Lied
an, das die anwesenden Gäste auf dem Weg aus der Kirche begleiten soll. Vincenzo stützt seine beiden Schwestern beim Gang nach draußen. Marie greift nach meiner
Hand, lässt diese wieder los, hakt sich unter meinem Arm
ein. Mit einem Ruck zieht sie sich stramm an mich, wie
ein Schiffsanker, der sich am Boden des Meeres festsetzt.

»Das war schön«, sagt sie.

Eine Träne läuft langsam ihre Wange hinunter, erreicht
ihr Kinn, tropft auf den glatten Kirchenboden. Dort dürfte
ihre Träne nicht allein sein, sehe ich in die geröteten Augen der nach draußen marschierenden Menschen um mich
herum. In kleinen Schritten gehen wir dem Licht entgegen,
das durch das geöffnete Kirchenportal in den Gang zwischen
die Sitzreihen fällt. Die hellen Sonnenstrahlen zwingen
mich, beim Übertreten der Eingangsschwelle meine Augen
zusammenzukneifen, weshalb ich stolpernd in den vor mir
gehenden Mann falle. Auch er strauchelt kurz, hält sich an
der Frau neben sich fest, dreht sich um und blickt mir direkt
ins Gesicht. Es ist Salvatore, Vincenzos Vater. Ich kenne
ihn nur von Fotos, habe ihn nie persönlich kennengelernt.

»Entschuldigung! Sorry! Die Sonne blendet! Bin gestolpert.« Ich weiß, dass er keine Ahnung hat, wer ich bin.

»Kein Problem. Ist ja nichts passiert.«

Ohne ein weiteres Wort setzt er seinen Gang zur Straße fort.

»Was war das denn, Tim? Alles gut bei dir?«, fragt Marie, die durch ihren festen Griff an meinem Oberarm einen schlimmeren Sturz verhindern konnte.

»Ja, alles in Ordnung. Hab' die Schwelle nicht gesehen und bin gestolpert. Das war Salvatore, Vincenzos Dad.«

»Was, echt? Krass! Ihr kennt euch?«, fragt Marie erstaunt.

»Nein, noch nie gesehen. Kenne ihn nur von einem Foto, das Vincenzo mir mal gezeigt hat. Das letzte Mal, dass Vincenzo seinen Dad gesehen hat, war, als seine Eltern sich schreiend in der Wohnung seiner Mutter gestritten haben. Anscheinend musste Vincenzo auch dazwischen gehen.«

»Dazwischengehen? Was ist passiert?«

»Sein Vater wurde handgreiflich.«

Marie sieht mich mit großen Augen an.

»Was ein Arschloch!«, sagt sie kopfschüttelnd. »Und dann verpisst er sich für Jahre und lässt seine Kinder im Stich? In den kannst du gerne nochmal fallen, dann halte ich dich nicht.«

Weil ich mich nicht wie ein Anhalter bei allen anwesenden Autofahrern nach einer Mitfahrgelegenheit erkundigen möchte und Vincenzos Auto bereits mit seinen Schwestern, seinem Onkel und seiner Tante gefüllt ist, müssen Marie und ich abermals das Carsharing Angebot nutzen und später am Waldfriedhof außerhalb der inkludierten freien Parkzone abstellen. Die Autos setzen sich als

Konvoi in Bewegung. Ähnlich dem geschlossenen Aufbruch nach einer Trauung. Nur das nervige Hupen in der Ortschaft bleibt aus und die Fahrt endet nicht an einem großen Ballsaal, sondern auf dem Friedhof.

Auroras Sarg steht in der Aussegnungshalle des Waldfriedhofs, wartet dort auf die eintreffenden Gäste und das beginnende Begräbnis. Zuvor sind noch persönliche Worte des Pfarrers geplant, der sich ein paar Tage vorher mit Vincenzo und seinen Schwestern zusammengesetzt hatte, um den Inhalt dieser Rede zu besprechen. Vincenzo selbst fühlte sich nicht in der Lage, diese Verantwortung zu übernehmen.

Am Parkplatz des Friedhofs angekommen fällt mir die kostenfreie Parkzeit von zwei Stunden auf. Ein großzügiges Angebot der Stadtverwaltung, verbringen Besucher immerhin selten mehr als hundertzwanzig Minuten neben Gräbern und Mausoleen. Jede Minute darüber hinaus könnte sich als Fetisch herausstellen und sollte dringend ärztlich untersucht werden.

Mit hektischen Blicken suche ich nach Vincenzo. Auf keinen Fall möchte ich, dass er die Aussegnungshalle ohne mich betritt. Der Krach von sich öffnenden und wieder zugeschlagenen Autotüren stört nur kurz die selige Ruhe des Ortes. Ich erkenne Vincenzo vor mir. Zwischen uns liegen weniger als fünfzig Schritte. Er öffnet die metallene Tür des Zauns zum Friedhof. Von dort sind es nur noch wenige Meter zur Friedhofskapelle. Auroras Sarg ist keine Minute von ihm entfernt. Ich will zum Sprint ansetzen, doch entscheide mich aus Respekt vor der pietätvollen Umgebung für einen sehr schnellen Gang, ähnlich der einst olympischen Disziplin, bei welcher nie beide Füße gleichzeitig vom Boden angehoben werden dürfen. Eine äußerst ineffektive, herabwürdigende, aber in dieser Situation weniger auffällige Fortbewegungsart. Marie tut es mir gleich, hält unauffällig Schritt. Noch rechtzeitig erreichen wir Vincenzo. In Griffweite strecke ich meinen Arm aus, packe ihn an seiner rechten Schulter. Er bleibt stehen, dreht sich um und hebt angesichts meines keuchenden Atems kurz die Mundwinkel.

»Lass uns zusammen reingehen, okay?«

»Kann das schon allein«, erwidert Vincenzo und sieht mich zweifelnd an.

»Ich will bei dir sein«, sage ich und wische mir mit dem Ärmel meines Sakkos eine Schweißperle von der Stirn. Marie geht einen Schritt zurück und tritt hinter mich.

Vincenzo bleibt stumm, nickt kurz, greift nach meinem bereits in seine Richtung angewinkelten Arm. Wie einen verletzten Fußballspieler aus dem Stadion begleite ich Vincenzo die letzten Stufen in die Friedhofskapelle. Zwischen uns und dem Sarg seiner Mutter befindet sich nur noch eine schwere hölzerne Eingangstür. Die Gäste vor uns haben mit der scheinbar klemmenden Barriere Probleme, müssen sich mit ihrem ganzen Körpergewicht in den Griff lehnen, um den Weg in die Kapelle freizumachen. Die Tür öffnet sich. Vor uns erhebt sich, wie die aufgehende Sonne am Horizont, der Sarg in hellem Eichenholz. Die geschliffenen, seitlich angebrachten Griffe aus Zinn reflektieren das Licht des darüber angebrachten Kronleuchters. Ein Meer aus Blumenkränzen und Abschiedsbekundungen auf Trauerschleifen bedeckt den Boden aus rotem Stein fast komplett. Hektisch schweift mein Blick über die an Gestecken angebrachten Schärpen, doch lese nirgends den

Namen meiner Eltern. Ich erkenne nur Rosen in verschiedenen Farben. Nicht weil die Auswahl der Blumen beschränkt ist, sondern weil ich in der Botanik noch weniger bewandert bin als in den Gepflogenheiten des christlichen Gottesdienstes. Als Vincenzo den Sarg erblickt, fällt sein Körper für Millisekunden in sich zusammen, als hätten seine Muskeln für einen Augenblick jegliche Kontrolle über seine Motorik verloren. Aus Angst, er könnte zu Boden sinken, ziehe ich ihn ruckartig an mich. Die Realität schlägt Vincenzo mit voller Wucht ins Gesicht, zieht ihm den Boden unter den Füßen weg, lässt jede kontrollierte Bewegung seines Körpers unmöglich erscheinen.

Es ist, als wäre alles zuvor Geschehene für Vincenzo bloß ein furchtbarer Albtraum gewesen, bei dem er nur die Augen öffnen muss, um dem Horror ein sofortiges Ende zu setzen. Das Gesicht der resignierten Ärztin nach der Diagnose. Die letzten Atemzüge seiner Mutter. Die endlosen Telefongespräche mit Familie und Freunden. Die notwendigen Besuche im Bestattungsinstitut. Das Vorgespräch mit dem Pfarrer. Der Weg mit dem Auto zur Kirche. Die Trauerfeier in Abwesenheit des Leichnams. Nichts als Kapitel eines schlafraubenden Albtraums, surreal und imaginär, nicht greifbar, bis der Blick auf den Sarg einen Blick in die Zukunft ohne eigene Mutter freigibt und aus der Schreckensvision ein lebendiges Grauen macht.

Das Gesicht des Todes hat zwei Gesichter: Plötzlich und unvermittelt, beiläufig wie das Betätigen eines Lichtschalters zum Ausknipsen einer Nachttischlampe, oder langsam schleichend, vorhersehbar, befürchtet, vielleicht sogar erhofft, fast planbar wie eine lange Reise, von der es keine Rückkehr geben wird. Auroras Tod wurde erwartet. Das macht ihn nicht minder schrecklich, schmerzhaft oder endgültig. Sich selbst, vor allem den eigenen Geist, auf den bevorstehenden Tod vorbereiten zu können, sich von seinen engsten Familienangehörigen und Freunden verabschieden zu dürfen, mag ein erstrebenswertes Ende eines langen und erfüllten Lebens sein. Das Glück eines langen Lebens hatte Aurora nicht, doch ging sie dem Tod bei vollem Bewusstsein entgegen, in täglicher Umgebung der Menschen, die ihr am meisten bedeuteten. Schlagartig kommt mir die Antwort auf Maries Frage bei unserem ersten Date. Nie war es mir klarer als in diesem Moment. Ich favorisiere den plötzlichen Herzstillstand, ohne den Hauch einer Chance Angst oder auch nur das Bewusstsein über das bevorstehende Ende entwickeln zu können. Bewusstsein darüber, nie wieder einen Menschen zu sehen, zu berühren, zu umarmen, stattdessen zum Griff in die ewige Leere verdammt zu sein. Bewusstsein darüber, nie wieder durchs Dunkle zu tapsen, weil man zu feige ist, die Augen zu öffnen, sondern anstelle in Erwartung der ewigen Finsternis ohne Chance auf Licht zu sein. Bewusstsein darüber, sich nie wieder gedanklich die Ohren zuhalten zu müssen, weil das Erzählte schon tausend Mal gehört wurde, die Langeweile aus jeder Pore der Geschichte tropft, aber eben auch für immer taub, in ewiger Stille gefangen zu sein, wie ein Radio mit defektem Lautstärkeregler. Bewusstsein darüber, nie wieder weder den Geruch von frischem Heu zu suchen noch dem Duft unangenehmen Parfüms aus dem Weg zu gehen, sondern unter allzeitiger Geruchslosigkeit zu leiden, ähnlich einem ewig anhaltenden Schnupfen.

Den Zusammenbruch abgewendet, schafft Vincenzo

die letzten Schritte zu den Stühlen der ersten Reihe ohne weitere Hilfe. Er sitzt nur wenige Meter vom Sarg seiner Mutter entfernt. Marie und ich nehmen wieder in der Reihe hinter ihm Platz, immer in Reichweite.

Die Trauerrede des Pfarrers ist persönlicher als die förmliche Messe im Gottesdienst. Außerdem ist sie kurzgehalten. Ein gern gesehener Umstand, da die Stühle ohne Polsterung mindestens so hart sind wie die Realität des betrauerten Todesfalls. Hinter dem Rednerpult des Pfarrers öffnet sich plötzlich, für mich unerwartet, ein Tor, groß genug, einem Auto, oder zumindest einem von vier Trägern begleiteten Sarg Platz nach draußen zu verschaffen. Der zuvor noch dunkle Raum ist nun von Licht durchflutet. Der Sarg steht mittig im Lichtkegel, ähnlich einem Popstar im Scheinwerferlicht auf einer Bühne. Vincenzo und drei seiner Onkel erheben sich, gehen andächtigen Schrittes nach vorne, kommen neben dem Sarg wieder zum Stehen. Vincenzos Position scheint klar zu sein. Er stellt sich an den links vorne angebrachten Tragegriff. Zwischen den drei anderen Männern werden stumm fragende Blicke ausgetauscht, bevor durch gestenreiche Deutungen Matteos, des ältesten Bruders von Aurora, die Verteilung am Sarg entschieden wird. Matteo habe ich bereits bei Limoncello und Aperol Spritz kennengelernt, als ich eine trauernde Familie erwartete, aber stattdessen eine italienische Familienfeier vorfand. Wie ein Dirigent sein Orchester stimmt Vincenzo seine Onkel ein, gemeinsam den Sarg von der erhöhten metallenen Vorrichtung anzuheben. Er spricht leise, nickt dabei im Takt.

»Drei, zwei, eins, und …«

Angestrengte Gesichter der vier Männer begleiten den

Sarg wenige Zentimeter in die Höhe, ihre angespannten Muskeln deuten sich unter den straffen schwarzen
Anzügen an. Die restliche Trauergemeinde erhebt sich
gleichzeitig, wie auf Kommando, mit dem Sarg. Längst
haben nicht alle Gäste in der kleinen Aussegnungshalle
auf Stühlen Platz gefunden. Eng gedrängt stehen sie am
hinteren Ende der Kapelle, links und rechts aufgereiht
neben der schweren, hölzernen Eingangstür. Schleppend,
aber kontinuierlich setzen sich die Träger und der Sarg
in Bewegung. Teresa, Vincenzos jüngste Schwester, be-
tätigt zögerlich, mit sanftem Druck, als wäre sie ob des
richtigen Zeitpunkts unsicher, die Wiedergabetaste der
mitgebrachten Musikbox. Ich bin froh, diese Aufgabe am
heutigen Tag nicht zugetragen bekommen zu haben, verhalten sich Bluetoothgeräte doch mir gegenüber wie die
meisten Frauen. Sie wollen sich nicht mit mir connecten.

Aus den Lautsprechern erklingen die ersten Töne,
schweben über die vorderen Sitzreihen bis nach hinten
zu den stehenden Gästen.

> ›Some say love, it is a river
> That drowns the tender reed
> Some say love, it is a razor
> That leaves your soul to bleed
> Some say love, it is a hunger
> An endless aching need
> I say love, it is a flower
> And you, its only seed‹

Unvorbereitet trifft plötzlich auch mich die Trauer. Tränen
fließen sintflutartig meine bartlosen Wangen hinunter.

Hastig wische ich diese mit dem Ärmel meines Sakkos aus dem Gesicht, ziehe meine Nase hoch und öffne meine Augen weiter als üblich. Ich bin froh, dass mich Vincenzo nicht sieht. Hatte ich ihm doch versprochen, stark für ihn zu sein, ihn an diesem schweren Tag zu unterstützen. Gerötete und verheulte Augen untergraben diesen Vorsatz. Sein Blick ist streng nach vorne gerichtet, den Griff des Sarges hält er fest in seiner rechten Hand. Marie und ich reihen uns in den Zug aus Menschen ein, die bedächtigen Schrittes die Aussegnungshalle verlassen. Ohne Vorgaben haben sich Zweierreihen hinter dem Sarg gebildet. Der Weg zum Grab ist nicht lang. Schon aus der Ferne ist es zu erkennen. Ein aufgeschütteter Erdhaufen, mit grüner Plane abgedeckt, etwa hundert Meter entfernt. Weil Vincenzos Großeltern in Italien beerdigt sind, ist die Grabstelle neu, noch ohne Grabstein. Nur ein dunkles Loch, von hohen Bäumen umgeben, deren Kronen kreisrunde Schatten um das Grab herum werfen. Eichhörnchen springen auf der Suche nach Nüssen und vergrabenen Vorräten über die gepflasterten Wege vor unseren Füßen. Eine ältere Frau mit gebücktem Gang verscheucht aufgeregt eine Horde Tauben vom frisch gesäten Rasen vor dem von ihr besuchten Grab. Als die vom Sarg angeführte trauernde Gemeinde an ihr vorübergeht, unterbricht sie unversehens ihre flatternden Bewegungen, steht so aufrecht wie möglich und senkt ihren Kopf. Die Tauben sind weniger pietätvoll, nutzen die Angriffspause für gezieltes Picken nach Grassamen. Die Sonne steht direkt über unseren Köpfen. Der Sarg erreicht, als symbolischer Zugführer der menschlichen Zweierreihen, das ausgehobene Grab, wird von Vincenzo und seinen Onkeln langsam auf den Boden herabgelassen und mit Spanngurten umwickelt. Die Träger treten einen Schritt zurück. Das Hinablassen des Sarges übernehmen Angestellte des Bestattungsinstituts. Ähnlich der Aufteilung in der Kirche und anschließend in der Aussegnungshalle bilden Vincenzo und seine Schwestern die erste Reihe, nur wenige Meter vom Grab entfernt. Die restliche Trauergemeinde steht im Halbkreis dahinter, teilweise, aufgrund der zahlreichen Gäste, zwischen anderen Gräbern und auf den dazwischen befindlichen Wegen. Der sichtlich zu warm gekleidete Pfarrer spricht nur wenige Worte, ein kurzes Gebet, bevor der Sarg an zwei weißen Spanngurten langsam, aber unaufhaltsam in das tiefe Loch hinabgelassen wird. Vincenzo atmet, für alle hörbar, tief ein, wie ein Apnoetaucher kurz vor einem minutenlangen Tauchgang in den Tiefen des Meeres. Eng umschlungen bilden die drei Geschwister eine Brandung gegen die direkt vor ihren Augen hereinbrechende Flut aus Trauer. Sanft, wie der erste Schritt eines Balletts, setzt der Sarg auf dem Erdboden auf. Mit wenigen Griffen werden die Spanngurte gelöst, ruhig nach oben gezogen. Ein Angestellter des Bestattungsinstituts, seine langen blonden Haare sind zu einem Pferdeschwanz gebunden, stellt drei Schalen direkt neben dem Grab auf, gefüllt mit Erde, Rosenblättern und Weihwasser. Vincenzo schreitet als Erster nach vorne. Tropfend nimmt er eine gusseiserne Kugel an einem schmalen Griff aus dem Weihwasser heraus. Mit zwei zögerlichen Schwüngen beträufelt er den mehrere Meter unter seinen Füßen liegenden Sarg. Die auf das Eichenholz prallenden Wassertropfen hallen durch die völlige Stille der anwesenden Gäste. Dann nimmt Vincenzo eine kleine Schaufel, füllt sie mit ein wenig Erde und lässt diese in das Grab rieseln. Zuletzt greift er mit seiner rechten Hand in das Behältnis voll einzelner weißer Rosenblätter, nimmt einige davon auf, wirft sie aus seinem Handgelenk heraus in einem kleinen, kaum sichtbaren Bogen über dem Sarg in die Luft. Wie kleine Propeller drehen sich die Blätter in schnellen Umdrehungen, fallen langsam in die Dunkelheit, legen sich wie ein Teppich auf den Sarg. Vincenzo spricht leise, nur für die Trauernden direkt hinter ihm hörbar.

»Ciao, Mama. Ti amerò sempre.«

Er geht einen Schritt rückwärts, bevor er sich umdreht und weinend seinen Schwestern in die Arme fällt. Teresa löst sich aus seiner Umklammerung, um selbst nach vorne ans Grab zu treten.

Alle Augen, ob für alle sichtbar glasig, gerötet oder hinter dunklen Sonnenbrillen versteckt, sind auf die trauernden Töchter und Vincenzo gerichtet. Nach und nach, zunächst einer Reihenfolge der engsten Familienangehörigen und Freunde, später dem chronologischen Erscheinen am Grab folgend, treten alle Trauergäste ans Grab heran, um das Prozedere an den Weihwasser-, Erde- und Rosenblätterschüsseln zu wiederholen. Dann stehe ich selbst am Grab. Mein Blick läuft seitlich an den verschiedenen Erd- und Gesteinsschichten entlang, endet am Sarg. Ich blicke noch einmal zurück zu Vincenzo, seinen Schwestern Teresa und Laura und in die Gesichter der in Reihen aufgestellten weiteren Gäste, bevor ich mich wieder zum Grab wende und mein Griff den silbernen Weihwasserkessel sucht.

Beweinen wir den Todesfall einer geliebten Person, das nicht zu schließende Loch, das deren Verlust in uns hinterlässt, das Gesagte, das nicht Gesagte, die Zeit, die war, all die Zeit, die uns mit ihr entrissen wurde und nie wieder kommt? Oder betrauern wir die eigene Sterblichkeit, die Jahrtausende, die vor uns waren, die Unendlichkeit, die nach uns kommt, die Endgültigkeit des Seins, die uns nie so unmittelbar, so unausweichlich vor Augen geführt wird wie auf einer Beerdigung? Blicken wir uns um, sehen in die anwesenden Gesichter, aus Angst beim nächsten Mal nicht Erde zu schütten, sondern mit Erde beschüttet zu werden? Je älter, gebrechlicher und kranker wir werden, desto schwerer fällt wohl diese Vergewisserung, noch nicht als Nächstes dran zu sein. Selbst noch jung, gesund, voller Energie, sprechen wir nicht über den eigenen Tod, verdrängen die eigene Vergänglichkeit, halten uns unterbewusst für unsterblich. Als würden wir dem Film des eigenen Lebens beiwohnen, ohne Glauben daran, dass diesem je ein Abspann folgt. Alt, krank und dem Tode geweiht glauben wir bereit und gerüstet zu sein, dieses, unser einziges Leben für immer hinter uns zu lassen. Als könnten wir je bereit für das Ende sein, wenn diesem Ende nichts mehr folgt. Schlussendlich bleibt nur für alle eine Tatsache gleich: Kein Verhalten, egal ob tägliche Auseinandersetzung oder Verdrängung der eigenen Sterblichkeit, egal ob innerer Seelenfrieden oder verzweifelter Kampf ums Überleben, kann irgendetwas an der Unumgänglichkeit des Sterbens, der Unwiederbringlichkeit des Lebens ändern.

Erst als alle Gäste ihre Abschiedsprozedur am Grab beendet haben, gehe ich auf Vincenzo zu, drücke ihn fest an meine Brust.

»Kommst du noch mit zum Essen? Matteo hat ein Restaurant und lädt alle Gäste ein. Gute Pasta und ein paar Gläser Rotwein können jetzt nicht schaden, oder?«, fragt Vincenzo, nachdem er sich aus meiner Umklammerung löst.

»Klar, wir kommen gerne noch mit«, antworte ich und blicke auf der Suche nach Marie über meine Schulter.

»Wir?«, fragt Vincenzo, als hätte er noch nicht bemerkt, dass ich nicht allein zur Beerdigung erschienen bin.

»Ja. Marie und ich. Ist das ein Problem?«

Vincenzo zögert eine Sekunde zu lange, als dass seine folgende Antwort aufrichtig und ehrlich erscheinen könnte.

»Nein, kein Problem«, sagt er und wendet sich seinen weinenden Schwestern zu. Marie bekommt nichts von unserer kurzen Unterhaltung mit.

»Wir gehen noch in Matteos Restaurant. Der lädt alle auf ein gemeinsames Essen ein«, sage ich zu ihr, meinen Blick weiterhin auf den mir zugewandten Rücken Vincenzos gerichtet.

»Wer ist Matteo?«, fragt Marie.

»Vincenzos Onkel. Der große Kerl da vorne, der auch den Sarg getragen hat.«

»Ach so. Und da soll ich wirklich mit? Hast du Vincenzo gefragt?«

»Klar! Kein Problem, wenn du mitkommst.« Mittlerweile habe ich selbst Schwierigkeiten, mir zu glauben.

Marie ist sichtlich verunsichert. »Okay, wenn du meinst.«

Hätte ich gewusst, dass die heutige Beerdigung mehr Stationen als die Schnitzeljagd eines Kindergeburtstags beinhaltet, hätte ich tatsächlich einen Tagespass des Carsharing-Anbieters genutzt. Immerhin befindet sich das Restaurant in der Innenstadt. Demnach können wir das Auto in der Nähe abstellen, ohne weitere Park- oder Mietkosten.

Obwohl das Lokal groß ist – mindestens einhundert Sitzplätze stehen zur Verfügung – ist es von außen als solches nicht sofort zu erkennen. Lediglich ein kleines Schild aus Messing, im rechten Winkel an der Hauswand angebracht, deutet die Möglichkeit toskanischer Spezialitäten an. ›Matteos Trattoria‹ steht in eleganter Schrift geschrieben.

Matteo selbst scheint bereits vor einigen Minuten angekommen zu sein, öffnet einhändig, mit einladender Geste die Tür aus Glas und bittet die ersten Gäste ins Restaurant. Trotz strahlenden Sonnenscheins wurde nicht draußen gedeckt. Das Essen der Trauernden bleibt intim und ungestört.

Ich nehme Marie an der Hand. Mittlerweile wieder hungrig nähern wir uns dem Eingang.

»Ciao! Tim, oder? So schön, dass du da bist«, sagt Matteo. Wie einen lange verschollenen alten Freund umarmt er mich überschwänglich.

»Hi Matteo! Freue mich auch, dich wiederzusehen, trotz des beschissenen Anlasses«, antworte ich.

»Beschissen, du sagst es! Aber wir machen uns heute ein richtiges Fest!«, sagt er und wendet sich Marie zu. »Und wer ist die ›bella donna‹ an deiner Hand?«

»Ich bin Marie. Vielen Dank für die Einladung. Mein herzliches Beileid für Ihren Verlust«, sagt sie, streckt ihm die Hand zur Begrüßung entgegen, doch erhält stattdessen zwei Küsse auf die Wange und eine kurze Umarmung.

»Selbstverständlich. Hoffe, es schmeckt euch. Wenn Aurora eines gewollt hätte, dann dass wir heute gut essen und vor allem viel trinken. Lasst mich wissen, wie es schmeckt. Jetzt muss ich die anderen Gäste begrüßen. A dopo, ragazzi!«, sagt er und drückt beim Vorbeigehen meine Schulter.

Wir warten noch ab, bevor wir uns einen freien Platz suchen und setzen. Weiß-rot karierte Decken auf den Tischen im Speisesaal versprühen italienischen Charme. Aus metallenen Behältnissen auf einer langen Tafel steigt bereits Dampf durch die nur halb geschlossenen Deckel. Der Duft von Basilikum und Oregano liegt in der Luft. Auch wenn schon alles für die sich nähernden Gäste bereitzustehen scheint, laufen geschäftig wirkende Köche und Kellnerinnen hektisch zwischen Küche und Buffet hin und her.

»Siehst du? Die freuen sich, dich hier zu sehen. Vincenzo ist heute einfach, verständlicherweise, ziemlich durch den Wind.«

»Ich hoffe, du hast recht«, sagt Marie.

Der Salat ist knackig, die Pasta al dente, das Tiramisu cremig. Trotzdem hat jeder Bissen, mag er noch so schmackhaft sein, einen bitteren Beigeschmack. Wir sitzen am Tisch neben Vincenzo, dessen Teller noch so weiß und sauber wie vor seiner Ankunft erscheint. Verschmäht er auch das Essen, so kann man das vom Wein nicht behaupten. Vermutlich mehr Alkohol, als heute gut für ihn sein kann. Sein schummriger Blick und seine schlaffe Körperhaltung bereiten mir Sorgen. Ich lege meine Krawatte ab, stehe auf und gehe zu ihm.

»Hey Bro, alles klar bei dir? Willst du nicht mal was essen?«, frage ich ihn, kniend neben seinem Schoß.

»Seit wann nennst du mich ›Bro‹?«, lallt es mir von oben entgegen.

»Bitte was?«

»Seit wann du mich Bro nennst, hab' ich gefragt.«

Vincenzo ist betrunkener, als ich dachte. Ich hätte sein Trinken schon früher unterbrechen sollen.

»Keine Ahnung, ich dachte, du freust dich, wenn ich das sage, weil du mich immer so nennst.« Langsam und unauffällig schiebe ich die Flasche Chianti aus seinem ohnehin nicht mehr aufmerksamen Blickfeld.

»Weil du ja immer weißt, was ich will, oder?«

Vincenzos plötzliche Abneigung mir gegenüber kommt für mich überraschend. Wie bei einem wilden Tier versuche ich, mit ruhiger Stimme sanftmütig auf ihn einzuwirken.

»Nein, so war das nicht gemeint, Vincenzo. Ich glaube nur, dass es dir guttun würde, wenn du eine Kleinigkeit isst. Matteo hat wirklich überragend gekocht, beziehungsweise kochen lassen. Das muss ich ihm später noch sagen!«

»Essen würde mir also guttun, meinst du?«

»Ja, glaube schon«, versuche ich, ihn zu beschwichtigen.

»Einfach gegen den Frust anfressen, oder?«

»So war das nicht gemeint, das weißt du!«

»Krass guter Tipp, Tim!«

Vincenzos Kiefer bewegt sich kraftvoll in kleinen Schüben, wie das Mahlwerk einer Kaffeemaschine. Ich lege meine Hand auf seinen Oberschenkel.

»Hey, sieh mich an!«, sage ich. Eindringlich starre ich nach oben zu Vincenzo, doch mein Blick wird nicht erwidert.

»Das ist ein absoluter Scheißtag für dich, keine Frage! Ich will mir nicht vorstellen, wie du dich gerade fühlen musst.«

»Was weißt du denn schon? Was hast du denn schon im Leben verloren, außer deiner bescheuerten Ex?«

»Vincenzo, ich will mich doch überhaupt nicht mit dir vergleichen!«

»Und als die Alte weg war, war das schon ein Drama für dich, als wäre deine ganze Familie verreckt.«

Ich stehe langsam auf, entferne mich kaum merklich wenige Zentimeter von Vincenzo. Ich sehe nun auf ihn herab, bis er sich selbst erhebt und mir direkt gegenübersteht.

»Aber die hast du ja mittlerweile mit irgendeiner dahergelaufenen Kochkurs-Tussi ersetzt«, sagt Vincenzo und kann sich dabei kaum auf den Beinen halten.

Seine Hand krallt sich, wie ein Adler auf einem Ast, an der Stuhllehne fest.

»Die hat sich noch schnell von ihrem Typen getrennt, damit ihr direkt ficken und einen auf verliebte Turteltäubchen machen könnt.«

»Das ist jetzt wirklich nicht fair, Vincenzo.«

»Oder hat sie sich vielleicht gar nicht getrennt? Wer weiß das schon. Fließende Übergänge, oder?«

Marie, wie auch alle anderen Gäste, hat unsere lautstarke Diskussion inzwischen mitbekommen, steht mit Tränen in den Augen mir gegenüber, nur wenige Meter hinter Vincenzo. Ich will nicht auf Vincenzos betrunkene Schimpftiraden eingehen, versuche weiterhin beruhigend auf ihn einzuwirken. Das gelingt mir bisher ungefähr so gut, wie Marie davon zu überzeugen, dass sie hier ein gern gesehener Gast ist.

»Vincenzo, jetzt setz dich doch erstmal wieder. Ich kann voll verstehen, wenn du heute so reagierst. Ich bin dir auch nicht sauer.«

»Du bist mir nicht sauer?« Vincenzo rückt bis auf wenige Zentimeter an mein Gesicht heran. Wie zwei Boxer stehen wir uns Aug in Aug gegenüber.

»Du bist mir also nicht sauer?«

»Bitte beruhig' dich. Du weißt doch, ich will nur das Beste für dich!«

»Habt ihr alle gehört? Tim ist mir heute nicht sauer«, mit offenen Armen dreht er sich den Gästen hinter sich entgegen. »Was hab' ich für ein scheiß Glück, oder? Was hätte ich nur gemacht? Was hätte ich nur gemacht, wenn du heute, auf der Beerdigung meiner Mutter, sauer auf mich bist. Was wäre das für ein schrecklicher Tag für mich geworden.«

Ich nutze Vincenzos theatralische Halbdrehung und entferne mich einen Meter nach hinten.

»Es tut mir leid, Vincenzo. Ich wollte dir nur helfen.«

»Du wolltest mir nur helfen?«

»Ja! Das weißt du auch!«, sage ich ruhig, aber doch eindringlich.

»Weißt du, wie du mir geholfen hättest? Wenn du dich heute wirklich um mich gekümmert hättest, statt deine Schlampe zur Beerdigung meiner Mutter mitzunehmen, die weder ich kenne noch meine Mutter je gesehen hat. Was ist das hier für dich? Eine WG-Party, zu der man ein paar Bitches mitbringt, damit die Stimmung steigt?«

Schwer atmend macht er einen Schritt auf mich zu, schließt die gerade erst entstandene Lücke zwischen uns. Hinter ihm sehe ich, wie Marie ihre Tasche unter dem Tisch hervorzieht und schnellen Schrittes das Restaurant verlässt. Matteo scheint von unserem Streit mitbekommen zu haben, versucht Marie noch am Ausgang festzuhalten, doch sie entreißt sich seiner gut gemeinten Umklammerung und läuft nach draußen.

»Wow, Vincenzo, ich wusste nicht, dass das ein Problem für dich oder deine Familie ist.«

»Du wusstest es nicht? Du wusstest es nicht, Tim? Wie dumm kann man sein?«

»Ey, Vincenzo, ganz ehrlich …«

»Was bist du für ein Arschloch?«

»Marie wollte mich unterstützen, damit ich für dich da sein kann. Es tut mir wirklich leid, wenn ich dich damit verletzt habe«, sage ich und kann meinen Blick nicht von der pulsierenden Ader auf Vincenzos Hals abwenden. »Aber das ist wirklich kein Grund, sie zu beleidigen. Und sorry, auch heute nicht.«

Vincenzo macht einen kleinen Schritt zurück. Mit beiden Händen stößt er dabei gegen meine Brust. Gerade noch kann ich den Sturz abfangen, mich am Tisch neben mir festhalten. Wein aus eingeschenkten Gläsern, die den Sturz im Gegensatz zu mir nicht abwenden konnten, füllt die weißen Karos der Tischdecke mit tiefroter Farbe. Nun haben alle Gäste unseren Streit bemerkt. Niemand traut sich, zwischen uns zu gehen. Stille legt sich über den Raum wie zuvor in der Friedhofskapelle. Nur das Klirren des zu Boden stürzenden Geschirrs ist noch zu hören.

Vincenzo ist gerade dabei, nach seiner Beherrschung auch seine Balance zu verlieren. Reaktionsschnell greife ich nach seinen Schultern, will ihn wieder aufrichten, doch wie ein zappelnder Aal entreißt er sich meinem Griff, zieht seinen rechten Arm nach hinten und schlägt mir mit der offenen Hand ins Gesicht. Plötzliche Hitze strahlt über meine Wange hinauf in meine Stirn und meinen Hals hinunter. Blut sammelt sich an meiner Nasenspitze, tropft schließlich auf mein weißes Hemd. Wie nach dem Trinken eiskalter Flüssigkeiten schießt der Schmerz in mein Gehirn. Ich sehe zuerst nach unten auf die roten Flecken auf meiner Kleidung, dann den um uns herumstehenden Gästen in die fassungslosen Gesichter, bevor ich Vincenzo, den sein eigener kraftvoller Schwung zu Boden gezwungen hat, direkt vor mir liegend in die schnell zuckenden Augen blicke. Wie für den Oscar nominierte Schauspieler kurz nach dem Ausrufen ihres Namens, realisiere ich das gerade Geschehene nicht, bin wie paralysiert. Regungslos bleibe ich stehen, als Teresa und Laura und nur wenige Schritte dahinter der vom anderen Ende herbeisprintende Matteo den Tatort erreichen, wild fluchend Vincenzo vom Boden aufrichten und sich nach meinem Zustand erkundigen.

»Merda! Alles okay bei dir, Tim?«, ruft Matteo und streckt meinen Kopf nach hinten, um mir direkt in meine Nase zu sehen. »Nichts gebrochen«, sagt er und dreht sich Vincenzo zu. Seine Schwestern heben ihn an beiden Schultern, wie einen schweren Sandsack, auf den Stuhl hinter ihnen.

»Sei pazzo, Vincenzo?«, schreit ihm Matteo direkt ins Gesicht. Teresa und Laura können Vincenzo nur mit großer Mühe auf dem Stuhl halten. Noch immer habe ich, wie ein konsternierter Schauspieler, die bewusste Kontrolle über meine Motorik nicht wiedererlangt. Mit dem Ärmel meines Hemds wische ich mir wie in Trance das Blut von der Nase. Da hat Marie nun ihre frohe Beerdigungs-Farbe. Fuck. Marie!

Ohne ein Wort zu sagen, drehe ich mich um, nehme mein Sakko von der Stuhllehne, greife nach meiner Krawatte auf dem Tisch und gehe gesenkten Hauptes dem Ausgang entgegen. Aus Scham blicke ich keinem der anwesenden Gäste ins Gesicht. Wäre Entsetzen eine Flüssigkeit, das Lokal wäre bis unter die Decke damit gefüllt, alle Anwesenden verzweifelt nach Luft schnappend. Ich öffne die Tür und laufe gegen eine Wand aus Hitze. Vorbeigehende Passanten sehen mir angewidert, wie einem verletzt herumirrenden Streuner hinterher. Mich überkommt das plötzliche Verlangen, eine Zigarette zu rauchen.

Kapitel 12

Es ist fünfzehn Uhr dreißig. Unaufhaltsam prasselt der Regen an die Fensterscheibe. Wie Trommelschläge dringt der Schall in meine Ohren. Medina und ich sitzen am Eingang des Cafés in der Münchner Maxvorstadt, direkt neben der nach außen schwingenden Tür. In kurzen Abständen wagen sich Gäste zurück auf die Straße oder suchen vom Regen ganz durchnässt einen trockenen Rückzugsort und ein heißes Getränk. Die feuchte, kalte Luft dieses grauen Augusttags legt sich wie ein Schlauch um meinen der Tür zugewandten Nacken.

»Ich werde safe krank«, sage ich zu Medina und deute mit meinem Kopf zum Eingang hinter mir.

»Wegen ein bisschen kalter Luft im Rücken?«

»Ich sitz' direkt im Zug!«, erkläre ich mich und denke an meine Kindheit und die vorwurfsvollen Worte meiner Mutter, wenn ich ihrer Meinung nach nur wegen eigener Leichtsinnigkeit krank geworden bin.

»Das hältst du schon aus. Oder willst du Platz tauschen?« Mit weit geöffneten Augen deutet sie mitleidig auf ihren Stuhl.

»Nein, passt schon. Bleib sitzen. Aber danke.«

Ich ziehe meine Schultern ein kleines Stück nach oben, richte den Kragen meines Baumwollhemds.

Wie so viele Läden in der Umgebung, versucht auch dieses Café mehr zu sein als nur ein Spot für guten Kaffee oder Kuchen. Eben jenen Fokus haben die Inhaber sogar gänzlich verloren, bei ihrem unangenehmen Versuch, möglichst hip und angesagt zu erscheinen. Krampfhaft wurde eine Innenausstattung ausgewählt, die den Eindruck verschaffen soll, zufällig zusammengewürfelt, sogar historisch gewachsen zu sein. Dieses Konzept würde wohl aufgehen, sähe nicht jedes Café im Umkreis von fünf Kilometern identisch aus. Man könnte meinen, die tauschen untereinander durch. Kein Stuhl, kein Tisch gleicht dem anderen, Bilderrahmen umfassen zwar stets schwarz-weiß Kopien tropischer Pflanzen, doch unterscheiden sich alle in Farbe und Material, während die grauen, bröckeligen Wände vermuten lassen, dass für Verputzen vor dem Einzug keine Zeit mehr war. Henkel an Tassen für heiße Getränke scheinen einen Ballast für Kundschaft und Betreiber darzustellen, wurden deshalb komplett und ersatzlos vom genutzten Geschirr entfernt, beziehungsweise an den in eigener Handarbeit getöpferten Einzelstücken erst gar nicht angebracht. Wie aus Müslischüsseln schlürfend sitzen junge Menschen mir gegenüber. Evolutionsbedingt werden sich unsere Finger und Handinnenflächen in zwei bis drei Generationen an die Hitze, die kleinen Verbrennungen am heißen Ton und Porzellan gewöhnt haben. Der Kaffeetassenhenkel wird zum Relikt alter Tage, wie Spinnräder oder bezahlbarer Wohnraum. Die Angestellten sind jung und tragen einfarbige T-Shirts bekannter Wander- und Bergsteigermarken, obwohl sie außer der Spitze des Münchner Olympiabergs wahrscheinlich keinen Gipfel je zu Gesicht bekommen haben. Zumindest die Preise für Kaffee und Bananenbrot klettern mit ihnen in ungeahnte Sphären.

»Hast du von Vincenzo gehört?«, fragt Medina, mit beiden Händen eine mit Kaffee und Milchschaum gefüllte Schüssel umfassend. Ein Getränk, das Vincenzo zu dieser Tageszeit in Rage versetzen würde und einen mehrminütigen Monolog zur Folge hätte. Nur Espresso, bei toleranter Stimmungslage möglicherweise noch ein mit Wasser verlängerter Americano ist nachmittags grundsätzlich, insbesondere in seiner Anwesenheit gestattet. Die Italiener halten es mit Cappuccino wie die Münchner mit ihren Weißwürsten. Beide sollten das Zwölfuhrläuten nicht mehr hören. Zwei Regeln, an denen auch ich versuche, mich zu orientieren, geben sie immerhin ein wenig Struktur in einem ansonsten unbeständigen Leben.

»Nein, nichts«, sage ich. Durch kontinuierliches Rühren versuche ich, den braunen Zucker auf dem Boden meiner Espressotasse aufzulösen.

»Gar nichts?«, fragt Marie und wirkt erstaunt.

»Nein, gar nichts.«

»Hast du denn versucht, ihn zu erreichen?«

»Ich? Ihn? Er hat mir doch die Nase blutig geschlagen. Er hat doch meine Freundin als Schlampe beschimpft! Oder habe ich das falsch in Erinnerung?«

Ähnlich dem Betreten eines Saloons, schwingt die Eingangstüre in meinem Rücken auf und zu.

»Auf der Beerdigung seiner Mutter, Tim!«, ruft Medina, wohl ein wenig lauter als gewollt. Sie rückt dabei auf ihrem Stuhl nach vorne, lehnt ihren Oberkörper über den Tisch, als würde sie versuchen, sich so nicht nur mir, sondern auch meinem Gewissen zu nähern.

»Ja, trotzdem.« Ich klinge wie ein stures Kind, dem sein liebstes Spielzeug genommen wurde.

»Ja, nix trotzdem. Natürlich hat sich Vincenzo falsch verhalten. Glaubst du, er weiß das nicht selbst?«

»Und wieso entschuldigt er sich dann nicht bei mir? Und vor allem: Wieso entschuldigt er sich nicht bei Marie?«

»Weil er vor nicht 'mal einer Woche seine Mutter beerdigt hat. Deswegen. Und weil du sein bester Kumpel bist und jetzt bei ihm sein solltest, egal was vorgefallen ist.«

»Egal? Hast du 'ne Ahnung, wie demütigend das war?«

»Das wird dein Ego schon verkraften. Und glaub mir, Vincenzo wird sich früher oder später bei dir entschuldigen. Und auch bei Marie. Aber diese Zeit jetzt, in der du ihm beistehen solltest, die kommt nie mehr zurück. Und das kann man dann auch nicht mehr entschuldigen.«

Obwohl für mich ungewöhnlich, kaue ich nervös auf der Nagelhaut meines Mittelfingers. Es nervt mich, dass Medina immer recht zu haben scheint. Vor allem aber nervt mich, dass ihr diese Tatsache auch bewusst ist. Zufrieden, wie ein Talkmaster im Nachmittagsprogramm eines privaten Fernsehsenders, sieht sie mich an.

»Du weißt, ich hab' recht, oder?«

»Keine Ahnung, vielleicht.«

»Du solltest dich bei Vincenzo melden. Sprich dich mit ihm aus. Unterstütze ihn. Sein Verhalten war scheiße, klar. Aber er hat wirklich keine einfache Zeit.«

Wie Poseidon mit seinem Dreizack sticht Medina mit einer Gabel in den matschigen Schokoladenkuchen vor ihr.

»Ich schreib' ihm nachher«, sage ich schulterzuckend.

»Nein, du rufst ihn an«, entgegnet Medina.

»Anrufen?«, frage ich ungläubig, als hätte Medina gerade vorgeschlagen, gemeinsam ein Yogastudio in der Fränkischen Schweiz zu eröffnen.

»Oder noch besser, du fährst direkt zu ihm«, sagt sie. Ich schüttle zweifelnd den Kopf.

»Anrufen? Vorbeifahren? Wir haben nicht mehr 1994, Medina. Ich ruf' doch nicht einfach an oder stehe unangekündigt vor der Haustür.«

»Was redest du für einen Blödsinn, Tim?«

Klammheimlich fällt ein kleines Stückchen Schokolade auf Medinas helle Jeans.

»Okay, ich schreibe ihm gleich, nachdem wir uns verabschiedet haben. Wenn er nicht zurückschreibt, dann rufe ich ihn an. Einverstanden?«, frage ich diplomatisch.

»Wie du meinst«, sagt Medina, nicht ohne unverzüglich das nächste kritische Thema anzusprechen. »Und was ist mit Marie?«

Der Regen hat mittlerweile nachgelassen. Nur noch einzelne Tropfen gleiten die Fensterscheibe entlang, werden auf ihrer Reise gen Boden immer größer, bevor sie in einer braunen Pfütze auf dem Asphalt landen. Wie die Hände von Gefängnisinsassen durch Gitterstäbe hindurch finden einzelne Sonnenstrahlen ihren Weg zwischen den dunklen Wolken am Himmel und spiegeln sich im Wasser auf den Straßen. Fast windstill stehen die Blätter der Blumen in den bepflanzten Krügen am Straßenrand in der Luft. Schirme werden wieder verschlossen und zurück in teure Designerhandtaschen gepackt. Sonnenbrillen finden ihren Weg aus den Etuis zurück auf die Nasen der Münchnerinnen.

»Was soll mit ihr sein?«, frage ich, weniger aus Unwissen, als um wertvolle Zeit zu gewinnen und meine Gedanken zu ordnen.

Marie war nach ihrem fluchtartigen Verlassen der Beerdigung nicht erreichbar. Sie beantwortete weder meine in kurzen Abständen bei ihr eintreffenden Nachrichten noch meine verzweifelten Anrufe, die zumeist auf ihrer Mailbox ein jähes Ende fanden. Weil ich die richtigen Formulierungen im Wirrwarr der Worte in meinem Kopf nicht finden konnte, legte ich jedes Mal kurz nach dem Pieps, dann als mich die freundliche Stimme bat zu sprechen, meine Nachricht zu hinterlassen, wieder auf. Erst einen Tag und eine schlaflose Nacht später meldete sie sich bei mir, mit der Bitte um ein wenig Abstand. Ein Wort, das bei mir Vorstufen eines Schlaganfalls und die sofortige Wiedergabe trauriger Popsongs aus den 2000ern hervorgerufen hat.

»Na ja, was hat sie zum Streit gesagt? Wie geht's ihr?«, fragt Medina. Sie scheint ehrlich besorgt zu sein.

»Habe sie seitdem nicht gesehen«, antworte ich.

Auf dem Gehsteig, direkt am Fenster neben uns, füttert eine junge Frau einen Mann, vermutlich ihren Partner, mit einem Stück Donut, hält die Passantinnen hinter ihnen auf, die umständlich zwischen parkenden Autos hindurch ihren Weg fortzusetzen versuchen.

»Wie ›Du hast sie nicht gesehen‹?«

»So wie ich es sage: Ich habe sie nicht gesehen«, wiederhole ich.

»Sag mal, brauchst du mich für all deine zwischenmenschlichen Beziehungen als Coach? Irgendwann kostet dich das aber.«

»Sie braucht eben Abstand. Sie will Zeit zum Nachdenken.«

»Über was muss sie denn nachdenken? Du hast doch nichts falsch gemacht? Sogar für sie eine auf die Nase kassiert!«

Medina kann sich ein flüchtiges Schmunzeln nicht verkneifen.

»Das weiß ich nicht! Aber ich gebe ihr die Zeit, die sie braucht.« Prüfend streiche ich mir über den Nasenrücken. »Und das Ende hat sie ja gar nicht mehr mitbekommen.«

»Und wie fühlst du dich dabei?«, fragt Medina. Erst jetzt bemerkt sie das heruntergefallene Stück Schokolade auf ihrer Hose, versucht noch zu retten, was nicht mehr zu retten ist, doch verschlimmert durch ihr wildes Wischen die Ausmaße des dunklen Flecks.

»Scheiße. Absolut beschissen. Wie soll ich mich schon fühlen? Mein bester Kumpel spricht nicht mit mir. Meine Freundin braucht nach wenigen Wochen bereits Abstand und pennt wieder wenige Meter von ihrem Ex entfernt.«

»Wie? Sie ist wieder in ihre Bude gezogen?«

»Davon geh' ich mal aus.«

»Meinst du wirklich?«

»Wohin soll sie denn sonst?«

»Und er hockt dort auch?«, fragt sie mit weit aufgerissenen Augen.

»Wenn du mit ›er‹ Paul, ihren Ex meinst, dann ja, wahrscheinlich schon. Denke nicht, dass der mittlerweile eine eigene Bude hat.«

Medina setzt zu einem tiefen Seufzen an. Abwartend sehe ich zu ihr hinüber.

»Wow, das ist natürlich, ich meine …«, Medina schiebt mit ihrer Gabel die Reste des Schokoladenkuchens auf ihrem Teller von links nach rechts und wieder zurück.

»Was ist das?«, frage ich fordernd und versuche Augenkontakt mit der Bedienung aufzunehmen.

»Das heißt erstmal nichts. Wenn sie Abstand braucht,

dann gib ihr Abstand.«

»Wahnsinnstipp! Wirklich, super hilfreich. Das mache ich doch schon.« Genervt lehne ich mich zurück.

»Was möchtest du denn hören? Dass du sie wieder mit Nachrichten und Anrufen bombardieren sollst, wie bisher? Dass sie deswegen wieder mit offenen Armen zu dir gerannt kommt? Sorry, aber jetzt heißt es abwarten.«

»Dann mache ich scheinbar zumindest etwas richtig.«

Weil meine aufdringlichen Blicke über Tische hinweg nicht die gewünschte Wirkung erzielen, hebe ich zögerlich meine Hand, strecke verkümmert und krumm meinen Zeigefinger in die Höhe, um der Bedienung abermals anzudeuten, bezahlen zu wollen. Hektisch ist sie mit diversen Aufgaben beschäftigt, wovon keine die anwesenden Gäste involviert. Sie vernimmt meine verlegene Geste, deutet diese korrekt, aber offenbar auch als Anmaßung.

»Jaja, ich komme gleich. Du siehst doch, was hier los ist«, ruft sie mir entgegen, ein Küchentuch in der linken und ein Tablett in der rechten Hand balancierend.

»Ey, die sind so lahm hier«, sage ich zu Medina kopfschüttelnd.

»Wo musst du denn so dringend hin? Am Sonntag? Die ist allein im Service! Dann dauert es eben ein wenig länger«, antwortet sie, verständnisvoll für die Überforderung der Angestellten.

»Das ist doch nicht mein Problem? Dann sollen sie eben mehr Leute einstellen«, antworte ich, bereits ahnend, dass ich mich damit bei Medina in eine Sackgasse verrenne.

»Boah, bist du mies gelaunt.«

»Habe auch allen Grund dazu, oder?«

»Na ja, ich dachte, die Zeiten haben wir hinter uns. Ich

gehe an die Kasse, zahle dort.«

Beim Aufstehen verursacht Medinas Stuhl ein knarzendes, markerschütterndes Geräusch wie Kreide auf einer Tafel. Gequälte Gesichter halten sich mit beiden Händen die Ohren zu, blicken vorwurfsvoll von ihren Karottenkuchen und Matcha Latte auf.

»Was kriegst du?«, frage ich Medina, meine Geldbörse geöffnet in der Hand haltend.

»Nix, die erste Sitzung ist immer kostenlos.«

»Witzig.«

»Schon, oder?«

»Ja nee, sag doch bitte, was du gezahlt hast.«

»Mein Gott, es war ein Kaffee, keine Eigentumswohnung. Beim nächsten Mal zahlst einfach du«, sagt sie. Mein gezücktes Geld schiebt sie von sich weg.

Nur die feuchten Pflastersteine auf den Straßen lassen erahnen, dass sich noch vor wenigen Augenblicken der Himmel über der Stadt ergossen hat. Ein Hund mit struppigem, nassem Fell tapst in eine tiefe Pfütze und wird von seiner Halterin ermahnt. Ahnungslosigkeit spiegelt sich in seinen Augen. Grauer Schlamm umhüllt seine weißen Pfoten.

»Was machst du heute noch?«, sagt Medina und schlüpft aus ihrem blauen Pullover aus Kaschmir. Ihre Haare sind für einen kurzen Augenblick elektrisiert, stehen wie spindeldürre Tentakel in allen Richtungen von ihrem Kopf ab. Es ist warm geworden. Das morgens beim Einkleiden gewählte Zwiebelschalenprinzip erweist sich wieder einmal als Erfolgsrezept.

»Nichts Besonderes. Muss ja morgen wieder arbeiten. Chille nur zu Hause.« Ich öffne einen Knopf meines

Hemds.

»Denk' nicht zu viel nach. Versprochen?«

»Klar, versprochen«, sage ich im Bewusstsein, zu lügen.

»Und ruf Vincenzo an! Oder noch besser: Geh zu ihm! Ihr zwei müsst euch aussprechen.«

Medina gibt mir einen Kuss auf die Wange. Ihre Umarmung ist warm wie die Sonnenstrahlen auf unserer Haut.

»Und du? Was machst du heute noch?«, frage ich pflichtbewusst.

»Treffe mich noch mit Defne und Nazan. Wir wollen diese neue Trattoria am Schwabinger Tor auschecken. Haben wir auf Insta gesehen.«

»Klar, wo sonst?«, schmunzle ich. »Dann viel Spaß euch dreien! Ich melde mich, wenn ich etwas von Vincenzo oder Marie gehört habe.«

»Ja, bitte mach das«, sagt Medina und dreht sich von mir fort. »Bis dann, Bebeğim.«

Seine Meinung zu ändern, dies offen zuzugeben, ja sogar durch ein geändertes Verhalten offen zur Schau zu tragen, ist nicht einfach. Die U-Bahn-Station liegt ein wenig mehr als zehn Gehminuten entfernt. Die perfekte Distanz zur Nutzung eines elektrischen Tretrollers. Als dieses Gefährt deutsche Großstädte erobert und in Hundertschaften Gehsteige überflutet hat, habe ich erwachsene Männer und Frauen belächelt, die darauf ausgesehen haben wie übergroße Schulkinder auf dem Weg zum ungeliebten Nachmittagsunterricht. Daran hat sich nichts geändert. Allerdings räume ich mittlerweile ein, dass diese neumodischen Gefährte praktisch sind, noch dazu großen Spaß bereiten. Außerdem ist die eigene Lächerlichkeit besser zu ertragen, wenn eine Vielzahl der Stadtbewohner die eigene Außenwirkung ignoriert und stattdessen mit Freude E-Scooter fährt. Ich nehme mein Smartphone zur Hand, öffne die entsprechende App zum Entsperren des elektrischen Rollers vor mir auf dem Gehweg, angelehnt an ein mit schwarzem Filzstift verunstaltetes Poster eines sozialdemokratischen Politikers. Mit Hasenohren in den Stadtrat.

Dann vibriert mein Handy. Maries Name erscheint auf dem Bildschirm. Wie ein Neandertaler, der erstmals im Besitz eines Smartphones ist, blicke ich ungläubig, als hätte ich keine Ahnung, wie das technische Gerät in meiner Hand zu bedienen ist, mehrere Sekunden auf meine Handinnenfläche und das darin liegende Handy. Langsam löse ich mich aus meiner Versteinerung, drücke auf das grün aufleuchtende Symbol.

»Hallo?«, frage ich vorsichtig, wie ein kleines Kind, das sich nur mit dem schwachen Licht einer Taschenlampe in den dunklen Keller hinabwagt.

»Hi, Tim. Marie hier«, sagt sie, als hätte sie mich von einem Münztelefon und nicht von ihrem Handy aus angerufen.

»Hi, wie geht's dir?«, entgegne ich.

»Können wir reden?«

»Jetzt?«

»Nein, heute Abend. Ich komm' bei dir vorbei.«

»Klar, gerne. Alles okay? Ist was passiert?«, frage ich, ohne auf eine ehrliche Antwort vorbereitet zu sein.

»Wir reden heute Abend.«

»Klar, machen wir. Freut mich, dass du anrufst. Kommt nur ein wenig überraschend.«

»Okay.«

»Geht's dir denn gut?«, erkundige ich mich ein weiteres Mal.

»Lass bitte einfach heute Abend reden, in Ordnung?« Ihre Worte klingen wie das Wetzen des Fallbeils durch den Scharfrichter kurz vor der Exekution. Ich hoffe, die ersten Anzeichen meiner angedeuteten Liquidation stellen sich später als Fiktion und täuschend echtes Filmset heraus.

»Klar, wie du möchtest. Wann willst du vorbeikommen?«

»Passt dir halb sieben?«

»Ah, halb sieben ist schlecht. Da wollte ich gerade meine Socken aus dem Trockner holen«, sage ich, in der Hoffnung, die Stimmung dadurch etwas zu heben.

»Was?«

»Das war ein Scherz. Ja, halb sieben passt mir gut.«

»Okay. Dann bis später«, antwortet sie, ohne meinem Versuch, unsere Konversation aufzulockern, Beachtung zu schenken.

»Perfekt, dann bis später. Freue mich, dich wiederzusehen.«

Meine freundlichen Abschiedsworte werden durch ihr abruptes Auflegen unterbrochen wie Schauspieler durch das unzufriedene ›Danke!‹ des Regisseurs.

Resigniert blicke ich auf den Bildschirm meines Smartphones. Die E-Scooter App ist noch immer geöffnet. Ich wische mit meinem Finger nach oben und beende die Anwendung. Noch peinlicher als ein erwachsener Mann auf einem elektrischen Tretroller ist nur ein weinender erwachsener Mann auf einem elektrischen Tretroller. Ich entschließe mich, zu Fuß zur U-Bahn zu gehen, hoffe, dass meine negativen Gedanken den heutigen Abend betreffend, irgendwo zwischen stampfenden Turnschuhen und grauen Pflastersteinen von mir abfallen und im Boden versickern wie der zuvor vom Himmel gestürzte Regen.

Akt 13

Weil ich nicht weiß, was Marie in wenigen Minuten mit mir besprechen möchte, zerbreche ich mir seit meiner Ankunft zu Hause den Kopf über die passende Atmosphäre unseres Gesprächs. Ich verzichte auf das Aufstellen von Kerzen und Verteilen von Rosenblättern. Beides fände Marie wohl selbst in romantischer Stimmung nur kitschig und übertrieben. Stattdessen sorge ich für Ordnung, putze zumindest oberflächlich. Beides wäre in meiner Wohnung nicht wirklich nötig gewesen und ist demnach schnell erledigt. Das Licht ist gesetzt, die Kamerabühne aufgebaut und das Set eingerichtet. Bis zu Maries Ankunft bleibt Zeit für Proben. Wie ein Seestern liege ich auf dem Bett, den Blick starr zur Decke gerichtet, dabei die Gedanken wild durch alle möglichen negativen Szenarien rasend wie ein aufgebrachter Stier durch eine spanische Arena. Eine Situation, die mir bekannt vorkommt, in der kurzen Zeitspanne, in der ich Marie kenne, zu schnell zur Gewohnheit wurde, den ungehinderten Weg hinüber aus der Beziehung mit Anna geschafft hat. Habe ich noch einen Beweis gesucht, dass ich der Grund dafür bin und nicht meine Partnerinnen, so liegt dieser jetzt offenkundig vor mir.

Drehfertig machen!

Der Klang meiner Türklingel zieht mich aus dem Strudel toxischer Gedanken. Ich springe vom Bett auf, laufe zur Tür, öffne diese hoffnungsvoll, doch Marie scheint noch am Eingang im Erdgeschoss zu stehen. Ich betätige den elektrischen Türöffner, höre Marie zwei Stockwerke tiefer das Haus betreten. Noch unangenehmer als die Wartezeit in horizontaler Lage auf dem Bett sind nur die wenigen Sekunden an der geöffneten Tür, wartend auf Maries Ankunft, das Knarzen ihrer unsicheren Schritte auf den renovierungsbedürftigen Holztreppen in meinen Ohren. Eine Zeitspanne, die wie eine Ewigkeit erscheint, doch zu kurz ist, um mir noch schnell eine angemessene Begrüßung auszudenken. Noch bevor ich mich entscheiden kann, ob ein Kuss angebracht ist, kommt sie mit gesenktem Blick auf mich zu, weicht meinen gespitzten Lippen aus, umarmt mich wie einen Arbeitskollegen. Ich bin froh, dass die romantischen Kerzen geblieben sind, wo sie hingehören. Im Drogeriemarkt um die Ecke.

Ruhe bitte!

Noch bevor wir ein Wort sprechen, setzt Marie einen Schritt in meine Wohnung. Sie entledigt sich ihres beigen Blousons und ihrer weißen Sneaker.

Ton ab! Ton läuft!
Kamera ab! Kamera läuft!
Frostbeben, 13.1, Take 1!
Set! Bitte!

»Hi.« Zum ersten Mal seit ihrer Ankunft sieht sie mir direkt in die Augen.

»Hi«, antworte ich. »Wie geht's? Kannst du das mittlerweile sagen?«

»Passt schon. Sorry, aber ich wollte vorhin einfach nicht zu lange am Telefon sprechen.«

»Okay. Willst du was trinken? Wein? Bier? Wasser?« Wie ein Kellner deute ich mit einladender Geste in meinen Wohn- und Schlafbereich.

»Wasser reicht. Danke.«

»Wasser kommt sofort. Setz dich doch schon mal, wenn du möchtest.«

Eine Aussage, die mehr verspricht, als sie halten kann. Die einzigen Sitzmöglichkeiten bilden mein Schreibtischstuhl und mein Bett.

»Danke, steh' lieber erstmal.«

Dabei sieht sie aus wie eine auf den verspäteten Zug wartende Touristin am Hauptbahnhof.

»Okay«, sage ich. Die zweite Silbe des Worts ziehe ich lang wie einen Kaugummi. Mein Gaumen ist trocken. Das Schlucken fällt mir schwer. Auch ich brauche dringend Flüssigkeit.

Meinem Wassersprudler ergeht es wie seinem Besitzer. Leer und inhaltslos entlädt er auch bei mehrmaligem Betätigen des Hebels nur einen Hauch von Kohlensäure, spendet dem Leitungswasser die geschmackliche Tiefe und Spritzigkeit eines stundenlang in der Sonne gestandenen Mineraldrinks.

»Sorry, aber ich hab' nur noch Leitungswasser. Die Gasflaschen vom Sprudler sind leer.« Ich balanciere zwei gefüllte Gläser in meinen Händen. »Sag Bescheid, wenn du doch ein Glas Wein oder Bier möchtest.«

»Tim«, sagt Marie, als müsste meine Aufmerksamkeit, wie bei einem Hundewelpen, erst durch lautes Ausrufen meines Namens geweckt werden. »Ich bin schwanger.«

Cut! Steht das wirklich so im Drehbuch? Ist das nicht ein wenig dramatisch? Sicher? Okay, gut, wegen mir. Dann, Ruhe bitte.
Ton ab! Ton läuft!
Kamera ab! Kamera läuft!
Frostbeben, 13.1, Take 2!
Set! Und bitte!

»Was? Bitte was?«
»Schwanger!«, ruft sie mir entgegen.
»Wer?«
»Ich! Ich. Bin. Schwanger! Welchen Teil dieses kurzen Satzes verstehst du nicht?«, fragt Marie.

›Mama ist tot.‹
›Ich liebe dich.‹
›Du bist pleite.‹
›Sie sind befördert.‹
›Es ist aus.‹
›Ich bin schwanger.‹

Drei Worte reichen aus, um die Grundmauern meines Lebens zu erschüttern. Weniger theatralisch als überraschte Protagonisten in Spielfilmen lasse ich die beiden in meinen Händen befindlichen Wassergläser nicht schockiert fallen, sondern stelle sie auf dem kleinen Esstisch neben mir ab. Behutsam streiche ich mir eine Haarsträhne aus dem Gesicht, atme dabei energisch durch die Nase ein.

Mein Brustkorb hebt sich. Dann gehe ich zur Balkontür, öffne diese, als würde das Zimmer für das von mir benötigte tiefe Luftholen nicht genug Sauerstoff bereithalten. Als könnte ich das Gesagte und alle Konsequenzen einfach wegblasen, atme ich kraftvoll aus.

»Wow. Krass. Mir fehlen ein wenig die Worte. Ich weiß nicht, was ich sagen soll.«

Marie setzt sich nun doch auf den Schreibtischstuhl.

»Wie konnte das denn passieren? So eine Scheiße! Ich dachte, wir verhüten«, sage ich.

Cut! Nein, damit sind wir unten durch, das geht nicht. Du kannst nicht ständig die Verantwortung von dir schieben. Was ich sehen will, ist Reflexion! Also nochmal, aber ein bisschen mehr Ownership! Du kannst das! Ruhe bitte!

Ton ab! Ton läuft!

Kamera ab! Kamera läuft!

Frostbeben, 13.1, Take 3!

Set! Und bitte!

»Ja, ähm …«, beginnt Marie.

»Ich meine, das ist natürlich heftig, aber egal was kommt, egal wie du dich entscheidest, ich stehe zu dir. Das musst du wissen! Ist ja nicht so, dass du dafür allein verantwortlich bist.« Meine Hand lege ich auf ihre Schulter. Den Blick wendet sie von mir ab. Ihr Schluchzen füllt den Raum.

»Tim …«, sagt sie. Beschämt richtet sie ihren Blick nach draußen auf den Balkon.

»Klar, da gibt es viel zu klären. Einfach wird das nicht. Wir kennen uns natürlich noch nicht allzu lange.«

»Tim …«

»Also, vorausgesetzt, du willst das Kind bekommen.
Lass dir die Zeit, die du brauchst. Gibt natürlich auch biologische, also ich meine, medizinische Beschränkungen
bezüglich der Fristen, solltest du das Kind nicht wollen.
Da sollten wir uns frühzeitig informieren. Hast du dich
denn schon informiert? Ach, bestimmt weißt du schon
über alles Bescheid.«

»Tim!«

»Hast du schon mit jemandem darüber gesprochen?
Vielleicht mit einer Freundin? Mit deiner Mutter? Wissen deine Eltern schon davon? Ich kann mir gar nicht
vorstellen, was gerade in deinem Kopf los sein muss«, sage
ich und entschwinde gedanklich schon in die Planung der
nächsten neun Monate und der Zeit danach. Ich stehe in
einer unangekündigten Sturmflut. Der künstliche Regen
prasselt mir ins Gesicht. Lichteffekte erhellen als Blitze
in unregelmäßigen Abständen die Dunkelheit, die mich
umgibt. Wie ein Peitschenschlag trifft mich der Wind,
zwingt mich fast in die Knie, bläst mich beinahe fort wie
ein altes Stück Zeitungspapier, doch ich bleibe standhaft,
lehne mich dem riesigen Ventilator entgegen, suche mit
zugekniffenen Augen nach Halt und finde Marie. Ein kurzer, unbeobachteter Blick ins Drehbuch. Angst und Sorge
müssten mich erfüllen. Überforderung und Panik sollten
den Fluchtreflex meines Körpers auslösen. Der Schrecken
dieser unvorhergesehenen Botschaft sollte sich in meinem
Gesicht widerspiegeln. Stattdessen lächle ich. Das ist es
wohl, was die Regie gewünscht hatte. Die Angst, das Un-
gewisse, der Zweifel lösen kein Unbehagen aus, sondern
setzen neue Kräfte in mir frei. Ich will Marie, für sie da
sein, stark sein, ihr Kraft spenden, mich zwischen sie und

die aufkommende Sturmflut stellen wie ein Damm aus Beton. Wie eine Blume, die ihre Blüte aufrichtet und der Sonne entgegenstreckt, hebt Marie ihren Blick vom Boden. Zum ersten Mal seit Minuten sieht sie mich direkt an. Ihr Blick aus glasigen Augen trifft mich wie ein rostiger Pfeil ins Herz. Plötzlich finden meine Hände keinen Halt mehr. Meine Beine werden schwach. Der Wind des Ventilators schiebt mich zunächst wie eine riesige Hand langsam nach hinten, bevor ich vom Boden gerissen, unaufhaltsam durch die Luft gewirbelt werde.

»Tim!«

»Ja?«

»Das Kind ist nicht von dir!«, ruft sie mir entgegen, als wollte sie mich aus dem Tiefschlaf wecken. Aus der Romantikkomödie wird mein persönlicher Horrorfilm.

»Wie? Wie meinst du das?«

Ich schließe meine Augen, versuche mich zu konzentrieren, will den Sinn des eben Gesagten verstehen.

Marie antwortet nicht. Ihr Blick in meine Augen wirkt hektisch, aber zielstrebig wie auf der Suche nach einem verlorenen Schlüsselbund.

»Marie! Sag doch was! Wieso sagst du, das Kind ist nicht von mir? Wie kann das sein?«

Freeze! Wir lassen laufen! ›*Wie kann das sein?*‹ *Also das klingt schon sehr nach Vorabend-Telenovela, nach öffentlichrechtlich, oder? Wer hat denn dieses Drehbuch geschrieben? Na ja, egal. Kann ich noch ein wenig dramatischeres Licht haben? Wunderbar! Und bitte!*

Meine Hand wandert ihre Schulter nach unten, umschließt ihren Arm mit festem Griff. Ruckartig entzieht sie sich meiner Umklammerung, steht auf, nimmt eines der beiden Gläser in die Hand, setzt zu zwei kräftigen Zügen an und stellt es wieder ab. Ein Tropfen Wasser läuft am Äußeren des Glases herab. Weil ich keinen Untersetzer anbiete, erreicht der Spritzer wenig später die Oberfläche des Holztischs. Maries Schlucken wirkt dramatisch. Räuspernd scheint sie ihre verloren gegangene Stimme wiederzufinden.

»Ich wollte das nicht.«

»Was wolltest du nicht?«

»Es ist einfach passiert«.

Unsicher steht sie vor mir. Nur mit Schwierigkeiten hält sie ihren Körper auf den Beinen.

»Was? Was ist einfach passiert? Was wolltest du nicht? Was, Marie?«

Ich rücke auf dem Bett ein wenig zur Seite, hoffe, meine Bewegung wird als Angebot, sich neben mich zu setzen verstanden, doch sie macht keinen Schritt auf das Bett zu. Aus Angst, zeitnah Zeuge eines Zusammenbruchs ihrer wackeligen Beine zu werden, stehe ich auf, stelle mich neben Marie. Meine körperliche Nähe scheint weiterhin ungewollt zu sein.

»Mit Paul …, das mit Paul ist einfach passiert.«

Cut! Okay, die Szene ist im Kasten. Was ich jetzt von dir brauche, ist die gedankliche Flucht, die pure Verzweiflung, die absolute Verdrängung der Realität. Du hörst den Namen ihres Exfreundes! Was geht in dir vor? Gib mir kurz einen Blick in dein Innerstes! Wie fühlst du dich, Tim?

Ich möchte meine Ohren wie ein ungewolltes Loch in der Wand verschließen, das Eintreffen der Schallwellen in meinem Gehörgang verhindern, Marie verstummen lassen, als könnte ich das folgende Erzählte noch rückgängig machen, als wäre es nicht real, hätte nie stattgefunden, wäre lediglich eine schreckliche Fantasie, wenn ich nur das Aussprechen der Tatsache verhindern kann. Doch dieser Plan wird von Marie zunichtegemacht, weggespült wie eine Sandburg von den aufkommenden Fluten.

Okay, klingt sehr pathetisch, aber ich denke, das kann gut werden. Sehr gut sogar, ach was sag' ich, das wird glorreich. Ich seh' schon die Filmpreise auf uns einprasseln. Also dann, weiter geht's! Ruhe bitte!
Ton ab! Ton läuft!
Kamera ab! Kamera läuft!
Frostbeben, 13.2, Take 1!
Set! Und bitte!

»Ich war in meiner Wohnung …«, fährt sie auch ohne Nachfrage fort.
»Warum?«
»Ach. Eigentlich nur um meine Klamotten zu holen. Ich dachte, er ist nicht zu Hause. Er hatte mir versprochen, dass er nicht zu Hause ist. Das Ganze wäre nie passiert, wenn er einfach nicht da gewesen wäre.«
Wir stehen uns gegenüber. Weil sie an Marie nicht erwünscht sind, weiß ich nicht, wohin mit meinen Händen.
»Plötzlich steht er im Türrahmen. Ich hab' ihn natürlich gefragt, warum er hier ist, was er hier macht. Er hatte mir doch versprochen, dass er nicht da ist, Tim. Ich habe ihm

mindestens dreimal gesagt, wann ich komme und mein Zeug holen will. Ich war so wütend!«

Ein langes, schweres Ausatmen unterbricht sie nur kurz. »Ich werde lauter. Er wird lauter. Labert irgendwas von wegen, das wäre auch seine Wohnung, er wohnt hier und kann zu Hause, sein wann er will. Wir schreien uns an, es kommt eins zum anderen …«

»Eins kommt zum anderen?«, frage ich.

»Tim, ich wollte das alles nicht. Er sollte doch gar nicht zu Hause sein! Einfach irgendwo anders sein! Er hatte es mir versprochen!«, wiederholt sich Marie.

»Was kommt zum anderen?«, frage ich erneut.

»Er kam immer näher. Zuerst hatte ich Angst. Dachte kurz, er will mich packen, stoßen oder sogar schlagen, doch aus dem Nichts küsst er mich. Einfach so! Glaub' mir doch, ich wollte das nicht, Tim!«

»Geküsst? Und dann?«

»Ja! Einfach geküsst! Mitten im Streit. Ohne Vorwarnung!«, sagt sie mit brüchiger Stimme.

»Aha, ohne Vorwarnung also«, wiederhole ich ihre Aussage, als wollte ich mich davon überzeugen, sie richtig verstanden zu haben. »Und dann? Was ist dann passiert?«

»Ich wollte keinen Kuss! Ich war doch so wütend auf ihn!« Sie spricht mit tränenreicher Stimme.

»Was ist dann passiert, Marie? Sag mir endlich, was passiert ist. Von einem ungewollten Kuss ist noch niemand schwanger geworden.«

Cut! Cut! Cut? Hallo? Hört mich jemand? Wer schreibt denn so eine Scheiße? Wer denkt sich so was aus? Ich weiß doch längst, wie es weitergeht, was passiert ist, wer mit wem was hatte! Wieso muss ich um den finalen Todesstoß betteln wie ein schwer verletztes Tier am Straßenrand?

Spinnst du, Tim? Wir lassen laufen! Schauspieler schreien nicht ›Cut‹! Das ist mein Set! Ich bin der Regisseur! Zurück auf deine Position! Wer glaubst du, wer du bist, mich infrage zu stellen? Und bitte!

»Erst habe ich ihn geschubst. Weggestoßen hab' ich ihn, Tim! Wirklich, das musst du mir glauben. Doch er hat nicht lockergelassen. Kam wieder näher.«

»Das klingt nach Belästigung! Den können wir anzeigen. Was hast du dann gemacht?«, entgegne ich. Meine Arme sind nun verschränkt vor meiner Brust.

»Ihn auch geküsst. Es war ein schwacher Moment. Er hätte das nicht ausnutzen dürfen.«

Es ist mir unklar, ob sich die Wut in ihrer Stimme gegen sich selbst oder gegen Paul richtet. »Und dann ..., und dann haben wir miteinander geschlafen. Es tut mir so leid, Tim.«

»Wow!«, rufe ich ihr entgegen wie der ›Heureka‹ schreiende Archimedes nach dem Lösen eines kniffligen mathematischen Problems. »Ich weiß nicht, was ich sagen soll.«

Cut! Bitte! Cut! Ich will die Szene nicht mehr spielen. Ich kann das nicht mehr. Ich kündige! Kraftlos lasse ich meinen Blick schweifen. Das Licht ist ausgeschaltet, die Kamera abgebaut, das Set aufgeräumt. Erschöpft rufe ich nach der Regie, der Assistenz, irgendjemandem am Set, doch nur Stille. Hallo? Hört mich denn niemand? Was soll die Scheiße? Ist das ein Scherz? Wo seid ihr alle? Meine Augen suchen hastig den Raum ab, finden nur Marie und ich richte meine Worte daher an sie.

»Ich kann das nicht mehr.«

Wie duellierende Cowboys stehen wir uns gegenüber.
Sie macht einen Schritt auf mich zu.

»Tim, es tut mir so leid.«

Zum ersten Mal am heutigen Abend scheint sie meine
körperliche Nähe zu suchen, doch ich weiche nach hinten
aus, falle dabei fast zurück auf mein Bett. Gerade so kann
ich mich auf meinen Beinen halten. Ihre ausgestreckten
Arme schiebe ich von mir, wie der mittlerweile wieder
starke Wind die Wolken am Münchner Abendhimmel.
Der Sonnenuntergang wirkt blutunterlaufen. Rotes Licht
scheint durch die geöffneten Fenster meines Balkons, hüllt
unsere Unterhaltung auch visuell in Dramatik.

»Es tut dir leid, sagst du?«

Sie kommt wieder näher.

»Natürlich tut es mir leid, Tim! Es tut mir schrecklich
leid! Ich wollte dich nie verletzen!«

Erschöpft schüttle ich den Kopf. »Das muss dir nicht
leidtun, Marie. Es ist nicht deine Schuld. Das mit uns. Es
war vielleicht alles zu schnell, zu viel, zu … ich weiß nicht«,
sage ich und gehe ein kleines Stück zur Seite, weiche ihr
aus wie ein Torero dem auf ihn zustürmenden, wildge-
wordenen Stier.

»Tim, hör auf. Das meinst du doch nicht so. Es war ein
riesiger Fehler, mein riesiger Fehler, aber das hat nichts
mit dir zu tun, nichts mit uns zu tun.«

»Vielleicht waren wir der Fehler, Marie.«

»Wieso? Nein! Wie meinst du das?«, fragt Marie und
lässt sich weinend auf mein Bett fallen. Ich schließe die
Balkontür, um unsere vorgetragene Seifenoper vor den
Nachbarn zu verbergen. Der Schallschutz ist gelungen,

doch meine Vorhänge klemmen, lassen sich nicht vor das Fenster ziehen, ermöglichen interessierten Beobachtern weiterhin einen Blick auf uns, das scheiternde Paar.

Marie richtet ihren feuchten, glasigen Blick starr an die Decke, hält sich immer wieder verzweifelt die Hände vor ihr Gesicht, sagt nichts mehr, bleibt bis auf ein leises Schluchzen stumm. Sie nimmt sich ein Taschentuch aus der papiernen Box auf meinem Nachttisch. Ich warte ihr lautes Schnäuzen ab, bevor ich ruhig antworte.

»Wir kennen uns kaum, aber wohnen zusammen ...«, will ich erläutern, bevor ich von Marie unterbrochen werde.

»Das war doch nur vorübergehend! Mich hat das unfassbar gefreut, dass du mir das angeboten hast, aber es war doch nur so lange, bis ich zurück in meine Bude kann!«

»Lass mich doch mal bitte ausreden, Marie.«

»Sorry, ich bin komplett fertig. Ich will dich nicht verlieren!«

»Dein Einzug bei mir, wir beide gemeinsam auf Auroras Beerdigung, meine Gefühle für dich, all das war vielleicht ein wenig überstürzt.«

»Überstürzt? Aber unsere Gefühle füreinander sind doch echt!«

»Natürlich sind die echt. Aber wir haben uns keine Zeit gegeben, klar darüber zu werden, was das zwischen uns ist, was das zwischen uns sein soll!«

»Ich weiß, was das zwischen uns sein soll!«

»Glaub' ich nicht, Marie. Ich weiß doch noch nicht mal, wer ich bin, geschweige denn, wer wir sind oder sein wollen.«

»Ich habe einen fucking riesigen Fehler gemacht! Das

war und ist meine Schuld!«

»Vielleicht, vielleicht auch nicht«, sage ich achselzuckend.

»Doch! Das war mein Fehler, aber gib uns noch eine Chance. Wir finden für alles eine Lösung.«

Flüchtig, von Marie scheinbar unbemerkt, blicke ich auf das Ziffernblatt meines Retro-Digitalweckers.

»Wann war das?«, frage ich, plötzlich wieder bei überraschend klarem Verstand.

»Wann war was?«, wiederholt Marie meine Frage und wirkt dabei, als hätte sie diese bereits verstanden.

»Der Sex mit Paul. Wann ist das passiert?«

»Das weiß ich nicht mehr genau. An das Datum kann ich mich nicht mehr erinnern, Tim. Ist das denn so wichtig?« Marie sieht mich dabei kaum an. Ihren Blick richtet sie weiter starr an die Decke.

»Ich brauche kein genaues Datum. Ich will nicht, dass du mir sagst, um wie viel Uhr das war. Nur ungefähr. Wann war das?«

»Keine Ahnung, vielleicht so vor einem Monat.«

»Vor einem Monat?«

»Ja, ungefähr. Wie gesagt, ich weiß den genauen Tag nicht mehr«, antwortet Marie.

»Das war vor der Beerdigung. Kurz bevor du bei mir eingezogen bist!«, stelle ich mit brüchiger Stimme fest.

»Es tut mir so wahnsinnig leid, Tim! Alles! Das musst du mir glauben!«

»Du hast mit deinem Ex geschlafen und bist trotzdem danach bei mir eingezogen? Du hintergehst mich und kommst trotzdem noch mit auf die Beerdigung der Mutter meines besten Freundes?«

»Ich wollte für dich da sein, Tim!«

»Aber doch nicht, nachdem du deinen Ex bumst!«

»Das war ein Ausrutscher! Trotzdem wollte ich nichts lieber als bei dir sein! Ich wusste, die Beerdigung wird auch hart für dich! Und ich konnte ja nicht wissen, wie das dort alles abläuft!«

Ich nehme einen weiteren tiefen Atemzug. »Bitte geh jetzt!«, sage ich und deute auf die Wohnungstür.

»Nein, bitte nicht!«

»Marie, bitte.«

»Lass uns jetzt nicht so auseinander gehen! Unsere Gefühle füreinander sind doch immer noch da!«

Ich füge die Worte in meinem Kopf zusammen wie die zerstreuten Teile eines Puzzles. »Da bin ich mir mittlerweile nicht mehr so sicher. Bitte geh jetzt! Akzeptier' das bitte.«

Ohne ein weiteres Wort greift Marie nach ihrem beigen Blouson, schlüpft in die weißen Sneaker, öffnet die Tür und tritt aus meiner Wohnung. Gerade als sie sich wieder zu mir drehen möchte, schließe ich ruhig und doch überzeugt die Tür.

Ein leises Klicken ist im Treppenhaus zu hören. Marie scheint sich nicht bewegt zu haben, scheint noch immer an der gleichen Stelle zu stehen. Wir sind wenige Zentimeter voneinander entfernt, nur getrennt durch eine undurchsichtige, hölzerne Barriere vor uns. Ich glaube, ein leises, zögerliches Klopfen zu vernehmen. Kurz spiele ich mit dem Gedanken, die Tür wieder aufzureißen, alles zu vergessen, Marie zu umarmen, bevor wir unseren Streit leidenschaftlich im Bett beenden. Dann höre ich Schritte, die sich von meiner Tür entfernen. Das Knarzen der Treppen liegt in meinen Ohren wie die letzten gespielten Noten einer Operette. Ruhig atmend verharre ich noch einige Sekunden im Flur. Mein Körper wie zu Salz erstarrt. Mit nach vorne gerichteten Augen registriere ich minimale vertikal verlaufende Rillen in der groben Struktur der Tür aus Holz, gleite an ihnen unaufhaltsam abwärts wie ein unbemanntes Floß mit der Flussströmung, bis mein Blick bei gesenktem Kopf den Boden erreicht. Weit und breit kein Regisseur, der mich aus meiner Rolle befreit.

Kapitel 14

Ich finde keine Ruhe, möchte nicht an Schlaf denken. Seit Tagen, nein, schon seit mehr als einer Woche fahren meine Gedanken Karussell, führen einen erfolgreichen Wettstreit gegen die Müdigkeit meines Körpers. Dabei wälze ich mich nicht verzweifelt im Bett, starre nicht mit weit geöffneten Augen stundenlang an die Decke über mir, wache nicht schweißgebadet mitten in der Nacht auf. Ich schlafe nicht. Ich lege mich nicht hin, gehe nicht ins Bett, schlafe nur, wenn ich buchstäblich völlig entkräftet in dieses falle. Stattdessen spaziere ich ziellos durch das nächtliche München wie ein streunender Hund ohne Bleibe, doch verfolge dabei einen klaren Zweck: Ich will verstehen, nachvollziehen, akzeptieren, dass mich mein bester Freund und die von mir geliebte Frau verlassen haben wie die Ankunftshalle eines Bahnhofs am Ende einer Reise.

Marie hat mich verlassen. Ich habe Marie verlassen. Oder wir uns? Auf den ersten Blick mag das unwichtig erscheinen, bedeutungslos, weil das Ergebnis unabhängig der Gleichung dasselbe ist. Allerdings scheint es nach dem Ende einer Beziehung ein starkes Bedürfnis der Betroffenen zu geben, bei dieser Frage Klarheit zu schaffen.

›Schade, dass ihr euch getrennt habt‹ bleibt als Aussage nur selten unkommentiert, löst das unbedingte Verlangen aus, ›einige Dinge klarzustellen‹. Nachdrücklich wird darauf hingewiesen, dass man es selbst ist, der oder die für das endgültige Ende der Beziehung verantwortlich ist. Auch wenn die Antwort auf diese Frage bei uns beiden klar scheint, bleibt unbeantwortet, was denn nun leichter, ehrenhafter, besser ist. Verlassen oder verlassen werden? Ich will mich nicht an das Ende unserer gemeinsamen Zeit klammern wie Demenzkranke an die wenig verbliebenen Erinnerungen in ihrem Gedächtnis. Ich wurde nicht verlassen. Marie war mit ihrem Betrug, mit ihrer Untreue und dem damit verbundenen Vertrauensverlust zwar der Grund unserer Trennung, doch vollführt habe diese ich selbst. Um meinen Absturz zu verhindern, möchte ich mich an dieser Erkenntnis festhalten wie Bergsteiger am schroffen Felsen. Ich habe mit Marie Schluss gemacht, nicht umgekehrt. Ich wurde nicht verlassen, ich habe verlassen. Ein für mich ungewohntes Gefühl, wenn auch nicht weniger beschissen.

Die heutige Nacht wirkt besonders dunkel, finsterer als die vorangegangenen. Graue Wolken schieben sich, kaum sichtbar wie Menschenmassen im Getümmel, immer wieder vor den abnehmenden Mond. Die Glühbirne einer Straßenlaterne flackert zunächst unbeständig, bevor das Licht allmählich schwächer wird, schließlich vollständig ausfällt. Die meisten Fenster sind geschlossen. Nur selten strahlt es hell aus den Wohnungen auf den Gehsteig darunter. Der vereinzelte Lichtschein lässt den Häuserblock aussehen wie einen teilweise, nur an wenigen Tagen geöffneten Adventskalender. Ich bin neugierig, weshalb gerade diese Fenster noch beleuchtet werden, wieso gerade diese Bewohner sich gegen den biologischen Rhythmus von Tag und Nacht zu wehren versuchen. Ist ein Streit mit dem Partner, eine Auseinandersetzung mit der Partnerin der Grund? Werden sie von Schlaflosigkeit heimgesucht, weil auch in ihrem Leben Dinge nicht mehr nur einfach geschehen, sondern plötzlich Antworten eingefordert werden? Oder machen sie sich gerade fertig, um zur Arbeit aufzubrechen, weil sie nicht den Luxus eines geregelten, aber sinnlosen Bürojobs genießen? Immerhin soll es noch Menschen unter uns geben, die mit ihren Händen wirklichen Wert erschaffen, zu Uhrzeiten, zu denen Agenturmitarbeiter und Unternehmensberaterinnen noch von Matcha-Tee und Açai Bowls träumen. Zumindest wenn diese nicht die Prioritäten ihres Lebens neu sortieren und aus diesem Grund durch das nächtliche Sendling wandern.

Meine Atmung wird tiefer, schwerer, als ich eine minimale Steigung nach oben spaziere. Ich überquere eine bei Tageslicht viel befahrene Straße, auf der jetzt völlige Stille herrscht. Trotzdem blicke ich, um sicherzugehen, das Abrollgeräusch eines elektrisch fahrenden Autos nicht zu überhören, links und rechts von mir, komme sicher auf der anderen Straßenseite an, sehe mich um. Inmitten eines gepflasterten Marktplatzes steigt ein meterhoher Baum in die Höhe, der tagsüber Schatten spendet, doch nachts unheimlich wirkt. Nur das Rascheln seiner Blätter ist zu hören. Die massiven Äste schwingen beständig im stärker werdenden Wind hin und her, wie menschliche Arme bei La-Ola-Wellen im Stadion. Ein Mann mit Hund nähert sich mir, bleibt kurz stehen, um seinen kniehohen, haarigen Begleiter im Gras zunächst schnüffeln, dann sein Revier markieren zu lassen. Auch ich verlangsame meinen Gang, blicke auf mein Handy, imitiere das Eintreffen einer nächtlichen, unerwarteten Nachricht. Das grelle Licht meines Bildschirms blendet meine Augen und lässt die blasse Haut meines Gesichts hell erleuchten. Keine Benachrichtigungen. Fast synchron setzen der ältere Herr und ich unseren Gang fort. Unsere Blicke treffen sich Sekunden vor der direkten Begegnung, werden dann aus Unsicherheit wieder auf den Boden gerichtet, erst wenige Meter voneinander entfernt abermals gehoben. Eine minimale Kopfbewegung, ein kaum zu vernehmendes Nicken dient der Begrüßung, weniger aus Höflichkeit, als sicherzugehen, dass das nächtliche Gegenüber einem selbst freundlich gesinnt ist. Ich überquere den Platz, dessen wöchentlichen Markt ich mir schon lange vornehme zu besuchen, aber stattdessen mein Gemüse stets kurz vor Ladenschluss im nahe gelegenen Discounter kaufe. Aus Angst vor herunterfallenden Ästen meide ich den bedrohlichen Baum, umgehe ihn im Bogen mit großzügigem Radius. Eine Kirche ragt wie eine steingewordene Warnung Gottes empor. Weil in der Dunkelheit die Verzierungen und Malereien an den Außenseiten kaum zu erkennen sind, wirkt der Bau nicht spirituell, kaum beeindruckend, sondern lediglich wie ein großer, deplatzierter Klotz, mehr wie eine Laune der Architektur als das Haus des Allmächtigen. Ich kenne diese Kirche, doch fällt mir ihre enorme Größe heute Nacht zum ersten Mal auf. Beiläufig habe ich sie zuvor etliche Male passiert. Ein nicht näher zu definierendes Bedürfnis zieht mich in Richtung der Eingangstür. Mir ist, als würde mich eine überdimensionale, unsichtbare Hand an Schnüren in das Innere der Kirche ziehen wollen, um mich zur Andacht, Einkehr und inneren Ruhe zu zwingen. Wenn Sedativa ihre Wirkung verfehlen, gebe ich der Dreifaltigkeit Gottes gerne eine Chance. Vorsichtig greife ich nach der Türklinke am monumentalen Eingangstor.

Der Stundenschlag der Kirchturmglocke ertönt. ›Mitten in der Nacht!‹, denke ich aus Mitleid mit den unmittelbaren Anwohnern, die wohl regelmäßig vom gusseisernen Schlag aus dem Schlaf gerissen werden. Dann lieber der frühe Ruf des Muezzins zum Sonnenaufgang, erspart dieser zumindest den morgendlichen Einsatz eines Weckers. Die Tür klemmt. Nein, sie ist abgeschlossen. Ich wundere mich über die verschlossenen Kirchentüren, doch bin froh, dass mein kurzer Anflug christlicher Spiritualität vorbei ist, noch bevor er von mir ausgelebt werden konnte. Gott scheint mich aufgegeben zu haben, erträgt meine Anwesenheit nicht, sucht die Distanz zu mir nach Jahren des Ignorierens und der Enttäuschung. Ich kann das nachvollziehen, möchte ihn wissen lassen, dass ich seine Abweisung nicht persönlich nehme, ihn nicht brauche, auch ohne ihn das erste Mal so etwas wie Erkenntnis gewinne. Vermutlich hat mich weniger der Drang nach göttlichem Beistand zum Eingang der Kirche gezogen als die Sorge vor herunterfallenden Ziegeln und Ästen im aufkommenden Sturm.

Die Angst als ständiger Begleiter in meinem Leben, eine ungebetene Beifahrerin ohne erkennbare Absicht auszusteigen oder sich finanziell am verbrauchten Benzin zu beteiligen. Dank ihres Zustiegs benötige ich für einfachste Tätigkeiten mehr Treibstoff als unbedingt nötig, bekomme meist den Motor gar nicht gestartet. Je länger unsere gemeinsame Reise andauert, desto verärgerter bin ich über die Ausprägungen der ungewollten Fahrgemeinschaft. Angst, Sorge und Bedenken umgaben auch Marie und mich, doch wurden ignoriert. Trotz stetiger Skepsis, trotz sehenden Auges lief ich ins Verderben, als wüsste ich nicht, was mir drohte, als kannte ich den Schmerz, die Demütigung nicht, die am Ende einer Beziehung lauerten, wie ein Raubtier im hohen Gras. Selbst meine ständigen Zweifel haben nicht geholfen, selbst mein ständiges Hinterfragen konnte meine Entscheidungen nicht in die richtige Richtung lenken. Die Gefahr verletzter Gefühle, das Risiko eines gebrochenen Herzens ist größer als die Wahrscheinlichkeit, das gemeinsame Glück zu finden. Trotzdem, nein, gerade deshalb hören wir nicht auf, uns zu verlieben. Wir verlieben uns mit der festen Überzeugung, dieses Mal sei alles anders als zuvor, dieses Mal ist unser Gegenüber etwas Besonderes, unsere Beziehung etwas Einmaliges, unsere Liebe für Lebzeiten, wenn nicht sogar für ewig, mindestens bis der Tod uns scheidet. Emotionen lösen jede Vernunft ab, Vorboten aufziehender Stürme werden zwar wahrgenommen, doch letztendlich zur Seite geschoben, Rationalität wird in den befristeten Urlaub entlassen, erst wieder zurückgerufen, wenn es bereits zu spät ist, die Katastrophe zu verhindern. Um uns bei gefährlichen Sportarten vor Stürzen und schweren Verletzungen zu schützen, legen wir Schoner um fragile Körperstellen, ziehen Helme über unsere Köpfe, vermeiden Gefahrensituationen, wenn möglich, weil wir die Folgen fahrlässigen Verhaltens kennen, diese uns teuer und unnötig erscheinen. Doch in der Liebe setzen wir uns wissentlich und gewollt auf ein klappriges Gefährt, pochen darauf, alle Schutzmaßnahmen zu ignorieren und rasen winkend an der eigenen Vernunft vorbei in Richtung Abgrund, immer in der Hoffnung, dass es keinen Abgrund geben wird.

Doch ohne diese leichtsinnige Zuversicht ist Liebe nicht möglich. Unvernünftig, ja sogar verrückt wollen, nein, müssen wir sein, um uns zu verlieben. Wir brauchen das Vertrauen, um weiterzumachen, nicht aufzuhören, auch wenn alle Erfahrungen, alle Wahrscheinlichkeiten gegen uns sprechen. Ohne Hoffnung, dass dieses Mal alles anders wird, unser Gegenüber etwas Besonderes, unsere Beziehung einmalig und für ewig ist, können wir die Liebe sein lassen, für immer beerdigen unter Weihwasser, Erde und Rosenblüten. Eine Tatsache, die schwer zu verstehen ist, wenn der eigene Aufprall im Abgrund nur wenige Augenblicke zurückliegt.

Mit ausgestreckten Zehen fühle ich in der Dunkelheit nach der nächsten Treppenstufe, entferne mich behutsam vom Kircheneingang, bewege mich zurück auf das unebene Kopfsteinpflaster des Marktplatzes. Unsicher blicke ich in den Himmel, der weiterhin keinen Blick auf die Sterne zulässt, wie das geschlossene Verdeck eines Cabriolets. Die blau gestrichenen, funktionslosen, lediglich der Optik wegen angebrachten Fensterläden am Wohnhaus gegenüber schwingen im Wind gegen die immer gleichen Stellen an der Wand. Die einzelne Erschütterung ist weder besonders hart noch mit direkten, sichtbaren Auswirkungen auf die Bausubstanz, doch lassen Stürme über Jahre den Putz bröckeln wie in einem Schwabinger Café und die Konstanz der Schläge stößt kontinuierlich größer werdende Löcher in die Wände. Was gestern noch einwandfrei und ohne Mängel erschien, bedarf heute schon der Renovierung, bei jahrelanger Verdrängung sogar einer Grundsanierung. Blätter kreisen um mich wie ein Rudel Wölfe um die hilflose Beute herum. Die umherfliegenden Äste werden größer. In der Ferne sind Donnergeräusche zu hören. Die Gefahr, vom Blitz getroffen zu werden, ist verschwindend gering, doch erhöht sich signifikant während eines einsamen Spaziergangs bei Gewitter auf einem weitläufigen Platz. Der Himmel ist düster und tiefschwarz. Um der unmittelbaren Gefahr zu entgehen, muss ich mich meinen ursprünglichen Ängsten und den Gedanken an meine verlorene Liebe und Freundschaft stellen.

Ehrlichkeit ist die Basis einer jeden Beziehung, behaupten wir, doch täuschen unsere potenziellen Partner beim Kennenlernen, simulieren das Gegenüber, das wir glauben sein zu müssen, aus Angst, sie mit den wahren Abgründen unserer Persönlichkeit zu verschrecken. Nur langsam, wenn überhaupt, habe ich Marie schemenhaft Blick in mein Inneres gewährt, doch die Sicht sofort wieder versperrt beim geringsten Anflug des Gefühls, die aufgebrachte Zeit oder auch nur ihre Anwesenheit nicht wert zu sein. Ich habe einen idealen Charakter kreiert, oder es zumindest versucht, angepasst an die Wünsche und Bedürfnisse, die ich glaubte bei ihr wahrzunehmen. Wäre unsere Beziehung nicht schon beim Ablegen im Hafen an den Klippen ihres Betrugs zerschellt, hätte ich mir nie sicher sein können, ob ihre Gefühle meinem wahren Ich gelten oder nur der Illusion, die ich, wie ein Magier, so lange wie möglich versuchen würde aufrechtzuerhalten. Wie schön wäre es, wenn wir, statt uns zu verstellen, statt ein empfundenes Ideal nachzuahmen, schon beim Kennenlernen unser wahres Ich zeigen dürfen, können und wollen. Ich wurde verletzt, doch sollte das doch gar nicht möglich sein, habe ich mich doch in keinem Moment verletzbar gezeigt. Auch deshalb ist die Frage der Schuld nicht zu klären, die Verantwortung für unsere emotionale Misere nicht ohne Weiteres zuzuordnen. Hat Marie schon allein aufgrund des

Betrugs den Großteil der Schuld auf sich geladen? Oberflächlich betrachtet scheint die Antwort klar: Fremdgehen sei, egal unter welchen Umständen, als niederstes Verhalten, als größtmögliche Demütigung für den Betrogenen, als unentschuldbare, kaum zuzumutende Handlung, unbedingt zu unterlassen, gilt schon im biblischen Kontext als Sünde. Eine für mich schmerzhafte Sünde. Ich fühle mich austauschbar wie ein leeres Paar Batterien. Meinen Dienst habe ich geleistet, all meine Energie abgegeben. Für eine Weile verschwendete ich keinen Gedanken daran, dass meine Zeit ablaufen könnte, unsere Beziehung ein Haltbarkeitsdatum kennt. Doch fühle auch ich mich schuldig. Schuldig des Betrugs. Schuldig der Lüge. Schuldig, mich Marie nie vollständig geöffnet, mein wahres Ich versteckt zu haben. Erst jetzt wird es mir bewusst. Marie hat nicht mich betrogen, lediglich den fiktiven Charakter, den ich glaubte, für sie erschaffen zu müssen.

Die zuvor noch kaum befahrene Straße gewinnt zaghaft die übliche Unruhe zurück. Wie unmittelbar an einem tiefen Abgrund stehe ich mit meinen Füßen direkt am Bordstein, die vordersten Zentimeter meiner Schuhe in der Luft. Die Fußgängerampel ist nicht in Betrieb, bleibt dunkel, reagiert nicht auf mein wiederholtes Betätigen des gelben Schalters darunter. Ich sehe links die Straße hinunter. Ein Nachtbus fährt auf der rechten Spur in meine Richtung. Wie von einem Schiff verdrängte Wellen schiebt sich das helle Scheinwerferlicht auf mich zu. Ich blicke direkt hinein. Meine in der Dunkelheit weit geöffneten Pupillen werden geblendet, lassen mich kurz blind zurück, bevor sie ihre Größe verringern und ich meine Sehkraft zurückerlange. Der Bus ist noch wenige Meter von mir entfernt. Nur eine minimale, kaum anstrengende Bewegung liegt zwischen Ordnung und Chaos. Lediglich ein Schritt trennt mich und das Ende meiner Existenz. Das Leben selbst erscheint mir so komplex, so unübersichtlich, so schwer verständlich, während das Ende so einfach sein kann. Ein Finger am Abzug. Ein herumgerissenes Steuer. Ein Sprung in den Abgrund. Ein Schritt vor den Bus, statt der lebenslangen, oftmals chaotischen Suche nach dem Glück. Ich kann mich diesem Gedanken nicht entziehen, er entsteht weniger bewusst als intuitiv, aus reinem Interesse oder instinktiver Sehnsucht, kaum begründet, schnell verflogen wie gute Vorsätze im Jahresverlauf. Ich verlagere mein Gewicht nach hinten, trete einen Schritt zurück. Der Bus brettert weniger als einen Meter entfernt an mir vorbei. Ein kalter Windstoß zieht über mein Gesicht. Der Gedanke bleibt ein Hirngespinst, stirbt, trotz Kribbeln in den Füßen, als theoretisches Konstrukt ohne Geburt in der Praxis, weil das Streben nach Glück, das nie endende Ringen um den Sinn der eigenen Existenz das Leben erst lebenswert macht. Ohne Yin kein Yang und umgekehrt. Der Zufall hat mir das Leben geschenkt und soll es mir auch wieder nehmen. Soll man gehen, wenn es am schönsten ist, scheint jetzt definitiv nicht der richtige Moment. Ich überquere die Straße. Sicher und im Ganzen komme ich auf der anderen Seite an. Plötzlich, wie eine verkehrsbedingte Routenänderung bei Google Maps, passe ich meinen Weg an, richte meinen Oberkörper gerade auf und kenne nun endlich mein Ziel.

An der vor mir liegenden Straße fällt das Licht einer ganzen Reihe Laternen aus. Ich erhöhe die Geschwindigkeit meiner Schritte unbewusst, fühle mich in der plötzlich eintretenden völligen Dunkelheit unwohl, obwohl ich den Weg bereits unzählige Male entlang gegangen bin. Nervös blicke ich fortwährend über meine Schultern nach hinten, prüfe, ob ich verfolgt werde, erwarte eine finstere, sich mir nähernde Gestalt, doch sehe nichts außer den schemenhaften Umrissen der Baumkronen im Sturm. Die Uhrzeit auf meiner Armbanduhr ist kaum zu erkennen. Ich verlangsame meinen Gang, kneife meine Augen zusammen, fokussiere meinen Blick auf die starren Zeiger an meinem Handgelenk. Fünf Uhr sechsundzwanzig. Weniger als zwei Stunden bleiben mir, bis ich meinen täglichen Weg zur Arbeit antreten muss. Diese erscheint bei Schlafmangel noch sinnloser als ohnehin. Die Gefahr einer Kurzschlussreaktion meinerseits steigt kontinuierlich. Ich stehe kurz vor der Detonation. Ich sehe die an der Zündschnur fortschreitende Glut sich dem Sprengstoff nähern. Nur ich kann die Explosion noch aufhalten oder bewusst zulassen. Die Überlegung, zu kündigen, beschleicht mich nicht mehr nur. Der Gedanke, meinen Job aufzugeben, alles hinzuwerfen erfasst mich wie ein Tsunami die Küste. Ich möchte in der Flut weggerissen werden, mich bei komplettem Kontrollverlust den Wellen ergeben, treiben lassen, ohne eine Möglichkeit, die Richtung zu bestimmen. Doch Zweifel an diesem Vorhaben ragen wie einzelne Äste in die Fluten, ermöglichen es mir, mit bloßem Ausstrecken meines Armes und einem beherzten Griff meiner Hände dem Dasein als unkontrolliertes Treibgut ein Ende zu setzen, doch noch zu retten, was mir als nicht mehr zu retten erscheint. Skepsis ist angebracht. Eine Kündigung wirkt plötzlich wie eine sinnlose Aufgabe, eine Kapitulation auf dem falschen Schlachtfeld. Weiterhin wäre ich auf der Suche nach dem Sinn, ohne Erkenntnisse über meine Bestimmung, nur eben pleite, unfähig für meinen Lebensunterhalt zu sorgen. Vielleicht ist es okay, keinen Sinn in der Arbeit zu erkennen. Vielleicht ist es okay, den eigenen Job lediglich als Mittel zum Zweck der finanziellen Unabhängigkeit zu sehen. Vielleicht ist es okay, den Sinn im Leben nicht im beruflichen Kontext zu suchen. Unvermittelt fühle ich mich mit diesen Gedanken wie ein Revolutionär im Kampf, um die Befreiung aus einer Welt, in der berufliche Karrieren und Jobs sinnstiftend zu sein haben, einen Mehrwert für die Gesellschaft, aber vor allem das eigene Selbstwertgefühl bringen sollten, herausfordernd und erfüllend zugleich zu sein scheinen und dabei unbedingt Spaß machen müssen. Überhaupt muss die Arbeit vor allem Spaß machen, Freude bereiten, als wüssten wir alle nichts Vergnüglicheres mit unserer Zeit anzufangen als die Steigerung des Bruttoinlandsproduktes. Arbeiterbewegungen haben sich nicht vor über hundert Jahren in Gewerkschaften organisiert und bei Aufständen auf offener Straße erschießen lassen, damit wir unbezahlt statt der vertraglich vereinbarten vierzig Stunden freiwillig sechzig Stunden arbeiten, weil wir freitags mit unserem Chef bei Freibier nach Feierabend noch Kicker spielen dürfen. Wir ordnen dabei alles der verzweifelten Sehnsucht nach beruflicher Bedeutung unter, glauben, hoffen zumindest, dass ohne uns die Welt, auf jeden Fall die eigene Abteilung, stillsteht, kein Deal mehr eingetütet, kein Pitch mehr gewonnen, keine Success-Story mehr gefeiert wird. Stattdessen halte ich es von nun an wie Georges Eugène Benjamin Clemenceau, der französische Staatsmann der dritten Republik, möchte seine Weisheit meinem Chef

Thomas auf die Stirn tätowieren: ›Die Friedhöfe der Welt sind voll von Leuten, die sich für unentbehrlich hielten.‹

Weder halte ich mich für unverzichtbar, noch suche ich meine Bestimmung in meinem Job. Ich bin nicht gezwungen, den Sinn des Lebens dort zu finden, aber ich muss eben auch nicht meine Existenz der Foliengestaltung in PowerPoint bei leicht erhöhtem Schmerzensgeld widmen und mich dabei von den Thomassen dieser Welt demütigen lassen. Diese Erkenntnis wirkt für meinen Gang wie Federn in meinen Schuhen, lässt mich aufrecht durch die morgendliche Dunkelheit der Straße stolzieren, das zuvor noch empfundene Unwohlsein verschwinden, wie abziehende Gewitterwolken in der Abendsonne.

Ich biege um die Ecke, bin nur noch wenige hundert Meter von meinem Ziel entfernt, doch verspüre das dringende Bedürfnis, eine Zigarette zu rauchen. Ich bin Nichtraucher, rauche nur in Gesellschaft, wenn ich trinke oder wenn ich in Gesellschaft trinke, niemals aber allein. Zumindest kann ich mich nicht erinnern, je allein geraucht zu haben. Ein Zigarettenautomat ist nur einen kleinen Umweg entfernt, also kehre ich um, versuche mich in der Dunkelheit zu orientieren, an den genauen Standort des nikotinbringenden Samariters zu erinnern. Dort vorne an der zweiten Kreuzung links, die Böschung entlang bis zu einer Hauseinfahrt, dann rechts abbiegen, geradeaus bis zu einem kroatischen Restaurant, an dessen Hauswand einer angebracht sein sollte. Ich mache mich auf den Weg. Die Straßen sind noch immer menschenverlassen, nur ein Eichhörnchen, das ich fälschlicherweise zunächst für eine Ratte halte, rennt direkt vor mir aus einer Hecke, klettert auf einen gegenüberliegenden Baum. Seine scharfen

Krallen kratzen an der Rinde. Schon aus der Ferne ist der erleuchtete Name über dem Restaurant sichtbar: ›Balkangrill‹ scheint auch in der Nacht und erhellt die darunterliegende Straße.

Der Zigarettenautomat befindet sich im äußersten Bereich des Lichtkegels des ersten Buchstabens. Ich wähle eine Marke, ziehe meinen Geldbeutel wie einen Revolver aus meiner Tasche, suche nach meinem Ausweis, bestehe bravourös die Altersprüfung. Trotzdem verzögert sich der Genuss meiner neuentdeckten Unvernunft. Der Magnetstreifen meiner EC-Karte ist nicht lesbar, obwohl dies zuvor nie ein Problem darstellte. Es stört mich, dass der Zigarettenautomat seine Unfähigkeit zum elektronischen Geldverkehr zu verschleiern versucht, die Verantwortung für seine Inkompetenz an mich und meine Bankkarte abgeben möchte. Glücklicherweise, wobei meine Bronchien und Lungenbläschen die Sachlage anders interpretieren würden, habe ich Bargeld bei mir. Ich streiche einen Zwanziger glatt, führe ihn vorsichtig an den dafür angebrachten Schlitz heran. Mit einer saugenden Bewegung wird der blaue Schein eingesogen und nach einer dreimaligen, hektischen rein- und rausziehenden Bewegung flatternd auf die Straße ausgespuckt. Noch immer weht ein starker Wind. Die Straße ist nass. Ich bücke mich, greife im schummrigen Licht nach dem bereits feucht gewordenen Geldschein, wische diesen an meiner Hose ab und wiederhole die gerade missglückte Zahlung. Dieses Mal wird der Geldschein ruckartig eingezogen. Das Display auf Augenhöhe leuchtet grünlich auf und erinnert mich daran, dass ich bei Bezahlung mit solch hohen Geldsummen selbstverständlich mindestens zwei Zigarettenpackungen erwerben müsse. ›Just in case‹, denke ich und drücke beherzt ein weiteres Mal auf das kleine Bildchen der Marlboro Silver Blue. Der dumpfe Klang der aufprallenden Päckchen im Ausgabefach ist trotz Windgeräuschen hörbar. Auf der Suche nach einem Feuerzeug krame ich in meinen Jackentaschen, werde schnell fündig und halte Ausschau nach einem windstillen Ort, um die Zigarette anzuzünden. Das Vordach eines Wohnhauses erscheint mir hierfür geeignet. Beherzt öffne ich die Folie um die Verpackung aus Papier. Dann öffne ich vorsichtig den kartonierten Deckel des Päckchens. Ich stecke eine Zigarette zwischen meine Lippen, nehme das Feuerzeug aus meiner Tasche, halte meine rechte Hand schützend vor die zarte Flamme, wie eine Bärenmutter ihre Tatze vor ihren neugeborenen Nachwuchs. Zufrieden inhaliere ich den ersten Zug, blase den blauen Dunst in den schwarzen Himmel. Zigaretten schmecken nüchtern nicht. Nach wenigen Sekunden entfaltet das Nikotin seine Wirkung in meinem Gehirn: Ein unmittelbares Wohlsein, ein Gefühl von Beruhigung setzt ein und lässt mich den unangenehmen Geschmack in meinem Mund vergessen. Hustend stecke ich die Zigarettenschachtel und das Feuerzeug zurück in meine Jackentasche, blicke im Licht der Straßenlaterne ein weiteres Mal auf meine Uhr und setze meinen Weg fort.

Fast an meinem Ziel angekommen höre ich zum ersten Mal seit Stunden Stimmen, bemerke das laufende Motorengeräusch eines kleinen Transportfahrzeugs. Die ausgestoßenen Abgase des Dieselmotors können den Geruch von frischen Brezen nicht verdrängen. Auf der gegenüberliegenden Straßenseite nimmt ein eifriger Kioskbesitzer die frischen Backwaren und heutigen Tageszeitungen aus dem Mercedes Sprinter in Empfang. Eine zwischen seine Zähne geklemmte Taschenlampe ebnet den Weg in den Laden. Energisch schließt der Fahrer die Türen des Fahrzeugs, fährt zügig davon. Dabei beißt er hinter dem Steuer hektisch von einer noch halb in einer braunen Papiertüte verpackten Breze ab. Der wegfahrende Transporter gibt den Blick auf die unscharfen Umrisse einer Person auf dem Gehsteig frei. Das spärliche Licht der Straßenlaterne reicht nicht aus, um zu erkennen, wer dort vor dem Haus steht. Unruhig von einem Bein auf das andere tänzelnd verharrt der dunkle Schatten auf der Stelle. Ich überquere die Straße und nähere mich dem Eingang. Wie eine aufgescheuchte Grille springt die Nervosität der noch nicht näher zu erkennenden Gestalt auf mich über. Während sich meine Schritte verlangsamen, beschleunigt sich mein Herzschlag. Meine Hände beginnen zu zittern, meine Augenlider zucken. Ich spüre, wie mein Gesicht noch blasser wird, als meine Haut ohnehin im Herbst erscheint. Vorsichtig, wie auf wackligem Untergrund, setze ich einen Fuß vor den anderen. Unsicher richte ich meinen Blick auf den Boden. Der Sturm verzieht sich, nur noch vereinzelt lässt ein Windstoß die Blätter der Bäume am Straßenrand rascheln. Die knackenden Geräusche der Äste werden weniger. Abrupt stoppe ich meinen Gang. Eine tiefe, mit Regenwasser gefüllte Pfütze liegt direkt vor mir. Schemenhaft erkenne ich mich selbst in der Spiegelung. Mit meiner rechten Hand berühre ich mein Gesicht, streife sanft über meine Wange, richte meinen Blick klar auf die Reflexion in der Wasseroberfläche. Eine Millisekunde reicht aus, eine adäquate Spiegelung meines Gesichts zu erkennen. Keine endlose Weite mehr, nur ich.

Ich richte meine Aufmerksamkeit wieder nach vorne. Unsere Blicke treffen sich. Ich höre ein Räuspern, gefolgt von schweren, tiefen Atemzügen. Noch immer kann ich kein Gesicht erkennen, doch weiß nun ganz sicher, wer vor mir steht.

Nur noch wenige Meter voneinander entfernt höre ich meinen Namen.

»Tim!«, sagt die Gestalt in dunkelblauem Anzug und weißem Hemd.

»Vincenzo!«, flüstere ich zunächst leise, fast ängstlich, bevor ich den Namen meines besten Freundes noch einmal laut, wie eine Befreiung aus voller Kehle rufe: »Vincenzo!«

Er tritt einen Schritt nach vorne, ins Licht der Straßenlaterne.

»Was machst du hier?«, fragt er mit erstauntem Blick auf seine Armbanduhr.

»Das könnte ich dich auch fragen, um die Uhrzeit.«

»Bin jetzt Frühaufsteher. Der frühe Vogel und so.«

»Ich wollte zu dir«, entgegne ich lächelnd.

»Hast du heute noch was vor? 'Ne Hausparty vielleicht? Soll ich Vitus anrufen?«, will er wissen.

»Party? Vitus anrufen? Versteh' ich nicht!« Ich sehe ihn verwirrt an.

»Marlboro Silver Blue«, sagt er und deutet auf die aus meiner Jackentasche herausschauende Zigarettenschachtel.

»Ach so, nein, hab' nichts mehr vor.«

»Gar nichts?«

»Außer vielleicht, mit dir eine zu rauchen.«

»Ich trink' aber nicht mehr, also erstmal«, sagt Vincenzo leise.

»Da schließe ich mich gerne an.«

»Quasi als neue Challenge«, sagt er selbstbewusst.

»Kein Problem, heute rauche ich ausnahmsweise mal nüchtern«, sage ich und reiche Vincenzo eine Zigarette.

»Hast du Feuer?«

»Moment ...«, antworte ich und taste meinen Körper ab.

»Medina meinte schon, dass du gerade gern nachts durch die Stadt spazierst wie so ein streunender Hund«, sagt Vincenzo und wirkt dabei mindestens genauso müde wie ich.

»Hast du mit Medina gesprochen?«

»Klar. Du auch?«

»Schon, ja.« Nickend sehen wir uns an. »Hat sie dir erzählt, dass das mit Marie vorbei ist?«

»Hat sie.«

»Und hat sie dir auch erzählt, dass es mir wegen der Sache mit dir richtig scheiße geht und mir das, was ich gesagt und getan habe, unfassbar leidtut?« Ich zünde Vincenzos Zigarette an, dann ziehe ich an meiner bereits fast aufgerauchten.

»Nein, das hat sie wohl vergessen«, sagt Vincenzo schmunzelnd.

»Es tut mir leid, Vincenzo!«

»Ich weiß, Tim«, sagt er und versucht erfolglos Ringe aus Rauch in den noch dunklen Himmel zu blasen.

»Ich hätte Marie niemals zur Beerdigung mitnehmen dürfen, das war egoistisch. Ich habe mehr an mich gedacht als an dich, mehr daran, wie *ich* den Tag überstehen soll, nicht *du*.«

»Es war wirklich der schlimmste Tag meines Lebens.«

»Deswegen wollte ich unbedingt für dich da sein, aber war komplett überfordert, hatte keine Ahnung, wie ich dich unterstützen kann«, sage ich, während die Asche an meiner Zigarette abbricht und auf den Boden fällt.

»Einfach da sein, Tim. Du, allein, für mich. Das hätte gereicht.«

»Das weiß ich jetzt auch. Es tut mir leid. So sehr!«

»Mir auch, Tim.«

»Nein, du musst dich nicht entschuldigen, wirklich nicht! Der ganze Tag war eine absolute Katastrophe für dich!«

»Trotzdem …«

»Du warst einfach nicht du selbst. Deine Mutter wurde beerdigt!«

»Trotzdem muss ich dir keine aufs Maul hauen.«

Wir lachen beide und ziehen an unseren Zigaretten.

»Ja, das war vielleicht einen Tick zu viel«, sage ich augenzwinkernd.

»Einen Tick, definitiv. Deswegen tut es mir auch leid, Tim. Das geht nicht. Mamas Tod darf keine Entschuldigung für so was sein. Die hat sich safe direkt einmal im Grab umgedreht …«

Wir sehen uns an. Gleichzeitig schnipsen wir unsere Zigaretten auf den Boden, treten mit unseren rechten Füßen darauf und drücken sie mit schnellen, halbmondförmigen Bewegungen aus.

»Das mit dem Rauchen sollten wir auch mal überdenken«, sagt Vincenzo und macht dabei ein angewidertes Gesicht.

»Schmeckt wirklich beschissen«, pflichte ich ihm bei.

Kurz stehen wir uns gegenüber, bevor ich einen kleinen Schritt auf Vincenzo zumache, meine Arme nach oben nehme und ihn umarme. Vincenzo weicht meiner Umarmung nicht aus, zeigt zunächst keine Regung, bleibt bewegungslos stehen, bevor auch er seine Arme hebt, sich in mich fallen lässt und mich fest umklammert. Ich halte Vincenzo, als wäre es die letzte Umarmung unseres Lebens und als wäre ich mir dieser Endgültigkeit auch bewusst, doch weiß ich, dass es im Gegenteil der Beginn von etwas Neuem ist. Dann kneift er mir vertraut in die Schulter und löst sich aus meinem festen Griff.

»Lass mal reingehen. Für einen Espresso vor der Arbeit reicht's noch«, sagt er und schließt die Haustür hinter sich auf. »Glaube, wir können beide einen Koffein-Kick gebrauchen.«

Ich folge Vincenzo ins stuckverzierte Treppenhaus.

»Sag mal, hättest du mal Lust auf Yoga?«, frage ich, schnaufend im dritten Stockwerk angekommen.

»Wie kommst du denn jetzt darauf?«

»Ich weiß nicht. Dachte, das würde mir vielleicht guttun.«

»Aha?«

»Na ja, die Bewegung halt, aber auch das Mentale, Meditative dabei.«

»Brauchst du mir nicht erklären. Mach' ich schon seit Jahren.«

»Ja? Dachte immer, das wär' nur ein Witz oder ein Vorwand, um Girls kennenzulernen!«

Anerkennend sieht er mich an, während er die Tür aufschließt. »Witz war's keiner. Kannst direkt die Woche mitkommen. Jivamukti Yoga in der Schellingstraße.«

Vincenzos Tür ist nicht verschlossen, lediglich zugezogen, nur eine leichte Drehung seines Schlüssels reicht aus, diese zu öffnen.

»Hast du schon gefrühstückt?«, fragt Vincenzo ohne

sich umzudrehen.

»Hast du mal auf die Uhr geschaut?«, antworte ich schmunzelnd.

»Hunger? Habe noch Himbeermarmelade da und kann frische Semmeln holen.«

»Hunger schon, aber glaube, wir haben keine Zeit. Müssen los ins Büro. Hast du Thomas' E-Mail nicht gelesen?«

»Was will er jetzt schon wieder?«, fragt Vincenzo ungläubig.

»Hat letzte Nacht geschrieben, dass wir heute früher ins Büro sollen. Für das Meeting um neun fehlen noch ein paar Slides.«

»Scheiß auf Thomas. Ich hab' keine E-Mail gelesen.«

»Jetzt wo du es sagst ... Kann mich auch an keine E-Mail erinnern«, stimme ich Vincenzo zu.

»Na dann. Frühstück ist immerhin die wichtigste Mahlzeit des Tages. ›Morgens wie ein Kaiser‹, das kennst du doch.«

Eines wird mir beim Betreten von Vincenzos mit Spotlights hell erleuchtetem Flur klar: Die Frage war nie, ob meine Welt beben wird, sondern ob die Erschütterung reicht, um mich aufzuwecken. Das digitale Ziffernblatt meiner Apple Watch spiegelt sich im Glas des geschlossenen Fensters neben mir. Es ist sechs Uhr achtundzwanzig und ich bin wach.

Ich danke meiner Lektorin Johanna Wagner für Humor und Geduld während unserer gemeinsamen Arbeit sowie Reinhard Ammer für das genaue Auge im Korrektorat. Danke an Sophie Schillo für das Vertrauen in unser gemeinsames Projekt und die außergewöhnlich ästhetische Gestaltung des Romans. Liebevoller Dank geht auch an Dorothea Winter für das gemeinsame Feilen an Formulierungen und Gedanken in unzähligen Stunden sowie die mentale Unterstützung in zweiflerischen Phasen. Danke an Simon Essing, Linda Khoufech und Juliane Glovania für unsere Freundschaft und eure Inspiration. Danke an meine Eltern für die bedingungslose Unterstützung.

Maximilian Lorenz, geboren 1992 in München, ist Autor, Stand-up-Comedian und Content-Creator. Nach jahrelangen Aufenthalten in den USA, Kanada und England findet man ihn heute vornehmlich in den Cafés in Berlin Neukölln, um dort die letzten Jahre vor der endgültigen Gentrifizierung zu genießen.

Weitere im Schillo Verlag erschienene Bücher

Schaben sind beherrschbar, solange sie hinter einer Glasscheibe oder auf Madagaskar leben, solange sie sich nicht unter die Haut und in die Seele eines Jugendlichen fressen. Über 30 Jahre hat es gedauert, bis sich Tommi mit der Depression seines großen Bruders Micha und ihrer schwierigen Beziehung auseinandersetzen konnte. Erst, als er den Lieblingsort ihrer Kindheit aufsucht, kommt er dem Bruder wieder nahe: Im Naturkundehaus des Nürnberger Tiergartens mit seinem kleinen Terrarium voller kinderhandgroßer Fauchschaben erwachen Tommis verkrochene Erinnerungen zu neuem Leben.

Robert Wolfgang Segel: Ein Schaben (Roman)
ISBN 978-3-944716-64-0 · €(D) 24,–

Norbert Entfellner stellt in diesem Buch wahnwitzig-ironische Versionen einer nicht ganz so heimeligen Heimat vor. Schräge Seelenbilder der Menschen, die in ihr leben und an ihr leiden. Facetten einer Landschaft, die auf rätselhafte Weise miteinander verflochten sind. Dicht unter der glatten, vertrauten Oberfläche des Alltäglichen brodelt die Heimat und schlummern die Monster. Heimatliteratur, bodenständig und aberwitzig wie ein Wanderatlas durch die Provinz der Psychose.

Norbert Entfellner: Mein widerliches Zuhause in voller Blüte
– Schauergeschichten aus der Heimat
ISBN 978-3-944716-13-8 · €(D) 26,–

www.schillo-verlag.de